知音动漫图书·新阅坊
ZHI YIN COMIC BOOK 以梦想之名点燃阅读

Illustrated by 徐非

河神计划

由·得林洛斯 著

PLAN OF RIVER GOD

知音动漫图书 · 新阅坊荣誉出品

这个世界上很多事情都需要后天习得，包括如何去爱。

——由·得林洛斯

目录 CONTENTS

PLAN OF RIVER GOD

第一章
文慧桥·少女祈愿

一

从前，有一个砍柴仔路过桥上，掉下了自己的斧头。

河神问他，你掉的是这把金斧头，还是银斧头？

砍柴仔说，老伯伯，这都不是我掉的斧头，我掉落的是一把生锈的铁斧头。

河神感动于他的诚实，不但把铁斧头还给了他，还送给他很多金银财宝。

这就是金斧头的故事。

"所以说关键点就是要说实话咯？"奶茶店里，一个男生小声问旁边的女生。

他们几个学生坐在一起，叽叽喳喳，窃窃私语，面前的奶茶都喝了一大半了，还不肯走开，几次路过的奶茶店小妹都忍不住皱起了眉头。

这时候，又有一个背着黑色挎包的男生挤了过来，凑到他们这一桌说："怎么怎么，你们说河神的事情吗？"

"嘘！"在场的少男少女给了他一个白眼，他赶紧低下头来，不好意思地挠了挠头。

但是旁边端茶的奶茶店小妹倒是留了心，她过来清理了一下桌子上的纸巾，这些少男少女看见她过来，不约而同闭了嘴，出现了短暂的沉默。

"小诗！"厨房里有人叫着那个奶茶小妹，她不得不端着一盘子的垃圾退了回去。

"的确有河神，是最近才听说的事情。"他们又开始聚精会神地八卦起来了，一个染了几缕红发的女生非常有把握地说："但不清楚是哪一座桥，半夜十二点只要把一件值钱的东西扔向河里，就会有河神出来向你询问要实现什么愿望。"说到这里，大家都沉默了一下，因为这个城市地理环境比较特殊，半个城市被河水蜿蜒切开，一共有十几座桥。

"这也太坑了，万一扔错了桥，不是浪费了自己的宝贝吗？"

"是啊，扔钱行不行？"一个长得很像富二代的男生问。

"不能扔钱，要扔自己用了很久而且是值钱的东西。"染发女生说。

"见鬼。"富二代男生长叹。

"所以还是有一定风险的吧，这个传说到底牢靠不牢靠？"后来来的那个背挎包的男生问。

"信则有咯。"染发女生仿佛对这个话题已经失去了兴趣，因为她反正不可能半夜十二点跑遍十七座桥去找河神，而且她贴身物品中值钱的也不多。但那个富二代男生倒是放在了心上，他皱着眉头，开始吸着奶茶，突然发现奶茶已经喝光了。

"哎呀，再来一杯！"他招手叫道。

二

还差十分钟就十二点了。

文慧桥上空无一人，远处传来了改装过的那种电摩托的轰鸣声，渐渐的，在桥的一头出现了一个骑着电摩托的身影。

是那天在奶茶店的那个富二代男生，他停好了车，左右看了看，然后咳嗽一声，信步走上了桥面。

"已经是第五座桥了，务必保佑是这一座啊。"男生喃喃道，然后从耳朵边解下自己的耳钉，扔向了波光粼粼的江面。耳钉划了一道弧线，然后彻底消失在夜色中。

江面平静依旧，什么反应都没有。

男生呆呆地站在桥上，等了足足有十分钟，这才确信自己没有找对地方，只得转身回到刚才停车的地方，发动了电摩托失望离开。

改装过的电摩托呼啸离开，迎面而来的是一辆行驶缓慢、装备老旧的小破电摩托。骑着小破车的女孩子被呼啸而过的车子吓了一跳，接着发现动力不足爬不上桥面了，只得下车推车上桥面。

"刚那个不是奶茶店的那个男生吗？"女孩子喃喃自语，她就是之前在奶茶店打工的奶茶小妹，今天上夜班，十一点半才下班。她推着小破车走到了桥面，看看远处安静的江景。平时装饰河堤的夜景灯已经全部熄灭了，只留下照明用的路灯。虽然是夏天的夜晚，但空无一人的桥上还是让人感觉很寂寥，就像是她的内心世界一般。

她摆了摆头，推着车到了桥的正中央，看见前面好像有下坡的趋势，便上车想再次发动车子试试看。

突然，江面卷起了巨大的波涛，那水声不容忽视。

女孩刚想着要不要伸头去看看江面到底发生了什么，一道巨大的黑影从江心窜了出来，带动着巨大的水花，女孩迎面被溅了一身的水。她吓得抹了一把脸上的水，清楚地看见那个黑影全身湿淋淋地蹲立在桥栏杆上。虽然体积比起刚刚从江心冒出来的时候小了许多，但那黑黢黢的面孔上闪着一对冒着红光的眼睛看起来还是非常恐怖。

"啊——"女孩子尖叫一声，急急忙忙扭着车钥匙要发动车子逃跑。

"请问——"黑影说话了，声音带着一丝沙哑，"你刚才掉的是这个钻石耳钉，还是这个黄金耳钉？"他举着两只手，手指各捏着一枚亮晶晶的小东西问她。

"没……没有，我路过的……"女孩声音发抖，钥匙拧了几次就是打不着火。

"你不是掉了耳钉吗？"黑影的声音提高了。也许是因为提高声音的原因，他原本的沙哑没有了，取而代之的是更年轻的声音，还透露着一丝不耐烦。

"我没有……"女孩突然想起之前那个男生，便指着他走的方向说，"是刚才那个人掉的啦！"

他们两个都看着那个方向，空荡荡的。

黑影带着狐疑的眼神看着她："还说不是你掉的！你刚才不是丢了东西祈求河神的出现吗？"

"可真的不是我掉的啊！"女孩快哭出来了。她突然想起听说过的那个传闻，又看看面前这个一身黑色斗篷湿淋淋站在栏杆上的黑影，恍然大悟，难道这就是传说中的河神？

黑影看着她有所迟疑，便咳嗽了一声，重新用沙哑的声音问她："你掉的到底是这个钻石耳钉呢，还是这个黄金耳钉？"

"都……都不是，我没有掉耳钉……"女孩嗫嚅着回答。

黑影看着她，陷入了沉默。

女孩不敢动，她觉得扶着电摩托的手好酸。

"你真是个诚实的人！"黑影突然想通了似的，双手一抓，把那两枚耳钉抓在手里，伸到了女孩子面前，"这两枚耳钉都送给你吧！"

话音刚落，黑影的身后一道闪电突然劈来，他浑身如遭受电击一般从栏杆上掉了下来，趴在了地上。

女孩也被吓了一跳，这才看清他身上披了一件黑色的斗篷，那个斗篷的质地有点奇怪，看起来有点厚度且反射着令人可疑的微光。黑影艰难地爬起来，顺便扯了扯斗篷挡住了脚上那双限量版的阿迪达斯球鞋。

他咳嗽一声，正色说："说吧，你有什么愿望，河神都可以满足你。"

"愿望？"女孩子愣住了，她认真看着面前的黑斗篷，可以从那两只露着眼睛的洞里看到认真的眼神。他背后突然扬起了一面水墙，那水墙高出栏杆两米高之后，陡然坠落回江面，留下一片水雾在空气里飞扬。

"你相信我了吧？"黑影用正常的男声说，"我是河神，我可以帮助诚实的人实现愿望。"

半夜十二点过十分，文慧桥上推着电摩托的女孩低头看盘坐在地上的黑斗篷男子。地面湿淋淋的，周围飘浮着不同寻常的水汽。她在这一刻开始相信，这也许真的是她的奇遇记，她遇见了河神，河神要为她实现愿望。

过了大概十分钟，女孩子将信将疑地骑着电摩托走了，留下黑影盘坐在原地，一动也不动。

过了半晌，他才摘下了斗篷上的面罩，露出了一张年轻的面孔。

这是一个年纪大概十八九岁的男孩子，长得非常漂亮，吹弹可破的皮肤，如同黑宝石一样的眼睛，以及他刚露出的修长干净的手指，都看得出他优越的生长环境。男孩子扶了扶耳边的蓝牙耳机，咕哝了一句："这种愿望叫我怎么处理啊。"

耳机里传来了电脑合成的声音："我觉得你可以接受。"

"开什么玩笑，她要杀死自己的妈妈哎！你不是说过凡是和钱财有关的贪婪愿望不能实现，违背道德的愿望也不能实现吗？"

"杀死自己的妈妈，违背的是你们地球人的道德，但是在我们星球的人看来，如果是为了自己的生存和成长而想要实现的愿望，不算是违背道德。"

"够了！"男孩子发怒了，把手中两枚耳钉用力甩在地上，"你想要我做这种伤天害理的事情，进而达到你们这些外星人龌龊的目的，我死也不会答应！有本事你再来道闪电，电死我算了！"

耳机那边的电脑音沉默了，过了好一会，它说道："顾蒙亮君，你们地球人的言语通常和自己内心的想法有着很大的偏差。你的任务是要实现他们内心深处的愿望，所以我认为你应该试着去接触一下那个女生，看看到底是什么原因促使她说出刚才的愿望。也许她只是被吓坏了，随口胡说的。"

"如果我拒绝呢？如果她真的是要杀死自己的妈妈，因此我拒绝呢？"男孩子站起来，愤怒地说。

"那么我就按照约定，杀死你的父亲。"电脑音轻松地回答。

顾蒙亮定定看了那黑暗的江面很久，问道："那女孩的资料能调出来吗？"

"刚才她与你对话的时候，我已经扫描了她全身的生理资料，很快可以调出她从出生到现在的档案。"

"你什么时候扫描的？"顾蒙亮没好气地问。

"制造那一面水墙的时候。"电脑音说道，"资料已经出来了。女孩今年十七岁，名叫李诗绘，身高一米六一，本市户口。原本就读于市第一中学，成绩中上，今年三月份辍学，目前在奶茶店打工。单亲家庭，与她妈妈一起生活，家庭小康。"

"家庭小康为什么还要辍学？"顾蒙亮想不通。

"我只能查到有关她的电脑数据资料，无法分析人类亲情关系这些主观数据。这里还有她的出生证明和之前就读的幼儿园小学等资料，发到你手机上你慢慢研究。"

"好吧，那我先回去了。"

"等等，那两枚耳钉需要回收处理。"

顾蒙亮回头看见散落在地面的耳钉，没好气地捡了回来："这些人，扔什么不好扔耳钉，要确认半天才能找到他扔的东西。等我找到之后，他早就溜得没影了。"

没准耳钉主人的愿望比这个女孩子正常一点，他能赶紧完成任务交差呢！怀着这样的怨气，顾蒙亮重新拉上面罩，然后穿好斗篷，后退两步——

他突然冲向江面，一跃而起越过桥栏杆，纵身跳入了江心。江面张开一个大口，将他的身体完全包裹在里面，之后一切立刻恢复了平静，连一点异常的涟漪都没有。

三

第二天居然开始下起雨来。

要出门的李诗绘看了看天色，阴沉沉的，那雨一点停的迹象都没有。她再看看时间，已经到中午十一点了，很快就是去奶茶店打工的时间了。

她住的小出租屋在城中村一带，这一带治安不太好，但租金便宜，而且房东老太太还算和气。她租的房间很小，只够放一张床一张桌子，连个衣柜都放不下。她只能找来二手衣架，把衣服都挂在上面。奶茶店的工作，她本来只需要从中午十二点做到晚上六点就可以交班，但她想多赚一点钱，而且回家也是面对着四面墙壁，所以就坚持工作到晚上十点半才下班。

她推车出门的时候，想起昨天那个河神，忍不住笑自己是神经病。之后手机响了，是妈妈打来的电话。她下意识地摁掉，然后继续朝奶茶店走去。

手机安静了一会儿，又传来了信息："诗诗啊，你什么时候回家？"

"别再烦我，不然我永远离开这座城市！"李诗绘回复短信道。手机顿时安静了下来。她呼了口气，推着小破车朝上班的地方走去。

在转角，是戴着棒球帽，穿着黑T恤在看手机的顾蒙亮。他手上的手机就是"外星人"雇主给他特别配置的，外形看起来是一部普通的国产手机，但功能非常强大。雇主已经给他黑进了系统，把女孩和她妈妈的短信拷贝出来发到他手机上。

在这之前，他还在幻想，女孩子提出"杀死母亲"这种要求，也许是因为她妈妈深陷重病，她为了让妈妈早日脱离病痛才会提出这样的要求。又或者她遇见的是一个丧心病狂的母亲，她为了生存下去才提出了这样的要求。但现在得到的资料表明，这女孩出生于小康之家，她妈妈是一名商场经理，是单亲妈妈，独自将她带大，既没有无钱医治的重病，也不是虎毒食子的变态犯人。她只是单纯地希望自己的女儿回家，好好读书，她愿意供养，就这样低声下气的哀求都被她冰冷拒绝了。昨天晚上遇见河神，她甚至要杀死自己的妈妈！简直是不孝到了极点！

顾蒙亮越想越气，打开手机说："我能用杀死这个女孩代替她杀死她妈妈的任务吗？杀了这种人简直为民除害！"

那边合成的电脑音冰冷地说："你必须执行她的愿望，否则我就立刻杀死你的父亲。"

顾蒙亮愤怒地叫："为什么选中了我？"

"因为你是地球人中少数'掌握比别人更多的资源'的人，你们地球人不是把你这类称为'富二代'吗？我们只是想看看你如何利用手中的资源完成任务。"

顾蒙亮喘着粗气，硬生生把心里无数的粗口压了下去。他知道骂人没用，这些外星人只是把他骂人的话当成拒绝，然后会直接杀掉他的父亲。

他本来在美国念私立高中念得好好的，突然被电话急召回国，说父亲病危。顾蒙亮从来就没有想过年富力强的父亲会突然病倒，直到当天晚上他手机突然切换成了奇怪的界面，有一个自称是外星人的家伙告诉他，他要去当河神完成普通人类的十个愿望，不然他父亲就会立刻死掉。当初听到这个命令的时候，他的内心其实是拒绝的。

"你拒绝我们的要求？"外星人如此问道。

"我拒绝相信你说的每一个字！"顾蒙亮对着电话骂道，"到底是哪来的恶作剧，戏弄生病父亲的儿子很有意思吗？"

外星人略一思索，然后说："我们会马上向你展示我们的力量。"

所以第二天清晨，顾蒙亮的父亲、中国富豪顾启先生就开始在住院部的屋顶上打太极拳了。第三天早上，他立刻又因为另一种病进了重症监护室。第四天早上，顾先生仿佛接受了灵魂的召唤，生龙活虎地要在楼下的草坪跑上三千米……

"你接受我们了吗？"外星人这样问顾蒙亮。

顾蒙亮已经濒临崩溃了，他完全接受了这份使命，不管这看上去有多么不靠谱。于是他就成了这座城市传说中的河神，潜伏在不同的桥底，接受不同人的许愿。有些人往河里扔手机扔家电也就算了，这次居然遇见个抠门的男生扔耳钉，等到他检测了半天终于找到那枚耳钉时，那男生早跑了，他只来得及留下后脚跟上来的李诗绘，接到了这么一个让他觉得无法接受的任务。虽然他多次和外星人交涉，说耳钉不是李诗绘掉的，按规则李诗绘不应有许愿的资格，但外星人不接受，说他作为河神已经认定是李诗绘了，现在就不能反悔。

"河神弄错了怎么办？"

"河神是不会弄错的。"电脑音冰冷地回答。

顾蒙亮只得硬着头皮开始调查李诗绘的背景，他企图找到一个非杀掉李诗绘妈妈不可的理由，但是他找不到，这位母亲完全不具备被杀的理由啊！

"我们允许你选择实现她愿望的时间和地点，但是不能超过一周。"外星人这样对他说。

这对于顾蒙亮来说将是非常黑暗的一周，他那毫不知情的父亲已经康复出院，不顾家人的担心，兴高采烈跑到美国谈收购别家企业的事情去了，而另外一个毫不知情的母亲正在遭受被谋杀的危险。如果他不杀了李诗绘的妈妈，外星人就会杀了他的父亲。

顾蒙亮心事重重地骑着脚踏车跟在李诗绘身后，耳机里传来外星人的声音："按照人类利己的本能，为了自己父母的生命杀害别人父母的生命，应该是很正常的选择吧。"

"你们为什么要对地球人做那么无聊的事情？"顾蒙亮问。

那边的声音有几秒钟的沉默，然后说："我们必须这么做。"

四

和科技以及智慧比自己高许多的外星人谈判，是毫无意义的。

顾蒙亮认识到这一点之后，专心致志地跟着李诗绘。他心里残余着一点幻想，他希望李诗绘在这周能改变主意，换一个愿望。但这点想法他不敢和外星人商量，他怕那个制定规则的外星人又和他扯"已经许下的愿望不能改变必须完成"之类的，他只能抱着侥幸的心理，希望到这周的最后关头让李诗绘改变主意，他再对外星人来个出其不意。

就这样，顾蒙亮跟着李诗绘到了奶茶店，刚好看见门外有招工广告，他就直接进去找经理，说要应聘当服务生。

奶茶店的经理是个胖女人，本来她只打算要女孩子当店里的侍应生，但顾蒙亮长得实在太漂亮了，说比女孩子漂亮也不为过，她便应承下来，试用期一个月。

"可我们这里没有男生穿的制服呢。"女经理为难地看了一眼在外面来来回回走动的女招待，全都是穿着粉色围裙白色裙子的女孩子。那些女孩子早就注意到了顾蒙亮，在叽叽喳喳交头接耳。

顾蒙亮身上穿着黑T恤和牛仔裤，他随手拿过奶茶店一块干净的方巾系在自己头上，再拿一条厨房的黑色围裙围上，说："这样就很像了吧！"

"不错！很帅！"胖经理竖起了大拇指。

顾蒙亮乘机看了一眼在外面默默打扫的李诗绘，她好像不太合群，中午的客人还没来，她便一直在默默地擦着桌椅，然后扫地。看起来是那么文静勤劳的女孩子，为什么有那么可怕的念头？他不明白。

胖经理低声对他说："你离那个女生远点，她不太正常。"

"什么意思？"顾蒙亮问。

胖经理对这个漂亮的男孩子非常有好感，开口就说出了关于李诗绘的八卦："你知道不知道，她是离家出走的。"

"什么？"顾蒙亮没想到还有别人知道李诗绘的秘密。

胖经理压低声音继续说："我们看她工作努力又特别低调，样子又像个学生，不像是要出来打工养家的，大家都猜测她是不是家里有什么困难。后来她妈妈找上门来了，塞给我一些钱，说叫我间接交给李诗绘，但不能让她发现。我看她妈妈的谈吐打扮，家里条件应该还不错。你说这孩子到底犯什么浑，好好的要离家出走？而且她妈妈来找她还不敢让她知道？后来我私下和她妈妈谈了谈，她妈妈一张嘴就开始掉眼泪，说李诗绘刚出生她就和她爸爸离婚了，她一个人辛辛苦苦带大她的。但李诗绘这孩子不怎么理解她妈妈的苦心，不肯读书还离家出走，她怕来找她会导致她走得更远，只能远远看着，然后通过我接济她生活……"

"这的确是……"顾蒙亮也觉得她妈妈太不容易了。

"是啊，你说妈妈对她那么好，她这样不是犯浑是什么？这种女孩子不知道感恩，任性妄为，不是什么好东西，我都叫其他人离她远一点。要不是看在她妈妈的分上，我早辞退她了！"胖经理说完，手机就响了，她忙着接电话，让顾蒙亮先出去。

顾蒙亮先走了出去，然后受到奶茶店其他女招待的热烈欢迎。她们说知道顾蒙亮通过面试非常高兴，并说她们早就希望有一个男招待来调节一下这里阴盛阳衰的粉嫩格调了。顾蒙亮应付着这些妹子，看见李诗绘远远拿着扫帚望过来，她脸上也露出了些许好奇，但最终还是将自己的情绪压抑了下去，继续干起活来。

突然之间，顾蒙亮对自己的这种情绪产生了怀疑。

他刚听完了胖经理的叙述，能感觉到胖经理对李诗绘有一种明显的排斥情绪。但胖经理并不知道李诗绘内心的愿望是杀死母亲，为什么她和自己一样会厌恶起李诗绘呢？李诗绘在这里工作非常认真卖力啊，为什么作为她的雇主也会和他一样有"不孝"的评判？

中午的客人越来越多，顾蒙亮在端盘子的时候仔细观察了工作状态的李诗绘。他发现李诗绘非常认真，而且对客人也很有礼貌，虽然干活并不是特别麻利，看得出以前没吃过什么苦，但的确是个非常勤奋的员工。他顿时明白了胖经理对她"不孝"的反感因何而来：因为李诗绘的母亲扮演了"被害者"的角色，而李诗绘就因为母亲这个强大得无可辩驳的角色，被动地成为了"加害者"的角色。所以胖经理无视她的努力和勤奋，自发地认同了李诗绘母亲的叙述，认为她迫害了自己的妈妈，而她的妈妈是一个忍辱负重的被害者。这种看法严重影响了她对李诗绘工作的评判，也影响了她周围的人际关系。因为周围的员工很明显能感觉到胖经理散发出来的敌意，自然而然对李诗绘也采取了回避的态度。

活该……吧？他想起李诗绘对着河神许下的愿望，突然觉得有点解气。她真的是一个不孝的角色，所以她在社会上遭到了严厉的报复！

但，真的是这样吗？

他回头继续观察李诗绘，她工作真的很卖力，如果不了解这背后的一切，她应该是个给人印象非常踏实刻苦的女孩子。他的内心有点小触动：她和她妈妈的关系，谁是因，谁是果？如果反过来想，李诗绘的母亲对她不停地塑造这种"加害者"的角色形象，那么毫无疑问，她才是"被害者"，产生弑母的念头也算是有因可寻了。

"我想多了解一点她的母亲。"顾蒙亮对着耳机的另一头说。

"知道了，三十秒之后我们会派出微小型的侦察机，定位李诗绘母亲的位置，然后发射同步视频监视器在她身上，你会看到她周围的一举一动。"蓝牙耳机传来毫无感情的电脑音。

"很好。"顾蒙亮对于外星人神通广大的技术已经习以为常。一分钟后，他戴上了一副平光眼镜，右边的镜片就开始播放李诗绘母亲身上的摄像头所拍下的一切了。他们大概是把摄像头粘到了对方的头发上，李诗绘的母亲在吃午饭，面前是一份简单而精致的西餐。她一个人坐在餐厅的角落里，身上穿着蓝色的制服，旁边桌子坐满了穿着暗红色制服的小年轻，她们低头吃饭，没有人过来和她打招呼。这时有两个和她穿着一样蓝色制服的中年妇女走过来，端着盘子和李诗绘的母亲打了个招呼，然后走到别的桌子去了。

没有人愿意和她坐在一起，就像奶茶店里没人愿意和李诗绘交谈一样。

这时，有一个穿着暗红色制服特别年轻的女孩子走过来和李诗绘的母亲说："李经理您好，我可以在这里坐下吗？"

李诗绘母亲热情地招呼她坐下，她对面的空位总算有人了。刚才走过的那两个蓝色制服的人露出了微妙的表情，看了一眼这边，纷纷低下头继续自己的低声交谈。

顾蒙亮这下才知道，原来李诗绘是跟她妈妈姓的，这倒是个有趣的细节，证明她和她的生父应该完全断了联系，也符合资料显示的她妈妈一人将她抚育长大。

从李诗绘母亲和那个小职员的谈话中知道，李诗绘的母亲在公司的英文名叫琳达，对面那个是刚从职高毕业来商场实习的小姑娘，在公司的英文名叫安吉拉。安吉拉刚好在琳达的部门工作，非常感谢琳达对她的照顾，一脸非常崇拜的样子和她交谈。看样子琳达很享受她的崇拜，说对方和她的女儿一般大，如果能像她这样听话就好了。安吉拉好奇问："琳达姐，您的女儿怎么啦？"她已经把称呼从李经理自动转为琳达姐了。

琳达似乎擦了擦眼角，带着苦涩的声音开始说自己一个人带孩子不容易的事，然后说李诗绘太叛逆，不肯读书，居然自主辍学，还不准她去探望她……说着说着，突然声音哽咽了。

"她又开始了，我们赶紧走吧。"对面桌上那两个穿着蓝色制服的人说着。虽然声音很小，但外星人技术太变态，能过滤一些无关的背景杂音，捕捉到一切和被监控者相关的只言片语。那两个穿蓝色制服的人交换了眼色，立刻风卷残云地吃完了眼前的午餐，迅速离开了现场。而琳达丝毫没有注意到这一切，依然和安吉拉说自己离婚之后一个人带着孩子的苦楚，说到一半又开始哽咽了，安吉拉也跟着红了眼圈。

这情景怎么看怎么怪啊……

顾蒙亮皱着眉头，没有任何提防的，被人推了一下，右眼镜片立刻恢复了正常。他看见李诗绘站在他面前，定定地看着他，让他莫名地心虚。

"他们叫我和你一起去倒垃圾。"李诗绘指着身边的垃圾筐说。奶茶店在商业街的二楼，要把垃圾从二楼抬下去，需要两个人。顾蒙亮一看就知道没人愿意和她一起，于是推给了他这个新人。

他抹了一把鼻子，和李诗绘抬着垃圾往楼下走，身后是那些女生好奇的眼神以及窃窃私语："咦，他真的愿意帮忙哎！""不愧是奶茶店唯一的男生，心地宽广又长得帅！"她们根本不会在乎李诗绘刚才一个人默默地打扫了很久。

顾蒙亮突然意识到，李诗绘也在扮演一个"被害者"的角色，而且丝毫得不到同情和理解。

她在走她妈妈的老路。她妈妈也是一直热衷扮演"被害者"的角色，但旁边人一点都不喜欢她。李诗绘其实并不喜欢自己扮演的这个"被害者"的角色，但她深受她妈妈的影响，被迫成为别人眼中的"加害母亲"的角色，然后被动地扮演着"不受欢迎"、"被人排挤"的"被害者"的角色。

所以她想挣脱这种悲剧循环，所以她要"杀死母亲"，其实她说的"杀死母亲"只是一个隐喻，她想杀死的，是母亲给她一种"被害者"的心理印刻！

顾蒙亮内心的念头一个接一个地闪过，脸上神色阴晴不定，引起了李诗绘的惶恐："你怎么了？"

"我没事。"顾蒙亮摸了摸自己的鼻子，掩饰心虚。倒完垃圾之后，他试探性问了一句："你是本地人吗？"

"是。"李诗绘说。

"你长得挺漂亮的，应该有一个美人妈妈吧。"顾蒙亮旁敲侧击，想看看提到妈妈的时候李诗绘的反应。

李诗绘脸上果然闪过一丝极其复杂的脸色，说："不，我长得像我爸。"

"你爸是干什么的呀？"顾蒙亮知道这样问很唐突，但他尽量做出不谙世事的少年人的样子。

"我不知道。"李诗绘回答得更勉强了。

"你不知道？"他对她连撒谎都不愿意的行为产生了好感。

"我不知道，我是妈妈带大的，我记事之前爸爸就离开我们了，"李诗绘平静地说，"我只是见过他照片，觉得自己长得很像他，他是做什么的我一无所知。"

"对不起。"顾蒙亮没想到对方那么坦白。

"没事，不知者无罪。"李诗绘说，"我也不愿意临时编些谎话忽悠过去，所以实话实说反而让人觉得我不怎么可爱。"

"别人怎么说其实不重要，"顾蒙亮意有所指，"关键是看你自己怎么想。"

李诗绘突然停下脚步："其实你也发现了吧。"

顾蒙亮吓了一跳，不知道她说的"发现"是指什么："发现什么？"

"这家店的人不喜欢我，我好几次坚持不下去了，但经理偷偷给我加薪水，我不知道为什么，她给我加薪水的表情几乎是厌恶我的。"李诗绘声音闷闷的。

加的薪水是她妈妈偷偷送的生活费吧，经理是因为她的不孝和任性厌恶她吧。这一切李诗绘不可能没有觉察，就算无从知晓背后的秘密，她应该也能感觉到周围人对她的恶意。

顾蒙亮忍不住直接问她："你这个年纪，为什么不回学校读书？"

李诗绘微微怔了一下，大概没想到他会问得那么直接，随即咧嘴笑了："如果你的妈妈在你上高中的时候都要片刻不离地跟着，大概你也不想去学校吧。"

"咦？"顾蒙亮愣住了。

五

今天不是周末，奶茶店的客人并不多，所以奶茶店的员工得以在闲暇时候偷喝一下饮料聊一点八卦。

目前他们最大的八卦，就是那个新来的漂亮男孩和本店气场最阴沉的女孩打得火热的事情。整整一个下午！李诗绘都和顾蒙亮在一起说话，态度亲昵，让本来警告顾蒙亮小心点她的胖经理都气碎了牙。

从李诗绘那里，顾蒙亮大概知道了她离开学校的导火索。

学校要将她们高一的新生送到军营里进行为期一个月的军训。军营距离城市比较远，在一座高山里，条件艰苦，大家都要打地铺。李诗绘倒是觉得这是一个很好的锻炼机会，因为她好不容易考上龙城一中，学校的制度非常严格。她总算开始了新生活，但军训不到一周，她们班的班主任就露出了极其为难的神色，因为李诗绘的母亲不放心她，请了一个月的假来军营围观李诗绘训练。学校和部队都很为难，因为没有这样的先例，在家长面前进行军训。但母爱何其伟大，他们只能赔笑给李诗绘的母亲安排了临时的住所。李诗绘为此和母亲大吵一场，但琳达意志坚决，一定要在这里陪伴女儿。

周围目睹她们争吵的同学老师都纷纷劝李诗绘"你妈妈对你真好""你就理解一下你妈妈吧"，于是她只能强忍着不适。李诗绘觉得自己在同学眼里就是个怪物，虽然一直以来她妈妈都是横加干涉她的生活，但她以为高中之后这样的举动会有所收敛。可当有一次训练结束，她看见自己的妈妈一把眼泪一把鼻涕在和班主任哭诉自己独自带大女儿是多么不容易的时候，她彻底爆发了。

爆发的结果就是辍学。

琳达无法理解女儿为什么要这样回报自己的满腔母爱，她非常委屈。她发动了李诗绘的班主任和同学共同劝说她不要辍学，说她考上一中不容易，而且妈妈是一个人带大她的，于是李诗绘从小让单亲妈妈如何操心的事情再一次传遍了整个学校……

"好了，你不要再说了。"顾蒙亮大概能想象是怎么个情形，也大概能知道李诗绘一直以来的成长环境了。

她母亲满腔的母爱，其实非常……非常畸形。但旁人不能说什么，毕竟是母亲，母爱伟大啊。

"我只是想过正常人的生活。"李诗绘冷冷地说，"世上单亲家庭那么多，我觉得他们并不是逢人就揭开自己伤疤给人看的。我不想要别人同情我，我不觉得自己缺少什么，相反，我觉得我妈妈太多余了。"

顾蒙亮一时间不知道说什么好，他摘下自己头上的头巾，然后说："你知道吗？我爸爸和你妈妈相反，他从来不管我。"

"真好。"李诗绘很羡慕。

"但是我恨他。"顾蒙亮说，"他很早就和我妈妈离婚了，他不管我，就根本没人管我。一个事业太过成功的爸爸，我就像他日常要处理的事务中的一项，当意识到这一点，我就非常恨他。然而直到有一天，他突然病危，我从国外赶回来，我才发现我什么都愿意为他做。"

"如果我妈妈和你爸爸一样不干涉我的成长，我也会什么都愿意为她做。"李诗绘非常坦诚地说。

"事情不是这么说的……"顾蒙亮忍不住劝他。这时胖经理的怒吼声突然传来："李诗绘！你到底要不要干活！信不信我辞退你！"她一早就看顾蒙亮盘旋在李诗绘周围不顺眼了。这个李诗绘，平时闷声闷气的，居然还有这一手！奶茶店是纯洁无瑕的！胖经理不允许自己的手下出了这么一个狐媚子！

"啊，怎么了？"李诗绘被惊动了，她急忙停下和顾蒙亮的交谈，对胖经理说，"现在没有客人啊。"

"你不会整理整理桌椅吗？你这个不知好歹的东西！"胖经理厌恶地说，"我要是你妈，根本就懒得要你这个女儿了！"说漏嘴了，可说漏嘴的话收不回去了，李诗绘的脸色瞬间变得惨白："你说什么？"

胖经理一看再也兜不住了，从柜台里拿出一叠钱递给她："这是你妈妈给你的，你赶紧拿着走吧，我们这里用不起你这个大小姐了！"

李诗绘一听提到她妈妈，瞬间什么都明白了，她脸色变得很苍白，匆匆忙忙地脱下了围裙，没有接过钱就跑了出去。

"喂，你身上的裙子也是工作服啊！"胖经理叫道。

顾蒙亮脱下头上的头巾摔在胖经理面前，冷着面孔对她说："您可真够无耻的。"说完也跟着李诗绘跑了出去。

蓝牙耳机里传来了外星人的声音："顾蒙亮，顾蒙亮，从李诗绘现在各方面生理指标的变化，她对母亲的杀意达到了最大值。"

"你们不要激动，听我说！她并不是真正想'杀死母亲'，而是要扼杀母亲对她的不良影响！"顾蒙亮着急地一边跑一边说。

"在我们理解都是一样的，不能再等一周了，立刻执行任务。"

"不一样的！"顾蒙亮着急地说，"就像我说过我那么恨我父亲，但知道他有生命危险的时候，我同样会献出自己来救他！我从小学毕业之后就被送到国外读书，再也没有见过我父亲。我这么恨他，但现在的我不是同样为了他的生命而奔忙吗？"

"不能理解，立刻执行李诗绘的目标任务！"

"喂！"顾蒙亮忍不住大声喊叫起来，因为前面的李诗绘冲到了马路上，一辆大巴疾驰而来。就在那一瞬间，李诗绘捂住了眼睛，大巴车仿佛被什么力量静止住一般，硬生生在距离她还有十厘米的时候停下了，车上所有人都由于惯性向前飞去。看着大巴车的车轮离开了地面足足有十公分，顾蒙亮知道这是什么力量，是外星人动用他们无处不在的力量在保护李诗绘。

趁着大巴司机探出头大骂的时候，顾蒙亮一把冲上去拉住了李诗绘，往马路对面跑。李诗绘早就已经神情涣散，不由自主跟着顾蒙亮跑到了马路对面。

顾蒙亮扶着她的肩膀，对她说："听着，我不管你心里是怎么想的，这一周之内，你妈妈会死。你自己看着办吧。"他说完就匆忙离开，留下一脸诧异的李诗绘。

六

任务，杀死琳达。执行期，一周。

手段，一切外星人可以实现的手段。

顾蒙亮铁青着脸，重新启动了监控琳达的眼镜。

他走到一辆兰博基尼面前，车门打开，他径自钻了进去。车子自动行驶到本市最大的购物中心之前停下，他出来的时候已换了一身名牌休闲装，俨然就是个富家贵公子的样子。

监控眼镜显示，琳达已经被叫到办公室，被领导训了一顿。大意是说那个安吉拉是对面竞争对手派来的商业卧底，明明只是一个小实习生，却窃取到了这次公司为了扩大产业收购某个百货公司的重要信息，信息就是从琳达这里泄露出去的。

琳达表示非常无辜，她没有对外泄露公司机密，但是领导却拿出了录音，里面清清楚楚记录着安吉拉和琳达中午闲聊的时候，提到过最近公司的收购计划，而且说自己将会被派遣到那边担任重要职务。接下来就是她叹息如果自己的女儿不让自己那么操心，那么她就能更集中注意力到工作上了。

"我看你还是回去好好管你的女儿吧，我们这里不忍心分你的心了。"领导冷冷地说。

看在琳达多年为公司尽心尽力的份上，公司保留了她目前的职位，但要求她停薪在家反省。

"顾蒙亮，李诗绘现在已经回家了。"耳机里传来外星人的声音。

"哦，看来她听到我的警告，还是对母亲产生了担忧吧。"顾蒙亮说到，刚好看到旁边有个似曾相识的身影走过，定睛一看，原来是之前那个穿着暗红色制服和琳达套取公司机密的安吉拉。现在她已经换掉了制服，穿上了时尚的便装，提着手提袋得意洋洋在打电话："是啊，那个女的果然和你们说的一样，只要耐心听她哭诉自己有多惨，什么话都可以被套出来。"

"安吉拉是对面梦想天堂购物中心老总的女儿，刚从美国回来的。"外星人对顾蒙亮说。

"难怪觉得眼熟，以前在美国华人圈里见过，"顾蒙亮看到眼镜里显示琳达失魂落魄地开车回家。他让外星人切换到李诗绘，刚好看见李诗绘回到了自己家里，打开了自己的房间，若有所思地坐在了窗前。

"顾蒙亮，立刻执行杀死琳达的计划，"外星人冰冷的电脑音下了冰冷的命令，"李诗绘会有危险。"

"李诗绘会有危险？"顾蒙亮扶着耳机来到停车场，兰博基尼已自动行驶到他面前，打开车门让他上车。这辆由外星人改造的车，里面监控措施一应俱全，后备箱还有各式各样的武器任凭顾蒙亮选择。顾蒙亮刚刚上车，车门立刻自动关闭，开始自行设定路线，朝李诗绘家里的方向开去。

在车上，无论顾蒙亮怎么解释李诗绘和琳达之间的亲子关系问题，外星人都不能理解。他们坚持认为不管出于什么样的原因，李诗绘已经把琳达视为一种威胁，这已经是定局，她对河神许下的愿望，必须要实现。

顾蒙亮着急地拿出手机，试图从精神分析学方面入手，给外星人解释地球人亲子之间的问题，还列举出许多案例。

但，弗洛伊德对于地球人来说是权威，对于外星人来说，他不过是一个地球人的名字而已。

兰博基尼里的武器有狙击枪，有小型定时炸弹，还有冷兵器，都是给顾蒙亮选择用的。外星人还表示他们已经完全控制了这个小区所有的摄像头及警力调配，不管顾蒙亮有何行动，都不会受到法律制裁。

"请尽快完成李诗绘的愿望。"外星人这样催促。

车已经进入了李诗绘家所在的小区，为了掩人耳目，在进入一处绿荫的时候，兰博基尼的外观自动转换成一辆不起眼的银色金杯面包车。顾蒙亮背着黑色长形帆布包包裹着的狙击枪下了车，他的监控眼镜里显示，琳达已经回到家了。他清楚听见，琳达在门打开的那一瞬间看到李诗绘坐在客厅时急促的呼吸声。

"你回来了？"琳达的声音夹杂着惊喜和意外。

"嗯。"李诗绘应了一声，继续翻阅手中的杂志，但是顾蒙亮能看见她的手在发抖。

"你害得妈妈丢了工作，这下好意思回家了？"琳达本来是要对李诗绘的回家表示高兴的，但是却开始把自己工作上的失误推卸到李诗绘的头上。

李诗绘对母亲丢工作这件事情感到很意外，但是她冷冷地站了起来："你不是也害得我丢了工作吗？"

琳达尖刻地笑了："工作？你在奶茶店端盘子也算工作？你不务正业不好好读书，奶茶店都不要你才是正常的！"

话语实在是太尖刻了。顾蒙亮皱眉想拿掉耳机，但那个鬼畜外星人会突然在耳机里对他下命令。他扛着沉重的狙击枪，心情沉重地走进电梯。小区的门禁对他来说形同虚设，电梯入口的摄像头想必也被外星人控制了。他不得不听着李诗绘家里的现场直播，她妈妈开始尖刻地指责女儿害得自己如何如何惨，女儿开始为了自卫开始反击妈妈。

琳达并不是一个被害者。

顾蒙亮看出来了，也许是同龄人的关系，他更加能快速理解李诗绘的处境。她在外面被母亲用母爱这个巨大的力量编织出"加害母亲"的罪名紧紧束缚住，在家里同样被母亲用"加害者"的罪名指控，她根本就无法逃脱。她离开母亲也是个"加害者"，回母亲身边同样也是个"加害者"，如此畸形的关系，她如何挣脱呢？

——杀死母亲，成为她内心深处没有选择的选择。

"真是可怜。"戴着墨镜的顾蒙亮背着狙击枪来到了楼顶。

楼顶正对着李诗绘家里的客厅，窗帘没有拉，可以看见她正和母亲互相砸着家里的东西，场面非常混乱。楼下的邻居看来对这样的戏码见怪不怪，只是下意识地开大了电视机的音量。

可怜的孩子，你不是担心妈妈才回来的吗，结果回来依旧是被当做"加害者"指控吧。顾蒙亮咬咬牙，将狙击枪组装起来，然后对准了她的妈妈。其实有没有瞄准都不重要，外星人会让这颗子弹准确无误地射进她母亲的脑袋。

"我不能理解为什么她觉得孩子在加害她，却总不肯让孩子离开。"顾蒙亮闷声说。

"我们也不能理解，"外星人的声音没有一丝感情，"我们无法分析出这种感情到底是爱，还是恨。"

"琳达当初是怎么和李诗绘的爸爸离婚的？"顾蒙亮突然冷笑，"算了，不用问了。她这种个性，估计也是要把自己丈夫塑造成'加害者'的形象吧。"幼稚的女人，不肯承担一点点挫折的女人，就会把丈夫和孩子塑造成加害者，然后反复地陷入悲剧循环。

顾蒙亮瞄准了她的脑袋，既然如此，为了拯救我的父亲，为了完成外星人的命令，那就让我来当这个恶人吧。

他扣动了扳机。

但就在那一瞬间，李诗绘突然注意到了妈妈头上的红外线瞄准红点。

——你妈妈一周之内就会被杀死。

她本能扑上去，挡住了妈妈身体的同时，顺手推开了她！

子弹已经飞出去了，顾蒙亮知道来不及了！

李诗绘摔在了沙发上，距离她头部不远的花瓶突然碎裂。

她惊惶地抬头看窗玻璃上的弹孔，然后看到了对面楼顶上扛着狙击枪的杀手。她不知道是怎么回事，但记得顾蒙亮的警告。琳达被她推到一边，还以为女儿这时竟敢动粗，不由气极，刚想站起来大骂，却看见女儿用手指着玻璃上的弹孔："有杀手……"

顾蒙亮愣愣地举着狙击枪，捂着耳机对那边说："怎么回事？"

"李诗绘突然扑上来，我们只能让子弹射偏了！你赶紧采取行动，不然引起对方警觉，刺杀就变得非常有难度了！"外星人大声说，"今天必须完成刺杀任务，不然我们就杀了你父亲！"

"见鬼！"顾蒙亮再次举起狙击枪，"你们要杀一个人类不是很简单的事情吗？轻而易举就能制造出各种意外！为什么一定要通过我！"

"这是游戏规则。"外星人冷冰冰地说。

就在李诗绘劝说妈妈避难的时候，再一次看见对面的狙击手举起了枪。她赶紧把妈妈推到沙发后蹲下，茶几上的一个玻璃托盘被枪击中，玻璃渣子溅到了她的脸上。

"这是怎么回事！"再胡搅蛮缠，琳达也注意到情况不对了，她紧紧拉住李诗绘的手，"诗诗，到底怎么了，你不要出去！"

"我要报警啊！有人枪击我们的家！"李诗绘着急地说，一把抓过茶几上的手机拨打110，却发现一片忙音。她扯过妈妈的手袋去找手机，再次拨打，发现完全没有信号。她内心的阴霾在不断地扩大，对面的枪手并没有停止袭击，她家的冰箱、电视机、门窗全部被子弹击中。更可怕的是他们没有听到枪声，这是已经经过消音处理的专业狙击枪，在小区里无法引起任何骚动。

"救命啊！"她忍不住大喊，企图引起周围邻居注意，张口的瞬间却看到一发子弹突然打中了窗口。这发子弹非常特殊，似乎是某种粘稠的液体，然后迅速在窗口上蔓延，整块玻璃似乎都被冻结了起来，连同刚才那些弹孔一起。

"顾蒙亮,我们已经涂上特殊的隔音材料。你不能再用远距离狙杀的方式了,这样会引起骚动,请改变暗杀手法。"外星人如此警告。

"已经不是暗杀,而是明杀了吧。"顾蒙亮快速收起狙击枪,戴上墨镜往楼下走。走到楼下的面包车前,他将狙击枪扔到车后座,顺手拿起了旁边的手枪和手雷:"会不会太夸张?"

"不会,在那间房间的所有声音已经被我们隔绝,也屏蔽了信号,从外面的玻璃看,也看不到她家的情况,请尽情发挥。"外星人说道。

"真是人类的末日。"顾蒙亮冷笑,将外套拉链拉到下巴,顺手拿出同色的帽子戴在了头上,远远看去他就像一个快递员。

电梯门打开了,里面空无一人,摄像头已经被全部黑掉。顾蒙亮信步走进了电梯,拉低了帽檐:"李诗绘,河神来帮你实现愿望了。"

七

"妈妈,我们赶紧离开这里!"李诗绘拉着琳达往门外跑,她一直担心这期间那子弹又会疯扫过来,所幸枪击暂停了。琳达跟着李诗绘,不停问她到底是不是惹上什么人了,李诗绘说不知道是自己惹上的还是妈妈惹上的,总之现在赶紧离开这里。

跑出门外站到电梯前,她看着电梯从一楼一点一点往上升,心里不祥的预感在扩大,然后她对琳达说:"妈妈,快从楼梯间走,不要走电梯,快!"

母女俩赶紧闪进旁边的楼梯间,里面漆黑一片,让人感到十分害怕。李诗绘紧紧拉着琳达的手,突然想起小时候家里停电的时候,妈妈也是这样紧紧拉着她的手。现在情形转变过来了,惊慌失措的是妈妈,镇定的是女儿!

电光火石间,李诗绘突然意识到一个问题:虽然不知道袭击者是谁,但陷入慌乱的是妈妈,自己内心却是笃定的,因为笃定对方的袭击不是针对自己吗?她本能看了一眼上头虚掩的楼梯间的门。是的,她的直觉告诉她,这场追杀是针对妈妈的,而不是针对她。

为什么会这样?李诗绘不明白,虽然妈妈强势很容易得罪人,但是不足以到被追杀的地步,是谁对妈妈有这样深重的杀意?

"诗诗,你先走吧,你腿长跑得快,赶紧出去报警,妈妈在后面给你看着。"因为怕引起潜伏在黑暗里杀手的注意,她们都没敢打开手电,只是在黑暗里摸索下行。这时的琳达已经感觉到体力不支,因为她们住在二十楼,这样跑下去恐怕不合适。

这边的李诗绘突然意识到哪里不妥了,她捂住嘴:过去对妈妈有深重恨意的那个人，正好是自己啊！

她突然想起了在文慧桥上遇见河神的事情，种种历历在目，包括自己说出的那个愿望。说也奇怪，这样特殊的事情，她过了一个晚上居然差不多忘得干干净净，直到现在才想起来，她对那个年轻的河神许下的愿望，就是杀死母亲！

为什么？为什么会这样？

她全身发抖，对妈妈怀着恨意是事实，但是现在全心全意希望妈妈逃脱也是一个事实！为什么在深切地爱着一个人的同时，也会萌生恨意？为什么两个人明明是互相担忧着对方，却一直彼此伤害？世界上为什么会有这样复杂又让人感觉扭曲的情感？

琳达看见女儿突然蹲下来不走了，以为她受伤了，急急忙忙要弯下腰去背她，却摸到了她脸上的泪水。

"怎么了，诗诗？不要害怕，诗诗你不要害怕！"她突然意识到之前的惊慌失措也许给女儿造成了巨大的压力，她立刻命令自己要坚强起来。过去多少个独自面对前途叵测的时候，她也是这样命令自己，为了女儿要坚强起来。"你不要害怕，妈妈感觉这个杀手是针对妈妈的。也许不知道什么时候得罪了竞争对手，或者犯了什么事儿，不要怕，他们不是冲着你来的。现在是十二楼，你先出去敲门找一所住户躲起来，然后报警，不要害怕。"妈妈镇定下来之后，展现的智慧和力量开始超越女儿了。

李诗绘被巨大的内疚包围着，她知道那个河神力量强大到什么地步，她无意间召唤出来了一个恶魔对付自己最亲近的人。她用力握住妈妈的手，说："妈妈，我要保护你，他杀不了你的！"

琳达突然抱住自己的女儿，想起过去对她的种种苛求，忍不住哭了起来："对不起，诗诗，是妈妈去奶茶店里告状了。如果让你留在奶茶店，也许就不会遇见这样的事了，是妈妈太过于独断专横了……"

是的，独断专横的妈妈，一直干涉她成长的妈妈……但也是最爱她的妈妈。虽然她被密不透风的母爱包裹得喘不过气来，但是她能成长到今天，也是托了妈妈的福啊。只是，只是很多事情并不能如人意而已……妈妈苛求完美，她自己不也是这样吗？

李诗绘突然止住了抽泣，将手捂住妈妈的嘴，因为她听到了楼上似乎有楼梯门打开的声音。

是的，错不了，那个人打开了楼梯门，然后慢慢一步一步地走下来了。

一般人不会这样下楼梯的，每一步都充满了探索和警惕。然后脚步停住了，过了几秒，那个脚步突然轻快了起来，仿佛这里的黑暗对他毫无阻碍。李诗绘突然明白了什么，全身开始不可抑制地颤抖起来。

对方是专业的杀手，是河神派来的杀手，黑暗对他来说根本不算什么！因为他就是来自黑暗的恶魔！

顾蒙亮的眼镜切换成红外线模式，他可以看到黑暗中的一切。

楼梯的灰尘上留下了杂乱的脚印，这母女俩果然是从这里开始逃亡的。

采取非常逃生状态，证明对方的警戒值已经达到最大，很可能会发动攻击。

"你现在也有一定的危险，务必小心。"外星人这样警告他，"对方可能会反过来袭击你，她们是两个人。"

哼……顾蒙亮轻声咕哝，如果我被袭击了说不定更好，成全了两份孝心。

"什么意思？"外星人听不懂黑色幽默。

"我的任务失败，相当于我的父亲和她的妈妈都得救了。"

"不明白，李诗绘明明是想杀死她母亲的。"

"都说过多少次了，你们无法参透地球人复杂的情感，恨意有时是爱意扭曲而成的，我从来没有如此肯定过。"顾蒙亮听见楼下楼梯间"吱呀"一声响，知道那母女来不及下到一楼，从八楼的楼梯间逃了出去。

"她们到八楼了，我们会直接切断电梯的电源，使她们无法通过电梯逃到一楼。"

"估计她们不会从电梯逃生，因为她们无法判断我们的人数。"顾蒙亮说。

"你的判断准确，她们开始求助八楼的居民请求报警援助。"

"你看，事情越闹越大了。"顾蒙亮讥讽道。

"刚才我们通过家电释放强力电流，现在八楼所有的住户都被电晕了，听不到她们的求助。为了确保没有惊动其他人，我们把九楼和七楼的住户也全部用相同的方法击晕。此刻八楼相当于一个密室空间，请尽快完成刺杀任务，我们将为你制作'河神愿望实现'的特效背景。"

"你们真是一群品位猎奇的变态。"顾蒙亮拿起手枪，这么近的距离，就算他不瞄准目标，外星人也有本事改变引力，让子弹打中李诗绘的妈妈。之前远距离射击大概是因为李诗绘一直护在她妈妈的身上，外星人不想伤害许愿者，所以子弹没有打中。这回可没那么好运气了。

顾蒙亮拿出手枪，将里面的子弹一颗一颗取出来，只剩下一颗，然后走了出去。

门外，是一直在拍门的李诗绘母女。

那扇门死气沉沉的，没有人来开门，就像冷酷的命运没有对她们露出笑脸一样。

琳达好像突然回到了十几年前。她因为婚姻失败，抱着襁褓中的李诗绘站在文慧桥上茫然四顾，觉得人生无望，真有抱着孩子纵身跳下的冲动。但襁褓中李诗绘恬静的小脸给了她新生的勇气。是的，就算将来的人生孤苦无依，一片黑暗，但这个孩子正是自己努力向前的希望啊。

李诗绘还在用力砸门，手通红了，她泪眼婆娑地冲着门内喊："有人在家吗？开开门啊！"

还是没有动静，身后楼梯间的门倒是打开了。戴着墨镜，帽檐压得很低的杀手举着手枪走了出来，黑洞洞的枪口对准了她们。

琳达突然把李诗绘拉到身后，对杀手大声说："你杀了我吧！放过我女儿！"

李诗绘顿时大哭了起来，她拼命想站到妈妈前面，却被她死死拉住不让动。她冲着顾蒙亮大哭："我知道你是文慧桥的河神！我知道你是他派来的！我当时是乱说的！我不要那个愿望了！就算河神杀了我，我也不要那个愿望了！"

琳达看见自己女儿突然冲着杀手大喊大叫，怕她激怒杀手不由大为着急："诗诗你胡说什么！这个人是冲我来的！你快往电梯那边跑！"

顾蒙亮举着手枪定定地对着她们，轻声说："确定这是她在文慧桥上的愿望？"

外星人那边长久的沉默，他们大概分辨不出李诗绘前后态度迥异的原因。他们在努力分析地球人复杂的情感，为什么同样一个人会在不同场合说出完全不同的话，到底哪一句才是真实的愿望？

顾蒙亮再也不想等下去了，他怕外星人用胡乱的计算公式计算出一个不好的结果。他冲着眼前的母女大喊："告诉我！你们在文慧桥上许的愿望，到底是什么！"

琳达刚才还想着早年的事情，这下被对方一语击中心头，忍不住啜嚅说："十六年前……我，我在文慧桥上想轻生，后来看见诗诗，我说为了我的女儿，我一定要活下去。"想起当年的苦楚和无助，她忍不住哭了出来，"我可以为了我的女儿活下去，今天也可以为了她死！你就杀了我吧！就当我这条命还给当年的那条江了！本来十六年前我应该已经没命了！"

李诗绘看见妈妈这样失控，不难想象她当年一个人抚养孩子的艰苦。她急忙抱住妈妈，对着顾蒙亮说："那天晚上我在文慧桥上许下的愿望，如果食言了，请惩罚我，将我的生命没收吧！我撒谎了！对不起！"

"诗诗你胡说些什么！怎么能这样放弃生命！"琳达不由得大急，紧紧挡在诗诗面前，仿佛面前的杀手也没那么可怕了。她突然冲上来紧紧抓住顾蒙亮的手往上扭。顾蒙亮没料到刚才哭得六神无主的阿姨会突然奋起反击，他拿着枪的手被推到了上面，然后枪走火了，唯一的子弹射进了天花板。

本层楼的消防系统被启动，灭火用的花洒开始奋力喷水，而且出水量超大，瞬间将在场的三人淋了个落汤鸡。

周围也不知道怎么突然响起了庄严的声音："恭喜你完成了愿望！我是来自文慧桥上的河神！你的诚实感动了我，我为你实现你许下的愿望！愿你的诚实陪伴你的一生！那是你最宝贵的财富！"

被推到一边的顾蒙亮捂住了额头，只有他注意到了周围像蜜蜂一样悬浮的超小型音响。这是外星人在他完成任务之后特意定做的特效，为的是塑造河神的伟大形象。

还想痛揍杀手的琳达也愣住了，她呆呆看着周围一片水雾，还泛着令人可疑的五彩光芒，这是外星人派出的超小型音响附带的灯光效果，琳达不知道到底发生了什么事。

只有李诗绘入戏了，她过来将妈妈护在身后，对着被推倒在一边呈小媳妇状的顾蒙亮说："我的愿望算是实现了，谢谢你，河神！"

"怎么办，你们还要搞多久？"顾蒙亮对着耳机低声说。

肃杀的追杀，庄严的还愿，变成了现在的结果。

外星人的语速有些快："我们还在讨论，你先撤退，我们会用雨雾给你制造水遁的效果，请从楼梯间退出，然后进入七楼电梯。一路上人员已经清理，不会有人看见你的，放心。"

然后，那个出水量超大的消防设施突然对着琳达母女疯狂射水，搞得她们不得不挡住脸，捂住眼睛——

当一切静下来之后，那个杀手已不见踪影，喷水也停了，只看见周围一片水漫金山的景象，以及在水中静静站立的彼此。

虽然画风有点不对，但河神的出场和退场也算是颇有气势了。

那边已觉得理解能力不够用的外星人舒了口气。

八

湿淋淋的顾蒙亮钻进了面包车，车子自动行驶出小区。他表面上做出难看的脸色，但内心有点雀跃。

脸色必须难看，是做给处置不力的外星人看的。

果然，外星人小心翼翼地试探性询问："还变成兰博基尼吗？"

"哼，不要，我要擎天柱！"顾蒙亮没好气地说。

金杯面包车转身上了立交桥的时候，已经变成了拉风的擎天柱。

"对不起，我们无法应对这样复杂的情况，所以当时不知道应该杀了琳达，还是不要杀她。我们现在还无法分析出李诗绘的内心想法。"

"都说你们不了解地球人，你知道地球上有多少人天天说要死啦要死啦，但真的有几个人会去自杀的？你们这么较真，以后怎么在地球上混？她说她想杀了她妈妈，你看最后还不是拼命去保护妈妈？血浓于水的亲情你们不懂，所以我一开始就反对执行这场计划！"顾蒙亮痛心疾首道。

"可是，已经许下的愿望按照规则没有实现怎么办？"外星人显得有点苦恼。

"我早就想问了，这个狗屁规则不是你们自己定的吗？你们直接改了不就行了！"顾蒙亮说。

外星人很快回答："不能改，已经上报学院了，和成绩挂钩。"

"学院？成绩？等等，什么意思？"顾蒙亮抓住了疑点，紧追着问。

外星人长久沉默，最后秉承诚实的品质回答了顾蒙亮的提问："是这样，我选了'地球人情感'这种课题做大学毕业论文，所以制定了可行性的调查计划，规则定下来后上报学院然后批准通过。如果临时改变规则，我的研究数据是不能算数的。"

顾蒙亮愤怒了："你？说到底，来地球的就你一个人？你为了自己的论文无视地球人的生命说杀就杀？你到底是不是人啊？！"

"我是外星人，地球人的伦理道德对我来说无用，"外星人严肃地说，"而且我是通过和地球人签订契约的方式，偶尔剥夺对方的生命，比如李诗绘自己说要杀人的，并不是我要去杀人，对不对？我一个人也没什么稀奇，光凭我们的技术，我一个人可以控制整个太阳系的运行！"

"你……"顾蒙亮气得说不出话来。

"现在回到老问题，李诗绘许下的愿望到底要不要实现？我们要以她当晚许下的愿望为准，但目前实现这个愿望又与她真实的愿望相悖，所以真的很难抉择……顾蒙亮，怎么办？我不想前面做的数据记录全部作废。"

顾蒙亮抱住湿淋淋的头冥思苦想，突然跳起来一拍大腿："有了！当初那个耳钉根本不是李诗绘扔的！所以她根本没有许愿的资格，她的愿望，我们可以无视！"

"对哦！"

经历过了一番苦战，两个人都长长呼了口气。

真是的，当神仙也不容易！

"喂，外星人，还是把车变成兰博基尼吧。"顾蒙亮觉得心情轻松了起来。

"没问题。"外星人也觉得自己渡过了大难关。

大货车在转角处瞬间变成了酷炫狂帅的兰博基尼，后面紧跟着的公交车司机忍不住擦了擦眼睛，以为自己幻视了。

九

江水静静地流淌，夜色中的文慧桥优雅沉静，像一位少女。

琳达和李诗绘慢慢走到了桥上。琳达看着江面，想起多年前自己冲动地想要轻生，不由得自我嘲笑了一下。

李诗绘想起那个荒唐的许愿差点要了妈妈的命，也忍不住拉住了妈妈的手。

"诗诗，我当年就是断定我要为你而活。"琳达说。

"妈妈，你应该为自己而活，这样我们两个人的负担都会小一些，"李诗绘真诚地说，"你过你的生活，我过我的生活，这样我们才能各自独立，才能相处得更好。"

"可是妈妈不放心你啊……"琳达看着自己的女儿，她就是自己的生命。

"关心不代表着全权操办，我已经十八岁了，已经是个独立的人了，"李诗绘正色道，"您难道不想让我们关系好一点吗？那就先好好过好自己的生活。"

琳达沉默了片刻，觉得女儿说得似乎有点道理，怎么自己从来没想过呢。

李诗绘想起了文慧桥的河神，她忍不住拿出自己的手机，对妈妈说："妈妈你知道吗？这里据说有一个河神，把值钱的东西扔下去，就有可能实现你的愿望。"

"我的愿望其实已经实现了，就是希望我活下去，陪伴我的女儿长大。"琳达说。

"那可以再许一个愿望，"李诗绘高举着手机对着江面，"我希望我们都能得到幸福。"

琳达想阻止她，想跟她说手机也是花钱买的不要随便扔，但同时已经有一个桥梁管理员举着手电冲过来了："不要扔手机！你们这些人老是往江里扔东西造成了严重污染！我要把你们抓起来送派出所去！"

"是啊！不要污染环境！"琳达急忙拖着女儿就跑，李诗绘不得不跟上妈妈的脚步，不然就被那个气急败坏的管理员追上了。

她一边跑，一边觉得之前发生的事情真是不可思议。但河神说得没错，要诚实是对的。她以后也会诚实地说出自己内心的想法，诚实地指出对方的不足，诚实地面对自己的不成熟，诚实地说出爱。

第二章

静廊桥·无处可逃

一

罗喆骑的机车是改造过的，行驶时会发出某种非常嚣张的声音，那种声音会让人联想到不良帮派，但实际上坐在上面的是一个二十多岁素颜的清秀佳人。佳人穿着简单的白T恤加牛仔裤，修长的双腿，窈窕的身姿配上机车比下雨天和音乐更配。

她的机车行驶到了静廊桥。

静廊桥是距离市区最偏远的一座桥，几年前改造过，现在是非常时尚的矮塔单面索斜拉桥。在这个寂寞的夜里，幽幽的路灯下，江水在下面静静流过，如泣如诉。

罗喆没有心情欣赏这一幕，她把头盔摘下，想稍作休息，但一不留神头盔没拿稳，直接掉下桥底了。

"扑通——"头盔干净利落掉入江水的声音。

见鬼！她趴在栏杆上看了一会儿，想走又不舍得走。头盔倒是不值钱，可她这辆改装过的机车太惹眼，稍不留神就会引起交警的注意，并且今天晚上她还要去干一件见不得人的事，没有头盔的掩护怎么办？"算了。"她想起机车后箱有件外套，不如包在头上？

她转过身的那一瞬间，背后的江水突然开始闪烁着五彩的光芒。伴随着仿佛是音乐盒里传出的悦耳音乐声，江水开始喷射着五彩的喷泉。

罗喆以为自己听错了，慢慢回头，却看见一个湿淋淋的黑衣人从江面临空而起，轻飘飘落在了桥栏杆上。身后是巨大的喷泉，他举着两个圆圆的东西，开始用低沉的声音问罗喆："请问，你刚才掉的是这个黄金头盔呢，还是这个白银头盔？"

"哗啦——"喷泉停止了，被喷到半空中的水柱落下来的时候把罗喆迎面淋了个落汤鸡。

"……"罗喆看着面前这个穿着黑色斗篷的人，减去了桥栏杆的高度，在心里迅速估算出此人大概有一米七五上下的身高。那个低沉且不自然的声音应该是变声器所致。大半夜的，恶作剧吗？

"小姐，哪个是你掉下去的头盔呢？"罗喆这回看清楚黑衣人拿着的是闪闪发光的头盔了。

"都不是我的。"罗喆惦记的是自己的安全头盔，这两个金属头盔看起来就很重，黑衣人举着它们的手臂在瑟瑟发抖。

"你真是个诚实的人！"黑衣人如释重负，直接将两个头盔扔进了江里，好像他早就受不了它们的重量了，"这两个头盔我都扔回去算了！"

"……"罗喆不知道他想干什么，她只是觉得对方很怪异。她机械地转身骑上自己的机车就要走，却发现怎么也发动不了机车。

"说吧！你有什么愿望，我可以帮助你！"黑衣人哗啦一下掀起斗篷，斗篷鼓起来，在空中胀成一个完美的圆形。

"你到底想干什么？"罗喆忍无可忍，对着黑衣人大叫。她本来今天晚上就有点神经兮兮，内心特别紧张，现在莫名其妙被人淋了一头水，心爱的机车还点不着，她简直想直接把这个黑衣人推下河里去。

"看来你不知道我是谁，"黑衣人咳嗽了一声，"我是静廊桥的河神，多少人想见我都见不上呢。"

"你到底想怎样？"罗喆怒了，一掌拍在机车座位上吼道。

黑衣人在栏杆上差点没站稳，急忙解释："只要你告诉我你的愿望就好了。"

"我的愿望就是赶紧发动机车！离开这里去接人！"说到这里，罗喆突然住口，她发现自己讲漏嘴了。

黑衣人略带疑惑地看着她，仿佛搜索不出这句话背后的信息。他试探性地问："能说得再详细点吗？"

罗喆不想理他，她烦躁地检查机车，没发现问题，但就是点不着火。她左右看看，这个时间也没有车辆经过，这地方实在太偏僻了。她忍不住踹了一脚机车，机车往旁边一歪，她又赶紧扶住，免得它摔倒。

"你说得具体点儿？"黑衣人耐心引导她，"说具体点儿，就可以立刻离开这了。"

罗喆放下手里的机车，冲到黑衣人面前瞪着他，黑衣人惊得差点在栏杆上站立不稳摔进后面的江水里。她指着他的鼻子，说："我不管你是人是鬼，也不管你是河神是乞丐。我现在要去接一个朋友，我不希望他有什么意外！我要是晚点去他可能就会没命！你明白的话，就赶紧让我的机车发动起来！"

黑衣人如释重负："很好。"

　　这时，停放在那里的机车突然自动转动了钥匙，自己发动了。把罗喆吓得差点跌坐在地上。

　　"你可以走了，我会确保你朋友的安全。"黑衣人指着远方，耸肩说。

　　罗喆见了鬼似的骑着机车快速离开，留下黑衣人静静站在桥栏杆上，风轻轻地吹着他黑色斗篷的下摆。他摘掉了头罩，露出一张漂亮的男孩子的面孔。

　　"顾蒙亮，我会全程跟踪她，看清楚她要接的人是谁。"耳机里传来机械的电脑音。

　　"你这个外星人那么神通广大，要造一个三维立体的河神出来也不难，为什么非要通过我？"被叫作顾蒙亮的男孩子跳下栏杆，脱下身上那件黑色的斗篷，露出里面的牛仔裤加T恤。他泄气地坐在了地上，从兜里掏出手机玩。

　　手机屏幕本来是显示微信朋友圈的，现在自动切换成罗喆骑着机车在路上超速狂奔的镜头，从拍摄角度看得出来这还是个航拍。他皱着眉回头看了一眼河水："我说……她接到人，你直接监控就好了。如果有人打劫，你就从那个侦察小飞机射两道激光下去，有必要逼着我一直看实况转播吗？"

　　耳机里的电脑音说："我不了解你们地球人的信息系统，怕理解错误，你要配合我解读。"

　　"知道了。"顾蒙亮知道这个死外星人经常无法理解地球人话语背后的意思。它追求的是"人内心深处真正的愿望"，但往往人的表述总是出现问题，"对了，老是叫你外星人不好，你有名字吗？"

　　"我没有名字，在我们那里，个人身份识别不需要名字，我们也不靠语言交流。"

　　"那我叫你河神吧，外星人在我们语言体系来说是一个统称，让我不太舒服。"顾蒙亮说。

　　"你不能叫我河神，你才是河神。"

　　"那你是河神他爹好吧！"

　　"我不是你爹，那个被我拿来做人质，你不配合我做河神我就会让他得绝症的男人，才是你爹。"

　　顾蒙亮气不打一处来。一辆兰博基尼风驰电掣地开到了他的面前，耳机里的电脑音继续毫无情绪地说着："刚才那个女的好像已经和目标人物接上头了。"

　　"知道了，'西门豹'。"顾蒙亮上了兰博基尼，车里根本没有一个人，全自动操纵，死外星人把黑科技用得淋漓尽致。

　　"西门豹？"电脑音有一丝疑惑，似乎在搜索这个名字的出处。

"就是我送给你的名字啦。"顾蒙亮刚系上安全带，兰博基尼就呼啸而去了。

二

这里是距离市区大约五十公里的森林公园。罗喆在环城立交桥下停好机车，四下看了看，静悄悄的，除了偶尔呼啸而过的长途卡车之外没什么人。已经十二点半了，该来的人还是没来。她有些紧张，忍不住发了一条信息问："我到了，你在哪里？"

旁边的树丛中传来一声信息提示音，一个黑影从里面慢慢钻了出来，对罗喆低声喊道："小黑姐！"

"菜头！"听见熟悉的声音，罗喆忍不住打量起面前的人。在昏暗的路灯下，昔日的小弟如今高大英挺，但因为匆忙逃窜，脸上有几分疲倦，看起来神情狼狈。菜头忍不住上来握住罗喆的双手："看见你真是太好了！"

罗喆双脸有点微红，赶紧抽回双手，问："说吧，到底怎么了？"

"三角那边出事了，他们一直追着我到这里。"

"三角的人？"罗喆皱眉，"我走之前不是让你不要去他那边惹事吗？"

"你都走了三年多了，他们追我追到这里来了，你要帮帮我！"突然远处有车开过来了，他紧张地抓住了罗喆，"小黑姐，快点带我走！"

罗喆骑上了机车，发动了车子，示意对方上车。菜头刚刚坐上车后座，一辆越野车就远远开过来。有人喊："别跑！"车灯晃着菜头的脸。

"小黑姐快走！"菜头慌张地对罗喆说。"砰！"越野车里的人朝天鸣枪警告，罗喆发动了车子呼啸离开，越野车紧追不舍。罗喆一边开车一边大喊："你到底惹了什么事？连带枪的都来了？"

"救我！"菜头也喊道。

"抓紧了！"罗喆的机车也许从未有过这样狂飙的速度，它在环城公路上飞驰，身后的越野车穷追不舍，时速已经飙上一百四。罗喆觉得头发倒立，但神奇的是她脸上好像戴着无形的头盔，面部完全没感觉到有劲风吹过。而菜头就不行了，他紧紧抱住罗喆的腰，脸埋在了她纤瘦的背后。

"空气面罩已经保护委托人的脸部，如果把她头发也保护起来，恐怕会引起恐慌吧。"

"好了，你别搞得太引人注目，来帮我阻止后面那辆车！"

一辆兰博基尼幽灵般出现在罗喆的机车和越野车之间，越野车司机以为自己看错了："该死！"兰博基尼逼停了他，罗喆的机车得以顺利从他的视线中逃离。

越野车的司机怒得掏出了枪，准备查看突然在自己面前打横的这辆兰博基尼到底是什么来头，结果还没等他松开安全带，那兰博基尼突然再次发动，在面前打了个急速的转弯，一溜烟跑了——并且他发现这辆车居然没有车牌号。

"见鬼！"对方车速太快，根本就追不上。

兰博基尼在夜色中渐渐变成一辆普通的大众轿车，顾蒙亮戴上了监测眼镜，看着罗喆带着刚才那个年轻人朝市区骑去了。

"她接的人叫梁振亮，隔壁绿城人，是一家夜总会里的股东，二十四岁。罗喆也是绿城人，三年前来到本市，二十九岁。"外星人，哦不，西门豹说。

"追她的是什么人？"顾蒙亮问。

"是警察。"西门豹说。

"……"顾蒙亮沉默了半晌，"你的意思是，她在保护一个被警察追捕的人？"

"不是我的意思，事实就是这样。"西门豹用冷冰冰的电脑音说。

"我们要帮她？这是违反法律的，这和你的规矩不符吧？"顾蒙亮几乎要跳起来了。

"我的规矩无视地球上的一切法律和公序良俗，我只在乎委托人和我们建立起来的契约。"西门豹冷冰冰地说。

"我不能无视！这是犯法的！我要遵守法律法规的！你开什么玩笑！"顾蒙亮抗议道，"我们为了保护委托人，赶紧让她把那小子交出去，她就安全了。"

"你不能违背她的委托，她的心愿是要那个人平安无事。"西门豹说。

顾蒙亮气得都要笑出来了，他早就知道不能和外星人谈什么条件。

监视眼镜上显示罗喆已经快接近市区了，她的速度明显放慢了许多，看来完全不知道她背后驮的是一个被警察追捕的犯罪嫌疑人。而那个犯罪嫌疑人梁振亮，正紧紧搂着她的腰，像个孩子般。

三

"追他的人是个刑警，叫郭睿，手上查的是一起杀人案。"西门豹轻而易举侵入了绿城刑警支队的系统，把卷宗调了出来，直接传到了顾蒙亮那边。

死者是一名歌厅的股东，身份证上的名字叫付业，今年三十一岁，前段时间被发现尸体，排查之后，梁振亮具有重大嫌疑。

"他说他是冤枉的，那人到底是不是他杀的？"顾蒙亮问。

"这个我就不知道了，我只能收集到现有的证物，但不能重现过去的事情。你可以根据这些证据推测一下是不是他杀的。但无论是不是他杀的，你都要保护他，因为这个是罗喆的愿望。"西门豹毫不留情地说。

"我才不包庇杀人犯！"顾蒙亮把脚架在挡风玻璃上，闭上了眼睛。反正车子是自动驾驶的，不需要他操纵。车子的全息投影还密密麻麻显示着杀人现场的图片。顾蒙亮不想学柯南，与其看这些恶心的照片，他宁愿闭上眼睛吃薯片！那个警察都朝天鸣枪了，那肯定有很多不利证据都指向梁振亮。

"已确认罗喆的住址，开始监控她的卧室和客厅，目前她住址周围没有危险。所有有她经过的摄像头我都已删除了她的记录，不会有人查得出她的去向。"如果西门豹去当特工，它将是地球上最危险最可怕的特工。不过幸好它只是一个从外星来的、要完成对地球人情感研究的白痴，很多时候它无法正确解读地球人的思想，所以制定了愚蠢至极的"河神方案"，并且选中了最倒霉的顾蒙亮做了它的工具。

顾蒙亮忍不住睁开眼睛的时候，一张硕大的死者照片出现在投影上，他差点被口水呛到："咳咳咳！"

"我觉得这个人死得有点奇怪。"西门豹说。

"死得奇怪你也不要这样放大逼我看啊！"顾蒙亮哀号，"我还未成年啊！"

罗喆带着梁振亮到了自己的住处。梁振亮没想过当年的小黑姐住在这样不起眼的地方。一看就是老房子，没有门禁，楼下小区的垃圾也很久没有人收的样子。房子是两房一厅，开着门的是罗喆的卧室。脚下的地板砖裂了几块，热水器年久失修，还是老式的燃气热水器，一根管子通过热水器连着厨房的煤气罐。

"另外一间的女生去她男朋友那边住一直没回。你今晚打地铺，明天给你弄一张床。"罗喆麻利地开始在客厅打地铺。这客厅连张沙发都没有，不知道她这几年怎么熬过来的。梁振亮试探着问："小黑姐，你在这里是做什么工作的？"

"我，快递员。"罗喆爽朗地露出自己被晒成小麦色的皮肤，"我们公司只有我骑机车送货哦。"

梁振亮看着周围简陋的家具，想起罗喆以前呼风唤雨的日子，不由露出哀伤的神色："小黑姐，我……"

"好了，"罗喆打断他的话，给他倒了一杯热茶，坐在他对面，"现在告诉我，为什么会被警察追？"

梁振亮仿佛被水杯烫了一下："你怎么知道……"

"朝天鸣枪的只能是警察，"罗喆平静地说，"你为什么会被警察追？"

"我……"

"难道几年前的事被发现了？"罗喆也开始紧张。

"对不起，小黑姐，那个被发现了……所以我很害怕……他们都说是我杀的……"梁振亮突然哭出声来。罗喆一听这话如坠冰窖，她尽量克制住天旋地转的感觉，因为面前还有一个六神无主的梁振亮。她安抚住他："别着急，你慢慢说……"

"几年前的事情被发现，警察现在追上我了，我很害怕，"梁振亮哭了起来，"但我不能把你供出去，于是我没命地跑来找你。小黑姐，我们跑吧。"

罗喆一下子想起了当年的冲突，鲜血的颜色，自己惊慌失措要逃走的狼狈，还有当年的梁振亮勇敢地站出来推着她走："快走！这里有我！"之后便是三年来隐姓埋名的逃亡生活。她吸了吸鼻子，强迫自己从黑暗的过往中走出来，安抚着梁振亮："事情是我做的，大不了我去自首……"

"千万不要这样！"梁振亮抓住罗喆的手，"我绝对不要你去自首！你不能去蹲监狱！"罗喆被他抓住手，心里百感交集，她本以为这辈子注定孑然一身，活在黑暗里。但梁振亮的出现，让她感觉到了前所未有的温暖。三年前他是这样，三年后他依然坚定地站在了维护她的位置上。

距离罗喆的住所六七公里远的地方，顾蒙亮正在通过特殊的监视眼镜看她屋子里发生的一切："听她的口气，人是她杀的？"

"是的。"西门豹的语调虽听不出感情，但语速明显出现了迟疑，外星人第一次觉得自己脑子不够用。

"而且还是几年前的事情？"顾蒙亮又看了看屏幕上那张令人作呕的尸体被发现的现场图，"难道这就是这张照片奇怪的原因？这是死了好几年的尸体？"

"我提取了这几天来罗喆的出勤记录，都是满的。"西门豹将数据展示在屏幕上，"她这几天都在本市送快递，而且是正常的上下班时间。在公共交通出行方面，没有查到她去绿城的记录。"

"有可能是她自己开车去的？"

"如果是指她那辆机车，所有的交通摄像头都没有拍到它离开本市的记录。"西门豹迅速过滤着龙城所有拍摄到这几天罗喆出没的摄像头记录，它的处理能力超过任何一台地球上现有的计算机，"一周之内没有她离开的记录。我现在在查绿城的所有摄像头的记录，她也没有出现在绿城。"

顾蒙亮忍不住又看了一眼现场照片，看着看着，也就慢慢适应了。他想了想说："要是知道那具尸体的死亡时间，也许会更好做出判断。"

"我潜入停尸间对那具尸体进行近距离的解剖。"西门豹很果断地说。顾蒙亮被他这个大胆的想法吓了一跳："不是吧！你还有这种功能？"

"组装机器需要点时间，有些东西没有现成的。"西门豹考虑了一秒，"给我一点时间，我立刻能组装出潜入停尸间对那具尸体解剖的机器。"

顾蒙亮目瞪口呆地瞪着前方，车子已经自动开到他家了。西门豹到底长什么样他从未见过，只觉得它无处不在，仿佛是已经全权接管地球的超级电脑，但有些时候它却无法独立做出判断，只有超高的执行力，以及忠实于自己制定的"河神规则"的偏执。

"你到底打算怎么……"顾蒙亮一问就后悔了，因为全息投影开始给他展示在国内不同角落的加工厂，西门豹开始动用自己的黑客能力制造微型机器人的过程。它表示不放心警方的法医，怕在解剖过程中有什么遗漏，所以它要亲自去解剖一次。

"如果能查出疑点，洗脱冤屈，那么委托人的愿望就可以实现了吧？"顾蒙亮分析出它的思考过程。

"我是这么想的。"电脑音不带一丝感情，"这期间你全天候监视罗喆，不要让他们被抓到。"

"好吧。"顾蒙亮发现自己已经到了罗喆的楼下。为了不引人注目，兰博基尼变成了一辆黑色的大众轿车，车牌号码也变了。

四

绿城刑警支队的郭睿感到非常愤怒。嫌疑人在自己的眼皮子底下溜走了，上级看他搜查无果，就把他召了回去，把搜索的任务交给龙城的当地警方。

整整一个晚上，他叫人去公路管理局调出昨晚高速公路的录像，结果所有录像都没有梁振亮的身影，就连那个神秘的女机车手也没找到。他记得当时明明在森林公园旁边的高架桥下有个摄像头的，他还开了枪！结果什么都没看到！连他的记录都没有，那摄像头坏了！见鬼！他狠狠地把配枪扔在桌子上，刚好引起了端着茶杯进来的邢局长的不满："喂喂喂！配枪是这样乱扔的吗？"

郭睿敲着桌子，压低声音咆哮："所有证据都指向梁振亮，真不知道他是怎么从我眼皮子底下跑掉的！"邢局长眯着眼，喝了口茶："你又不是第一次办案子，又不是第一次跟丢人，激动什么？"

这两句话讲得郭睿无话可说，他泄气地坐了下去，扭头问在旁边做报告的法医小陈："付业尸体的解剖报告出来了吧，确定是什么时候死的？"

"被扔进混凝土柱子里的尸体要我推断出确切的时间很难啊，"小陈皱着眉头说，"从尸体的腐烂程度看，死了应该有好长一段时间了，尸体都腐烂了，而且还被灌上混凝土拿去打成柱子沉到江底。"

这也难怪为什么当时顾蒙亮看见现场照片会不敢直视了，一具被打入混凝土桩子里的、腐烂得不成人形的尸体，任何人看了都会受不了。

"根据调查说付业已经出国考察大半年了，结果被人发现死在这里。"邢局长翻着口供笔记说。

"他根本没有出国，没有查到他护照的出国记录。而且他的公司牵涉了很多违法的事情，经济犯罪组一直在查他。就是因为他人一直不在绿城，那些记录就全部被搁置下来。"

邢局长想了想，说："大半年不出现，那和他一直保持直接联系的人是……"

"梁振亮！"郭睿说，"所以他具有重大嫌疑，整整有一年多，付业所有的指令都是由他传达的。"

邢局长又喝了口茶："这个梁振亮的确有很大嫌疑，现在要尽快将他抓捕归案。"

郭睿皱着眉头，抬眼看着房间里两只巨大像苍蝇一样的东西，咕哝道："什么时候混进来的？"

看着同步监控的顾蒙亮倒吸了一口冷气，实在是对方的眼神太严厉，他几乎以为郭睿已经发现那两只侦察机了。

"很快我们的解剖机器人就要送进警局了。"西门豹说。

"我以为你要半夜才放两只类似变形金刚的小机器人进去呢。"顾蒙亮说。

"没有必要，我选了最稳妥的一条路。"

"小陈，我刚才路过门卫好像看见有你的快递！"文员小苏抱着快递进来，郭睿顺手接过了那个邮包："我心情不好，这个邮包应该由我来拆。"郭睿接过来就上演徒手撕快递包，从被撕得稀烂的盒子里摸出了一个全新的……微型电风扇。

"我买过这种东西吗？"小陈疑惑地想去看地址，但快递包装早就被郭睿毁得不成形状了。小陈拿过来发现里面还装了电池，不由笑道："给我用吧，我心躁得很，需要这个。"

"这就是我送进去的解剖装置，只要顺利到达那个法医手上，就能完成任务。"西门豹平静地说。

"太厉害了！"顾蒙亮一想到这玩意能直接变形成一个小机器人，不禁大为佩服。

郭睿一把抢过那个小电风扇，对着自己的脸吹道："为什么要给你？我的心更躁！"

"不好，必须要让那个玩意到小陈手上。"西门豹发出了警告。

"只要他不把它带回家，等他们都下班了，那不是直接可以'解剖人变形'了吗？"顾蒙亮不明所以。

"吹得我心情好多了，我打算带它回家一路吹。"郭睿举着小电风扇，信步朝外面走去。

"见鬼啊！"顾蒙亮恨不得直接用侦察机给他一梭子，"他带回去了，怎么办？"

"没办法，只好用他来试试看了。"西门豹说。

"那机器人都被他带出警局了，怎么变形解剖啊？！"顾蒙亮急了。

"不是，"西门豹说，"那是能催眠的风扇！"

顾蒙亮差点从凳子上掉下来："什么？催眠？"

"根据地球上所有催眠的史料，我发明的催眠电风扇能催眠人类的思想，然后让他按照我们的想法行动。我本来是打算催眠那个法医，然后通过操纵他的身体，来达到重新解剖的目的。但现在是郭睿拿着电风扇，我们只能催眠他了！"

"你醒醒啊！"顾蒙亮气得想打它，无奈对方不是在他身边的实体，他也打不了。"你下次制定方案的时候，能不能和我商量商量？"

在那边警局，郭睿举着电风扇对着自己吹了几分钟，他觉得风扇的频率和颜色都怪怪的，让他的意识越来越模糊，而且好像有细如蚊呐的声音在他耳边不停地说着："去解剖室……去解剖室……"他回头看，看见了旁边上下飞舞的那两只大苍蝇，觉得这两只苍蝇怎么还有金属的质感呢？想看清楚的时候，他已抵挡不住眼皮的困意，整个人倒在了走廊里。

这下可吓坏了刚走出来的邢局长，他赶紧冲上来查看，又是试鼻息又是掐人中，最后忍不住扯嗓子吼了起来："快来个人！你们郭队长劳累过度在走廊里昏过去啦！"

"你看，你催眠得把人彻底弄睡着了！"顾蒙亮想使劲儿晃动西门豹的脑袋，但对方是无所不在却没有形态的外星人，他只能捶打方向盘出气，捶出了好几声车笛，"你缺心眼吧！"

西门豹沉默了半晌，然后分析出了这句俗语的含义："你在骂我。"

"我是在骂你！你折腾了一天就折腾出这么一个玩意！距离洗脱冤屈越来越远了！"

"不要激动，里面还有我的微型侦察机升级版，等他们下班就可以施行第二套方案了。"西门豹用没有感情的电脑音说。

五

第二天梁振亮醒过来之后，发现罗喆已经出门了，桌上有简单的早餐。他揉了揉自己的肩膀，睡惯了柔软大床的他，对昨晚简陋的地铺很不习惯。他在房间找了顶棒球帽，然后戴上墨镜想出去看看。所幸这是个很老的小区，并没有安装摄像头。但楼下有一群老太太和老头在打麻将，看见他下来就好奇地打量他。

"这孩子没见过呀？""哪家的？""不知道……"这些老人家看起来都有点耳背，耳语的音量梁振亮听得一清二楚。

"莫非是二楼那个姓罗的姑娘家的……"

梁振亮这下站住了，回头看他们。他们知道自己说中了，纷纷低下头装没看见。他转身朝前走的时候，又听见他们在说："那姑娘是个老姑娘了，一直没对象，现在出来了……""一出来就把男人往家里带呀……"

老……姑娘吗？梁振亮想起今年十一月份就是罗喆的生日，那时候她该满三十了。曾经在白云街叱咤风云的小黑姐，现在也落魄成被老年人嘲笑的老姑娘了。他想象不出罗喆穿着快递员的服装，骑着机车挨家挨户送货的样子。

他只记得当年她穿着黑色小礼服，露着修长的双腿，带着一群小弟去和付业谈生意的样子。他记得自己跟在她身后，她气定神闲坐在付业对面，对方一只手上全是纹身，她却视而不见："三角哥，那间KTV的租期已经到了，租金我是肯定要涨的，现在租金都在涨。如果你不想涨租金，那就分一部分股权给我。"付业气得脸红脖子粗，但是也没办法。

白云街有一半的铺面都是罗家当年买下来的，加上这个小丫头大学刚毕业就掌管这一片的铺面，统一管理，专门做娱乐业生意，现在已经成为城市最大的金圈。

付业当年从一家小KTV做起，有罗喆的支持才走到今天。现在赚钱了，生意越做越大，他大有吞并罗喆这些铺面的野心，但这小丫头机灵，直接就涨了租金，而且开始积极联系外地的夜总会机构想让他们进驻，真是难缠！他眯着眼看着如同黑玫瑰一般的罗喆，她的弱点到底在哪里呢？她一定有弱点。

罗喆的弱点就是太讲感情了。她带的全都是自己人，没有带律师，只是单纯想通过人情和付业谈下这笔生意，这证明她没真的想把付业斩尽杀绝。

白云街的三角哥付业和小黑姐罗喆之间有微妙的制衡，他们既是合作者，又彼此利

◀ 044 ▶

益倾轧，这是众人心照不宣的秘密，因为罗喆过世的父亲也是这样的。罗喆的父亲和付业每次谈延长租期的时候，两个人谈到摔瓶子但最终还是拍着肩膀走出来称兄道弟。

但这次不一样了，现在付业的生意越来越好，罗喆坐地起价，还想分他的股份，这让他感到难以忍受。在那一刻，他也许就有了把罗喆赶出白云街的心。但赶走罗喆，谈何容易？白云街几乎都是罗家的，要赶也只有罗家赶走他。付业的笑容下是握紧的拳头。

那时的梁振亮开车带着刚和付业谈崩生意的罗喆，车上没有别人，他忍不住说："小黑姐，为什么一定要分他们家的股份？"

罗喆没把这个和自己一起长大的弟弟当外人，她低声说："付业不会给我股份的，我是想赶走他，让他体面地退出，到别处去做生意。"

"为什么？"

罗喆叹了口气："我掌握了一些证据，付业这段时间在白云街做娱乐业触及了法律的底线，而且有越做越大的趋势。一旦被查封，对我们这块地皮的打击是不可估量的。他铤而走险，但我不能被他连累。我希望他还是赶紧收手，滚到别处去。"

梁振亮心中一动："你其实是想逼他知难而退。"

"是的。"

回忆到这里，罗喆的机车声打断了梁振亮的思绪。他远远看见罗喆满头大汗骑着机车过来，车后还绑着一个大箱子，里面有很多快递包。

"我回来看看你，怕你到处乱跑不认识路。"她说。

"我没事，我现在是重大嫌疑人，我不会到处乱跑的。"梁振亮说。说到这里，罗喆电话响了。她接了电话，和客户商量好送货时间，收起电话对梁振亮说："我送完今天的货物就去自首。"

"什么？"梁振亮不敢相信自己的耳朵，"小黑姐！你疯了？"

"人是我杀的，我不能再逃避了，这三年我过得也不踏实。你没发现我连名字都没换吗？我就是希望警察能找到我，但我没勇气回绿城见你……"罗喆说。

"你要是自首，我一直为你掩饰的工夫不就白费了？"梁振亮着急地大叫起来，"我们远走高飞好吗？"

"别傻了，我是受过高等教育的人，知道法网恢恢，疏而不漏。"罗喆低下了头，然后坚定地抬头看他，"我会和警察说，这一切和你没关系，都是我做的。"

"警察怎么相信你？又怎么相信我？我入了付业的股，一直帮罗家维持着生计，你觉得警察会相信我和那件事一点关系都没有吗？"梁振亮拉着罗喆的手，很坚决地说，

"别送货了，我们走吧！"

罗喆犹豫地拿出手机，梁振亮眼尖看见头条新闻跳出来，说的是绿城杀人案，他急忙抢过手机删除了那条消息："你不要再看这些消息了，免得改变主意。"

"可我本来就不打算逃跑……"她没说完就被梁振亮一把抱住，他带着哭腔说："这么多年，你难道还不知道我对你的心？小黑姐，我从小就发誓要保护你！你以后和我在一起吧！"

罗喆没想到会迎来梁振亮突如其来的告白，她整个人都愣住了。

"他们要逃命了，我需要给杀人嫌疑犯准备车子和钱吗？"顾蒙亮看着屏幕上两人拉拉扯扯，不禁皱眉。他打了个呵欠，一个晚上都没睡好觉。他想起西门豹的解剖机器人："你的机器人去解剖尸体了没？"

"没有，我没想到他们一晚上都在加班，根本没有下班后空无一人的时候。"西门豹的电脑音带了一丝郁闷。郭睿队长是晕倒了，但邢局长接过郭睿手上的电风扇，硬是陪着刑警队的人加了一个晚上班。它的机器人无法在人眼皮子底下变形潜入解剖室。

"这电风扇挺好，转了一个晚上都还有电。"邢局长在沙发上打了个呵欠，睁开眼发现已经是早上九点多了，那粉红色的小电风扇放在沙发扶手上对着他的脸还在猛吹。

办公室一片浓重的烟味和汗臭味，之前晕倒在走廊的郭睿已经在习惯性骂人了，还要配车去龙城实施抓捕。他吩咐手下的人尽快弄通缉令，弄好了就赶紧让邢局长签字，他怎么也不接受一个看似文弱的梁振亮从他手上逃走的事实。

"干劲挺足。"邢局长躺在沙发上欣慰地笑了，虽然他平时骂郭睿也骂得多，实际是欣赏他对工作的热情。想着想着，他又看看那小电风扇，觉得那扇叶转得有点奇怪……两只大苍蝇开始围绕他的头上下飞舞，嗡嗡嗡嗡让人心烦。

"去解剖室……去解剖室……"细小的声音在重复。邢局长站了起来，没有和任何人打招呼就走向了解剖室。

"催眠成功？不可能！"顾蒙亮一拍大腿，觉得西门豹能掌握控制地球人的心理的技术，它的毕业论文估计就要完成了，就没自己什么事了。

然后邢局长走到了解剖室门口，直挺挺地倒了下去。顾蒙亮欢呼的手举到半空又收了回来。

"好像只能催眠到这个地步，接下来看我的了。"西门豹说。

那台小电风扇从邢局长手里挣脱出来，在顾蒙亮面前展示了外星人的黑科技。它长出了金属的触手，上面有极细的探测仪，扇叶从原本的塑料里脱出来，变成薄如蝉翼的翅膀，朝摆放在解剖台的尸体上飞去。那尸体只有一半露在外面，一半还在混凝土块里，旁边是电钻小心钻开的混凝土块。

"你去关注一下罗喆那边，我要在最短的时间内集中精力分析数据。"西门豹打算和顾蒙亮分工合作。

"我不会操纵你的监视器，只能自己上了。"顾蒙亮跳下车，从车后箱选了麻醉枪和烟雾弹，戴了个帽子就大步朝对面的罗喆家的小区走去。

"记住罗喆的委托，确保梁振亮的安全。"西门豹最后叮嘱。

"知道了。"顾蒙亮把武器放在身后的背包里，拉低了棒球帽，他远远看见罗喆和梁振亮走进了他们住的楼里。罗喆似乎受了点刺激，梁振亮一直扶着她。

顾蒙亮戴上了墨镜，墨镜一边开始显示罗喆他们进入房间后的情景，耳机里传来他们的对话。

首先是罗喆的："你说的，不是真的吧？"

"都是真的，我爱你，我要和你一起逃走。"

"那我更不能连累你了，我要自首，还你清白。"

顾蒙亮皱着眉头，没有跟他们上楼，而是靠在楼下的榕树旁边装作看老人家打牌。他有点不明白他们的关系，听起来案子是罗喆干的？梁振亮为了帮她掩护做了一些事情？因为梁振亮爱她？总觉得怪怪的……如果杀人凶手是罗喆，那梁振亮就是无辜的，那么她委托的"保护梁振亮"的任务就可以很容易实现了，倒是不用再背负帮杀人犯掩饰罪行的罪名。

顾蒙亮拍拍手，感觉稍微有了一丝轻松，但想到那个爽朗泼辣的长腿妹子要去坐牢，他心里还是有点不舒服。耳机里传来梁振亮急促的声音："看，楼下那个戴墨镜的人说不定就是便衣，他们找上门了。"

戴墨镜的人？顾蒙亮左看右看，突然想起对方指的就是他。他痛苦地捂住了脸。跟踪不专业啊，戴个帽子墨镜站在楼下靠着树，想不引起注意都难啊！

"他们来抓的是我，你赶快走！"梁振亮对她说。

"事情是我做的，为什么要我走？我下去和他说清楚！"罗喆看起来很坚决，然后突然闷哼一声，就倒了下去。

顾蒙亮想看看到底发生了什么，但那只苍蝇一样的微型侦察机卡在了纱窗那里，因为没有西门豹实时操纵，只能卡在那里让顾蒙亮看见厨房。他们在客厅他什么也看不到。

"西门豹？西门豹！"他呼叫西门豹，但没有回音。到目前为止，一切外星的黑科技都是西门豹一个人操纵的，它大概没有切回和顾蒙亮的通话线路，又或者在忙着做别的事情，总之就是没有回复他。

这时，顾蒙亮通过监视器看到梁振亮走进了厨房，开始找寻什么。他的目光似乎停留在一把菜刀上，但犹豫了一下，又放弃了。

这是一个深爱着罗喆的男人该有的眼神吗？怎么感觉杀意那么重啊！

顾蒙亮顾不上了，赶紧背上背包冲上了楼。罗喆家大门紧闭，顾蒙亮试着敲了一下门，里面没有声音。

"开门，我知道有人在里面。"顾蒙亮害怕罗喆有危险，声音里已经有了怒意。

门慢慢地打开了，但只开到一条缝隙，门后连着防盗铁链。对方似乎对他全力戒备着。顾蒙亮举着枪对着门缝，顺手开了个烟雾弹从门缝里塞了进去。

然而他失算了，没算好时间，烟雾弹立刻被人从门缝里塞了回来，正对着他的时候，开始发挥作用。"咳咳咳！"他捂着鼻子痛苦地蜷缩在地板上，门一下子就被打开了，然后他后脑挨了一下。

梁振亮成功拾取到了一把枪，然后拖着已经昏迷的顾蒙亮进了家门。他吃惊地发现这个戴着墨镜的人根本不是警察，而是个漂亮的少年。但他身上怎么会配备这么专业的武器呢。他来不及想那么多，忙着把顾蒙亮捆了个结结实实，然后戴上手套，拿着枪对准了顾蒙亮。

旁边被打昏的罗喆慢慢睁开了眼睛，看见梁振亮拿枪对着一个昏迷的少年，不禁惊叫："你干什么！"

"他是警察，来抓你的，我必须杀了他。"梁振亮扣动了扳机，顾蒙亮慢慢地倒在了地上。

"你疯了！"罗喆惊叫。

梁振亮发现顾蒙亮耳朵里还插了个别致的耳机，急忙拿下来，一脚踩了个粉碎。

"快走吧，我们已经没有回头路了。"他对罗喆面无表情地说，已经不再是原先那个惊慌失措的少年了。

六

"顾蒙亮，我扫描了尸体的所有数据，这具尸体的被杀时间没有几年那么长，只是死后被处理过，加速了腐坏时间。其实他的死亡时间只有一个月而已。"西门豹终于完成了对尸体的解剖。它的解剖技术并不需要像法医那样需要切割肌肉，分离骨骼，它只是提取了不同部分的一些切片，送回本部进行了处理。期间它也翻阅了地球上大量的法医学书籍，淘汰了很多无用的数据，得出了这具尸体的确切死亡时间。

另外，它还查找了近一个月来罗喆的活动数据，包括她路过便利店门口被拍下来的影像数据，或者去医院取血化验，在快递公司上班打卡的所有记录——她根本没有离开过龙城。这其实也是顾蒙亮和西门豹从一开始就有的疑问。从一开始罗喆就没有作案的时间，她不可能是凶手。但为什么她和梁振亮一致认为是罗喆杀了人？

西门豹又开始调查梁振亮这段时间的活动记录，发现他有购买各种作案工具的记录，且有充足的作案时间。虽然没有摄像头拍到他杀人弃尸的过程，但很多线索都可以对得上，更重要的是……它找到了付业死之前的活动记录，一个多月前他的确还活着！

梁振亮的作案地点应该是在他自己产权下的一栋别墅，付业一直在那居住。付业好像在躲着什么，不见外人，所有事情都是通过梁振亮发布的。

西门豹再次查和付业有关的记录，发现他参与几桩洗黑钱的案子，一直有经侦警察在查他，他避开众人视线也许是这个原因？

没想到背后的事情越查越多，西门豹觉得不能理解了。它联系顾蒙亮，却发现顾蒙亮的通话已经断了很久，跟随他的侦察机也被卡在了某个厨房的纱窗上。

西门豹让那台小苍蝇机自动切割了纱窗，然后飞了进去，发现房间里已经人去楼空，只有毫无动静的顾蒙亮躺在地上，胸口中了一枪。他的耳机被踩碎了，墨镜也被丢到一边。

"查找目标任务的位置，任务失败了吗？"西门豹黑进了城市所有的摄像头，快速定位罗喆和梁振亮的位置。它很快找到了他们，并且它还发现一直追捕他们的警察已经抵达城市外环线，准备进入市区。所有追捕梁振亮的通缉令，已经通过网络发放到这边的公安局，并且下达到片区派出所。

"要保护目标任务安全，那要切断一切威胁他的信息吧？"西门豹思考了两秒，将所有通缉令上梁振亮的脸，改成了郭睿的脸。

这么做了之后，它又有点不安，这是它第一次脱离"河神"直接参与任务。没有人告诉它这样做合不合适，它总觉得很多时候它理解不了地球人。就像它不能理解，明明一心要保护梁振亮的罗喆为什么会和梁振亮吵架。他们正一边开着机车一边吵架，在路上走S线，如果不是它及时制止，早就发生好几起车祸了。它同样不能理解，为什么所有证据指向梁振亮是凶手，却变成了罗喆才是凶手，梁振亮在帮她掩饰呢？

顾蒙亮……你河神的位置，真的很重要呢。

西门豹第一次体会到了在地球上的犹豫和无助。

顾蒙亮，你睁开眼睛啊……

顾蒙亮睁开了眼睛，看着悬浮在他眼前的苍蝇侦察机，喃喃地说："幸好我有先见之明……拿的是麻醉枪……"

"是啊，我这里还有解药。如果是真枪，我也救不了你。"西门豹的声音从苍蝇侦察机那里传出来。

"你查到了什么？"顾蒙亮艰难地从地板上爬起来，揉了揉自己刚刚被枪击中的胸口。

"这次凶杀案凶手有百分之八十的可能是梁振亮，凶手是罗喆的可能性为零。"西门豹说。

"哼，梁振亮一看就不是好人。"顾蒙亮想起他击晕罗喆走进厨房找工具时眼里掠过的杀意。这个梁振亮绝对不是什么好人，之前还装成琼瑶男主角的样子，其实他是为了自己可以牺牲所有人的那种坏人！

"但罗喆许下的愿望是保护他，你不能违背这个意思。"西门豹说。

顾蒙亮气坏了，从地板跳起来冲着那只苍蝇叫："这次我差点死在他手上了！杀河神符合规则吗？连河神都要杀死的人，他的愿望河神还要帮他实现吗？"

西门豹犹豫了，声音出现罕见的迟疑："可我定下的规则就是诚实的人就能许愿。罗喆是个诚实的人，她要保护梁振亮。梁振亮要杀河神，还威胁到罗喆的安全。如果我们帮助他，就相当于害了河神和许愿的人；如果我们保护许愿的人和河神，那么相当于河神违背了自己的誓言……这个问题好复杂……"外星人好像陷入了前所未有的逻辑混乱中，它完全不能理解地球人复杂的情感系统，那只苍蝇机看起来要爆炸了。

顾蒙亮也受不了了，他抱头说："我们还是跟着他们吧，总觉得罗喆和他在一起很危险。"

"我一直在监视他们，车在楼下。"西门豹似乎对自己丧失了信心，它不能直接插手这件事，迫切希望河神的介入。顾蒙亮担心罗喆，急忙跑下楼上车去追那两个人。

"他们遇见郭睿了。"西门豹简单地说。

"见鬼！"顾蒙亮大叫，"怎么办？"

"我已经让郭睿的车两个轮胎都泄了气，但是他不放弃，临时拦了出租车也要追上他们。一旦郭睿威胁到梁振亮的生命安全，我会考虑直接射杀郭睿。"西门豹严肃地说。

"你疯啦！不准射杀警察！你杀了警察罗喆这辈子更加难过了！她会完全毁了你知道吗？你愿意毁了一个许愿人吗？河神不是为了许愿人的幸福吗？"

"可许愿人的愿望如果得不到满足，她也不会幸福的。"西门豹说。

"那根本就是一个错误的愿望！错的愿望你能怎么办！"顾蒙亮大叫，然后他看见前方行驶的机车了。开车的是梁振亮，身后坐着的是明显失魂落魄的罗喆。

西门豹现在完全混乱了，它沉浸在"错误的愿望就可以不实现吗？"这种挑战规则的问题里。

顾蒙亮顾不上和它理论，叫道："想办法分开他们两个！让罗喆上我的车！之后再考虑这个愿望的问题！"

"前面的车给我站住！"郭睿在出租车上大声吼道。他已经成功抢占了出租车司机的位置，原来的司机正一脸生无可恋的样子缩在一边看着这个蛮横的家伙。梁振亮本来就不太会开机车，被他一吼，机车直接撞上了旁边的绿化带，他和罗喆都摔了下去。

兰博基尼在他们面前一个急刹车，车门打开，上面的美少年对着罗喆叫："快上车！"

美少年的声音如同教堂里的钟声，一下子震住了罗喆混乱的思维。罗喆赶紧上车，梁振亮吃惊地发现这不是之前被自己打死的少年吗？他也想爬起来追上车，但兰博基尼已经载着罗喆快速离开了现场。车子一开走，梁振亮看见了车后面拿枪对着自己的郭睿。

"你跑不了了。"郭睿对着梁振亮咬牙切齿地说。

"我不是主犯！我是被教唆的！是罗喆啊！"梁振亮举起手，颤抖着说，"你去查罗家和付业的恩怨，就知道了！她一直隐姓埋名躲在这里……"话还没说完，面前的电线杆突然齐腰截断倒了下来，横在他们中间。

这变故让交通立刻陷入混乱，一辆小车为了躲避电线杆，直直地朝郭睿开过去，他急忙闪到一边才躲过这次危机。再定睛一看，梁振亮又骑上机车逃跑了。"孙子！"他气得立刻拿出了电话，要通知交警兄弟们设置路卡，但瞬间发现电话没了信号。

"真是见了鬼了！"他气得把电话直接摔在了地上。

七

罗喆坐在兰博基尼上，慢慢地回过了神。她总觉得身边这个漂亮的男孩子似乎在什么地方见过，但是完全想不起来。说也奇怪，遇见梁振亮之后的一系列混乱，仿佛都在这个少年面前终止了。她一下子恢复了正常的思考能力。

"干吗维护那个人渣？"美少年又问。

"他也是被逼的……"罗喆叹了口气，"和几年前的事情有关。"

事情回到三年前，罗喆和梁振亮说了关于付业背后的黑幕，以及表达了她不想再让付业在自己地皮上做生意的决心，然后……意外就发生了。车没油了，还没找到加油站，车子就在一片特别黑的河堤上停下了。

"我觉得有人跟踪我们，"梁振亮不安地说，"车也没油了，你先下车，我来引开他们。"

"哼，付业他不敢乱来！打电话通知附近的加油站！"罗喆表示大可不必担心，可突然，车前的挡风玻璃迎面被人浇上了一桶液体，带着浓浓的汽油味。

梁振亮立马推她下车，拉着她准备跑。可罗喆穿着小礼服踩着高跟鞋哪里跑得过那丧心病狂的歹徒。对方举着明晃晃的刀子冲了过来，被梁振亮一把抓住："小黑姐！快跑！"

对方只有一个人吗？罗喆心下稍定，看看自己的车还没事，想来对方也不敢烧车引起骚动。她担心梁振亮受伤，便停下想去帮忙。谁知梁振亮拉不住那个人，那个人举着刀子就朝她冲了过来。罗喆这下只能掉头狂奔，那个人穷追不舍。梁振亮从身后抱住了那个人，那人狂怒想反手用刀砍他。罗喆担心他出事，就用手扭住了对方的手。挣扎中，刀子插了那个人的肚子……罗喆吓坏了，梁振亮让她快走，他来处理这一切。

说到这里，罗喆茫然看着顾蒙亮："知道了吧，是我杀了人，梁振亮帮我善后。我几年不敢回家，临走前把家里的生意交给了他。他说，死的那个人是付业的人，他已经把尸体处理了。他不想看见我因为过失杀人坐牢。这几年他背负着阴影帮我隐瞒真相……"

"等等，"顾蒙亮指出了一个重大的漏洞，"这次被警方发现的尸体，是付业本人。"

"什么？"罗喆大吃一惊，"不是我杀掉的那个？"

"不是。"

"天啊……难道他帮我隐匿的事情被发现了，然后遭到了付业的报复，所以才……"

"我很怀疑你的话，"顾蒙亮打开手机，看着西门豹刚送过来的情报，说，"事实上，梁振亮几年前就参与了付业的生意，他在付业公司是有股份的。他一边掌握了你家的生意，一边参与了付业的生意，我很怀疑他在这起事件中扮演的角色。"

"他是付业的股东吗？"罗喆吃惊地说，"我不是让他想办法把付业挤出白云街吗？"

"不但没有挤出，生意反而是越做越大。"梁振亮给她看一张张协议的照片，还有付业公司股东资金的银行转账，"付业参与经济犯罪，梁振亮估计也脱不了干系，他才是杀害付业的最大嫌疑人。他们之间可能是因为利益纠纷，也可能是梁振亮想推脱和付业的关系。"

"这不可能……"罗喆摇头。

"千万不要和我说这种苦情戏的对白，就因为你盲目相信他，害得现在我们鸡飞狗跳的。我怀疑三年前你根本就没杀死那个人，新闻报道根本没有出现有关的案子。如果你真的杀了人，梁振亮应该会利用这个事情打压你，自然而然会得到掌管你家生意的权利，何必拐弯抹角说帮你掩饰罪行，今天又跑过来把一桩和你根本没关系的案子嫁祸到你头上。"

"那如果我没有杀人……他说帮我掩盖罪行……"罗喆想着想着不由捂住了嘴巴，背后的真相不忍直视。

"三年前明明你是带着一群手下去谈的生意，最后却只剩下你一辆车。他把你带到那么偏僻的地方，难道没有预谋的成分吗？你说的事情漏洞太多，你其实一直很爱他，所以才会忽视那么多的漏洞相信他，被他玩弄于股掌之间。"

"我……"罗喆捂住了嘴，不让那句深藏在内心深处多年的话脱口而出。

是的，高高在上的大小姐暗恋一个青梅竹马的故事，本来会变成一份非常美好的回忆，却因为人的贪欲和虚伪，变成了今天不忍直视的模样。梁振亮不知道她一直暗恋他，"其实我家的产业和他比起来，我……"罗喆突然抓紧了自己的手，硬生生逼迫自己从这想法中醒悟过来，居然想用钱财换取一份爱情！这件事情，绝对是一开始就错了……

"郭睿在继续追赶梁振亮，我已经封锁了他所有的去路……梁振亮暂时安全了。"西门豹的声音传来，"我可以为他伪造证件让他逃出龙城。"

"不，让警察逮捕他，把你查到的数据全部传送到郭睿的手机上。"顾蒙亮沉着地说。

"我知道这是地球上所谓的正义的理念，但是我的规则规定……"

"你的规则有一条重要的先决条件，就是河神只能为诚实的人满足愿望。可是，我身边的这位罗喆小姐，她一直不肯正视自己的感情，并且之前也因为逃避责任被人利用，一直自我欺骗自己杀了人，自我欺骗一个坏人对她如何的好。这样的人，不是一个诚实的人，河神不能为她满足愿望。"

"很好，一切问题都解决了。"西门豹很满意那个逻辑混乱的问题得到了解决。它立刻开始执行帮助郭睿逮捕梁振亮的任务，一切如此轻而易举，只是一直倒霉的警察突然感觉到顺风顺水，很不习惯。

顾蒙亮在转角处让罗喆下车："罗小姐，之后的事情，希望你务必要坚强一点，配合调查。"罗喆突然自嘲地笑了："你看，我开机车，我放下大小姐的生活去送快递，我以为自己已经很坚强了。谁知道，我其实……"说到这里，她的眼泪终于还是没忍住。被欺骗的伤害后知后觉，锋利无比地割裂她的心。

"你已经很坚强了，是还不够坚强，需要再坚强一点，你就会好过一点了。"顾蒙亮把薯片交到了她的手上，兰博基尼很快离开了她。

八

在刑警队的努力下，案子很快就水落石出。他们查出付业生前参与多项经济犯罪活动，手下的娱乐城还有很多违法的营业，而梁振亮是他重要的股东。

梁振亮也承认，三年前他被付业收买，然后设计用一桩过失杀人案逼走罗喆。那个歹徒自然是没死，和梁振亮演了一出戏之后领了钱到外地逍遥去了。郭睿很容易顺藤摸瓜找到了他，将他逮捕归案。

梁振亮在付业的公司所占据的股份越来越大，而且中间牵涉的事情越来越多。付业发现自己被警察调查的时候，就躲在了梁振亮的别墅，谎称出国考察，借助梁振亮对外联系。可半年之后，也许是因为贪欲，也许是因为想撇清关系，利益冲突的两个人在别墅发生了争斗，梁振亮杀了付业，然后对尸体进行一系列处理，伪造成被杀时间长的尸体。

他承认这么做是想嫁祸给罗喆，于是他去找了罗喆，嘴上说是避难，其实是误导罗喆，让她以为警察是因为三年前的案子来追查他。他甚至偷录下罗喆亲口承认杀人的话，打算进一步制造证据，最后把主谋这个罪名归结到罗喆头上。

罗喆总会发现死的人是付业，所以他不会让罗喆活到那一步。他会先杀了罗喆再去"自首"，伪造主犯和从犯的内讧，他是正当防卫。

"从一开始，他就打算杀了罗喆，为的只是归罪她是主谋，希望在法律上减轻自己的罪行。"顾蒙亮厌恶地扔掉手里的报纸，"不知道罗喆知道这些之后，会是什么反应。"

西门豹沉默不语，它似乎对不是委托人的人类不感兴趣。

"你真的一点都不在乎别人的感受。"顾蒙亮说。

"我只关注事实。"西门豹用毫无情绪的电脑音说。

"我以后很长一段时间，都不想去静廊桥了。"顾蒙亮仰面倒在沙发上，看着天花板上的吊灯说，"我不想去当河神了，能放假一段时间吗？"

"可以。"

"咦？"他不敢相信自己的耳朵，跳了起来，对着苍蝇机说，"太阳从西边出来了！"

"地球的自转，太阳不会从西边出来。这次的委托让我逻辑产生混乱，我也需要休息。"西门豹说，"那个头盔，你拿回去还给她吧。"桌上放着擦得干干净净的头盔，是当初罗喆掉下河里的那个。

　　"你居然让我亲自送过去，不像你的作风啊，你被地球人传染了吗？"顾蒙亮怪叫，但西门豹一直沉默，没有任何回应。

　　他只好拿起那个头盔，自言自语说："那我送过去了啊，你给我准备车子啊。"

　　走出房间，外面阳光灿烂，他内心的阴霾好像也散去了。

　　诚实的小姐啊，你掉的头盔就是这个吧？

　　你掉的……心……也能找回来吗？

第三章

红光桥·天降其妹

一

早上开车路过红光桥的时候，再一次堵车了。顾蒙亮不喜欢红光桥，因为老是有人选择在这里跳河，逢跳必堵车。

"我想，是因为这座桥的设计，比较适合攀爬。"西门豹的声音从耳机里传来。顾蒙亮坐在兰博基尼里，兰博基尼被堵在离红光桥不远的地方，远远看见桥上的拉索上面颤巍巍地爬着一个男人，下面是消防队员和警察。这座城市百分之九十的跳河轻生者，都会选择红光桥，而且无一例外，他们都会选择爬到拉索最高的地方跳河自杀。

"但成功率为零。"西门豹调出了红光桥自杀的数据。西门豹是外星人，它存在的形态和地球人不太一样，顾蒙亮甚至怀疑它和地球人不是一个维度的生物。这辆被外星人黑科技改装过的兰博基尼，就是它和顾蒙亮合作的工具之一。顾蒙亮不想去考虑他和外星人合作的项目，这个项目被外星人定名为"河神计划"，他被外星人选中当了河神，所以他给外星人安了一个略带讽刺的名字"西门豹"。

"真的要自杀，还选择在大白天爬到桥拉索最高处，惊动消防队员和警察的方式，这种不是自杀，只是一种对社会提出强烈不满和控诉的作秀，他并没有放弃生命的觉悟。"

后面的汽笛响个不停，旁边一个骑着电摩托的少女忍不住捶了下兰博基尼的车盖表示警告："你们不要按了！刺激到上面要自杀的人，他真的跳下来怎么办！"

顾蒙亮坐在驾驶位，透过车窗玻璃看着那个活力十足的少女。她年纪和自己差不多，穿着灰色卫衣，斜背着背包，车把上还吊着早餐豆奶。她有一张苹果脸，还有一双非常有生气的眼睛，顾蒙亮点头说："好吧，冲你这张小苹果的脸，我原谅你砸我的车了。"

少女瞪着后面的宝马车车主，在试图讲道理，但是和那个人讲不通。那个人开始对跳河的人造成交通堵塞表示愤怒，然后摇下车窗对上空叫道："要跳赶紧跳！我还要赶着去谈生意！"

"他要真跳下来，这座桥就立刻要封锁，今天你就要绕道走了。"少女冷冷地对那个人说。

"你很鸡婆哎！"那个宝马车车主冲着她叫，"骑个电动车也敢那么嚣张？"

"哎，你看人家开兰博基尼都比你淡定！你冲我嚷嚷个啥啊！"少女再拍拍兰博基尼的车盖，冲着后面嚷。顾蒙亮的车窗是不透明的，她没看见车玻璃后顾蒙亮那张挂满黑线的脸。

车主立刻就闭了嘴，他也算是豪车爱好者，这款车型他从未见在市面上销售过，估计是限量产的概念型车。车身有一种黑宝石一样庄严而奢华的光辉，但如今被堵在路面，被各种形形色色的车辆包围着，它优雅地沉默着，仿佛是一个不小心落入泥沼却又保持着礼仪礼节的贵族。

"她真的是若无其事拍了两次我的车盖，"顾蒙亮喃喃地说，"真是个没有教养的苹果妹……"

"地球上大部分言情小说里，像你这样的富二代不是经常会被这种性格外向心思单纯的苹果妹吸引吗？"西门豹提出学术性探讨。

"算了吧，"顾蒙亮从旁边拿出薯片，"在男人的视角里，永远追求颜值高的女神，就像女生的世界里，永远追求颜值高的男神一样。言情小说是给女生看的，不信你去看看针对男性市场的小说，里面是不是女神们都爱性格外向心思单纯的面包男？"

"我现在就开始进行数据调查。"西门豹错把这条当成指令，迅速搜寻男性向的小说。顾蒙亮觉得和外星人简直没法正常聊天，他把薯片塞进嘴巴，看着远处的警察把那个跳楼的男人解救下来。

警察开始清除路障，车流缓慢移动。那冒冒失失的小苹果很快就骑着车绕到顾蒙亮前面去了。

兰博基尼自动往前慢慢行走，音箱里传来西门豹的声音："我们已经半个月没有接到许愿的人了。"

"你定的条件嘛，凌晨十二点，在桥上往下扔东西才算。这个城市的桥梁有十七座，有些时候我们去的桥梁并没有人来，有人来了也未必会丢东西。"

"政府打算今年还要再修两座新桥，你觉得我们需要打广告吗？"西门豹问。

"千万别！"顾蒙亮叫了起来，"你想看见我们这条江被各种物品填满吗？人类的贪欲是无止境的！"

"那慕名而来的人，都是因为极小的概率得知我们'河神'的存在吗？"西门豹问。

"……引起轰动会影响你论文的完成吧？"顾蒙亮想破头想出这么一个理由，"外星人要研究地球人情感的话也应该是一个常态吧，引起大范围轰动和骚乱，数据还有意义吗？"

"你说得很有道理。"西门豹放弃了给"河神计划"做宣传的念头。顾蒙亮如释重负。

二

晚上十二点的时候，红光桥上面没什么人了。

红光桥靠近市中心，平时这个时候应该还会有陆陆续续的车辆路过，但今天没有车辆，因为下着暴雨。雷电交加，是真正的倾盆大雨。

顾蒙亮穿着河神专业服装，站在桥墩下面，注视着脚下那一片黑色的方形大物。这玩意如果说是潜水艇，它又太薄了点。目前它潜伏在江心，覆盖了红光桥下的一大片水面。这就是外星人的黑科技，用来寻找人类遗失物的工具。是的，今天他们选中的就是红光桥，但雨下得那么大，估计又要扑个空。

顾蒙亮裹在那身黑色的斗篷下，站在桥墩下倒是不怕被淋湿，但那个风实在是太冷，加上脚底江水的寒气，他现在有点瑟瑟发抖。好在河神的上班时间只有十二点到十二点十五分这段时间，过了十五分钟还没有人许愿，他就打道回府睡大觉。

"注意注意，前方开过来一辆面包车。"西门豹的电脑音又响了起来。

"下那么大雨开着面包车，一定是送货回家的大叔，他才不会停下来呢！"顾蒙亮打了个喷嚏说。

"面包车停下来了。"西门豹说。

"车坏了吗？"顾蒙亮抬头，看见正上方有个大叔正吃力地拖着一个大箱子往栏杆上靠，然后——

"他不是要扔下来吧……"话没说完，那个巨大的箱子迎面朝他的脸砸下来了——

"啊！"惊叫被淹没在雷声里。

箱子沉重地落入了水里，掀起巨大的水花。

"快快快！"西门豹催促着顾蒙亮，顾蒙亮感觉自己身体被什么东西吊起来，然后甩向了桥面。这种感觉实在太熟悉了，他烦躁地闭上了眼睛："这么大一坨东西我看你怎么捞？"

"捞取物件并不困难，东西太大需要很多黄金和白银，我现在在迅速做聚合和打磨工作，"西门豹这么说的时候，江面掀起了巨大的水花，"考虑到重量，还是用空心的吧。"

面包车司机扔了箱子之后，匆忙钻进了车里要离开，突然看见江面掀起巨浪，一个黑色的人影跟随着巨浪腾空而起，轻飘飘落在了车头面前。黑色的斗篷，在暴雨中湿淋淋低垂着，沉默地站立在那里，无惧直射的车灯，宛若死神。面包车司机简直要目眦欲裂，还没来得及踩油门，两枚巨大的物体重重落在黑衣人的脚边，砸裂了桥面的地板砖。

黑衣人朝他怒吼："请问你扔下去的，到底是这个金箱子，还是这个银箱子？"声音混杂着雷声和雨声，在风中撕裂了司机的心脏。

顾蒙亮的嘴里灌了雨水，扩音器好像坏掉了。为了让对方听清楚他的声音，他不得不和这狂风骤雨对抗。他喊完之后觉得脑袋有点缺氧，便靠在旁边的金箱子上调整一下。脚下的地砖裂开了，等下西门豹还要修复桥面，真是个事儿多的晚上！

出乎意料地，面包车司机一踩油门朝顾蒙亮疯狂地冲过去。顾蒙亮被迎面而来的面包车吓了个半死，本能抱住旁边的金箱。面包车在距离他一米多的时候打了个急转弯，与他擦身而过，疾驰而去。

"西门豹！"顾蒙亮抱着金箱，迎着劈头盖脸的暴雨骂道，"你就不能控制他那辆车吗？！吓死我了！"

"我刚才分心了，情况有点奇怪。"西门豹的话语里带着点踟蹰。顾蒙亮觉得情况不太对，因为西门豹相当于一部可以同时处理多个事务的精密电脑，它如果分心，应该是出现了它常识不能判断的事情。

不过它本来就没什么常识好吧！顾蒙亮头抵在箱子上，叹了口气。

"那个人扔下来的箱子里面，有一具尸体。"西门豹说。

"啥？"顾蒙亮跳了起来。这到底是怎么回事？

三

暴雨一直下，已经是凌晨一点了，雨势还没有减弱的迹象。顾蒙亮从浴室里出来，擦着头发，身上披着毛巾。这里是他家在龙城的别墅，西门豹要将那具尸体拖到他家来的时候，他是非常抗拒的。因为这个事情他和西门豹争论了起码一个小时，期间还包括他洗澡洗头换衣服的时间。他试图让西门豹知道，发生杀人案这样的事情必须要交给警察处理。但是西门豹认为这具尸体是河神计划里掉落的任务物品，它必须要紧紧拿在手里，判断下一步怎么做。

"这根本不是一个任务！"顾蒙亮怪叫，"对方丢下的是一具尸体！而且没有回答我的问题！"

"按照规则这就是个任务物品，你怎么没问对方要选哪个箱子就让他跑了呢？"西门豹感到十分困惑。

"他差点撞死我！你没保护好我，我就成为历史上因为发布失物招领而被撞死的河神，想想也是醉了。"顾蒙亮走到客厅，看见客厅摆放的一个冰柜，手里的水杯掉落在地上，指着冰柜破口大骂："西门豹！你还真把尸体带到我家来了！"

西门豹是不可能亲手打开柜门的。尽管多方面和它求证过，它也再三保证，冰柜里的尸体保存完好，并未腐烂，也没有什么吓人的样子，但是要顾蒙亮亲手打开柜门，他还是反抗了很久。他建议西门豹把冰柜扔回江心，然后报警处理。不然这具尸体在自己家别墅客厅里放着，警察来了就真说不清楚了。

"不能报警，"西门豹说，"这个是委托人扔到江里的东西，我们都还没问他愿望呢。"

"他根本不是委托人！他跑了！你这个神经病！他是个杀人凶手，他在半夜三更跑去江上弃尸你懂不懂！"顾蒙亮几乎要气死了。在这怒气的鼓励下，他一把拉开了柜门。

冰柜里，一位少女蜷缩着躺在那里，脸上身上都结满了冰霜，看起来好像睡着了。她身上穿着简单的白T恤和牛仔短裤，只是额头上有凝固的血迹，血迹顺着额头一直到肩膀，染红了T恤肩膀部位的衣料。

顾蒙亮还是第一次这么近距离地接近尸体，就算是少女的尸体，他也觉得无法适应。但定睛一看，那个少女好像在哪里见过。

那带着婴儿肥的苹果脸唤起了他的记忆，这不就是几天前在红光桥上那个拍他车的苹果妹吗？

外面的雷声停止了，雨势也慢慢小了，只有闪电还有一下没一下地照亮整个夜空。

顾蒙亮沉默地看着少女，几天前她还元气十足地拍打着他的兰博基尼车盖教训没礼貌的豪车车主，现在却静静地躺在冰柜里，永远听不到这个世界的声音，也看不到这个世界的景象了。她死了，而且是半夜被人连着冰柜扔进了江心。

"怎么办？"西门豹也没主意了，"扔东西的人没有回答我们的问题，也没有说出自己的愿望，这次行动应该算是无效的吧？"

"麻烦你帮我把尸体运到警察局去。"顾蒙亮说，"我要报警。"

西门豹不接受他的提议，它忙着调出当事人的资料。死者资料很快出来了：胡依婷，十九岁，本市人，在本市师大读大一，新闻专业学生，两天前失踪。

根据西门豹对尸体的扫描和分析结果，死者死亡时间应该就是在两天前。它在忙着黑人全市的摄像头录制的视频系统，查找被害人被害过程的线索。

"你直接查弃尸人的资料也许更快。"顾蒙亮说。

"已经出来了。"西门豹立刻播报那个面包车司机的资料：何玉春，男，四十九岁，单身男性，做电工。根据查找的资料，他与死者并无交集，唯一的交集就是前几天死者一个人在家发现家里的电路出现问题，拨打了小广告上何玉春的电话。刚好是两天前，之后胡依婷就失踪了。她住的小区比较破旧，没有摄像头。

"十有八九是那个何玉春杀的。"顾蒙亮咬着手指，强忍住心里的不适。

"这个何玉春，你也见过。"西门豹说。

"我见过？"

"四天前在红光桥要跳河的那个男人。"

"孙子！"顾蒙亮一巴掌打翻了桌子上的水杯。自己自杀闹得鸡犬不宁也就算了，为什么还要祸害别人家的花样少女？

"不管怎么样，我默认他是一个不完整的委托人，他虽然没有完成仪式内规定的步骤，但也是……"

"西门豹！你居然想着要帮这个禽兽满足愿望！他杀了人！"顾蒙亮怒吼起来，指着冰柜的方向说，"那个女孩和他没有一点交集，他都杀了人！你现在应该赶紧把冰柜放到警察局，把你掌握的资料全部给警察，然后把这个人抓起来！"

"你的说法和我们计划的规则有点冲突。"西门豹一下子又无法破解人类复杂的情感逻辑了，"我再重复一次，你要的善恶标准，在我这里不是通用的。"

顾蒙亮烦躁地在客厅踱步。

"西门豹，这次不管怎么样，我都要报警。我和这个女孩怎么说也有一面之缘，她平白无故受到这种残暴的对待，我不能坐视不管。"顾蒙亮咬牙说。

"一面之缘算什么契约方式？你每天都和很多人有一面之缘。"西门豹说。

"你不会真的想去找那个何玉春去问他的愿望吧？"顾蒙亮说，"你不会再拿我父亲的生命威胁我吧？我知道你们外星人是没有感情的，如果你这样威胁我……我……"顾蒙亮第一次感觉到了无力和羞辱，也感觉到对方占据了绝对优势，掌握着他的命运，他无力反抗的悲伤。

西门豹这次没有冰冷地宣布它的强权，而是沉默了一会，然后用机械的电脑音说："你会怎么样？"

"我会很痛苦，会悲伤，会感觉到屈辱，如果这种情绪积累多了，我也许会选择死亡。"顾蒙亮无力地坐在了沙发上，"如果你这次要我去问一个杀人犯他的愿望是什么，要我保护他。下次再要我去帮助一个混蛋，这样的事情多了，我内心会无法承受，我宁可死。"

西门豹没有作声。顾蒙亮蜷缩在沙发里，想着莫名被杀的苹果妹，想着自己可能还要被逼迫去帮助杀人犯满足欲望，眼圈突然红了。

"只不过是一个只见了一面的人，为什么你会因为她想到了死，我不能理解你们地球人的思维，这是特例？还是大家都这样？"西门豹突然发问了。

"大部分人都会和我一样的，"顾蒙亮闷声说，声音带着哽咽，"同情弱小，仇恨残暴是人类的共性。我们会从别人的不幸遭遇中想到自己，就像这个女孩子，虽然我只见了她一面，可是她的乐观开朗我都能记住，我就会感受到她被杀那一瞬间的恐惧和无助，我就会有共情，我就觉得她不应该被这样残暴地对待。"

又过了一会，西门豹说："你不帮何玉春，你父亲的生命就有危险，即使这样你都会有这种情绪吗？你不会因为觉得保护有血缘关系的亲人而做这件事情理所当然吗？"

顾蒙亮擦了擦眼角，吸着鼻子说："就是因为这样，我才加倍痛苦，加倍不情愿，这种情绪才加倍深刻！"

西门豹沉默了，用来传送它声音的音箱久久地沉默着。它在某个地方，以某种生命形态好奇地看着这个地球人。它从未见过顾蒙亮哭，眼泪从他漂亮的脸庞滑过，掉在沙发上。从表情分析，他内心大概是充满了无力和屈辱感，只是为了见过一面的女孩。生命的消失，对于地球人来说那么严重吗？或者说，是这个女孩某个不经意的瞬间，震动到他的心灵？外星人不能理解，但它认为这次委托人的委托是不完整的。

顾蒙亮毕竟还是少年人的心性，发泄了一通情绪之后也累了，趴在沙发上慢慢睡过去了，丝毫不在意旁边的冰柜里还躺着一具少女的尸体。

四

早上六点多，顾蒙亮就醒过来了。

他醒过来之后，发觉自己好像来到了另一个世界：距离他不远的圆台上，躺着一具少女的身体，她全身上下被柔和的光芒笼罩着。她头顶上有一个金属的纤薄圆盘，旁边好几个小机器人在忙碌着，给这具身体注射某种液体，还有在做一些修复的工作。而她的大脑被数条细线连着，一直延伸到旁边那些横七竖八放置的透明屏幕上去。屏幕上偶尔闪现的画面，都是这个女孩子不同年龄段的一些片段。

顾蒙亮揉了揉眼睛，费了很大劲才认出这里就是他家客厅，只是不知道什么时候搬进来这么多东西。"西门豹！"他忍不住喊了起来，指着少女躺着的方向——她躺着的圆台其实是他家餐厅的餐桌。

"保持安静，很快就要进行第十九次测试了。"西门豹的声音响起。

"你一夜之间搬了这么多东西来我家？"

"确切说这些东西都是把原材料搬到你家临时制作出来的，除了那个圆盘不是你们地球的物品。"

"那圆盘是什么？"顾蒙亮问。

"是保持她尸体目前的状态，并且试图进行进一步修复的工具。我不知道用地球话怎么称呼它，要不你给它想个名字？"

"你在解剖她的尸体吗？"顾蒙亮闷声道。

"我目前是试着提取她的意识，完全复原她这样的事情我目前没有合理计划，也许她会以另外一种生命形态存在。"西门豹说。

顾蒙亮颓然坐下，看着一屋子乱糟糟的情景，还有忙乱无比的机器人。在屋子角落还有几个废弃的机器人的躯体，大概是临时组装的失败产品。他突然想起什么似的跳起来："你说生命形态？她还有生命？"

"用你们地球人的观点来说，她应该是死了，"西门豹说，"但是我检查过她的尸体，应该是被杀之后立刻装进了冰柜，所以她的身体状况保持得不错。而且人的意识在死后相当长一段时间内是不会消失的，某种意义上来说就是你们地球人所说的'灵魂不灭'。"

"灵魂？"

"她的生命形态在完全消失之前会以另外一种维度的形式存在，我现在只是试图逆转这个过程，看能不能复原她。"

"起死回生？"顾蒙亮惊喜地叫。

"这似乎是不太合规矩，千万不能让我的导师发现。他们只是规定了不准我在地球随意剥夺人的生命，却没有说不准恢复人的生命，加上这个女孩的情况很特殊。我在做进一步尝试，但是会动用我随身带到地球来的宝贵材料。"

顾蒙亮有点百感交集，西门豹在他眼里一直都是无所不能的，但是这次居然动用到这种层面的技术，让他非常感动，也许这个外星人有了人性？

"谢谢你，西门豹。"他由衷地说。

"我对你们地球人的一些情感反应感到非常疑惑。"西门豹说，"以后不要哭了，我想了好久才想出这个解决办法。"

顾蒙亮脸一红，心里是深深的感激。他能想象他入睡之后，不通情理的西门豹如何反复思考他流泪的动机，并且反复归因，最后才找到"复活这个女孩子他就不会哭了"的办法。真是的，外星人有了人性之后，真的挺萌呢！

"胡依婷如果能恢复意识，你就要去何玉春家里履行你河神的职责。"西门豹说。

顾蒙亮脸一绿，刚刚的感动戛然而止。够了！这家伙依旧是个冷血无情的死外星人！

所有的透明屏幕突然一片混乱，然后慢慢地开始闪现女孩子的身影。"我现在试图接通声音转码的系统，你试试和她对话。"西门豹说。随着几声不明觉厉的"啊咦哦哦"的声音之后，突然出现了和西门豹一样毫无感情的电脑音："你是谁？"

"我是发现你尸体的人。"顾蒙亮想了好久只能这样说，"我在红光桥上也见过你。"

"我已经死了吗？"女孩问。

"是的，你被人杀害了。"顾蒙亮说，"然后被放进冰柜里，所以我们能复原你的一部分意识。"

女孩似乎有点难以接受，她想了好久，说："我现在什么都看不见，什么都感觉不到。"

"你稍安勿躁，我在试图恢复你的视觉。"西门豹说。

"你又是谁？"女孩问。

"无可奉告。"西门豹干净利落地回绝。

"还记得死之前发生的事情吗？"顾蒙亮问。

"我都不记得我被杀。"女孩回答。

顾蒙亮抱胸皱眉，对方记忆好像没有完全恢复，这就没办法问出她被害的过程了。这个意识可以算是胡依婷的一部分，但确切地说并不是完整的胡依婷。不过要知道她被害的过程应该也不难，神通广大的西门豹可以轻易黑进全市任何一台监控摄像头。

"她是怎么被杀的？"顾蒙亮问。

"她应该是在家被杀。监控录像显示何玉春去过她家，她手机倒数第二次通话也是和何玉春。不过她家小区太老了，没有装摄像头。"西门豹说。

"我不认识这个叫何玉春的人……"女孩回答。

"我现在要开启你的视觉系统，你的视角可以通过这几个屏幕切换。"西门豹说。

那几个透明的屏幕突然显现出顾蒙亮家客厅的摆设，然后转动了一周，无一例外锁定在顾蒙亮身上。

"啊哟，你长得真帅！"女孩子由衷地说。

顾蒙亮一时间心情很复杂："你能不能告诉我那天到底发生了什么事情？"

"你长得和兰博基尼一样帅！"女孩由衷地赞叹。

"喂，你已经被杀了，不要把注意力放在无关紧要的人身上好吗？！"顾蒙亮忍不住提醒她。

红光桥·天降其妹

"我突然想起一些被杀前的片段了，"女孩的声音似乎有了感情，"真是段特别恐怖又痛苦的回忆啊。"

五

何玉春是一个电工，他平时的工作是靠到处散发印有电话的小卡片拉来的。他本来在一家工厂工作，但因为暗恋上了工厂的厂花，失恋后就辞职出来单做了。他四十九岁了，没有结婚，没有孩子，住在父母留下来的六十平米的房子里，收入微薄，只够勉强糊口度日。前几天他打算去自杀，被警察和消防队员解救下来之后，占据了当晚新闻播报的一条新闻。他回家反复看了那条新闻，他的脸被打上了马赛克，连最后记者采访他，他哭诉着这个社会冷漠的话都被变声器处理过了。他的名字也用了化名，他唯一一次能够登上公众视线的机会全被这些傻逼记者破坏了。

自杀事件之后，他周围的邻居也没有流露出任何对他的同情和关心。他们没有任何同情心，这一点让他特别怨恨。那些人看他的眼神没有多一丝关爱，他们一家团圆其乐融融，就他一个人形单影只。偶尔他会想起年轻时候暗恋的那朵厂花，他那么爱她，以至于每次都故意弄坏她们车间的灯泡，然后让人叫他去修理。后来厂花结婚了，他在修灯泡的时候，眼睁睁看着她笑眯眯地给周围的人发喜糖。

——那边的师傅，您要吗？

这是她唯一和他说过的一句话。然后他就辞职了。

失恋的心痛，只有他自己能感受到。他恨自己没用，恨自己这副外貌，恨父母无权无势。厂花肯定是嫁了一个有钱人，那人仗着自己父母的钱勾搭漂亮姑娘……而他，这辈子无论怎么努力都无法得到厂花的心了。他自杀的新闻，厂花会看到吗？

他这么想着的时候，接到了一个电话，是个女孩叫他去她家修电路。那女孩住在老式小区，这种地方的电路老化，非常容易短路。他给女孩修了电路，发现女孩一个人在家。女孩很年轻，皮肤粉嫩，对人很和气。他听见女孩子在和朋友打电话，说自己前几天路过红光桥，结果被堵在路上了。何玉春屏住呼吸，他知道堵车的那一天，就是他要自杀的那一天。他很想知道这个年轻可爱的女孩子是怎么看待他这么一个被社会逼上绝路的可怜人的。

"我在那里看到了一辆超酷的兰博基尼！"女孩子兴奋地说，"超酷的！而且非常有型，大热天被堵在那里也不按喇叭！那个司机一定有钱又有涵养……说不定是个帅哥呢……我忍不住拍了它两下，我以为他会摇下车窗看我，谁知道那人涵养太好了，我这样乱拍都没有摇下窗玻璃……本来我只是好奇嘛，结果人家没搭理我！所以我现在还在想着那辆兰博基尼……"

何玉春握紧了扳手，慢慢走下了小梯子，朝那个女孩逼近。女孩感觉到了他的异样，疑惑地回头看他："师傅，修好了吗？"

"你，你不能嫌穷爱富！"他一把抓住了女孩子的头发，女孩子吓了一跳，刚想张嘴大叫，然后他一个扳手砸下来……

他家里有一个大大的冰柜，是以前母亲卖冰棍冷饮的时候用的。他把身体还温热的女孩子关进了冰柜里，然后锁了起来。他就这样出门了，两天后回家，打开冰柜发现女孩像睡着一样躺在里面，但已经没有呼吸了。当时他有一个特别奇怪的想法，总觉得这个女孩子像冰雪中沉睡的公主，离开冰柜就会醒过来，所以他连冰柜一起扔了。他开着父亲生前送货留下来的面包车，拖着冰柜到了红光桥，趁着没人就把冰柜推下桥去。这时却有一个神经病拖着两个闪闪发光的大柜子堵住了他的去路……

何玉春猛地从梦中惊醒，抹了一把脸上的汗水。家里没空调，老旧的电风扇吱吱呀呀地转着。

有人看到他了，警察迟早会找上门来的。到时候他将如何面对那些逮捕他的人呢？他会告诉那些来采访他的记者，他杀死这个无冤无仇的女孩只是因为害怕她将来有一天被金钱所迷，误入歧途。他会告诉他们，如果不是命运的戏弄，如果不是社会的迫害，如果他也有好的机遇，他绝对比那些人还要发达！

他爬起床，感觉自己像一个悲情英雄，承担着这副身体不该有的悲情命运。然后……抬眼看见了客厅上两个冰柜大小的金银两色的柜子，以及，坐在上面看着他的俊美少年。俊美少年穿着纯黑色衬衫，眼神冰冷，嘴角有忍耐的厌恶。

顾蒙亮面无表情坐在金柜子上，眼前这个瑟瑟发抖的杀人犯令他感到厌恶。他想起胡依婷说她是在封闭而寒冷的冰柜中挣扎死去，而他毫无缘由地杀害了她。他想起这死外星人之所以要试着让胡依婷复活，条件就是为了让他忍下恶心在这里问这个何玉春："你那天从红光桥扔下去的到底是这个金柜子，还是这个银柜子呢？"

何玉春胆战心惊地问："你是谁，你要干什么？"

"说啊！你到底扔下去的是哪个？！"顾蒙亮已经开始不耐烦了，从金柜子上面跳了下来。

何玉春张着嘴说不出话，他不知道这个人到底是来干什么的，他拿着两个闪闪发光的柜子来他家，问哪个是他扔的到底是什么意思？他想了半天，突然想起也许和他弃尸红光桥的那件事有关。他当时从上面推下去一个冰柜，然后才遇见了这个美少年，他一直缠着他问这两个柜子到底哪个是他扔的。

——都不是他扔的，他扔的是装了尸体的冰柜。

他能说出来吗？他不能。于是他只能从床底伸出个头，说："都……都放下，你快走吧。"

"你这种人注定是不可能得到愿望的！"顾蒙亮一点都不意外这种人会有这种反应。他愤怒地跳下柜子往外走了出去。

"愿望？"从来没人问过何玉春这个问题，一下子把他的思绪拉得很远。也许是眼前的事情太光怪陆离了吧，他怀疑自己是在做梦，然后他就开始神游太虚："我想娶我们那个厂花……我要是娶了她，一定天天好好干活，让她在家里陪我做饭……"

走出了那间令人窒息的阴暗的屋子，走到小区外面的路边，顾蒙亮的车停在外面。他呼了口气，刚才一直忍住想骂人的冲动。"他没说实话，西门豹，无法获得你实现他愿望的资格。"走到兰博基尼旁边，他对着停留在车子前方的蜜蜂嗡声道。

西门豹没有回应他。他失落地回到了自己的车里，兰博基尼也没有如往常一样自行发动，他只好自己发动了车子。

"就是这个发动机的声音！好棒！"车上的音箱传来了胡依婷的声音。她的声线现在已经相当自然了。

"怎么是你？"顾蒙亮微微皱眉。

"西门豹在忙着给我做身体，它说我的身体有些部位已经坏死，必须用别的材料做。我的意识又不能和大脑分离太久，不然就无法还原了。所以它现在集中精力，无暇顾及这边的事情。"胡依婷有点像代替了西门豹的位置，"你刚跟那个凶手聊得怎么样？"

顾蒙亮踩着油门闷声把刚才的事情说了一遍，她不由尖叫起来："也就是说那么大的金柜子留在他家了？快搬回来呀！"

"我搬不动，这个必须要西门豹才行。"顾蒙亮拿着手机犹豫着想报警，让警察赶紧把那个人渣抓起来，随即又想到万一胡依婷能复活，死者不存在，那这桩杀人事件也很难让警方理解。这何玉春到底算是杀人未遂还是杀人既遂呢？被害者又能怎么解释呢？说到底，对这个恶心的蝗虫法律目前无法严惩，西门豹又无暇顾及，他只能将一切恶心和不适吞到肚子里。

"不要郁闷，想想你至少还有兰博基尼呢。"被害者胡依婷听他说完自己的烦恼，这样为他宽心道。

"你真是个十三点！"顾蒙亮忍不住骂她，"你知不知道你很可能是因为这辆兰博基尼送了命啊！"

胡依婷的声音低了两度："我爸爸妈妈在我初中时候意外去世了啊。我总觉得我期待有一天能有兰博基尼这类的愿望，总比期待那些我已经失去不会再回来的东西可能性要大一点呀！"

顾蒙亮一下就没了声。

"你可能笑我很浅薄吧，可我就是宁愿天天想着豪车啊帅哥啊这些让我开心的事情呀，"胡依婷笑笑说，"我看见那些机器人很努力在修复我的身体，我对那个凶手都恨不起来了呢。"

"你别这么圣母心啊！"顾蒙亮转动着方向盘，转了个弯上了三环线，不过他没说出来。她不知道是因为他第一次在西门豹面前哭鼻子，那个死外星人才改变主意要救她回来。不过她这种蠢样，感觉也挺好。

六

西门豹殚精竭虑的工作收获了可喜的成果。它一共改进了三代机器人，才完成了胡依婷身体的修复工作。胡依婷的身体静静地躺在桌子上，很多仪器要不是撤走了要不就是被西门豹分解了，连那些横七竖八的屏幕也撤走了。

"她的身体有多处坏死，我都用别的材料替换了。"西门豹说，"第一次做这样的工作，很多材料只能用地球现有的，所以时间长了点。"

"都没超过一个星期，你已经很厉害了。"顾蒙亮在旁边吃着薯片，由衷地说。

"不能超过一个星期，这项工作最难的不是给她的身体找材料修复，而是将她的意识重新恢复到你们的维度，再次和大脑合二为一。"西门豹严肃地说。

"这么说地球上头七的传说也不是没有科学依据的咯。"顾蒙亮收起了薯片，他也感觉到了一丝压力。

那个轻薄的圆盘在胡依婷的头部上面悬浮了很久。她现在身体看起来完好无缺，脸色红润，皮肤有弹性，心脏也开始跳动了，但就是紧闭着眼睛，像睡美人一样失去了意识。

西门豹表示这是这项工作最关键的时候：要把胡依婷的意识还原。之前它为了保护她的意识不消失，转码成它们星球的维度，现在需要转回来。根据它说是"这是学院高年级生的课本才有的内容，我仅仅是偷看了而已"。

这么说这家伙还是低年级的学生。顾蒙亮想到区区一个西门豹就足以把地球搞翻天，不由忿忿不平地打开薯片又吃了一口。

过程倒是有惊无险，经过两个小时，胡依婷的意识成功还原。她睁开眼睛的那一瞬间，看见的是顾蒙亮叼着薯片的脸。真奇怪，他的眼神看起来很复杂呢！她伸出手，动了动手指，和以前一样灵活。慢慢爬起来伸伸腿，发现腿上的肌肉紧实有力。

顾蒙亮嚼着薯片坐到沙发上，无聊地打开了电视机："据说你的身体已经有了改进，某些部分比正常人要强壮很多，你也不用担心那个人渣回来找你麻烦。"

胡依婷呆呆指着电视机说："我看他也没空回来找我麻烦了。"

顾蒙亮回头，看见电视机里硕大的何玉春，把他吓了一跳。何玉春穿着崭新的西装，剃了时兴的发型，在某个情感栏目里接受采访。他已经不再是原来那个猥琐阴沉的样子，此刻他正说着自己一直念念不忘的初恋女友，希望电视台能满足他找回女友的心愿。这下看得顾蒙亮薯片掉了一地，等到那个初恋女友的照片一贴出来，就轮到胡依婷跪坐在地上了："这……这人是我小姨啊！"

"当年我没有钱，她离开了我，"何玉春对着镜头深情地说，"现在我有钱了，我想知道我是否有机会再次追求你？"

"他肯定是把你们的金柜子银柜子卖了！到底卖了多少钱啊！你看他穿的都是名牌！天啊，他还把我小姨的照片贴出来，真是作死的节奏啊！"胡依婷抱头大叫，在顾蒙亮的客厅里蹦来蹦去，蹦得他头都痛了。

"他的初恋女友是你小姨？"

"是啊！可小姨并不是嫁给有钱人的。我姨父是当年厂里的工程师，后来生了病不能出门，工厂让他提前退休了，一直在家里由我小姨照顾他呢！小姨可从来都没有说过她认识这样一个家伙啊！"胡依婷一脸见了鬼的样子。

这节目收视率奇高，都是找那些嘉宾要找的人。顾蒙亮平时看节目看得少，胡依婷倒是这个节目的忠实粉丝，她说只要出动了节目组，何玉春必然能找到她小姨。果不其然，镜头一晃到了一户人家，家具陈旧，接待编导的是一个满脸疲倦，衣着朴素的中年妇女。她就是当年何玉春心里念念想着的厂花，真名叫胡玲。她看见来访的电视节目组感到很意外，编导和她说清楚缘由之后，她擦了擦脸上的汗水，指着卧室说："我根本不认识你们说的那个人，和我相依为命的是我的丈夫。他现在重病在床，就我一个人照顾。十几年前的暗恋对那个人来说也许很重要，但对于我来说，最重要的还是我丈夫的健康。我不希望你们打扰到我的生活，请回吧。"

"不愧是我小姨！"胡依婷鼓掌。

镜头切到演播厅，何玉春的脸色就很不好看了。他结结巴巴地说："我现在有钱，我可以帮她丈夫治病，只要她跟我在一起……"

主持人看着他，拿出一封信说："这是你暗恋对象写的信，她明确拒绝了你的提议。我说这位大哥，这位只能算是你的暗恋对象，她根本不认识你呀……"

"我不相信！我每天都出现在她周围，她怎么可能没注意到我！"何玉春抱头大叫，"我就知道这个世界对我是不公平的！这个社会对我不公平！不公平！"

大概是因为嘉宾的失态，画面很快切到了广告，画面再切回演播厅的时候，主持人表示这位嘉宾已经下台去平复情绪了。她努力维持被惊吓后的一张俏脸，微笑着说："那么有请我们下一位嘉宾……"

顾蒙亮关了电视，捂着脸说："这家伙真的是上哪哪丢脸啊……"

"他就是那天在桥上要自杀的那个人。"西门豹突然发声了。

顾蒙亮皱着眉头把整件事前前后后想了一遍，狠狠把遥控器扔到了地上："这个人渣！自杀，杀人，然后上节目骚扰别人正常生活！真是个变态！"

胡依婷突然拉住顾蒙亮，非常焦虑地说："按他那种个性，怕是会对我小姨不利吧！"

"说的也是，这个节目是录播的，它的录制到播放的周期大概是多少？"

"一个星期，那时我还没有'复活'，天啊！"胡依婷跳起来，"我小姨有危险！"

七

世界上有一种人，做坏事的时候，总喜欢归结是周围环境的原因。但他不知道这个世界有很多人，即使面对相同的环境，他们也不会去犯罪。

胡依婷少时父母双亡，她照样能快乐地花痴高富帅，开开心心勤工俭学上大学；胡玲的丈夫重病在床，她照样能悉心照料他起居，无怨无悔，哪怕她当年是很多人心目中的女神。

今天早上，胡玲起得比平时晚了一点，因为今天是周日。她为丈夫洗了脸，然后去准备早餐。她把早餐放在丈夫床边要去洗衣服的时候，被丈夫叫住了。他一脸消瘦，躺在床上非常温柔地对她说："节目里的那个小何，我想起来了，是以前厂里的电工。"

"是吗？"胡玲在丈夫身边坐下，一口一口给他喂粥，"你这么一说，我还有点印象。"

"小何现在发达啦，穿金戴银的要把你娶回去，你为什么不高兴？"丈夫小心问她。

胡玲脸色一怒："我放得下你？"

"我这些年拖累你了，我内心有愧啊……"丈夫内疚地说。

"内心有愧也不用把我推给那家伙吧，"胡玲低声说，"其实当年我们车间的小姐妹就注意过这个电工，说他神色猥琐，看起来特别阴郁。这种人啊，不管是钱多钱少，和他在一起都不会幸福的。我在信里说对他没印象，就是让他死了这条心。我当年还不知道他老来我们车间转悠是为了看我，现在想想真是起一身鸡皮疙瘩……"

"起一身鸡皮疙瘩？"一声阴恻恻的声音从客厅传来，夹杂着无尽的仇恨，吓得胡玲手里的碗掉落在地。她急忙跑出去看，发现何玉春倒提着一把铁锤站在客厅，他身后是已经被破坏的铁门。胡玲家里用的是老式的铁门，非常脆弱，很容易被砸开。

"你想干什么？！"胡玲大声说。

"你这个女人当年贪慕虚荣嫁给了别人，现在又在背后说我的坏话，你说！你怎么对得起我！"他咆哮着扑过来，胡玲想跑没跑成，被他抓住。

"胡玲！你怎么了！"她丈夫的声音焦急地传来，何玉春用铁线把胡玲捆起来，又用胶布贴住了她的嘴巴，拖着她进了房间。他看见了胡玲的丈夫，一个瘦弱憔悴的中年男人，不由放声大笑："你看！你选的人就是这样的，这就是报应！对你当年有眼无珠的报应！"

"何玉春，你给我住手！"房间四周突然响起了威严的男声，"你不但对河神撒谎，还滥杀无辜，你……我看见你这样做，很不开心！"声音是从旁边的苍蝇侦察机里传来的，何玉春当然不知道。但对讲机那边的顾蒙亮和胡依婷有了争执，他暂时关掉了对讲机。

"不开心是什么意思？"胡依婷一边朝小姨家方向跑，一边吐槽顾蒙亮说话的内容。

顾蒙亮在后面跟得气喘吁吁，他觉得胡依婷跑得也太快了："我也不知道河神遇到这种情况应该怎么说话啊！"他为了对付何玉春，背后的袋子装了各种武器，沉得他几乎迈不开腿。他们对何玉春的行动估计不足，苍蝇侦察机发出去时发现他已经到了胡玲家。

"我觉得你跑得太慢了，我先去了。"胡依婷没想到顾蒙亮一个男生跑步那么慢，她等不及了，加快了速度，飞快冲进了胡玲的小区大门，一溜烟消失在顾蒙亮的视野里。

顾蒙亮快要断气了："这个……野丫头体力居然那么好……"

"是她的身体有部分已经不再是人类的缘故，"西门豹的声音响起，"你赶不上她的速度的。"

"但她身上没有武器，很危险啊……对方是个变态啊……"一想到胡依婷也许有危险，顾蒙亮又觉得腿脚有了力气，深吸了口气朝前冲去。

在屋里，何玉春已经把胡玲夫妇都捆了起来，他在犹豫到底要先杀了胡玲丈夫让她痛苦，还是在胡玲丈夫面前折磨胡玲让他痛苦。想到这里，他越发觉得自己苦大仇深，被人逼上了这条绝路。他出去之后会被警察抓起来吧？大小报纸都会报道他的事迹吧？人们都会知道他为爱情误一生吧？可惜他现在这张脸，也许也得不到诸多少女的同情。他想起家里出现过的那个美少年，如果自己整容整成他那样，或许也能感动天下少女心吧？

正这么想的时候，大门突然被人一脚踹开，整扇门朝他的后脑勺飞了过来。他自然是看不到的，但是面对他的胡玲夫妇睁大了眼睛。

"砰！"门重重冲撞着他的后背，他整个人被门砸了个趔趄，趴在了地上，刚好对着胡玲的脚尖。

"小姨！小姨父！"胡依婷大声喊，自己也没想过这么一脚能造成那么大的效果。她朝自己的小姨跑了过去，一脚踩在门上，刚想爬起来的何玉春又踩趴了下去。他被门挤压在地面上，感到胸口快透不过气来。这女孩的力气好大！

胡依婷又是一脚踹向他的肚子，他整个人朝厨房方向飞去，撞烂了厨房的纱门。她愤怒地指着何玉春叫道："你真是条蛆虫！杀了我，又来祸害我小姨，你这种人简直就是社会渣滓！我要代表河神揍你一顿！"

胡玲和丈夫睁大了眼睛，仿佛从未认识过自己的这位外甥女。他们眼睁睁看着胡依婷冲上去对着何玉春一记肘击、膝击、直拳、勾拳，一个回身踢，那几声骨折的声音清脆入耳，喉咙惨叫的声音恰到好处，然后是一阵锅碗瓢盆的碎裂声……

一切都结束了之后，胡依婷不敢相信地看着自己的双手，身后传来了喘气的声音。她猛然回头，看见跑得快断气的顾蒙亮，戴着眼罩，背着武器趴在了无门的门框上："完事了？"

"嗯！"她笑笑对顾蒙亮竖了竖拇指。

"楼下警察来了。"苍蝇侦察机发出了警告。胡玲丈夫刚才在房间的时候，一听到客厅的异动就拨通了报警电话，派出所距离这里很近，警察已经赶到了。

"不能让警察看见河神的真面目，"顾蒙亮感觉自己要断气了，"我刚爬上来还要赶紧爬走。"

"你赶紧走！"胡依婷朝他猛摆手。顾蒙亮刚跑到楼梯口就发现警察正在往上走。他翻了个白眼，只好向楼上蹑手蹑脚地跑去，一边跑一边低声呼叫西门豹："要死要死！要撞上警察了！"

"上面什么人？"警察发现楼上有人慌慌张张地离开，急忙喝止。

顾蒙亮被吓得涕泗横流："西门豹！"

"最近所有材料和能源都用来复原胡依婷的身体了，我现在帮不了你。"西门豹说。

"我背了一堆杀伤性武器啊！"顾蒙亮哭道，越发觉得身上的那些武器好沉重。这老式居民楼没电梯也没有其他出口，就是一条楼梯通往顶楼，脚步重一点都能听得清清楚楚。这是第一次顾蒙亮感觉自己没有西门豹的保护，他几乎要哭出来了。

"在这里！"已经进入了胡玲家里的警察发现了已经失去一切反抗能力的何玉春，大声呼叫着楼上的同伴。楼上的同伴大声说："楼上还有人！"他冲到了七楼，发现一个老太太颤巍巍地想把刚打开的门又关上。

"咦，刚才是您吗？"警察松了口气。

"我……我只是想买个菜……"老太太颤巍巍地说，被穿着制服的警察吓了一跳。

顾蒙亮趁着警察发了会愣的工夫已经爬上了楼顶。西门豹鼓励他："你的背包里有特制钩，挂在稳妥的地方跳下楼就可以了！""开什么玩笑，这里是八楼啊！"顾蒙亮伸头看了一眼下面几乎要哭出来了。

"有那个东西死不了的。"西门豹说。

"我不要！"顾蒙亮抱着背包一屁股坐在楼顶，随即被充分吸收太阳热度的地板给烫得跳起来，"哎哟！"

八

根据胡玲一家所说，只有何玉春一个人对他们实行了暴力袭击。警察虽对何玉春身上遭受的攻击程度表示非常疑惑，但还是接受了"怪力外甥女勇救小姨"的设定。何玉春如他所愿上了电视，但没有接受法院审判之前，电视台还是很贴心地给犯罪嫌疑人的脸打上了马赛克，这一点是他深恶痛绝的事情。

胡依婷也上了电视，报纸也给了头条，她那张活泼开朗的苹果脸加上身怀绝技、侠肝义胆的作为，形成了奇怪的萌点。她们学校的富二代们，开始对她产生了深深的敬仰和浓厚的兴趣。

"富二代才不是不喜欢女汉子呢！他们只是不喜欢丑丑胖胖的女汉子而已，他们喜欢的是漂亮、聪明、善良、开朗的女汉子！"接受学校八卦小报的采访时，胡依婷说出了这句惊人之语，迅速也成为女生们追捧的对象。

至于顾蒙亮，他那天抱着背包等警察走了之后才胆战心惊地从楼顶爬回八楼，他觉得相比胡依婷，他展示的不过是一场羞耻PLAY，还好没人看见。

"我看见了。"西门豹表示已经让苍蝇侦察机拍下来了。

"住口！你这个临时掉链子的家伙！"顾蒙亮大怒。大怒的后果就是他足足一个礼拜没有去桥底下执行他的任务，那段时间在桥下蹲点的是城管，他们抓了好多趁着月黑风高跑到桥上往下扔东西的人。

是的，抓了好多个。

第四章

双冲桥·完美偶像

一

人声鼎沸。

舞台已经搭建好，灯光、舞美、服装等项目在执行导演的指挥下一一就位。启元轻轻扶了扶自己的耳麦，看着除了忙碌的工作人员和伴舞的演员，空无一人的体育场。人声鼎沸只是幻觉而已。

"明天这里会坐好几千人，早在一个月之前票就卖光了。"经纪人站在启元身后，深深吸了口气，"我们终于走到这里了，启元。"

启元默默看着对面的观众席。他的沉默让经纪人有点意外，她想，启元面对自己人生第一场演唱会，难免心潮起伏，便拍了拍启元的肩膀，说："等下有人要过来送礼物给你，是恒圆集团的少爷。"

"恒圆集团？"启元对这个名字还是有印象的。

"就是那个做房地产的大集团，他说是你的粉丝，昨天电话联系我说要见你。"经纪人喜滋滋地说，"不过我跟他说，演唱会之后见面比较好。他还是不听，过来就是为了见你一面，也算是重量级粉丝了！"

是吗？这算是自己最具重量级别的粉丝吗？启元若有所思地看着自己的脚尖，旁边的编舞老师和伴舞演员已经等了他好久，最后是经纪人试探地问他："今天是到此为止，还是再走一遍？"

启元抬起头："大家都累了，我自己唱一遍就好。"

"明天要上台，注意保护嗓子。"经纪人提醒他，随即打招呼让伴舞们都退下了。

灯光亮起，空空的舞台上只有他一个人。启元看起来很疲倦，棒球帽压得低低的，他拖了张椅子在舞台中央坐下，工作人员给他支了个话筒，音乐响起……

经纪人在台下看着，启元让她站远了看看舞台效果。远远看过去，启元非常孤独，他松垮地坐在椅子上，唱着这首他自己作词作曲的《逆风》。这首歌歌词写得过于凄厉，但粉丝买账，单曲EP一跃登上畅销榜。启元就是这么个萧索疏离的人，算是现在娱乐圈的一个异类。现在娱乐圈谁不是卖萌耍帅，只有他一副什么都不在乎的样子，偏偏俘获了大量粉丝的心。

经纪人看了看时间，那个恒圆的少爷估计快到了。

距离体育馆三公里的环城公路上，顾蒙亮坐在兰博基尼里，一脸得意："我都把他的公司买下来了，他能不给我面子？！"随后笑了笑，丝毫不去管自己动用老爹给的创业资金去投资娱乐公司这档子事。

事情还是要从三天前说起。

三天前的双冲桥，晚上十二点整。

一道金属光芒从桥上划下，西门豹的小型潜水艇及时地打捞了这枚带着明星头像的钥匙扣。

"你掉的是这个金钥匙扣，还是这个银钥匙扣？""对不起，这两个都不是我掉的钥匙扣，我掉的是有启元头像的钥匙扣。""哦，你真是一个诚实的人，我可以帮你实现你的愿望！"这种例行的对话之后，扔钥匙扣的初中女生提出的愿望是——"要近距离地看启元的演唱会，还要上台和他握手。"

河神，也就是顾蒙亮，爽快地接受了她的委托。这个愿望太容易实现，直接买高价票就好。但他没想到，"上台握手"这一项提出来之后，遭到了启元经纪人的拒绝。原来这位新晋偶像有个怪癖，绝对不和粉丝近距离接触，也绝不接受媒体一对一的深度采访。他永远都躲在经纪人后面，戴着一副墨镜，上节目或上台才会摘下来。他所有的照片都化着浓妆——他有一张非常适合上妆的脸，上妆之后随便拍的照片都像是电影里的截图一般，360度无死角的美少年。

"中性美。"顾蒙亮翻着启元的资料这样评价。

启元的微博关注的人寥寥无几，和娱乐圈内同行的互动也非常少。网上关于他的负面新闻大多说他恃才傲物耍大牌，但和他合作过的艺人却称赞他非常敬业，是一位才华和人品成正比的歌手。启元出道一年迅速蹿红，两张专辑销量都夺得国内男歌手个人销量前三的好名次，同时接拍了三支广告，一部电视剧，还有一部电影。电影里他出演的是一位类似赵氏孤儿命运的少年太子，背负着国仇家恨，却不知自己的人生方向在哪里。在大银幕下他几乎素颜，戴着一个眼罩，和平时MV里的浓妆完全不一样。据说独眼的戏份是他建议造型师这样做的，说太子本身人格就有缺陷，所以外形上他也必须带着缺陷。新人大多在乎自己的第一次银幕形象，希望以尽可能完美的形象出场，但启元反其道而行之，太子的角色他诠释得如痴如狂，让顾蒙亮都有点陷入剧情中了。

"和你一样，都是美少年。"胡依婷含着棒棒糖凑近了看，顾蒙亮瞪了她一眼，把电影关掉了。

顾蒙亮最讨厌别人说他是美少年。胡依婷完全不能理解他为什么这么排斥自己这副天生的美貌，她只能看着顾蒙亮冷冰冰地给自己父亲的秘书打电话，说要动用自己的创业资金，一天之后他就成功控股了启元所在的星娱公司。用他的话说，就是"我不信东家出面，他敢拒绝在演唱会和我的委托人握手！"

启元的经纪人自然还没有收到最新消息，还不知道重量级粉丝已经成了自己的东家，她只知道顾蒙亮就是之前提出要和启元握手的那位少爷。这位少爷在演唱会前夜亲自来看彩排，估计还是想完成自己和启元握手的夙愿。"应该没事吧，"经纪人紧张地搓手，"不是公开场合启元应该不会拒绝，只是不知道怎么和他提……"顾蒙亮应该快到了，她还没有和启元提这个事情，怎么开口比较好呢……

巨大的声响！她突然感觉自己的脚底震动了。等她再抬头的时候，看见的是舞台上的一片火光。

"怎么回事？"顾蒙亮的车刚停在体育馆门口，就看见里面似乎有火光，然后就听见了骚乱的声音。工作人员在大声叫喊，舞台上面燃起了熊熊大火。

"好像是发生了事故，让苍蝇机过去看看。"西门豹的声音一贯地没有感情。苍蝇机从车上飞出来，向舞台那边飞了过去。顾蒙亮也赶紧跟过去，走近舞台的时候，他被迎面而来的热浪逼退了几步。

"无关人等退后！已经打电话叫消防车了！我们先用自带的灭火器试试看……"执行导演冲着顾蒙亮大叫，他旁边几个人死死拉住不断挣扎要往火里冲的短发御姐。

"启元！启元还在里面！我是他的经纪人！我死也要把他拖出来！"御姐的情绪已经失控，对着火光大叫，几个伴舞演员死死拉住她。

顾蒙亮没料到会有这么大的变故，刚才启元是在彩排吗？现在他人呢？

"舞台上没有任何生命迹象了。"西门豹冰冷的声音从耳机里传来，苍蝇机盘旋在顾蒙亮右前方，显示出一筹莫展的样子。

火光映照着现场每个人的脸，几乎每张脸都是茫然的。事故发生得太突然，每个人都觉得自己在做梦。

一场噩梦。

双冲桥·完美偶像

二

"离奇事件，当红歌手彩排之夜惨死在舞台！"

"独身试音，舞台突然发生不明爆炸！"

"是意外还是人为，警方对相关人员展开调查！"热门新闻无一例外地提到了启元意外身亡的消息。

突然死掉了，在自己的舞台上死掉了。

顾蒙亮觉得匪夷所思，不能理解。西门豹一直沉默着，它在搜索着各类相关信息。苍蝇机已经混进了调查组里，随时更新里面来的消息。

"舞台上发现一具尸体，初步断定是启元的。"西门豹说。

"只死了一个人吗？"顾蒙亮喝着红茶疑惑地问。

"工作人员说，当时启元特意让伴舞下去休息了，灯光师和调音师都在远处，没有被波及。爆炸是在他试音的时候发生的。"西门豹说。

启元原名叫做赵起源，今年十八岁，出道两年，资料登记说他是一个孤儿。

"孤儿？"顾蒙亮玩味着这个词。

孤儿代表他的家庭背景信息完全为零，他辗转过几个福利院，被国外有钱人家收养过，十六岁回国进入娱乐圈，加入一家名不见经传的工作室，去年转签星娱，成为当红偶像歌手。关于他国外收养家庭的资料也是零，据说是为了保护他养父母的隐私。他签约星娱的条件也比较奇特，要求指定经纪人，并且全面保护他的隐私。他在收入这方面对公司做出了相当大的让步，所以星娱也接受了他的这些要求。

"背景成谜的歌手。"顾蒙亮下了个结论。刻意制造神秘身份也算是一个卖点，可启元属于实力创作型歌手，实在没必要靠炒作来增加自己的人气。

他的经纪人红姐表示，也许这是天才的通病，启元不善交际，而且有点社交障碍，只有在音乐创作和荧幕上他才能找到真正的自己。启元的死对红姐的刺激很大，公司已经放了她长假。除了接受警方的询问之外，她一直呆在家里不肯见外人。

"尸体没办法确认，因为DNA库没有他的资料，国内这方面的数据库不够健全。他也没有血亲，只能从尸体的身高和血型确认是他。"西门豹转述了警方的意见，特别说明了一下，"这次负责办案的是郭睿。"

"啊哈。"顾蒙亮自嘲道，他想起了那个气急败坏的警官。这次演唱会是在隔壁绿城举办的，郭睿会接管这个案子也不算意外。

"爆炸原因是小型炸药，据说是一场蓄意的谋杀。"西门豹继续转述专案组的会议内容。

"你怎么看？"顾蒙亮问西门豹。

"我是用苍蝇机监控的。"西门豹以为顾蒙亮问它是怎么"看"到这一切的，便如实回答。

顾蒙亮用手蒙住了脸，深深呼吸了一下，然后换了个说法："你对这起杀人事件有什么看法？"

"体育馆内部没有监控，我只能调出启元在舞台上彩排的录像，就是爆炸前的录像，"西门豹说，"本来有两台摄像机的，其中一台已经被炸没了，只剩下这一台的资料。"顾蒙亮的电脑上出现了启元彩排时的录像。他戴着低低的棒球帽，对着麦克风在唱歌……

然后，画面突然震动了一下，是舞台上发生爆炸！旁边一切易燃物开始熊熊燃烧，桁架压了下来，上面的灯光音响也纷纷坠落，接着就是一片混乱。

"爆炸点是在他正后方，好像是他身后那个地灯的位置。"顾蒙亮定住了画面，指着爆炸前一秒启元身后的地灯说。

"你的意见和警方目前是一样的。"西门豹说。

他的意见和警方一致又怎么样，破案是警方的事情，警方一定可以找到真凶的。顾蒙亮关上电脑叹了口气："我们的委托人估计伤心死了。这次行动失败。"

"我也很伤心，"西门豹毫无感情表示着它的伤心，"这次的委托居然没有完成。"

"死亡是不可抗力。"顾蒙亮安慰它说，"你可以在你的报告上说，我们尽力了。"

"不，我们应该可以防止目标人物遭遇这样的事情，这不是意外。"西门豹说，"这次计划失败了，我会面临被扣分的命运。"

"别沮丧！"顾蒙亮安慰它说。

"上头说河神计划对水源造成污染，我要是不想被扣分，就得去清理河道。"西门豹说完这句话之后，声音就消失得无影无踪了，连一直盘旋在顾蒙亮公寓的苍蝇机都跟着飞走了。

西门豹是来自未知星系的外星人，为了完成自己的论文计划，和导师申请了"河神计划"，选择地球人顾蒙亮作为合作者，在龙城随机一座桥上接受普通人类的许愿。"西门豹"只是顾蒙亮给外星人取的名字，它没有地球人应有的情感，也无法解读地球人的情感模式，所以地球人的情感表达也成为它论文的主要研究方向。它存在的维度和顾蒙亮所在的地球不太一样，所以大多时候都是通过科技手段和他联系。

本来以为这次是再普通不过的愿望，就算没有西门豹的黑科技，顾蒙亮凭借自己超级富二代的财力都可以办到。谁知道，居然出了这种意外！

第二次的许愿轮到了文昌桥，距离上一次的许愿已经过去一周了。因为西门豹一直没有提出要来完成任务，顾蒙亮也不想来，但又依稀觉得欠了西门豹什么，只好自己一个人来了。

西门豹貌似在孜孜不倦地清理河道。顾蒙亮缺少外星人黑科技的技术支持，只得披着黑斗篷站在文昌桥上等候往下扔东西的人。空荡荡的桥面他一个人站在那里，偶尔有出租车和骑摩托车的人路过，完全没有人注意到他，看起来非常滑稽。

顾蒙亮看着表，他就打算站到十二点十分。

桥的南边，晃晃悠悠走过来一个穿着卫衣，把兜帽戴在头上的人。那个人身材很瘦，走得有点漫不经心，顾蒙亮却没来由感觉到了一股危险的气息，他的拳头在斗篷里本能地抓紧了。

"借个火。"那人走近了，兜帽下是张看不出年纪的脸，你可以说他二十多，也可以说他三十多，他脸上的沧桑感甚至让人怀疑是四十多，但眼睛却是年轻的。

"我没有。"

那个人笑了，从兜里拿出火机，点上了自己的烟，然后随手把火机扔下了桥。在燃烧着的火机掉下桥的那一瞬间，顾蒙亮觉得自己的汗毛全部立起来了，他张了张嘴，硬是没能说出一贯的台词。

"我知道你是河神。"那个人笑笑，"我来到这个城市，听说了你的传说，你的表现在我预料之中。"火机快要掉到江面上的时候，又反弹回那人的手中。顾蒙亮惊奇地睁大眼睛，想看清楚一点。那人却伸头逼近他的脸，"我知道你玩弄的那些手段，从江面反弹而起，在人们的面前消失，就像我现在在玩的一样。"

"我很庆幸你没有获得许愿的资格。"这个人的压迫感太强了，顾蒙亮半天才挤出这句话。

"我不需要向你许愿，"那个人伸手摸上了顾蒙亮脸上的面罩，似乎有点意外这个面罩的触感，"我要的东西，自己伸手就能得到，顾大少爷。"

顾蒙亮更吃惊了，他是河神这件事除了胡依婷之外，别人根本无从知晓。西门豹的黑科技一直把他保护得很好，不可能有人知道河神就是他。那人逼近后他才发现，这人的右眼是玻璃球的颜色，是假眼！他拿出一张照片，递到了顾蒙亮面前："既然你是无所不能的河神，那我想问问你见过这个人吗？"

路灯下，顾蒙亮看清楚照片上的人正是启元。他吞了一口口水说："他不是死了吗？"

那人咧开嘴笑了，那张嘴出奇的大，好像在脸上裂开一条长长的裂缝。他想拉下顾蒙亮的面罩，但由于面罩和斗篷是西门豹特制的，他一时间找不到接口，便只得放弃：
"我知道启元死的那天，你去找他了。"

这个人让顾蒙亮很不舒服，这是他第一次渴望西门豹的苍蝇机出现，可他连兰博基尼都没有开出来，无法和西门豹取得联系。

男人收起照片，声音变得有点沙哑："如果你再次见到他，记得告诉我。"

"他不是死了吗？"顾蒙亮再也受不了这人居高临下的气势，但他说这句话的时候依旧没什么底气。对方似乎根本不管他说什么，继续自顾自地说下去："如果一星期之内你找不到启元，我就会让你成为十二点的亡命鬼，就算你是恒圆的少爷，我们也不放在眼里。"乌黑的枪口对准了顾蒙亮的脸，那人咧嘴笑了，"河神就可以从这个城市消失了，我不是在开玩笑。"

枪什么时候收回去的，人什么时候走的，顾蒙亮没有察觉，他整个人被从未有过的恐惧感包围着。过了许久，他才缓过神来，一把扯下自己的面罩，靠在桥栏杆上大口喘着气。他的心跳得厉害，手心出汗，就连胡依婷骑着电摩托上桥他都没有觉察。

胡依婷在他面前停下来，示意他坐到后面。顾蒙亮看见她有点意外："你怎么来了？"

"西门豹让我来接你，说出了点事情，叫你晚上不要一个人出来。"胡依婷看见顾蒙亮摘下面罩时候的脸色很难看，不禁问他，"你怎么了？"

"刚遇见个奇怪的人，拿着启元的照片问我他在哪里，一星期内我要是找不出来就杀了我。"顾蒙亮坐到后座上，几乎有点坐不稳，下意识扶住了胡依婷的肩膀。他有点愣愣地补充了一句，"他知道我就是河神，河神就是顾蒙亮。"

三

一连几天，国内的娱乐新闻都是围绕着启元的意外身亡报道。媒体认为这是一场谋杀，但也有人说是因为现场放置的烟花里有不合格产品，混入了烈性炸药。歌迷们沉浸在悲痛之中，媒体对警方不断施加压力。警方排查了在场的工作人员，连同搭建舞台的工人，没有发现任何疑点。

"我派苍蝇机去找那个初中女生，问她能不能换一个愿望。"西门豹居然还耿耿于怀。

"然后呢？"顾蒙亮摊手，"她换了没有？"

"她说可以换一个，新换的愿望是希望启元能够复活。"西门豹说。

顾蒙亮把手中的刀叉狠狠戳向面前的牛排，对着耳机说："这就是你所谓的'出事了'？我都被人威胁了，你还去管那个追星族干什么？！"

旁边的胡依婷不禁提醒他："喂，大少爷，我们现在是在高级西餐厅，你能不能不要这么大声？"

"我无法复活死去的人，你说该怎么办？"西门豹的声音有点迟疑，它似乎有点后悔自己绕过顾蒙亮直接和地球人交涉。

"其实也不是不可能，"胡依婷用餐巾擦了擦嘴角，"我总觉得启元的死很古怪。"

"他的死是很古怪。他一个华侨，没得罪谁就被谋杀了……"顾蒙亮拿起旁边的红酒喝了一口。

胡依婷露出神秘的笑容，得意地拿出了自己的手机，打开音乐软件，说道："不，我反复听了爆炸现场的录音和他这首歌的首发版本，几乎是一模一样。你想想，启元当时是要在现场试音的，为什么现场彩排会唱得和EP里的一模一样，这不是很奇怪吗？"

顾蒙亮看着她，过了几秒他恍然大悟："你的意思是说启元假唱？"

"演唱会歌手假唱也不奇怪，但他是在彩排，是在试音哎，他为什么要假唱？"胡依婷进一步提醒他。

"他当时根本没有在唱歌，但是他人在台上，然后发生了爆炸……"顾蒙亮这才GET到事情不合常理的点，"为什么他人在上面，试音还要用录音？"

胡依婷下结论说："有两种可能，一是他被胁迫了，必须要用录音。"

"另外一种可能就是，台上的人，根本不是启元。"顾蒙亮补充。

"聪明。"胡依婷说。

启元彩排的时候都化着浓妆，就凭当时爆炸现场的录像来看，也只能远远看见他那张浓妆的脸。

"我想起那个独眼人的话，觉得有点奇怪，"顾蒙亮想到另外一个疑点，"我在启元出事之前去找他的事情，连星娱的高层都不知道，为什么那个独眼人会知道？我只是提前打电话给经纪人红姐了啊。"

"你可以从红姐那里调查。"胡依婷刚说完，顾蒙亮的电话就响了，是陌生的号码。接通之后，对方自称是绿城公安局的警察，让他赶紧去绿城一趟。

"对方是郭睿。"西门豹通过线路直接查出手机号码的主人，"已经定位，他现在就在警局给你打电话。"

事不宜迟，顾蒙亮刷卡买单，侍者殷勤相送，眼睁睁看着一辆无人驾驶的兰博基尼自动开出停车场，精准地停在餐厅门口，一男一女上了车之后扬长而去。

绿城那边，郭睿心事重重地挂上了电话。

刚接到消息，红姐自杀了。她自杀的理由很充足，一手捧红的偶像歌手意外身亡，遇到了工作瓶颈，觉得万念俱灰。现场没有疑点，死因是煤气中毒。

但郭睿始终在意一个细节，就是红姐生前就启元的案子做笔录的时候，她提到事发当天，恒圆集团的少爷顾蒙亮曾要求私下接触启元。对方刚到体育馆，启元就出事了。

是巧合吗？郭睿皱着眉，他问红姐这事还有谁知道，红姐说没人知道，启元当时在彩排，她都没来得及和他细说。那位顾少爷好像是个追星族，要求也很简单，想在演唱会和启元握个手什么的。随后，郭睿查了查顾蒙亮的资料，越看越觉得这小子没准有问题！于是，他直接打电话叫他来警局。

他们试着联系过启元在国外的养父母，但发现启元留下的资料并不完整，要在美国找一对这样资料不完整的夫妇简直难于登天。

顾蒙亮目前住在隔壁龙城，相距两小时车程，动车需要一个半小时。但一小时之后顾蒙亮就出现在他面前，郭睿暗想这小子要么就一直在绿城，要么就是在高速路上超速了。

"你为什么要见启元？"郭睿问他。

"我是他的粉丝。"顾蒙亮说。

"我看不像，他出道两年，你的名字从未出现在他任何一家歌迷后援会里，也没出席过他的宣传活动，突然你就变成了他的粉丝，甚至为了他入股星娱，还在他出事当天专门从龙城开车前往绿城体育馆，这是不是太多巧合了？"郭睿盯着顾蒙亮说，完全不相信他的话。

"我是突然听到他的一首歌，就迷上他了。"顾蒙亮一本正经地回答。

"什么歌？"郭睿问。

"《逆风》。"

"会唱吗？"

"不会，难度太大。"

"我看你是信口开河。"郭睿冷笑。

顾蒙亮看着郭睿，一字一句地说："警察先生，《逆风》我听过无数次，我虽然不会唱，但作为启元的超级粉丝，我觉得他在现场试音唱得和EP里是一模一样，你只要仔细听就知道，那天现场他根本没有唱歌，是在放录音！你没想过为什么一个要试音的人居然用录音来代替试唱吗？这不是很不合常理吗？"

郭睿被他的话震了一下，让他留在问询室，自己找人去反复分析了爆炸当天的录像和《逆风》的EP。"真是一模一样！"小陈拿下耳机对他说，"音频波长完全对得上，基本可以认定就是在放录音！"

郭睿轻抚着下巴，走回问询室，盯着顾蒙亮问："你怎么会有事故当天的录音？"

"我刚好开车到体育馆外面，一听就知道是假唱。"顾蒙亮答，郭睿还想问什么，他人已经站起来了，"有什么事情可以和我的律师说，郭警官，我觉得我配合的时间已经够了，你实在没道理一直把我留在绿城，我要回龙城去了。"

"你一直在龙城？"郭睿拦不住他，颇有深意地问。

"是啊，你有事可以随时去龙城找我。"顾蒙亮礼貌地朝他点点头，然后走出了房间。郭睿怀疑地看着他，小陈在旁边补充说："恒圆集团总部应该是在绿城啊，他为什么一直在龙城？"郭睿冷哼一声，觉得这位顾少爷身上充满了疑点。

顾蒙亮一个人走出了警察局，深深呼了口气。看见警局门口有个七十多岁的老太太，犹犹豫豫地，想进又不敢进来。当她看见顾蒙亮时就以为他是警察，便迎了上来，抓住顾蒙亮的袖子，紧张地说："我啊……我那个淘气的孙子突然病死了。他生前就不务正业，特别不听话，后来得了绝症，前段时间死掉了……"

顾蒙亮吐了口气，为什么最近听说的事情都是和死亡有关，真令人心情不畅。他温言劝说老奶奶："人死不能复生，我也帮不了您……"

"不不不，"老奶奶着急摆手，"他死了，殡仪馆好心就直接帮忙火化了。可今天我收到我孙子寄来的一大笔钱，你看，十万块啊，还是他死的那天寄来的……我不知道他从哪里弄来那么多钱，我怕来路不正……您能不能帮我查查……"

顾蒙亮烦恼地揉揉自己的额头："您还是回去吧，这钱您就好好用，我不是警察，不管钱的事儿，大半夜的您别出来溜达了。我给您叫辆车，您别乱跑啊！"

送走了老奶奶，顾蒙亮叹了口气，掏出耳机戴上："西门豹，你说去清理河道只是个借口吧。你是不是因为委托人的愿望无法达成，所以受了打击？"

西门豹久久没有应答，正当顾蒙亮以为它根本没有听到他的话的时候，耳机里传来了它的机械音："我派苍蝇机去看那个初中女生了。启元的意外身亡给她造成了很大的打击，她现在天天哭，以为自己许愿不当才导致了这样的结果。"

"这也是人之常情。"顾蒙亮说，"毕竟是粉丝。"

"顺带还骂河神是个邪恶之神。"

"这就太过分了！"顾蒙亮大骂，"我投了几千万啊！我现在还遭到人身威胁了她知道吗？！"

西门豹完全没有把那个独眼人的事情放在心上："现在你的首要任务就是洗清河神的污名。还是回到龙城，继续接受人们的许愿吧。"

顾蒙亮对西门豹的冷酷无情表示愤慨："我再出现在那里，一个星期之内就会没命！那个人威胁我说要杀了我！"兰博基尼风驰电掣地开过来，停在了顾蒙亮面前："只要你上了这辆车，导弹都拿你没辙。"

这倒是实话，他信。

四

已经过去一周了，启元的案子还是没有进展。郭睿能查到的就是那天的调音师的确是临时换人了，那在音乐上动手脚的可能性就很大了。他派人去查调音师，但据说是临时工，再也查不到去向。

"果然很可疑啊。"郭睿皱起了眉头，这样的话也被西门豹如实转播给顾蒙亮了。

顾蒙亮在桥下听着启元的《逆风》。

启元死之前唱的是这首歌，后来看了彩排的目录，他发现这首歌其实是安排在最后的，在彩排的时候他应该还有一个带舞的快歌。

为什么他要调顺序呢？是有什么逼迫他必须要提前唱这首歌吗？甚至不能现场唱，还要放录好的歌曲？顾蒙亮想到那个神秘消失的调音师，觉得这应该是一个局，一个有外力参与的迷局。他想起那个独眼人，不知道为什么又想到电影里启元扮演的太子也是独眼，这是巧合吗？还是启元在暗示什么？他心中一个激灵。

"注意，许愿的人出现了。"西门豹的声音在耳机里响起。

许愿桥的日常变成了周常，周三晚上才是许愿的日子。这次选中的许愿地点是解放桥，上来的是一对慌慌张张的男女，看起来像是一对年轻夫妇。

两个人？顾蒙亮第一次看见两个人同时出来许愿的，心里有点意外。他们两个人赶在十二点之前上了桥，一直在看表，看来是想掐点许愿。十二点的钟声一响起，他们就拿着一枚银色的东西往下扔出去。

银色的物件在夜空中划出一道银线，落入水后被西门豹的小型潜水艇的机器触手准确地捕获。是婴幼儿经常戴的银锁。

桥上的夫妇看着静默的江面，露出了失望的表情。

突然，黑色的人影从江面升起，河神张开黑色的斗篷缓缓降落在他们面前，通过变声器发出威严的声音："你们掉下去的是这个金锁呢？还是这个银锁？"

这对夫妇顿时喜出望外地跪在他面前，指着顾蒙亮右手的银锁说："掉下去的是这个银锁！"

顾蒙亮哑然，突然意识到人家掉下去的确实是一个银锁，西门豹这个白痴不懂变通，又制造出一个一模一样的银锁。他只得拿着银锁递给他们："真是两个诚实的人啊！说吧，你们有什么愿望？"

女的接过那个银锁，反复抚摸，哽咽着说不出话来。男的安慰了两句妻子，自己振作了一下，说："我们希望能够再见我家孩子一面。"

"你家孩子丢了吗？"顾蒙亮问。

"确切地说，是死了。我家孩子才满周岁，前段时间食物中毒，死在送去医院抢救的路上。我们家人很伤心，抱着孩子哭了一个晚上。但那天晚上，我老婆迷迷糊糊听到了孩子的哭声，醒过来的时候，孩子的尸体已经不见了。"

女人哭道："我家孩子太小，他太孤单了，我一直守着他的，怎么会不见呢？！"

"我们希望河神您能帮我们找回孩子的尸体，好让我们心安。"男人哭道，"今天，我们还收到了一笔五万块的汇款，汇款人是我们孩子的名字，真不知道是谁的恶作剧，让我们伤心！"说着，他拿出一张照片，"你看，这是我们的孩子，求求你帮我们找到他！"最后，两个人朝他磕了个头，失魂落魄地走了。

"他们是绿城人，不是本地的。"西门豹很快查到了这两个人的资料，"今天坐动车来的龙城，特意来向河神许愿的。嗯，看来河神的名号已经传到了绿城了，是不是该低调一点？"

顾蒙亮不管这个毫无感情完全不知道事情重点在哪里的外星人，他皱着眉头说："死去的人汇款，我怎么好像听说过类似的事情？"

是的，老太太说孙子死了，也寄来了一笔汇款。如果一件不合常理的事情出现，也许是巧合，两件类似的不合常理的事情出现，就不会是巧合了。这些事情隐约是有联系的，而且指向某一个方向。

启元不肯和人接触太多，不肯接受记者深度采访，这是巧合吗？事故发生之前，加入一个来历不明的调音师是巧合吗？毕竟演唱会的彩排，调动的人员太多了，如果多出几个没见过面的新面孔，音乐团队、灯光团队、舞美团队也许都会误以为是对方团队的人？启元彩排假唱，用的是录音，是巧合吗？彩排把最后一首歌提前，是巧合吗？那首歌是《逆风》，为什么不是别的偏偏是《逆风》，这是巧合吗？

《逆风》的歌词反复出现在顾蒙亮的脑海——

"所有人以为我已经死了

可是我还活着

默默地看着你们的幸福

独自承受我的劫数

你以为你看见的是我

可是我不是我

真正的我在地狱里努力向上爬

祈祷能重新张开那双翅膀逆风飞翔

我朝着逆风飞翔

找寻信仰的方向

只要听见你的召唤

我立刻会来到你身旁

就算我逃不开被捕获的命运

天空也知道我飞过

让你们守护好自己手中的珍宝

不要像我一样被迫逆风飞翔……"

电光石火，顾蒙亮似乎明白了什么。这首歌里蕴含的信息，和目前发生的事情完全吻合——

"所有人以为我已经死了/可是我还活着"，死去的人其实还活着！指的是启元他自己！死去的人会给活着的人汇款，那个人就没有死！老太太的孙子没有死！刚才那个婴儿也没有死！

"你以为你看见的是我/可是我不是我"，难道那具尸体不是他本人吗？

"真正的我在地狱里努力向上爬/祈祷能重新张开那双翅膀逆风飞翔"，是努力逃命吗？

"找寻信仰的方向/只要听见你的召唤/我立刻会来到你身旁"，到底是什么能召唤他？启元是个孤儿，没有女朋友，没有好朋友，连唯一信赖的经纪人也自杀了，他能被什么召唤回来呢？

顾蒙亮努力思索。西门豹一直在警告他"危险人物在接近，危险人物在接近"，他好像没有听到一样，回过神来时，那只假眼近在咫尺，他吓得尖叫一声，退后几步靠在栏杆上，差点掉下河去。

"顾少爷，你还穿着这身可笑的衣服在假扮河神热心公益事业？"独眼人幽灵一样出现在他面前，拿着枪指着他，咧开的大嘴在朝他笑。

"你，你怎么……"

"说吧，启元在哪里？"独眼人问他说，"不说你就会和红姐一个下场。"

"红姐是被你……"

"她知道得太多了，必须得死。至于你，我不知道你和启元到底是什么交情，但以防万一，还是封住你的口比较好……"独眼人要开枪了，顾蒙亮汗如雨下，小声念叨："西门豹西门豹西门豹……"

"说吧，启元和你联系了没有？那些汇款是不是你发出的？"

这些事情果然是有联系的！独眼人的话验证了一切！

他对着顾蒙亮残酷地笑着："打断你一条腿，你说启元会不会出现？"

枪响，子弹射出。

顾蒙亮感觉自己右大腿被什么东西击中，整个身体都被迫往后倒去，重重撞在桥栏杆上。他伸手摸了摸自己的大腿，没有弹孔，但还是疼，像是撞到了床角的那种疼。子弹镶嵌在了斗篷上，他咬牙骂道："这就是你所谓的导弹来了都伤不了我？"

"不，还有。"西门豹说。两只苍蝇机不知何时停留在了独眼人的脑后，他后脑勺上出现两个红点——已经完全落入西门豹的射程范围了。

独眼人发现顾蒙亮中弹之后没有受伤的样子，不禁心下骇然。这次拿着枪对准了顾蒙亮的额头。

顾蒙亮似乎都听到了西门豹的冷笑——这个外星人现在居然学会冷笑了。

在这千钧一发的时候，突然有机车的声音咆哮而来。一辆摩托车朝着独眼人撞了过来。

独眼人显然没料到这三更半夜还会杀出一辆摩托车，他赶紧朝旁边滚去，那摩托车擦着人行道的路牙子朝独眼人碾压过去。独眼人嘴里低声叫骂着，连连退却，绕着路灯躲闪开来，举着枪要打那名摩托车手，却被对方脱下的头盔直接砸中手腕。枪脱手飞出，摩托车手低声冲着顾蒙亮说："愣着干吗？快上车！"

顾蒙亮急忙爬起来，提起斗篷下摆上了车后座。摩托车呼啸而去，爬起来的独眼人气急败坏地捡起地上的手枪要朝他们的背影射击。

速度，这是超越常人的速度。但这速度并不是来自于独眼人，而是来自他身后似乎是从天而降的某个人。他刚要扣动扳机的时候，肘部就被人硬生生拉住了，准确来说是被捏住了，枪失去了准心，子弹打在了路灯上，玻璃碎片飞溅了一地。随后，他看见了一张少女的脸，少女头上还戴着头盔，旁边横着冒着青烟的六成新电摩托，看来已经报废。

顾蒙亮听见了枪声往后看，看见独眼人身后站着一个娇小的身影，便知道他的救兵来了。

怪力少女胡依婷！用尽了西门豹从外星弄回来的重要资源之后死而复生。她一手捏着独眼人的肘部，对方感觉肘部的骨头快要被她捏碎了："我最讨厌别人向我的救命恩人出手。"胡依婷伸出食指，在独眼人面前晃了晃，"不可以，绝对不可以。"

独眼人被她捏得痛得面部肌肉都扭曲起来，他拿枪反过来对准胡依婷，胡依婷一记手刀打在对方后脑勺上，独眼人闷哼一声倒了下去。

"我是不是用力过度了？"胡依婷看着自己的手说，她只是轻轻打了下去。西门豹冷冷地答："你瞄的地方不对，他的颈椎断了，等下我还要对他实施抢救。"

五

摩托车载着他们去了一个不起眼的小旅馆。

顾蒙亮怎么也没想到，救他的是一个女孩子。

女孩坐在床边打开一瓶大大的农夫山泉矿泉水喝了一大口，然后看着外面的街灯怅然若失。这个女孩子不施脂粉，五官却非常精致，鼻梁高挺，眼睛明亮，有一种混血的气质在里面。

"被射中了吗？"她关切地问，"我听到枪声了。"

"没有。"顾蒙亮说。

"那就好，那些人是亡命之徒。"女孩又喝了一大口水，然后把瓶子递给他。顾蒙亮只得接过。

"你认识那个独眼人吗？"顾蒙亮问她。

"算是认识吧，我躲了他十年。"女孩随手打开老式的电视机。这种小旅馆也没有什么好的设施，老式电视放着《动物世界》，里面两头小狮子在打闹玩耍，旁边的母狮子在看着。

"他到底是什么人？"顾蒙亮问她。

她呆呆地看着电视，指着小狮子说："你知道吗？这些小狮子，有很多是在非洲人工养殖的，靠志愿者去喂养，号称是失去了母狮的小狮子。"

"啊？"顾蒙亮不知道她想说什么。

"这些小狮子是硬生生被人从母狮子身边夺走的。他们把小狮子放在人工养殖场，等养大了，少部分卖给中东的富豪，还有一些就卖给猎场。"

顾蒙亮不知道她为什么开始聊起《动物世界》了。

"为了方便打猎，它们还会被注射麻药。小狮子从小被志愿者养大，对人类没有戒心，看见猎人走近还以为是要给吃的，谁料到对方会给它们一枪。"她的大眼睛抹上一抹阴郁，"死之前估计都很诧异吧。"

顾蒙亮吃惊地说："还有这种事。"

"猎杀的工具除了枪，还有弓箭什么的。这些富豪花几万美元就可以合法杀死一头狮子，然后把狮皮拿回家当做炫耀的猎物铺在客厅，"女孩咧开嘴笑道，"而那些志愿者，以为自己是在保护野生动物，他们不知道自己喂养的小狮子是为了拿去给富豪狩猎用的。"

"太残忍了。"顾蒙亮咬牙说，看着电视里失去小狮子的母狮痛苦地嚎叫，他真想不到还有这样的事情。

女孩看着他，眼光变得温柔："你虽然很有钱，却是个善良的人。"她指了指那张小床，"善良的人可以睡床上，我睡地板。"

"你还没有告诉我，独眼人是什么人。"顾蒙亮说。

"我刚才已经告诉你了。"女孩说。

顾蒙亮看着她，又看了看电视，顿悟道："莫非独眼人就是……是那些猎场的富豪？"

"不，他们是把小狮子从母狮子身边夺走，送到猎场去的人，最坏的那一群人。"

"那谁是小狮子，谁又是志愿者呢？"顾蒙亮脑子迅速飞转，想到独眼人杀他的动机，还有红姐的死因，他脱口而出，"启元是小狮子！红姐是志愿者！"

女孩的眼里掠过了赞许："你很聪明。"

这时，顾蒙亮的耳机里传来了西门豹的声音："我定位了你所在的位置，你的车停在楼下，胡依婷也来了。"

他对女孩说："我要走了，你放心我现在很安全，有些事情我要查清楚。虽然不知道你是谁，但谢谢你冒死来救我，以后怎么联系你？"

"苍蝇机会在她身上放上定位仪，以后你随时都可以找她。"西门豹的声音不带感情地传过来，"现在请快速下来，有危险人物在朝你们靠近。"

"这里很危险，你和我一起走吧。"顾蒙亮说。

女孩没有回答他。她再次戴上墨镜，穿上皮夹克，然后从床后拖出一个双肩包背上："我们还是就此别过吧，看来那些猎场的人连一个晚上的好觉都不肯给我呢。"她推开窗看见外面停放的兰博基尼，微微一笑，"看来不用担心你。"她坐到窗上，双腿放出窗外，回头对顾蒙亮说，"以后不要大半夜一个人跑出来！"说完从窗台上跳了下去。她的身影轻巧地落在了地上，窗台上连着她的钢琴线松开了，她像猫一样无声无息地窜进了后巷里，消失在黑暗里。

顾蒙亮钻进兰博基尼里，车里的胡依婷在朝他吐舌头："我下手过重，把那人的脖子打断了。"

"干得漂亮。"顾蒙亮摘下耳机，直接连接车上的对讲器："那个独眼人呢？"

"我帮他打电话给120了，他还有同伙，远远跟着救护车。苍蝇机已经在他身上装了监控。"西门豹说。

"直接打电话给郭睿吧，打一个匿名电话，就说这个人跟案件有关系，"顾蒙亮换了个舒服的坐姿，"对方不是一个人，还是让警方参与比较好。"

"我无所谓。"西门豹说，"刚才救你的那个女孩，身份我查不出来。"

"还有你查不出来的人？"顾蒙亮吃惊地问。

"她的相貌和身份证信息库里的都对不上，身上也没有相应的身份证明。"西门豹说。

"那她就是一个没户口没身份证的人。"顾蒙亮说，"那也不可能吧，怎么可能没有任何身份证明呢？"

"是外国人吗？"胡依婷提问。

"我现在在扩大搜索范围，但全球数据太庞大，我先从亚洲找起。"西门豹说，它似乎忙着去搜索刚才那个女孩的身份了，对讲器暂时安静了下来。

顾蒙亮对胡依婷说："启元的身份，我觉得还要调查一次，我现在怀疑他并不是孤儿，没准是小时候被拐卖的……"说到这里，他眼睛突然亮了，"我好像明白了什么！"

"你明白了什么？"胡依婷问他。

"西门豹，停止搜索那个女孩，你先帮我搜索一下，启元在国内最先被收养的福利院到底是在哪里？"顾蒙亮大声说，说了几次，西门豹才反应过来，直接把资料打在了车内液晶屏上。

"看见没！"顾蒙亮激动地说，"第一个收养他的福利院，是在绿城！是十年前！启元今年十六岁，那么他被收养的时候就应该是六岁！他是在绿城的福利院被收养的，然后辗转到了外省，之后才出的国。这说明他和本地是有关系的！"

"我不明白为什么要从绿城到外省？福利院不是都收养无家可归的小孩吗？"胡依婷不解。

"就相当于从母狮的怀抱里拿走小狮子，然后转移到养育所。转了几次之后，小狮子的来源就越发不明朗了。你看，国外收养他的人家，和他之前填报的养父母根本不是同一家，也就是说他在国外也被转了几次……"他想起女孩说的"逃亡"，又想起一直查不到启元养父母确切资料的事情，眼睛一亮，"不，也有可能是……小狮子逃出来了。"

"少爷，我跟不上你的思路。"胡依婷弱弱地举手。

"启元的歌唱得很清楚，大家都以为他死了，其实他没有，他努力想回来，因为什么事情想努力回来，他要让天空知道他飞过。那是他利用歌手的身份，向世人发出的警告。他在电影里非要加上假眼，这也是一种警告。他知道自己迟早会被那些人找到抓回去的，所以他在不停地留下线索……"

他脑子迅速飞转，是的，为什么得了绝症死去的孙子会给奶奶汇款？为什么死去的婴儿尸体会不翼而飞，还会寄给父母钱呢？其实就是有人在提醒什么，而这些汇款就是故意告诉人们——事情不对，事情不是你们看到的那样！

双冲桥·完美偶像

"西门豹，我还要打断你一下，你能不能查一查那个老奶奶的身份，然后把启元现在尸体的DNA和老奶奶的孙子比对一下。我怀疑他们就是同一个人。"

过了几秒，西门豹说："调出警局门口的视频监控，以及那晚行走路线上摄像头的监控，住址确定，身份确定，老奶奶的孙子的身份确定……"

随着液晶屏打出的资料，顾蒙亮露出了笑容："好了，现在还需要你开始监控绿城所有的福利院，我们要把猎场布下的养育所给找出来。"

偶像歌手爆炸身亡，死去的孙子寄来的大数额汇款，食物中毒小孩的尸体不翼而飞，这些看起来都没有关系的案子，渐渐露出千丝万缕的联系，真相就要浮出水面。

顾蒙亮想起那些小狮子欢快打闹的眼神，他躺在椅子上闭上了眼睛——我来给你们一个交代。

六

郭睿看着顾蒙亮，然后翻着他给出的资料："你到底想说什么？"

"所有答案，都在《逆风》这首歌里。"顾蒙亮说，"交给你们的独眼人，可以挖出很多有用的信息。"

"那家伙嘴硬得很，他说他是想绑架富二代，就那么单纯的理由。现在你的人把他脖子打断了，他半死不活躺在医院里，我们也拿他没办法。"

"我觉得你还应该同时受理这两起案子，两个死去的人寄来了神秘的汇款，里面还有一个是一岁多的孩子。"顾蒙亮指着给他的资料说，"我的人很快查出这孩子就在绿城福利院，昨天刚好有人想把他转到外省去，但是被我的人拦住了。"

"你口口声声说你的人，是什么人？"郭睿翻看着他给他的资料，不禁皱起眉头。上面清清楚楚写着，陈家一个小孩因食物中毒去世，却在绿城郊区的一个福利院找到了。

"小孩并没有死，是被人用假死的状态迷惑住了，人没到医院就停止呼吸和心跳，所以会显示已经死亡。实际上，几个小时之后，孩子会自然苏醒，这就是为什么他妈妈会听见孩子的啼哭。"

旁边的小陈低声对郭睿说："陈家小孩尸体消失的事，之前的确报案了，当初以为是医院管理疏忽……今早顾蒙亮派人把小孩送回去了。"

"爆炸案中，启元的尸体并不是他本人。这具尸体在爆炸之前就已经死亡，就是刘家老奶奶的孙子刘永江的尸体。这具尸体也是在殡仪馆神秘失踪，然后出现在启元的彩排现场。这是他们的DNA比对。"

郭睿皱着眉，一页一页看着DNA配型和身高体重血型等资料，刘永江和那具尸体完全对得上。各种数据资料详实，格式规范，就是没有鉴定单位的名称。他狐疑地看着顾蒙亮："你们恒圆神通广大啊，还能自己去提取样本配型？这些数据警方会重新核实。你到底是从哪里得来的线索，也必须和我们警方说清楚。"

顾蒙亮摊手说："就是从那个独眼人那里，我的保镖揍了他一顿，他告诉我这些。"

郭睿的手机突然响了起来，他接通了电话，那边报告，那个袭击顾蒙亮的独眼人从医院里神秘失踪了，看守的警察中毒昏迷，连送药的护士也受伤了。

"这家伙是有同伙的！"郭睿狠狠捶了一下桌子，瞪着顾蒙亮，"独眼人跑了。"

顾蒙亮看着他："你会再次抓住他的，对吗？"

"那是肯定的！"郭睿挥手对小陈说，"红姐的案子，和这三起案子并案调查，查封福利院。我就不信揪不出幕后的主使！"

"我怀疑还有很多这样的小狮子，"顾蒙亮赶紧改口，"我怀疑有很多这样的小孩子被这个团伙拐卖，然后养大了不知作何用途。"他脑子里想到了很多可能性，其黑暗程度让他紧紧皱起了眉头，"我要是有线索，也会向你提供的。"

郭睿看着顾蒙亮说："谢谢你，你和你那个幕后团队掺和这些案件，不会真的只是因为你是启元的粉丝吧？"

顾蒙亮坚决地点点头："当然了，作为追星族，我可是很专业的。"

郭睿完全不信这套说辞，但他的时间不多了，他要下令追查爆炸当天出入现场的可疑工作人员，查封那家背景成谜不知道藏了多少被拐儿童的福利院，以及……那个独眼人，居然在他眼皮子底下逃跑了。

顾蒙亮的耳机里传来西门豹的声音："那个独眼人把我的跟踪器弄丢了，我暂时找不到他。不过我有了别的发现。"

"什么发现？"

"那天晚上救你的那个女孩，虽然身份查不出来，但我记录了她说话的声调和走路的姿态等等，开始在附近的人群进行排查，发现有相似的人，但具体的还需要进一步查证，因为我调出来的是海量的监控视频……她现在正在环城大道上快速移动，行动轨迹不太正常，需要卫星定位她的具体情况吗？"西门豹说。

"特别需要，也许我们还需要通知郭睿！"顾蒙亮回头看见指挥中心忙着布置工作的郭睿，自己刚想踏出警局门口的脚，此时收了回来。

郭睿刚刚接了一个电话，脸色大变，抬头看见了欲言又止的顾蒙亮："有人追踪到独眼人的行踪，在一辆行驶的大卡车上面，他想混在集装箱里出城！"

双冲桥·完美偶像

七

夜幕降临，载着集装箱的大卡车开往出城高速公路的入口。独眼人安静地躺在集装箱里，他的周围都是电脑配件，虽然环境不太舒服，但他知道再过一个多小时他就能安全逃出绿城了。

这次到底是哪里出问题了呢？他回想起遇见启元的种种。

十年前，启元被他们拐骗之后，一直安安静静地坐在椅子上吃水果。这个小孩真的有点奇怪，看起来六七岁年纪，但比一般的小孩要安静。他们没有对他下药，也许这就是他们败笔的开始。这么一个小孩子安静地跟去福利院，不声不响生活了两个月，问他什么都说不记得了，他们以为他真的忘记了自己的身世。

刚好国外有个富豪特别喜欢东方小孩，他喜欢给这些小孩穿上层层叠叠的蕾丝衣服，然后关在笼子里，每天放音乐给他们听，定时拴了链子牵着他们出去晒太阳。到了深夜，他对这些小孩子想怎么样就怎么样了。有些人说他喜欢吃小孩，有些人说他喜欢猥亵儿童，具体的谁也不知道，反正这些小孩在他那里活不过半年，他又会继续向他们购买新的小孩。太小的小孩不行，一两岁的，他们就要养到五六岁才能拿出去交易。像启元这种的就正好，长得漂亮，又很听话。

也许是对启元太放心了，他们办理了掩人耳目的收养手续，将启元带出了国。

可刚到美国那天晚上，这小孩居然跑掉了。美国不是他们的地盘，在形形色色的人种中找一个六七岁大的东方小孩太难了。那个富豪气得暴跳如雷，不但收回所有定金，还把他们的人打了一顿。整整一年，他不再向他们进"货"，他们的"信誉"一落千丈。

独眼人闭上了唯一的一只眼睛，而那只假眼依旧是睁着的。他在电影海报看见启元的独眼造型吓了一跳，仿佛是在复制他，嘲笑他。他只觉得这孩子看起来熟悉，看了很久很久，终于确定这个人就是当年逃脱的小孩。启元自然是假名字，但人还是那个人。

独眼人睁开了眼睛，看见了面前那个黑色短发的女孩，站在他床边冷冷看着他。

"怎么样，脖子断了，动不了吧。"她冷冷地问。

"嘿嘿，没想到你居然女扮男装，还混进了娱乐圈，搞出那么大的声响。"独眼人盯着女孩，露出了贪婪的笑容。终于出现了，十年前逃跑的小鹿如今终于回到了他的陷阱。

这就是连外星人都查不出她身份的原因，她隐藏了性别。西门豹按照一个"女"的身份，是绝对不可能把她和"男"的启元对上号的。

"史蒂夫一直挂念着你，他说如果我们能把你抓回去，会给我比当年多十倍的佣金。"独眼人刚说完，脸就被女孩，也就是启元狠狠一脚踩住了。他感觉到自己的脖子又要断裂开了，不由发出了哼哼的呼痛声。

"把小孩从父母身边拐走，转卖到国外谋取暴利？你这种人真该下地狱！"启元脚下发力，独眼人的头几乎要完全扭向一边了。

他的手微微一动，拿着枪的手从被子里伸出来，指着启元的心脏："别乱踢，小姑娘，枪很容易走火的。"

启元不由地愣住。独眼人歪着脖子，狞笑着刚想庆祝最后的胜利时，集装箱顶突然被人掀开了一个大口子。两个红点准确无误地对准了他的手，两道射线下来，启元闻到了一股焦味。

两只苍蝇机飞了下来，上面传来了电脑合成的语调冰冷的声音："用激光射了他手上的穴位，断绝他开枪的可能，又避免了下手过重伤害嫌疑人。"

"是是是，你是比胡依婷要靠谱！"熟悉的声音传来。顾蒙亮蹲在车顶的大口边上，头发被吹得乱七八糟，迎着风不知道在敷衍着谁。他脚上穿着一种蛙掌一样的鞋子，牢牢吸附住了车顶，车子开始加速，随即剧烈颠簸。顾蒙亮努力抓住车顶，脱下蛙鞋，一个倒钩落下来。然而他身手着实一般，落下来的时候没有调整好，重重压在了独眼人身上。

独眼人一声闷哼，差点没被他压晕过去。

"你没事吧。"顾蒙亮盯着依旧在全力戒备的女孩，试图挤出一个笑脸，从独眼人的担架上狼狈地爬起来，"我对照了你走路和一些行为的细微动作，终于和启元对上了，真没想到你是女孩子。"

这时，车子突然一个急刹车，启元站立不稳扑向顾蒙亮，顾蒙亮急忙扶住她，自己又一屁股坐在了独眼人身上。独眼人脖子要是没断，肯定会高声大骂起来，但此时他只能忍痛将所有咒骂吞进肚子里。

"警方已经控制了这辆车，我怕你有危险，就用了一些非常手段先进来了。"顾蒙亮不好意思地挠了挠头，他在启元面前总是没来由地感觉有点弱气。

"别动！警察！"外面传来了郭睿他们的大声喝止。耳机里传来了西门豹的声音，顾蒙亮听了听，然后露出了微笑。他正色对启元说："我刚刚解开了最后一个谜题，你为什么要在十年之后回到这里？"

"是为了亲人，你要找到以前的父母。"顾蒙亮有点得意自己知晓了谜底。

这回启元再也绷不住那张冷脸了，她的戒备完全放松下来，随即感到肌肉酸痛，似乎十年以来的疲倦，此时此刻都爆发了。她在一边软软地坐了下来，手心的汗终于可以轻轻擦拭在衣服上了。

一切都结束了。

八

很晚了，许愿的初中女生来到双冲桥。

她其实不相信河神说的在这里可以看见启元，但她还是来了。远远看见那个在脑海里反复出现千百次的身影站在桥上，她几乎不敢相信自己的眼睛。

"不好意思，不能给你开演唱会了，因为启元已经死了。"启元远远看着她，然后微笑着。

"可是你，可是你……"女孩难以置信地捂住了嘴，尖叫着冲了上去，一把抱住了启元，"你没死对吗？你没死对不对？"

"是啊，可我只能告诉你一个人，你能帮我保守秘密吗？"启元对她微笑着说，"就算以后我再也开不成演唱会，再也不能拍电影了。"

小姑娘激动得大哭起来，用力抱住自己的偶像："没事！只要我知道你没死就好！不管你有什么苦衷，或者是在河神力量下复活了，只要你没死就好！"

启元有点激动，当初成为明星只是回国寻亲过程中的一个意外，但她没想到自己的粉丝居然真的那么爱自己，爱到可以完全放弃荧幕上她的存在，只要她好好活下去。她轻轻回抱着这个小姑娘，感到一种从未有过的亲切感。也许自己失去的亲情，在无数粉丝的爱中，可以找回来。

"谢谢你。"她感激地说。

顾蒙亮和胡依婷站在桥头看着他们，胡依婷有点感触："我不是追星族，但现在觉得追星族的爱，真的是……有时候挺纯粹的。"

"嗯，在粉丝眼里，偶像都是完美的。独眼人被抓，启元以后就有机会回到自己的家了，不会再有人天涯海角追捕她了。"

"咦，你们帮她找到家人了？"胡依婷惊喜地问。

"是啊，"顾蒙亮抬了抬下巴，指了指那边的初中生，"刚刚查出来的，就是她呢。"

胡依婷刚开始没反应过来，知道之后吓掉了下巴："怎么会有那么巧合的事情？！"

双冲桥许愿，今晚达成。

许愿者是一名初二的女生，愿望是能够和自己的偶像近距离接触。这名女生曾有一位姐姐，十年前因食物中毒意外身亡，尸体不见踪影。

"世界上的事情，有时候就是那么巧咯。"顾蒙亮也只能这么说。

第五章

白沙桥·守蟹歌者

一

　　秋风乍起，漆黑的夜空没有一颗星。

　　顾蒙亮站在白沙桥上，照样穿着他的河神制服，静静地等待许愿者的到来。这一周的河神计划定在了星期二晚上，选中的是白沙桥。

　　他在心里暗暗咒骂着逼迫他来当河神的外星人。不知道从哪里来的外星人西门豹，不知道它是什么形体，只为了自己的论文，强迫顾蒙亮每周选本市的一座桥，等候零点路过的许愿者。

　　只要是路过扔下自己随身物品的人，顾蒙亮就要让他在金子和原物品中选一个。贪心的人可以得到金子，诚实的人可以得到许愿的机会。

　　至于为什么这次没有让他像往常一样躲在桥下面，西门豹给出的理由是——"最近能源不足，我很怕等下突然能源断掉了你从半空中摔下去出事故。"

　　自从救了胡依婷，西门豹经常会出现这种能源不足的情况。顾蒙亮几次试探地问它，到底它们外星人在地球的能源是什么，它都闭口不答，仿佛是怕被看出弱点一般。

　　因为能源不足，每天都要执行的河神计划变成了周常。顾蒙亮倒是对这种改动一点意见都没有，眼看天气要变凉，他不想再因为这个死外星人闹得自己每天都是十二点以后才能上床睡觉。

　　大概是河神出现的概率变小，最近许愿的人都很少。像今天晚上他站在白沙桥上，就是半天没看见有一个人经过。

　　"这个地方平时车流量都很少。"西门豹说，"我担心能源不足，无法制造出那个失物的模型，你等下捡到失物就直接问许愿者吧。"

　　"你怎么能这样随便修改法则，我该拿着我的钱包和钞票让他选吗……"

　　突然一阵"突突突"的声音从桥头那边传来。

钟楼那边响起了十二点的准点报时。

桥头那边居然迎面开过来一辆三轮车！三轮车满载着货物，开车的是一个穿着廉价运动服的少年。他双手扶着三轮车车把，气势汹汹朝顾蒙亮开过来。

顾蒙亮看得目瞪口呆："我应该先躲起来吗？"耳机里传来了滋滋声，它的声音突然消失了。

不会是这个时候没能量了吧？顾蒙亮眼看着那辆三轮车和自己擦肩而过，三轮车车手显然没料到那么晚了桥上还站着个人，一路狂奔的三轮车一下子来了个急刹车。他的车上放着好几个塑料箱子，有一个盖子掀开了，有东西趁着刹车的惯性掉了出来，直接甩到了顾蒙亮的脸上。

"啊！"没有了西门豹实时监控的顾蒙亮非常没有安全感，吓得叫了一声。

开三轮的少年冷漠地看了顾蒙亮一眼，根本没有把这个穿着黑斗篷的怪人放在眼里，继续朝前冲去。

顾蒙亮从脸上抓到一样东西，发现居然是活物，是一只大闸蟹，正朝他凶狠地挥舞着双钳。"喂，你的大闸蟹！"他忍不住朝三轮车背影大叫。

"不，是你的大闸蟹！"少年远远叫着。

顾蒙亮愣了一秒，忍不住大怒："这不是拍广告！你给我停下！"他台词都没说完，这家伙开着三轮车跑得飞快，难道不知道白沙桥是禁止这种没有档次的交通工具上来的吗？

"西门豹！西门豹跟上他！我拦不住他！"顾蒙亮气急败坏地举着大闸蟹叫道。耳机里鸦雀无声，连平时那个如影随形的苍蝇机都没有出现。

顾蒙亮一看情形不对，只能举着大闸蟹气急败坏地朝那架三轮车追过去："你等下！你还没有许愿！见鬼！"

哦，他的兰博基尼停在桥那边了，不然轻轻一脚油门轻而易举就可以赶上那辆嗨到飞起的三轮车。

等他追到桥下，三轮车已经下了桥，跑得不见踪影了。顾蒙亮拿着大闸蟹，扶着腰大喘气。他一个从小养尊处优的贵公子，一个要风得风要雨得雨的富二代，一个品位绝佳礼仪无懈可击的少年绅士，在这种秋风瑟瑟的晚上，穿着一身可笑的制服举个大闸蟹追赶一辆杀马特驾驶的三轮车，而且还没追上！啊，气死了！他举着大闸蟹想往地上摔。

大闸蟹在空中非常有骨气地朝他举起了大钳子，用力夹住了他的手套——谢天谢地河神制服是用特殊材质做的，他那双可以去当手模的手才得以保全。

他想了想，又把大闸蟹放下来："不行，这个是任务物品，不能随便破坏，不然那个死外星人指不定闹出什么事呢。"大闸蟹似乎感觉自己脱离了危险，钳子也稍微松了松。

顾蒙亮垂头丧气地提着张牙舞爪的大闸蟹朝桥上走去。桥上空无一人，天空开始下雨了。白沙桥特别长，他觉得要步行过去取他的兰博基尼特别累。他的心好累。

——嗨，你是不是掉了东西？你掉的是这部苹果最新的手机，还是这个高级LV钱包？

——哦不，这两样都不是我掉的东西，我刚才掉下的是一只大闸蟹。

——你真是个诚实的孩子，还给你大闸蟹，告诉我你有什么愿望？

剧情应该是这样的啊。

——哦，不，这是你的大闸蟹。

如魔音环绕般，那带着小镇口音的贱贱的话语打断了顾蒙亮的浮想联翩。什么鬼？！他一想到刚才的杀马特就恨不得直接提着这只螃蟹朝他脸上摔过去。

二

整整一个晚上，西门豹都没有和顾蒙亮联系上。

"看来真的能量不足。"怪力少女胡依婷咂巴嘴，"不过西门豹那么厉害，不用担心。"

"它说过让死人复活这种事情，是超越本分的，估计会受到什么严厉的惩罚吧。"顾蒙亮在真皮沙发上蜷起了腿，忧郁地看着自家别墅那个大大的露台。外面还在下雨，淅淅沥沥，让他的心很惆怅。

美少年配豪宅的画面太美，爱抱大腿的少女如胡依婷缓缓地举起了手机拍照……

"你一点都不担心它吗？它可是为了救你才这样的，你说它会不会死啊……"顾蒙亮担心地从沙发上站了起来。

胡依婷放下相机，正色说："说实话，是有点担心。但我的直觉告诉我它不会有事的。西门豹那么厉害，是随随便便就可以灭掉地球的存在啊！"

"可在它们星球，它只是一个会挂科的学生而已。"顾蒙亮颓唐地又坐了下去，"那个鬼星球完全没有任何情理可言，说不定做错了什么就直接会判死刑什么的吧。"

胡依婷扭头去看顾蒙亮养在鱼缸里的那只大闸蟹，隔壁热带鱼缸里的热带鱼隔着玻璃看着那只横冲直撞的大闸蟹，惊恐地缩到了一边。她提议道："既然西门豹没有和你联系，不如我们先去找那个螃蟹少年吧，总比你憋在家里胡思乱想好。"

顾蒙亮无精打采地站起来，去浴室找了个小桶把大闸蟹装上，带着胡依婷出门："白沙桥附近是郊区，过去问问吧。"

这辆兰博基尼是西门豹送的，平时都是在西门豹的监控下自动行驶，现在突然变成了手动模式，顾蒙亮变得有点不习惯。上车之后，他很自然地把耳机戴上，又想起西门豹已经消失了，不会再有人和他进行实时通话，外面也不会有能监控一切的苍蝇机，不由苦笑一声，取下了耳机。

胡依婷坐在副驾，系上安全带，抱着小桶，里面的螃蟹想爬出来，她狠狠把盖子盖上。

"别把任务物品憋死了，到时候西门豹回来不好交代。"顾蒙亮说。

胡依婷不得不揭开一条缝。

"我爸问我为什么好好的大学不读，跑回家乡。"顾蒙亮说。

"龙城是你家乡吗？"

"是我奶奶以前住的地方，不过几年前她因病去世了。那栋别墅是她去世之前住的地方。"

胡依婷想起那栋别墅里豪华的欧式建筑，不由咂嘴："你奶奶真是个时髦的人。"

"我奶奶是个强势的女人，我和我爸都怕她，她年轻的时候吃过很多苦头，一个人把我爸爸拉扯到那么大，所以我爸爸对她是百依百顺。"

"我以为那别墅是你的装修风格……"胡依婷回想着那间让她口水流一地的土豪别墅。炫目的水晶灯，纯正欧洲血统的家具，任何一套茶具拿出来都是值得收藏的精品，就连地上厚厚的地毯，她都要时刻当心不要踩坏。

"哦，上次抢救你的时候，已经弄坏了一张了，现在的是新的。"顾蒙亮这样解释。这让胡依婷更是心如刀割，钱啊！自己死一次就差点毁了一栋豪宅的客厅，简直罪不可赦！

"我奶奶以前的梦想是当一个公主。她家里世代经商，然后嫁给了我外公，但家道中落，一直辛苦维持着这个家，那栋别墅是我爸爸送给奶奶的公主梦。"顾蒙亮不禁轻轻笑了一下，"奶奶很喜欢，可是没有享受多长时间就去世了。"

"真可惜。"胡依婷似乎记得在一楼书房见过一张美人的油画像，"书房那个是你奶奶吗？我一直以为是你妈妈，因为和你长得很像。"

"那是我奶奶，年轻时是个美人，"顾蒙亮低声说，"不过生了我爸爸之后，她要外出工作补贴家用，早就不是照片里那副模样了。"说到这里他有点难受，以前奶奶在自己心里一直是个凶巴巴的老太太，每次来看他，整栋别墅都回荡着她命令人的怒吼声。但她去世之后，整栋别墅就变得异常安静，安静得让他心里忍不住感到难受。然而西门豹出现了，它那无处不在的声音，无孔不入的苍蝇机，再一次填满了那栋别墅。

也许他自己对西门豹有微妙的留恋，是因为它和奶奶在某种特质上有点像？顾蒙亮看着前面的白沙桥，即使是在白天，它的车流量依旧很小。

外面的雨似乎停了，天空露出一丝微弱的日光。

往前走就是一个叫做石碑坪的地方，虽然是秋天，但由于地处南方，这里还是郁郁葱葱。胡依婷是对的，出来之后的确是心情好了很多。往前走了一个多小时，他们看见了一个超级大的湖。

"啊啊，是娘子湖！"胡依婷欢呼起来，"太棒了！"

一个超级大的湖，大到什么地步呢，大到让你误以为它是一片海湾。

"听说这里的大闸蟹很有名，都是本地养殖的，今天我们去吃大闸蟹吧。"顾蒙亮说。胡依婷眼露红心，立刻抱住这条大腿。

这里的人很少看见有人开这么豪华的车来乡下，有人过来让顾蒙亮把车停到他家院子旁边的停车场，方便照看，也有船家远远招呼他们上船。

湖中心有一座岛，叫做娘子岛。

坐上船之后，顾蒙亮远眺着那座湖心岛，似乎思绪万千。他手中小桶里的任务物品大闸蟹好奇地爬上来，有一种荣归故里的感觉。

船渐渐靠近了那座岛，胡依婷有点失望。上面的建筑都非常乡土，这么好的湖，他们愣是没有在岛上建一些仿古建筑，都是一些随随便便的民居，还大大咧咧把自家衣服挂在了外面，给湖光山色的画面里添上特别败兴的一笔。

"为什么叫娘子岛呢？"胡依婷跳上岸，好奇地问。

开船的船工特别憨厚地说："传说过去这座岛的岛主是个有钱人家的小姐，后来丈夫出去当兵了，家道中落，她独自维持生计，所以这座岛被大家叫娘子岛。"

"这个故事我很熟悉，这座岛没有什么产出，那位有钱人家的小姐开始试着养殖淡水水族，不过那段时间大家都很穷，也没什么人买得起她养殖的东西，后来她为了生活只好把岛卖了。"

"那是过去！现在啊，这座岛的居民都在养殖螃蟹，前几年销路特别好！现在人有钱啦，都在饭桌上有要求啦！"憨厚的船工露出一口白牙笑道。

"不知道那位娘子后来怎么样了。"胡依婷作为小跟班，知趣地接过顾蒙亮手中的任务物品。

"她后来卖了这座岛，钱拿去岸对面买了块地，建了个破烂的小屋，剩下的钱送儿子去读书。儿子一直读书读到了国外，回国创业了之后，她又把剩下所有的钱给儿子做生意用。"顾蒙亮把围巾往后掠了掠，没有再说下去，跟着船工朝前面走去了。

胡依婷似懂非懂地点点头，跟着跑上去。

这里大部分居民都是螃蟹养殖户，因为前几年赚了钱，大家一窝蜂都开始养螃蟹，还发展出了农家乐的旅游项目，建了简单的民居招待客人，还有专门的农家乐餐厅。那些餐厅布置得像上世纪的品位，头顶一排排的小彩灯搭配着小彩旗，门窗都上了暗红色的油漆，餐桌是朴实的大圆桌，看起来有点摇摇欲坠。服务员是一个略带凶相的小妹，没穿制服，杀气腾腾地端着大盘子走来走去。

胡依婷担忧地看着贵公子顾蒙亮，生怕身娇肉贵的他受不了这里的环境。谁知道他把风衣脱下来，招手叫服务员过来开始点菜。

"因为那个该死的外星人，今年还没有吃过螃蟹呢。"顾蒙亮的表情却全然不是这么一回事。他熟练地剥开蟹壳，满满的蟹黄流了出来，一口下去，让他闭上了眼睛："恩，真的很久没吃过这么好吃的螃蟹了。"

她放下心来，自己也剥开了一只螃蟹，对着小桶里要爬出来的任务物品说："我要开始吃你兄弟了。"

刚刚开始吃，就听到刺耳的音响电流声音，回头看有一群十七八岁的青年举着乐器哗啦啦站在身后："客人，请问你要点歌吗？"

胡依婷左看右看，这么大一个场就他们两个客人在吃东西，指着自己说："点歌？"

"是的！为了欢迎远道而来的客人，我们会为你们献上一首《南山南》来祝你们用餐愉快！"吉他手大声说，"有请我们的主唱，滕飞！"

那个穿着蓝色运动服跳出来的少年，让正在吃螃蟹的顾蒙亮一拍桌子："就是这小子！"

"啊，是那个扔你一脸螃蟹的人吗？"胡依婷叫起来，"真是踏破铁鞋无觅处！"

叫滕飞的少年根本没管他们的对话，自顾自地和周围的人试了试音，开始唱了起来。音响效果实在不怎么样，正如他的歌声。但他唱得那么认真，那么卖力，那么投入，顾蒙亮忍不住看了看一旁双手合十看着他的餐厅老板。

"我儿子，他就是很爱音乐。客人麻烦你给点面子听他唱完，螃蟹我给你打八折。"餐厅老板凑近顾蒙亮的耳朵大声说。

顾蒙亮在"南山有墓碑"这种歌词中面无表情地吃下了一整只螃蟹。那个滕飞根本没认出他，还在自我陶醉地唱着——这也不奇怪，那天晚上顾蒙亮穿了河神制服，整张脸都躲在斗篷下，他当然看不到。

胡依婷看看卖力表演的滕飞，还有一边面无表情吃螃蟹的顾蒙亮，努力忍住笑，用力地剥着蟹壳。好不容易等他们唱完，胡依婷忍不住问："需要付费吗？"

乐队的成员显然没有料到客人这么问，互相看了看。滕飞略含颤抖地说："您……你随心给……"

顾蒙亮掏出钱包给了他们一张五十块说："辛苦了，除了这个主唱，其他人可以下去了。"

这个乐队大概从来就没有被人这样打赏过，发出了惊喜的欢呼。滕飞捧着五十块钱正色对顾蒙亮说："客人，为了感谢你，接下来我们免费为你再唱一首。"

这么难听还要再唱一首！顾蒙亮和胡依婷脸色都变了，回头看了一眼旁边的老板，老板偷偷双手合十，哀求他们给自己儿子一点面子。

于是他们唱了一首《怒放的生命》，又接着唱了一首《平凡之路》，当他准备唱《浮夸》的时候，他爸爸阻止了他："小飞啊，爸还要和客人讲点事情，你们先休息休息吧。"

滕飞点了点头，朝顾蒙亮潇洒地招了招手，然后带着他那些欣喜若狂的乐队成员进去喝汽水了。

"我叫滕西峰，是岛上的居民，主业是养殖螃蟹，这个餐厅只是副业。"老板抹了一把自己的脸，习惯性想给顾蒙亮递烟，但看了看他那洁白修长的手指，又把烟收了回来。"这顿螃蟹给你们打个七折，您是第一个愿意付钱听我家孩子唱歌的人。"滕西峰咳嗽了一声，给顾蒙亮添了荷叶茶，"我知道您不差钱，但您很尊重人，好多人听我儿子唱到一半就叫他闭嘴了。"

"被人叫闭嘴还能唱下去也是有勇气。"顾蒙亮喝了一口荷叶茶，觉得清冽甘甜。

"他才不管人家怎么说，会坚持唱完，很多客人不胜其扰，"滕西峰叹了口气，"我这祖宗三代就没出过和艺术沾边的人才，不知道这个孩子为什么那么喜欢唱歌。他着了魔似的，不上学都要去唱歌，早年跑北京那边酒吧驻场，根本没人收他。他天生就五音不全，小时候因为他喜欢，我也给他请了老师，乐器学得一般般，唱歌这方面老师也拿他没办法，直接和我说我家孩子根本就不适合唱歌。"

顾蒙亮没作声，又喝了一口茶。

"我打算花点钱送他去读音乐学院，就算以后当不了歌手，他也能混口饭吃。但今年螃蟹出了点事情，我亏了很多钱，不但螃蟹养不下去，这家店可能都要盘出去了，"滕西峰点起了烟，叹了口气，"不然您今天这么给我儿子面子，我给你免个单也是没问题的。"

吃完螃蟹，顾蒙亮跟在滕西峰身后去看他的螃蟹养殖场。滕西峰随便捞起几只螃蟹给他看，螃蟹的腮丝都变成了黑色，已经奄奄一息。

"是黑鳃病，这批蟹就要交货了，可水质出了问题，已经不能交货了。我作为供应商收了客户的订金，交不出货要赔偿损失金。"他又走到另外一边的塑料大棚，捞起几只蟹，只见那些螃蟹附肢出现斑点性腐烂，"这些是滕飞前段时间去运回来的货，本想着补补这边的空缺，也许是因为运输途中的问题，这批螃蟹也全部染病了。"滕西峰叹了口气，把螃蟹放回水中，"交不出货，我这几年赚的钱连同餐厅就算都卖了，可能都补不回这资金空缺。"

胡依婷跟在身后，提着任务物品的小桶，偷眼看顾蒙亮，心想这老板是不是看出来我身边这个是富二代打算要他资助啊……

滕西峰挠挠头："不过您放心，我给你们吃的螃蟹都是精挑细选的好蟹。嗨，我也不知道为什么和您说这些，只是心里感慨怕是没钱送儿子去读自费的大学了。"

"如此没有天分的人，何必去音乐学院烧钱呢？"顾蒙亮淡淡地说。

滕西峰看了他一下，好脾气地笑了："明眼人都能看出我儿子唱歌方面没有天分，但他马马虎虎能玩两下乐器。以后要是我赚不了钱，他至少可以去当个音乐老师教教小孩学乐器。"

顾蒙亮若有所思地看着滕西峰，又喝了一口手里的荷叶茶。

"客人……"滕西峰略带难色地指了指顾蒙亮一直不肯放开手的茶杯。

"怎么？"顾蒙亮挑起眉毛。这荷叶茶是餐厅免费提供的，他是第一次喝，只觉入口生甘，十分可口。

"这茶不能多喝……您喝了多少？"

"呃……"顾蒙亮看了看手中的白瓷杯。

三

"我失陪一下。"顾蒙亮礼貌地站了起来，朝外面走去。他的步履有掩饰不住的虚浮。

"已经拉了四次了。"胡依婷同情地看着他。

"荷叶茶不能多喝啊。"滕西峰让自己妻子抱着干净的被褥去客房，"还好我们这里以前有专门提供给农家乐用的客房，你们可以凑合一晚。"

"他死活不肯上船连夜赶回去啊……"胡依婷说。

"船上风大，光是航行都要半小时，他这个状态再吹一下风肯定受不了。没关系，我让我老婆熬点姜茶，晚上被窝暖暖一盖就没事了。"

那边顾蒙亮从洗手间出来，他裹紧了自己的风衣，觉得总算能缓一缓了。

左右看看这座岛，其实晚上自有晚上的魅力。远处的湖水映照着月色波光粼粼，偶尔还有黑色的鸟类飞过。

在湖边，一个抱着吉他的少年对着月色轻轻拨弄着琴弦："只有我守着安静的沙漠/等待着花开/只有我看着别人的快乐/竟然会感慨……"少年低声断断续续地唱着，

"就让我听着天大的道理/不愿意明白……"

顾蒙亮朝他走过去。岛上这样的少年，除了滕飞还会有谁？

"我很喜欢这首歌，歌词写得特别好，歌名叫《烟火里的尘埃》。"滕飞放下吉他，对顾蒙亮正色说。

顾蒙亮没听过这首歌，他平时很少听国语歌，但他也觉得这首歌的歌词写得不错。

"其实调子也不错，我唱得不好而已。"滕飞指了指对面的木栏杆，示意顾蒙亮可以坐。原来这家伙知道自己唱歌难听啊。

"本来我也不知道自己唱歌那么难听，但后来看别人的表情我就知道了。"滕飞挠头的姿势和他父亲如出一辙，"我以为走出这座岛会有欣赏我的知音。可是每个听了我歌声的人，露出的表情都那么痛苦。"

顾蒙亮没有作声。

"不过，我能虐待别人耳朵的时间不长了，我爸爸生意做砸了，我要永远放弃音乐了。"他拨弄了一下自己的琴弦，"以后要干什么我也不知道，但肯定和音乐没有关系。"

"作为个人爱好也可以。"顾蒙亮说。

"你别逗了，我家以后吃饭都成问题，我肯定要考虑能挣钱的项目啊！"滕飞轻轻踢了顾蒙亮一下，"你这种人不愁吃穿当然可以玩爱好呢。我现在有点后悔自己没好好读书，说不定将来要靠出卖体力为生了。"

是的，开三轮车送货。顾蒙亮想起他那飙车的速度，心里不免有点恨恨。

"哎，我以前也不愁吃穿的，老是沉迷音乐让我爸爸有点头疼，现在要好好考虑了。但我真的舍不得音乐啊！"他看着顾蒙亮，突然想起什么地问，"你们今天带来的那个小桶里的螃蟹是不是我运的那只？"

"你怎么知道？"顾蒙亮有点意外，因为在他眼里，螃蟹长得都一个样。

"我当然知道了，这批螃蟹是我亲自去为我爸爸挑选的。还好这只没有染病。如果留在这里，说不定它也会死。你如果不想吃它，就带它到别处的水域吧。"

——少年，这是你掉的东西吗？

——是啊，这是我亲手挑选的螃蟹啊！

条件符合，可以许愿了。

"喂，"顾蒙亮打断他，"你想起你在桥上遇见奇怪的事情了没有？"

"桥上？"

"白沙桥。"

"白沙桥？"滕飞疑惑地回想，显然想不起那件事情了。

"你扔了一个黑色衣服的人一脸的螃蟹，你记得吗？"顾蒙亮忍耐着提醒他。

"哦哦哦！"滕飞想起来了，"对对，有个很奇怪的人举着个螃蟹追着我说'你的螃蟹'，我觉得他挺逗的，就把螃蟹送他了。"

"你听说过河神的传说吗？"顾蒙亮问他。

"什么传说？"

"就是在十二点的时候，在这座城市的任何一座桥，都有可能遇见河神，你可以许下任何愿望，他都可以满足你。"

"任何愿望都可以吗？"滕飞兴奋地叫，"你的意思是那天遇见的是河神吗？"

"也许是啊，你有什么愿望吗？"

"我的愿望就是当大明星！当歌手，有自己的粉丝，又能赚钱养我全家！歌星不是都很能赚钱的吗？！"

"这就是你的愿望吗？"顾蒙亮问他。

"是啊，这是我从小的愿望！你知道吗？我以前听黄家驹的歌的时候，我就觉得我是他的转世！我的愿望就是能成为黄家驹那种级别的歌星！能创作，又能唱歌！"滕飞兴奋地喊，他说到梦想的时候像变了个人，在这座以养殖业为主的小岛背景下，依然能感受到他身上燃烧梦想而绽放的光芒。虽然在顾蒙亮眼里这种梦想不过是脱离实际的空想而已。

"我明白了。"顾蒙亮站起来，朝自己的住所走去。

"咦……他是怎么知道我遇见过一个黑衣人的？"滕飞突然想起了这个问题，忍不住挠了挠头。

顾蒙亮回到房间的时候，胡依婷进来敲门，给他送了姜茶。

"他刚才许愿了，他的愿望是成为娱乐界明星，还是黄家驹那类的。"顾蒙亮接过姜茶说。

"上帝保佑中国娱乐圈。"胡依婷画了个十字。

"不知道靠我砸钱能砸出这样的明星吗……"顾蒙亮若有所思。

"你不会给他开外挂，让他成为人民币玩家吧？"胡依婷叫起来。

"不然你以为他还能靠才华吃这碗饭吗？"顾蒙亮也叫了起来。

"可你这是烧钱啊！就算你家是全国数一数二的土豪你也不能这样浪费你爹的钱啊！给这种没有才华的人投资是有去无回的啊！"胡依婷委屈得大叫，这些钱还不如投资给她呢！就她这样的说不定还能在谐星路上赚回点本钱回馈投资方。

"我爸给了我创业资金，说怎么用随便我。"

"好吧……"胡依婷颤抖着合上了嘴，人和人的差距就是在这里。她忍不住说，

"可西门豹不在，你也不用非要满足许愿人的愿望啊。何况这家伙根本不是正儿八经去桥上许愿的。"

"就是因为西门豹不在了……"顾蒙亮捧着姜茶喝了一口，看着袅袅的水汽说，"也许这个是河神最后一个客户了，我希望能做完这一单。"

"你真的觉得西门豹不会回来了？"胡依婷问他。

"如果它在，不管滕飞是不是专门来许愿的，不管他许下的愿望有多离谱，它一定会让他满足的吧？"

"你对西门豹已经有那样深厚的感情了吗？"胡依婷有点感动。

"别瞎说！"顾蒙亮一口气喝完了姜茶，呛了一下，"我只是觉得它回到那个完全不讲情理的星球，说不定会被判死刑。说不定它死了之后，它的同族会过来善后，那它生前最后一个CASE，至少有人帮它做完。"

"它又没做错什么事情，怎么会被判死刑？"

"我从它平时做事就能看出来，它生活的环境一定是一个只讲规矩不讲感情的地方。如果有什么地方违反了规则，一定会被惩罚的。它和我在一起久了，多少都染上了地球人的毛病，有些事情上它迁就我，说不定是害了它……"顾蒙亮心事重重地把杯子还给了胡依婷。想起过去和西门豹相处的种种，不由难受极了。

"你对它毕竟是有了感情，虽然你起初是被迫当的河神。"胡依婷很懂地点了点头。

顾蒙亮不想继续这个话题，一提到西门豹他就有点心烦意乱，想着明天还要回去着手办滕飞的事情就更头疼了。突然，他的肚子又响了一下。

"你又要上洗手间吗？"胡依婷很同情地望着他。

顾蒙亮摆摆手，大踏步往洗手间方向走去："等下找个男的给我送卷纸过来。"

胡依婷同情地看着自己心目中霸道总裁力求潇洒走向洗手间的背影，开始怀疑今天他们吃的螃蟹是不是也有问题……但她怎么就没事啊。

四

一回到龙城，顾蒙亮立刻订了回北京的机票，他拿着滕飞唱歌的视频去找娱乐圈的人。

顾蒙亮的父亲在北京，他也就顺便去见了父亲顾一鸣一面。父亲自然是问他为什么一直滞留龙城不回美国好好上学，他含含糊糊回答说在龙城有些事，办完了就回美国复学。

如果西门豹再不回来的话，他就要回美国读书了吧。顾蒙亮这样想着。

几乎所有的娱乐经纪人看完了滕飞的视频之后，都表示："这小子你砸再多钱，他都红不起来。"

"就算给他全方面包装，找人当枪手给他写歌，送他去韩国整容，也不行吗？"顾蒙亮试探性地问。

"当然不行啦！你看看他！"经纪人宁姐皱着眉头指着视频里的滕飞说，"气质乡土不说，乐感也差得要命，而且动作还有一点点不协调。明星嘛，你至少要有一个卖点才能推好不好？他这五音不全的，又长得不帅，整容也只能整出一张复制明星的脸，每年还要花钱给那张脸做维护。你捧这种人，图个肾啊？！"

"让他稍微红一点都不可以吗？就算只是当一个二线的艺人？"顾蒙亮试探性地问。

"我宁姐捧的人居然是个二线！你要砸我招牌吗顾公子？！"宁姐怪叫起来，她又看看顾蒙亮，"其实你要进军娱乐圈倒是非常容易红，凭你是顾一鸣独生子的这个身份，再加上你这张脸，这气质，去综艺节目往评委席上一坐，第二天你的微博肯定会被刷爆。"

顾蒙亮完全提不起精神，他失望地和宁姐道别，这已经是他今天约见的最后一个经纪人了。

他闷闷不乐地回到北京的住所，父亲问他近况，他只能随口答道："我最近去了娘子湖。"

顾一鸣的表情似乎有所感触。

"那里还流传着奶奶当年的传说呢。"顾蒙亮说。

顾一鸣不禁微笑："你奶奶当年可是岛主呢。"

娘子湖的岛主，顾桃花，就是顾蒙亮的奶奶。传说中后来卖了岛送儿子去读书的那位娘子，就是她。顾一鸣曾想过把那座岛回购，但去岛上看过一次，就从此打消了主意。

"爸爸，你当初为什么不回购那座岛呢？"

"我要是把那座岛买回来，估计会发展旅游业，"顾一鸣在沙发上坐下，看着窗外光秃秃的树干，笑着说，"当我回到岛上，看见岛上居民搭建的那些毫无设计感可言的房子，还有他们那种坐享当地资源的悠然，我觉得挺好的。你奶奶当初离开岛的时候，那里的人也是这样。我想保持那种乡风，你奶奶也会高兴。"

"爸爸，当初奶奶是把岛卖给谁了？"顾蒙亮问。

"那时候的人都没有什么钱啊，谁有钱买下这么大的一座岛呢？"顾一鸣轻声说，"其实传说是不完整的。结局是岛上的居民，凑钱买下了那座岛。"

顾蒙亮惊讶地看着父亲。父亲靠在沙发上，充满温情地说："那座岛的居民就是这样的，很淳朴。他们觉得顾家娘子缺钱用，就把自己脚下的土地买过来了，于是你奶奶才凑到了那笔钱。"

"哦，原来是这样。"顾蒙亮想起岛上那些随随便便的建筑，还带着上世纪末期的风格，他不禁感叹道，"可是爸爸，如果现在岛上的人遭遇了危机，你会不会去帮他们？"

"当然会帮，"顾一鸣一口回答，但说到这里又觉得有点不对劲，"怎么了？"

"哦，我只是随便问问……"顾蒙亮不想和父亲说太多，他心里在盘算滕飞的事情。

滕飞的愿望是要当一个明星。

他的父亲想送他去音乐学校，但就算送去了，凭他的天资也当不了明星，况且他父亲要破产了，也没法送他去学音乐了。如果顾蒙亮把岛买下来帮助滕西峰度过经济危机，那么滕飞就有钱去学音乐了。

可是他成为明星的可能性还是很小……

唉，怎么办呢？如果是西门豹，会怎么办呢？

西门豹一定会毫不犹豫选择最快最直接的办法吧，直接把滕飞捧成明星，就算是去选秀，它也有办法让所有选手都败给滕飞。

果然是外星人办事比较简单粗暴啊。顾蒙亮挠了挠头。

飞回龙城的时候，已经是顾蒙亮离开之后的一个多星期了。一下飞机外面就在下雨。南方的秋天只要一下雨就立刻寒气逼人，温度直降。虽然温度表上看起来比北方此时的气温要高，但是那种湿寒入骨的感觉，只有体会过的人才知道。

胡依婷来机场接他："我打听过了，以前娘子岛的岛主姓顾，是不是有点巧合？不过你爸爸也不可能和你奶奶姓啊。"

"就是我奶奶，以前我奶奶家是大户人家，生的第一个孩子要跟她姓。"顾蒙亮揉了揉额头。

"真是你奶奶呢。听滕西峰说，他小时候对那个漂亮的岛主还是有点印象，那简直就是岛上的传奇。后来卖了岛上岸了之后，就不太听说她的消息了。"

"你又去过那个岛了吗？"顾蒙亮问。

胡依婷罕见地沉默了一下："是啊，岛上的光景，现在变化很大。"

顾蒙亮听着话不对："那先带我去岛上。"

五

雨越下越大，坐在船头的时候，远远看见那座岛似乎在风雨中飘摇。

船家叫着顾蒙亮："小伙子，别出船舱啊！雨大会淋湿你！"

顾蒙亮缩回头，胡依婷赶紧递上纸巾让他擦脸。

"嘿，不过你这个时候不来，下个月可能就不能上去了。"船家提高声音，为了盖过轰鸣的马达声。

"为什么？"

"这座岛要被别人买下了，以后可能开发成旅游区，船费也会跟着提高呢。"船工眯着眼看着外面的雨帘，"岛上的房子全部都要拆掉，岛上的居民可能也要被赶出去了。"

"什么意思？"顾蒙亮听不懂。

"今年螃蟹都坏了，岛上的居民靠螃蟹吃饭嘛，投了很多钱进去，血本无归，还欠了很多钱。我家都有投资，也亏啦！说不定要卖房子呢！"船工有点沮丧地说，随即又笑了起来，"不过做生意就是这样有风险，也不怪别人，就怪我们这几年看螃蟹赚钱心变大了不是！最可怜的还是那些养殖大户，看滕家，亏得惨了！"

顾蒙亮皱着眉头，船一靠岸他就急匆匆往上赶，差点没摔在船头，吓得船工和胡依婷冲上来扶他。胡依婷看着他心急火燎地走，便举着伞在后面追。

顾蒙亮走到滕飞家的时候，看见滕飞正站在院子外面淋雨。

"你在这里干什么？"顾蒙亮冲过去，胡依婷赶紧把伞挡在他们头顶上。

滕飞回头看是顾蒙亮，不禁惨笑了一下："哦，是你啊，我爸爸在里面签地契，岛上的人今天都要把自己的地契交出来，不然没有办法还债了。"

"怎么会那么严重？"

"这些人，原来是以比银行低很多的利率给我们贷款，但在合同上做了手脚，现在要还钱，利息比银行高出好多，我们岛上的人都上当了。"

"什么？"

顾蒙亮赶紧冲进房子里，看见滕西峰和几个男人坐在里面。他们被这个突然冲进来的湿淋淋的少年吓了一跳，滕西峰认出顾蒙亮："小哥是你呀，怎么了？"

"不能签！"他一掌拍在桌子上。

"小子，你想干什么？"领头一个凶神恶煞的男人叫了起来。

"不能把岛卖给他们！"顾蒙亮大声说，"就算是收购，也应该是我来收购！"

"小哥您冷静一下……"滕西峰拉住顾蒙亮，"我知道您是好心，可我们都考虑过了……"

那些男人今天眼看着地契要到手，冷不防杀出一个顾蒙亮来，不禁大怒："臭小子，你快点给我们滚出去！"

"我是顾桃花的孙子！"顾蒙亮一掌拍在了桌子上，"这个岛要卖也是卖给我！轮不到你们这些不知道从哪里钻出来的小杂鱼说话！"

那几个男人气得要揍人，但是滕西峰死死拉住他们。滕飞带着七八个岛民冲了进来："不准在这里动手！你们想干什么？"

"你们先回去和王老板说，我们还需要商量一下。"滕西峰对那几个男人说。

那几个男人指着顾蒙亮说："昨天在电话里说得好好的，今天交地契，就因为这么一个小毛孩跑出来，你们居然敢反悔？"

"他不是小毛孩，如果他真的是顾娘子的孙子，那他应该是我们过去的少岛主。他既然发话了，我们再三考虑是应该的。"滕西峰严肃地说。那几个岛民一听顾蒙亮是顾娘子的孙子，不禁都露出了兴奋的表情。

那几个男人看岛民人多，没有办法，恶狠狠地指着外面说："你们的螃蟹都死绝了，冬天眼看又要来了，你们是无法翻身了。我不管这个是什么后人，总之有钱才有说话的资格。"

"谈到钱的话，那问题就简单多了。"顾蒙亮冷笑道。

那几个男人冷笑看着顾蒙亮，领头的指着他的鼻子说："几千万的事，你小子不知天高地厚！我们今天回去，明天如果还得不到答复，我们就要采取手段了！公了私了，我们都不怕！"说完怒气冲冲地走出去了。

那几人走出去以后，滕西峰看着顾蒙亮说："你真的是顾娘子的后人？"

"是的。"顾蒙亮回头看了一眼屋外，吓了一跳，外面不知道什么时候里三层外三层聚集了好多人。

一个老太太颤巍巍走出来，握住了顾蒙亮的手，笑着说："像，真的像顾小姐年轻的时候，她就是这么漂亮。这个孙子简直把她的轮廓继承了个十足十。"

"听说顾娘子后来上岸之后，就没消息了，又过了好多年她托人送了一笔钱到岛上，鼓励我们发展养殖业。哎，那么多年了，也没见她回来。"另外一个上了年纪的老头子说。

"爸，您说我们养殖的本金是顾娘子给的？"滕西峰恭恭敬敬把那个老头子请到椅子上坐着，但是滕老爷子却示意顾蒙亮坐上去。

"我们没什么出息啊，得了本金，那么多年了，也只是把岛建成了这样。这回小少爷回来了，我们都不太好意思……"老太太擦了擦眼睛，露出了"不好意思"的羞愧。

这些人……顾蒙亮心想，家里都欠了那么多钱了，居然还能想到对顾娘子的后人"不好意思"。想到自己当初有点唾弃岛上的建筑和规划，脸不由发烫起来。

大伙儿寒暄了片刻，知道顾娘子，也就是顾蒙亮的奶奶已经去世的消息，老一辈人不禁都有点难过。滕西峰的屋子里不知不觉就坐满了人，滕飞也换了一身衣服，拿了自

白沙桥·守蟹歌者

己的外套给顾蒙亮换上。

"我可以出资帮你们渡过难关，请各位不要担心。"顾蒙亮说。

众人面面相觑，赶紧摆手："哎呀，不行不行，我们当年受过顾娘子的照顾，现在怎么还好意思让她孙子为我们这帮没出息的小辈买单，不可以！"

滕西峰为首的"小辈"们也摆手："都是我们自己不会做生意，没有规避风险的意识，只能怪自己。"

顾蒙亮说："可我不想看见奶奶以前的岛被别人买下来。各位如果不介意，我可以买下这座岛，你们照样在上面生活，等以后生意好了，再考虑回购不好吗？"他又想了想，"不回购也没关系，以前你们怎么样生活，以后还怎么生活。"

众人哗然，纷纷交头接耳，滕西峰特别感动地看着他："我们欠了人家好几千万啊，小少爷，这可不是一个小数目，我们不能让您承担这笔费用，这钱不是随随便便能拿出来的……"

放心吧，他还真可以随随便便拿出来。胡依婷靠在门口无聊地抠着手指想着。

听说顾娘子的孙子回来了，岛上的居民都很激动，多日心头的阴霾暂时一扫而空。大家纷纷从家里端来了最好吃的菜肴，到滕西峰家里来聚餐。还有人拿出了岛上特产桂花酒，清甜香醇，喝了几杯之后，顾蒙亮身子就暖了起来。

"我说这帮岛民真的一直活在世外桃源吗？明明欠了一屁股债，转眼就兴高采烈起来。"胡依婷趁着饭局正酣，咬着顾蒙亮的耳朵说。

"我们这边的人就是这样的。"滕飞正色站在后面，吓了顾蒙亮和胡依婷一跳。

他们三个看着那些在饭桌上兴高采烈开始说当年往事的岛民，默默各自拿了伞走了出去。

外面还在下雨，雨一直都没停过。

"雨老是这么下，那些病蟹估计死定了吧。"滕飞找出了那个小桶，里面的螃蟹也病了，他皱眉说，"你看，我怕它被感染还分开养，结果它也病了。"

顾蒙亮看着那只原本凶神恶煞的螃蟹现在蔫蔫的样子，抓起来看的时候，四肢长了斑点，不知为何觉得有点难受。

唉，如果西门豹还在……

"它已经差不多两个多星期没有出现了。"顾蒙亮突然这么说。

滕飞不明所以："啊？"

胡依婷知道他想到的是谁，虽然她一向乐天，但也不得不接受西门豹要消失的这个事实。

"你打算拿你的创业资金给西门豹买最后一单吗？"胡依婷问。

顾蒙亮打着伞，冒着沥沥淅淅的雨走到了水边，不远处就是大棚养殖的螃蟹养殖场，现在看过去在凄风冷雨中，能想象它们的处境如何艰难。

"其实我们岛上的人都是这样的，外人看有点头脑简单吧，"滕飞说，"你看我乐队的那些家伙，其实对音乐并无太大的热情，但还是愿意和我一起瞎闹。我小时候还在岛上的时候，每次唱歌，大家都给我鼓掌，说我唱得特别好听，我以为我真的天分很高。后来我出去真的想靠这个为生的时候，才发现外面的人对我的评价毫不留情，酒吧里的人会直接冲上来泼我一脸酒，叫我滚蛋。"滕飞抹了一把脸，但抹去的只是脸上的雨水，他冲着湖面大喊，"我唱歌超难听！"

"喂……"顾蒙亮想劝他两句，却听见他吸了一下鼻子，用袖子擦了擦眼睛。

——这回应该不是雨水了吧。

胡依婷远远站着，她觉得男生之间的沟通，女孩子还是要适当留出空间比较好。她提着那个小桶，里面本来生龙活虎的螃蟹虚弱地躺着。

"我这段时间看着那些人来我家逼债，随便扛走我们村里值钱的东西。和我一起长大的兄弟从来没有见过这样的情况，我们从来没想过有一天会有人这样对待我们，才发现我们傻乎乎呆在这个岛上享受无忧无虑的时光实在太长了，外面的世界其实很残酷，"他回头看了一眼顾蒙亮，眼睛红红的，"其实我理解为什么他们那么感激你奶奶，你奶奶保护了他们太长时间，让他们的成长延缓了。"

"你们也保护过我奶奶。"顾蒙亮淡淡地说。

滕飞又看着远处："可是不能再这样继续下去了，我不能再像那些长辈一样，享受着天生的资源，理所当然这样下去。虽然他们是那么好的人，可是这个年代，好人总是很容易被欺负对不对？"

"好人不会被欺负，弱者才会。"顾蒙亮举着伞，看着雨中滕飞的背影说。

滕飞肩膀抖动了一下，似乎有所触动，然后他仰头笑了："是啊，好人不会被欺负，弱者才会。我不能当一个弱者，如果长久沉湎在自己的幻想之中，不做出努力，那就是弱者。"他突然笑了，"我要去打工，挣钱养活我们全家。这是我现在必须要做的事情，我要放弃我成为明星那种可笑的梦想。"

"我不觉得你的梦想很可笑。"顾蒙亮正色道。滕飞猛然回头，盯着他看，他只好耸耸肩："好吧，有那么一瞬间觉得有点脱离实际而已，但是我从未嘲笑过它。梦想是很宝贵的东西，你的梦想越绚烂，越说明你这个人有一片赤子之心。"

滕飞盯着他看了一会，然后咧开嘴笑了："谢谢你。"他回头看着湖面，"你能再听我唱一首歌吗？可能以后我再也不会在大庭广众之下这样歌唱了。"

"大庭广众？"顾蒙亮皱眉。

滕飞指了指远处的大棚："以前都是螃蟹们听我唱歌的，我有很多粉丝咧。"

"哦？"顾蒙亮看着那边，心想他大概也知道自己唱歌难听，所以只能唱给螃蟹听吧。

"只有我守着安静的沙漠/等待着花开/只有我看着别人的快乐/竟然会感慨/就让我听着天大的道理/不愿意明白/有什么是应该不应该/有什么是应该不应该……"

滕飞冲着湖面大声歌唱，雨声和着他的歌声，竟然有一种莫名的感动。

胡依婷举着伞走过来，对顾蒙亮说："我第一次发现，其实歌声有时候是否能感动人，和唱得好不好没什么关系。他们说的用灵魂在唱歌，其实是存在的。"看顾蒙亮久久没有说话，她忍不住伸头出去看顾蒙亮。

顾蒙亮的脸上竟然爬满了泪水。

"还在感慨/风阵阵吹过来/为何不回来/风一去不回来/悲不悲哀/麻木得那么快/应不应该/能不能慢下来……"

顾蒙亮伸手摸了摸自己的脸颊，喃喃说："他其实还是很不甘心。"

胡依婷不知道为什么自己鼻子也有点酸，在滕飞的歌曲中鼻子有点酸。

"好奇怪，我从小就可以随便去任何一个巨星的演唱会，从来没有被人唱哭过，何况他还唱得那么难听……"顾蒙亮带着满脸的泪痕回头看胡依婷，"这到底是为什么？我没有他这种经历，我不了解一个乡下的少年想成为巨星的梦想，也不知道他放弃梦想要去过本来就应该属于他的生活有什么难过的。可为什么我听到他的歌声还是会……"他抹了一把自己的脸，新的眼泪又流出来了。

"风一去不回来/能不能慢下来……"滕飞唱到最后，雨水飘进嘴巴里，让他声音嘶哑了。他盯着湖面看了好一会儿，刚才大声歌唱，让周围的雨声都变小了似的。他回头看了身后站着的顾蒙亮和胡依婷，笑笑说："走，我们该回去了。"

顾蒙亮还回不过神，看见滕飞身后的湖面突然掀起了波浪："小心！"

三米高的巨浪，从平静的湖面滚动着，风雨中要把滕飞吞了。顾蒙亮急忙冲过去拉住滕飞。胡依婷挡到了他们的面前，把伞合上做出了戒备的姿势。

几乎是整个湖面都被卷起来了，巨大的浪涛朝他们盖下来。胡依婷急忙冲到他们面前，一手搂住一个男生的腰，用力一跃，躲过了巨浪的攻击。

怪力少女的跳跃力和巨大的浪潮齐高，他们甚至看见抬高了两三米的湖面上一个巨大的黑影，两边有着巨大的附肢，高举着两个钳子，像螃蟹精。

胡依婷挽着他们往后疾退了几米，正准备逃命的时候，突然听见震耳欲聋的声响："少年啊，你在白沙桥上弄丢的，到底是这个金螃蟹，还是银螃蟹？"

顾蒙亮一时间屏住了呼吸，两个巴掌大的金属螃蟹从巨浪那边吐了出来，掉到了他们的脚下。

胡依婷松开他们，一把抱住顾蒙亮的肩膀："西门豹！"

"嘘！"顾蒙亮捂住了胡依婷的嘴，他的手因为激动而有些发抖。

"这……这……"滕飞看着脚下的金螃蟹和银螃蟹，一时间反应不过来，"这什么鬼？！"

"河神在问你话，问你那天弄丢了什么。"顾蒙亮提醒他。

"这都不是我弄丢的啊！我只是丢了只螃蟹而已。"滕飞面对眼前不停卷起巨浪的湖面，脚一软就坐下去，恨不得把那两块东西踢回湖面。

"啊，你真是个诚实的少年！请问你有什么愿望？"河神威严的声音响起。

"什么……什么愿望……"滕飞颤抖着说。

顾蒙亮伸手放在他肩膀上，说："想好了就回答，河神可以满足你所有的愿望，什么都可以。"

滕飞看看他，又看看对面不断翻滚的浪潮，指着远处的大棚说："您能让岛上的螃蟹都恢复健康吗？"

"白痴啊！"顾蒙亮气得一巴掌打在他的头上，"你可以许愿让你成为大明星！就算改造你的发声方式也是可以的！或者许愿直接要几千万救你爸爸他们也可以啊！你这算什么愿望？！河神很厉害的好不好！"

滕飞捂着自己的头申辩道："螃蟹能活我爸爸他们自然就有救了啊！我自己本来就不是当明星的料，我刚刚接受了这个事实，你干吗打我？！"

"西门豹！他的愿望还没想清楚，让他再说一次！"顾蒙亮气得一把拉起滕飞，"你再说一次！"

河神沉默着。

滕飞站起来，抹了一把屁股上的水，大声说："我想好了，就是让我们岛上的螃蟹都健康起来！"

"喂！"胡依婷忍不住插嘴，"你刚才都把我们顾总唱哭了哎……真的不考虑走演艺圈？"

"我还是想守护我们家，守护这座岛，我要成为明星也许还要很长的路，岛上的人的生活也会有重大的改变。我不想我淳朴的乡亲们被迫改变，不，我还是想救这些螃蟹！"滕飞抹了一把自己脸上的雨水，"我知道我平时是有点不着调，但是关键时候我还是能拎得清的啊！"

河神威严的声音响起："你确定吗？"

滕飞站起来，叉腰对着巨大的浪涛说："我决定了，救螃蟹！"他随手一指那边的大棚，"作为偶像，我要救我的粉丝！"

顾蒙亮捂住脸转过身去，胡依婷朝滕飞鼓起了掌。

就这样，浪潮慢慢平静了下去，湖面再一次恢复了平静，连同刚才被扔上岸的金银螃蟹，都不见了。

只有刚才浪涛拍打的地方，一片湿淋淋，让人误以为刚才的雨势加大了。

六

"西门豹你是不是回来了？"在房间里，顾蒙亮裹着毯子盯着面前的苍蝇机说。

"补充能量有点费时间，不好意思。"西门豹的声音传来。

"还懂得说不好意思？"顾蒙亮脱下自己的皮鞋直接朝苍蝇机砸去，被轻而易举地避开，"我还以为你永远不会来了！"

"混蛋！""白痴！""滚开！"

苍蝇机只好从房间里飞出来。

胡依婷靠在门边对它说："他其实一直很担心你，这样尽心尽力想完成任务，也是为了你。"

"为什么？"

"他大概对你有了感情呗。"胡依婷说。

"我不理解。"

"外星人，不理解是正常的，你只要知道你的离开让顾大少爷很不开心就是了。"胡依婷双手放在脑袋后面，朝自己的房间走去。

"那些螃蟹已经没事了，水源查过，是被人为破坏了。我会调集所有的证据和线索，查出是谁放的毒。"西门豹说。

"这些你留着和顾蒙亮说好啦，这次任务他可是费了好多心血的。"胡依婷关上门，把苍蝇机关在门外。

就在第二天，仿佛奇迹一般，所有螃蟹都恢复了健康。那些准备要把病蟹处理掉的养殖户纷纷都像见了鬼一般，看见自己养的螃蟹生龙活虎地爬出了大棚。

"真是见了鬼了！全部都康复了！"大家惊喜地奔走相告，家家户户都跑出去抓那些到处乱跑的螃蟹。

滕飞笑眯眯地把小桶里的螃蟹放回了大棚："和你的兄弟们待在一起吧。"

"开心吗？"顾蒙亮走过来问他。

滕飞站起来，正色说："我能取得今天的成就，全赖有我的粉丝。所以，我也希望我的粉丝能开开心心在一起。"

他话没说完，就被他爸爸从身后打了一记脑壳："臭小子！过来帮我抓螃蟹！"

昨天那几个要收购娘子岛的男人过来了，看见全岛的人都在忙着抓螃蟹，没人理会他，气急败坏："这见了鬼了！我告诉你们！螃蟹活了也没用！你们到了还钱的时间了，资金周转不过来同样要告你们！"

"要被告的是你们吧？"顾蒙亮双手插着风衣口袋站在身后，"我已经调查过了，螃蟹水质遭到破坏就是你们干的，我手上有各种证据，可以把你们送上法庭。不要问我怎么拿到的，反正我就是有。"

那几个男人听他这么一说，都吃了一惊，心虚地四下张望，领头的咬牙叫道："把这小子抓回去给王老板问个清楚！"

岛上的人都在忙着抓螃蟹，沉浸在螃蟹复活的喜悦中，没人注意到这边的顾蒙亮。

那几个男人张牙舞爪朝顾蒙亮扑过去的时候，突然感觉到面前一阵疾风，还没有反应过来，就被一个扫腿，七八个人被踢飞出两三米外。

胡依婷高高抬起自己的一字腿，冷笑道："想碰顾总，问问我胡依婷再说。"转身利落地撑开伞挡住顾蒙亮："顾总，这边请。"

顾蒙亮冷冷看了他们一眼，径自朝码头走去，风中留下了那句："记住，这座岛世代都是顾家罩着的！"

"顾总，听说以前这座岛其实不叫娘子岛。"

"哦？"

"叫桃花岛。"

桃花岛，顾桃花？顾蒙亮上船之后，忍不住轻轻笑了起来，挺好的。

雨慢慢变小了，看着那座岛渐行渐远，顾蒙亮好像看见了自己年轻时候的奶奶，站在岛上朝他笑。

臭小子，有空要经常回来看看啊。

好的，奶奶。

第六章

壶西桥·焦点人物

一

这一周许愿的时间定在了星期四，地点是壶西桥。

壶西桥是斜拉桥，外形非常简洁。今晚天气很好，月色皎洁，就算深夜有凉风，顾蒙亮依然觉得心情不错。

上星期下了几场雨，以为龙城就要正式进入冬天了，结果雨停了之后，气温迅速回升到白天二十七度、晚上二十度。这么没有尊严的十一月冬季，让在北方待习惯的他有点受宠若惊。

顾蒙亮站在桥墩下的小船上，静静等待着十二点整出现的许愿者。

远远传来了钟声，一下，两下，三下……

"注意，顾蒙亮，桥上出现了一名男子。"西门豹冰冷的声音传来，顾蒙亮振作精神站直了。

不知道对方会丢下什么东西呢？他仰头看着，然后看见一个人影慢慢地爬上了栏杆。

"不是吧……"他有点怀疑自己的眼睛。

那个人影迎面跳了下来。

"我去！西门豹！"顾蒙亮大叫起来，脚下的小船迅速撤离，他站立不稳摔在船上。那个人影直直掉落进江面，飞溅的水花打湿了他的袍子。

西门豹那边是长久的沉默，似乎在分析这个到底算是许愿物品还是许愿者。

那名掉下来的男性和顾蒙亮差不多年纪，才落水就开始猛烈挣扎着要游上来。

"西门豹，快救人……"顾蒙亮有点惊慌了。

"他到底算是任务物品，还是许愿者？"西门豹果然在纠结这件事情，"我应该做一个和他差不多大的金人吗？"

"别管那么多了，先救人啊！"顾蒙亮叫道，光秃秃的小船上连个救生衣都没有，他直接把那套河神制服脱下，准备脱掉鞋子和外套下去救人。

"我不能确定他到底是任务物品，还是许愿者。"西门豹还未说完，顾蒙亮已经跳下去了。

"好冷啊！"他大叫起来，河水的温度低到让他难以想象。

"我要是救了他，那谁是许愿者？如果他是许愿者，那他掉落的东西又是什么？"西门豹继续沉浸在逻辑的苦恼中。

"啊啊啊，我的脚抽筋了！西门豹！"顾蒙亮突然觉得小腿不对劲，惨叫起来，立刻被灌了几口河水，"西门豹救命啊！我不要成为被淹死的河神！"

这时候，那个跳江的男生已经慢慢从水下游上来了，他抓住了刚才顾蒙亮坐着的小船："这里怎么会有船？"他叹了口气，"虽然我会游泳，但是老天也不用这样担心我吧，居然放了艘船在这里……"

"救……"顾蒙亮渐渐沉了下去。

"也许是老天要告诉我，我应该重新振作？"男生沉吟道。

"西门豹你这个杀千刀的……"顾蒙亮心里呼喊着，但嘴已经说不出话来了。

"咦，这里怎么有套衣服？"男生摸到了那套河神制服，然后看了看江面冒出来的一串串气泡，他终于明白了什么，扯开喉咙大叫起来，"啊！快来人啊！有人溺水啦！"

他叫了两句突然想起自己会游泳，正想跳下去的时候，突然江面涌现出巨大的水花，一个湿淋淋的少年被一股不知名的力量从水里硬生生拽起来，悬浮在他面前。一个沉稳的、一听就是经过变声器变声的声音在他耳边响起："你要救的是这个人吗？这个算是你刚才掉下河的东西吗？"

男生被吓了个半死，那湿淋淋的美少年突然睁开眼睛，一口江水吐在了男生脸上，男生就这样硬生生地吓晕过去了。

二

顾一鸣对自己儿子的临时反悔感到非常震怒。

明明上周答应了自己要回美国继续学业，机票都订好了，结果临时反悔，说自己不去了，这算什么事！

顾蒙亮躲在花苑不出门——就是顾家在龙城的别墅。顾一鸣终于忍不住气势汹汹杀到了，却发现开门的是一个苹果脸的女孩。他狐疑地上上下下打量这个女孩，年纪和顾蒙亮差不多大，长了一张带着笑意的脸，他忍不住礼貌地问："你是谁？"

"叔叔，您又是谁？"女孩问。

"我是这栋房子主人的父亲！"顾一鸣留了个心眼，没直接说顾蒙亮的名字，对方却反应很大，吃惊地盯着他："您是顾蒙亮的父亲？可是你们长得一点都不像啊！"她冲着楼上跑去，一边跑一边大叫："顾总！你爸来了！"

顾总？顾一鸣狐疑地走进来，刚换了鞋，就看见顾蒙亮裹着毯子从楼上走下来，一脸病容，他不禁吃惊道："亮亮，你怎么了？"

"我昨天掉水里了。"顾蒙亮郁闷地说。

"你到底在龙城干了什么？"顾一鸣狐疑地问。

花苑的书房里摆放着顾蒙亮奶奶的油画像。

顾蒙亮和父亲一起，背着手看着顾桃花的油画像。这栋别墅原本是顾蒙亮奶奶顾桃花的产业，她去世之前直接把房子产权转给了自己的孙子顾蒙亮。

顾一鸣英挺干练，和貌美如花的顾蒙亮一点都不像。顾蒙亮的美貌程度甚至超过了他的妈妈，每次有人看见他们父子长相差异如此之大，都会暗自想这是不是隔壁老王的孩子。顾一鸣会拿出自己母亲的照片给那些人看，淡淡地说："他长得和我妈妈一模一样。"照片里的顾桃花和顾蒙亮真是如出一辙的美貌如花。隔代遗传，大家服了。

"你为什么不肯回美国读书？"顾一鸣略带严厉地看着他儿子。平时看见儿子就想起老妈，所以一直对儿子都是不由自主客客气气的，但书读到一半不读实在太不像话了，尤其读的还是美国著名的商科学校！

"我想在这里读本地的大学，我突然觉得国内的教育休制比较适合我。"顾蒙亮说。

"你少胡说八道！"顾一鸣忍不住站起来，"上次你回国是因为我病重，我可以理解，但是你回国之后迟迟不肯赴美，一直待在龙城，我觉得你肯定……"

胡依婷端着红茶进来，放在顾一鸣面前的桌子上："叔叔，您喝茶。"她给顾蒙亮也上了一杯，然后抱着盘子出去了。

"她是谁？"顾一鸣警惕地问。

"我的助理，胡依婷。"顾蒙亮解释。

"你是因为她不回美国的？"

"怎么可能？！"

"你给我说实话！"

"实话就是，我是为了你才不回美国的。"

顾一鸣用力一拍桌子，顾蒙亮毫不心虚地看着他。那双眼睛和顾桃花一模一样，顾一鸣瞬间像是看到了年轻时候的母亲，在美貌面前他消了气。

"看在你长得像奶奶的份上我先不和你急……"

"他要你说实话，你说的的确是实话啊，为什么他还生气？"西门豹蚊呐一般的声音在他耳边响起，顾蒙亮直接挥手赶走了苍蝇机。

"我允许你这个学期暂时休学，你想清楚了再回去完成学业。"顾一鸣不甘心地气哼哼地说。

"那我能先在这边的大学入学试读看看吗？"顾蒙亮问。

读书总比吊儿郎当每天不知道干什么好，顾一鸣想了想，然后表示同意："我让王秘书马上给你办手续。"他看了一眼毫无愧色的顾蒙亮，又看了一眼墙上的油画里同样盯着他毫无愧色的母亲，他在两张貌美如花的脸面前投降了。

"你爸爸其实是个颜控。"胡依婷等顾蒙亮走出书房的时候，咬着他的耳朵说，得到他一个白眼。

第二天一早，把父亲送进登机口之后，顾蒙亮打了个大大的喷嚏，胡依婷接过了司机的位置，让顾蒙亮坐在副驾："昨天许愿的那个人，西门豹已经把资料送过来了，你打开平板就可以看到。"

何柯昕，龙城科技大学大一的学生，昨天跳河自尽的那个男生。

"他自己会游泳，还要学屈原跳江自尽，差点害死了我。"顾蒙亮抽出一张面巾纸擦了擦鼻子咕哝说。

"他许愿了吗？"

"昨天他昏过去的时候，迷迷糊糊说了，他想成为一个受欢迎的人。"顾蒙亮闷声说。

"长相一般，成绩一般，体育一般，沉默寡言，怎么能成为受欢迎的人啊。"胡依婷看顾蒙亮皱着眉头，"除非把他整容整成你的样子。"

"我不知道你为什么把人的相貌看得那么重要，"顾蒙亮表示不太理解，"一个人良好的仪态和礼节才是最重要的。"

顾蒙亮大学之前是在英国接受的教育，绅士风度那一套深入骨髓。

"你这种美少年是无法想象长相普通的人平时受到的冷遇的，你总觉得一切都是理所当然的，"胡依婷耸肩，"你看你奶奶那么漂亮，以前肯定也是一个受欢迎的人吧。"在娘子湖的那一幕还历历在目呢，整整一个岛的人都对她念念不忘。

"不，在我的记忆里，奶奶是一个非常凶悍的人。她年轻时候是很漂亮，可是独自养育我爸爸那时候可能太劳累了，容貌大部分都被岁月和劳动耗损，晚年还醉心于返老还童，想回归少女般的容颜。"

"你看，她不再美丽了，你对她印象都不好。"胡依婷叹气，"你还说人的外表不重要？！"

"不知道她怎么想的，她很讨厌面对自己衰老的样子，总怕爷爷回来了认不出她。"

"听说你爷爷年轻的时候就失踪了。"胡依婷喃喃地说。

"所以我不喜欢你说的靠容貌增加受欢迎程度的说法，奶奶就好像老是被这个观念影响着，晚年有些时候总是不甘心。你看那个何柯昕，他每样条件都很普通，却想成为焦点人物，这是很逾越本分的事情。"顾蒙亮低头说，"我奶奶年轻的时候那么美，也未能抵挡住生活的重压和衰老的容颜，最后她一直没有回岛上，可能也是不想让人家看见她衰老后的样子吧。"

"西门豹！"胡依婷对着停在一边的苍蝇机说，"你觉得顾蒙亮的奶奶年轻时很美吗？"

"它哪里知道美不美啊！"顾蒙亮刷着平板说。

"美。"出乎意料，西门豹回答了，这让顾蒙亮他们意外极了，原来外星人也有审美？

"无论是年轻还是衰老，她的五官比例都是黄金分割。"西门豹的形容依然很不可爱。

好吧，算了。

顾蒙亮对苍蝇机说："直接连上何柯昕的实时监控吧。"

三

何柯昕学的是土木，男女比例七比一的土木工程系。

大一的课程很多时候是视频教学的大课，在男生众多的教室里，他是那么的不起眼。他穿着普通的外套，抱着课本在倒数第二排坐下，和旁边的人没有交流，旁边的人也当他不存在。直到几个男生从后门进来，看见他就大呼小叫起来："哎哟！这不是何柯昕吗？"

何柯昕被吓了一跳，推了推眼镜往旁边躲了躲，然后那个男生大叫起来："别躲啦，我们都知道你昨天和师大的校花表白之后被拒绝的事情了！"

在场的男生都起哄起来："师大校花杨荔白，我们土木系的系草去追都没追上，你小子好大的胆子！"

"也不看看你是什么样子！杨荔白根本没听说过你吧？"

坐在前排的一个帅气高大的男生回头，冷冷地看了一眼何柯昕。

"曾鸣生气了！生气了！"大家起哄着。

"大哥你别生气！这小子完全自不量力啊！"

"你们不要吵了！都上课了！"各班的班长不得不出来维持上课的秩序，那些男生才消停下去。但是没有人愿意坐在何柯昕旁边，连原来坐得距离他不远的男生都挪开了位置。

"他昨天表白失败了就去跳江自杀了？"顾蒙亮看着平板说。

"有可能只是到江水里冷静冷静而已。你家别墅到了，你先上去吧，我替你停好车子。"胡助理非常称职地说。

"辛苦你了。"顾蒙亮拿着平板下车，苍蝇机如影随形。

"我分析过数据，受欢迎的人当中，相貌出众者占很大的比例。"西门豹的声音传来，"胡依婷的观念很有价值。"

"你的意思是给他来一次整容？"顾蒙亮说。

"是的，不过为了避免对美的理解不同，请你帮我参考一下，这是我挑选出来的图片。"苍蝇飞到他面前，给他下了个全息投影，顾蒙亮差点没撞到自己家客厅门上。

西门豹给出的选项有木村拓哉、李易峰、杨洋、金秀贤，甚至还有维多利亚和贝克汉姆的三个公子……

"欧美的不用考虑了，亚洲人的面部骨骼和欧美那边本来就不太一样，整起来太麻烦了。"顾蒙亮说。

"我发现地球人在改变容貌这方面，有非常特殊的技能。"西门豹坦言说。

"你改变容貌的方式，和那些整容业一样吗？要注射什么东西或者是开刀什么的？"

"我是来自高度文明的外星人，不要侮辱我的技术。"西门豹说。

全息投影里放出了何柯昕的免冠一寸照，西门豹说："你觉得他哪里需要整？"

顾蒙亮拿起沙发上的毯子重新裹上，歪头看了看他的照片："我觉得哪里都需要整啊，那张脸太平淡无奇了。"

"比如？直接给他换成谁的脸？"西门豹问。

"不要吧，会吓死旁边人的，他突然变得亲妈都不认识，那身份证什么的都会失效。我看看……"顾蒙亮说，"你给他割一个双眼皮吧，对，就是这样，眼睛稍微再大一点点。"照片上的何柯昕眼睛稍微变大了，多出了一道欧式双眼皮，看起来精神多了。

"顾总……我倒车的时候把你的车撞在柱子上了……"胡依婷怯生生地从门外伸出头说。顾蒙亮放下毯子跟着她走出去："我帮你看看。"

他走出去之后，没有注意到实时监控里，何柯昕在教室里痛苦地捂住了眼睛的样子。

"好痛！"何柯昕捂住了眼睛，但在课堂上，他不敢叫出来，只好忍住了。那种上眼皮的灼烧感，包括自己整个眼眶好像都在痛。为什么会突然这么痛……他想着要不要趁机离开教室去一趟医务室……

下课铃声响了，疼痛感消失了，好像刚才从来没疼过一样。何柯昕狐疑地摸了摸自己的眼睛周围，没有任何异状。

这时候曾鸣走到他面前，很不客气地说："喂。"

何柯昕把手移开，他抬头看曾鸣的时候，对方觉得他似乎有点异样。他眼睛已经变大了，多了一道深邃明显的双眼皮。但男生对这些细节觉察并没有那么敏锐，曾鸣只是觉得对方和平时不太一样。他缓和了一下语调，正色对何柯昕说："你出来一趟，我在后面的草坪等你。

在花苑那边，顾蒙亮总算把自己的车倒进车库，回到了客厅。看见客厅里的投影中，何柯昕跟着一个高大帅气的男生随着拥挤的人群走下楼，走到了三号教学楼后面的草坪。

"双眼皮和眼睛扩大已经做好了，你看看是不是你要的那种。"西门豹对顾蒙亮说，顾蒙亮示意它拉近镜头，吃惊地发现何柯昕真的多了双眼皮，眼睛也变大了。

"即时整容啊！太神奇了！西门豹有空也给我做一个吧！"胡依婷欢呼了起来，"真的帅了不少呢！"

"这种技术只能用在河神计划里，不能随意挪为他用，不然我会被处分的。"西门豹说。

"喔……"胡依婷有点失望，"那……"她好奇心又来了，难得有这种人体PS的机会，"他的鼻子也有点塌，跟着也整一下吧。"

"顾蒙亮，你认为呢？"西门豹还是要征求河神计划执行人的意见。

"恩，鼻子稍微高一点点，然后鼻翼缩小一些，鼻梁长一点……"他说的时候，何柯昕的一寸照片上的鼻子按他说的有了变化。变化了之后，顾蒙亮也觉得对方看起来顺眼了许多。

"确定这样？"西门豹问。

"确定。"顾蒙亮说。

与此同时，曾鸣一拳打在了何柯昕的鼻梁上。曾鸣平时是学校散打俱乐部的成员，这一拳下去打得何柯昕眼冒金星，捂着鼻子在厚厚的落叶上打滚："啊——"

"我可以让苍蝇机发出有攻击性的射线。"西门豹问。

"成为受欢迎的人，应该不包括挨打这一项吧？"顾蒙亮若有所思。

"让他具备除恶扬善的超能力？也是吸引人的特质哦！"胡依婷欢呼。

"曾鸣下一次攻击，苍蝇机将发射带有反击功能的防御波。"西门豹说。

"竟敢去骚扰我的女神！"曾鸣叉腰怒道。

他在男生众多的土木系被评为系草，那含金量可比在外语系或者中文系这种男生比例少的院系里评出的系草要高得多。不单是要长得帅，平时体育拔尖，交友广阔，而且要无论从哪方面来看都是人中龙凤才行。他平时也不是那么暴脾气的人，但暗恋隔壁师大的校花已久，又被身边的兄弟们鼓动去表白，结果居然被拒绝了，这个打击可不小。

没想到这个其貌不扬，平时在系里打酱油的何柯昕也敢去凑热闹，他真是气不打一处来，一下子就没忍住要在下课之后收拾他。他的几个好兄弟还知趣地在远处放风，确保这一情景没人注意到。

"我去跟杨荔白表白，那叫追求，你这样的去，那叫骚扰知道不？"曾鸣怒气冲冲指着何柯昕说，"你在恶心她知道不？"

"下一次攻击，立刻开始防御反击……"西门豹重复了一遍。

"别太伤着那个曾鸣。"顾蒙亮叮嘱它。

胡依婷紧张地盯着投影，紧张地抓起了拳头。

何柯昕捂着鼻子在地上不断地打滚。最近天气转凉，旁边梧桐树的落叶也铺了厚厚的一层，他打滚的时候，那些落叶也被搅动得四处乱飞，看起来特别滑稽。

曾鸣叉腰看着他打滚了足足一分钟，自己也有点挂不住了："有那么夸张吗？我只打了一拳而已！"

何柯昕眼泪都飙出来了。曾鸣打那一拳的时候的确是很痛，但是现在这种剧痛传过来的时候是慢了两秒的那种超级无敌的痛，感觉自己鼻梁被什么顶上去了，又感觉自己鼻翼被一个什么人任意捏起来，鼻子的软骨在使劲搅动，让他痛得叫不出来了。一分半钟之后，疼痛感奇迹般消失了，何柯昕坐了起来，摸摸自己的鼻子，完好无损，连一点点鼻血都没有。

曾鸣也忍不住蹲下来仔细看他，气道："鼻血都没有好吗？你嗷嗷在地上滚个毛线啊！"

何柯昕也非常疑惑，他摸了摸鼻子之后说："就是刚才一下特别疼……"

曾鸣简直不知道该说什么，本来计划还应该撂两句狠话的，现在却什么都说不出了。他看着何柯昕，突然觉得对方不知道为什么好像又顺眼了许多。他敷衍地威胁道："以后不准再和杨荔白说话！"然后没趣地站了起来，何柯昕也爬起来，问他："那你还打吗？"

"打什么打，你这么弱，再打我怕出人命！哼！"曾鸣没好气地说着，对远处的朋友招招手，那几个人便嘻嘻哈哈笑着走过来，看了何柯昕一眼，簇拥着曾鸣走开了。

"警戒解除。"西门豹说。

"真是一场敷衍的校园欺凌……"胡依婷看着投影里曾鸣的背影，忍不住感叹，"你看，人变漂亮了，对手打架都敷衍了。"

"……"一直都是美少年的顾蒙亮也不知道该发表什么意见好。他大部分时间在国外，西方人是神经大条的物种，对他的外貌并无太大的反应，他对自己的美貌一直也无太大的自觉，倒是每次一回国，就有人追在他屁股后面问他要不要当明星。

那边的何柯昕不明所以地走在路上，准备要回寝室的时候发现迎面而来几个同班的女生。

"嗨，何柯昕！"同班的女生破天荒主动和他打起招呼来。

"你……你好。"

"去哪里呀？"和他打招呼的女生是班上最漂亮的女生赵婷婷。在一个班只有三四个女生的土木系，她能拿到班花的殊荣除了那张清秀的脸蛋之外，还有拿到一等奖学金的实力。

何柯昕有点受宠若惊，这赵婷婷平时是从来不正眼看他的。作为土木系稀有的女生，她平时上图书馆占座、早操签到都有人抢着帮她做，这回居然主动和他搭讪。

赵婷婷示意那两个女生到前面等她，然后神秘兮兮地凑近了何柯昕说："告诉我，你的鼻子和双眼皮上哪里做的？"

"什么……"何柯昕觉得有些莫名其妙。

"推了会痛吗？恢复得那么快，这几天上课都没见你有淤肿现象。"赵婷婷指了指何柯昕的鼻子，壮胆去摸了摸，"痛吗？"

刚才被打的时候有点痛，可现在一点都不痛了。何柯昕摸了摸自己的鼻子，感觉好像呼吸都比平时要顺畅了些。

"能推吗？"赵婷婷逆光看他的鼻子，据说隆鼻的人会看到那个鼻尖是半透明的，可是何柯昕的鼻子她没看出来。她又忍不住轻轻点了点对方的鼻子，完全天衣无缝，没有一点痕迹。

"技术好好！哪家医院做的？还有你的双眼皮！"赵婷婷惊奇地叫起来，那双眼皮也完全没有一点点疤痕的痕迹，就像是天生长出来那般自然。

"我是单眼皮啊……"何柯昕疑惑地说，他知道自己是单眼皮，而且平时还有点浮肿。

赵婷婷拿出自己的化妆镜放到何柯昕面前："你睁眼说瞎话吧！"

何柯昕吃惊地看着镜子里的自己，眼睛变大了，并且深邃有神，鼻梁也高了，本来略肥大扁平的鼻翼也变得标致了许多。他看着自己的样子，有点不可思议："不对……不对啊……"

"到底是哪家医院做的？恢复得那么好。"赵婷婷问他。

"我没有整容啊。"何柯昕说。

"小气！"赵婷婷讨了个没趣，瞪了他一眼，走了。

何柯昕摸着自己的脸，有点难以置信。周围路过人的眼神，似乎也变得不太一样了。

是和善了许多。怎么回事？他的脸怎么发生变化了？

他突然想起昨天晚上迷迷糊糊昏过去的时候，面前那个湿淋淋的少年，背后传出的声音："诚实的少年啊，你有什么愿望吗？"

"我想变得受欢迎……"

他当时好像是这么说的？但他当时想的不是这样啊，为什么容貌会发生变化？难不成是自己昨天没睡好，把双眼皮睡出来了，鼻子被打了一拳，然后被打漂亮了？

河神……他想起小时候听过的神话故事，难不成真的被他遇上了？

四

顾蒙亮感冒躺了几天病床，西门豹说最近有限令，不能把外星人的黑科技用在河神计划之外的地方，所以不能给顾蒙亮医治。

"连执行者生病了也不让医治？"胡依婷忍不住控诉。

"是的，"西门豹毫无表情地回答，"因为上次私自救了你一命，我受到了很严重的处分，这次回去补充能源也受到了很多限制。"

胡依婷想到自己在黄泉路上走过一圈又回来，都是西门豹的功劳，便知趣地闭嘴不作声。这几天，他们能做的事情就是围着何柯昕的照片开始了立体PS技术。顾蒙亮已经默认了"颜值能改变关注度"这个说法，任由这个任务按照西门豹最初的方案执行下去。

"我觉得他的脸有点宽。"胡依婷说。

顾蒙亮就说："那下颚再收回去一点。"

"还有他的额头有点太平了。"

"那弄饱满一点。"顾蒙亮从善如流。

于是当天晚上正在寝室睡觉的何柯昕立刻嗷嗷乱叫，从梦中痛醒，在地上滚了十分钟，把室友全部都吵醒了。……然后他就拥有了一个天庭饱满，下颚线条非常优美的脸型。

被他吵醒的室友确定他没事之后，纷纷觉得他这样闹腾太讨厌了。这帮直男虽然没看出来何柯昕具体的变化，但是也微妙地觉得这个人大半夜吵醒全寝室的人其实也没有那么罪无可恕。

顾蒙亮在别墅花苑躺了一天。胡依婷跑出去买饭的时候，不知道是不是等待师傅炒菜的过程中多看了两眼电视，跑回来之后对顾蒙亮说，她觉得何柯昕的肩膀曲线也不太好看，是否也可以修改修改。

顾蒙亮反复看了何柯昕走路的样子，觉得胡依婷说得很有道理，就让西门豹去修正何柯昕的肩膀去了。

这下何柯昕可是疼得鬼哭狼嚎，下午在教室突然翻滚到地上，被同学抬去校医院，打了止痛针，过了半小时才缓过来。

医生给他做了检查，愣是说没什么太大的事情。说也奇怪，过了一会他也觉得没什么事了，只是觉得护士小姐对他的问候分外殷勤。

他看了看镜子里的自己，好像又有什么地方发生了变化，已经越来越不像他以前的样子了。

是的，他拿着手机对自己拍了张照片，然后和以前的自拍照做对比，已经完全不一样了。眼睛、鼻子、脸部的轮廓，甚至发际线都有了改变。

他发现班上的女生和他说话的频率高了，身边的人比以前更加关心他了。即使他上课闹出那么大的动静，老师脸上也没有出现那种厌恶的神态。

其实他的容貌完全是胡依婷的审美，胡依婷的审美代表了广大直女的审美，经过她的审美观改造出来的脸，完全是女孩子喜欢的那种斯文俊雅型。所以何柯昕最直接的感受还是来自女同学、女老师和女护士们态度上的改变。

女性们对他明显和善耐心了许多，而且开始会主动和他搭讪。因为他一直有点胆小内向，更加增添了他令人生怜的气质。可是男生们有点不舒服了。

"曾哥，有没有觉得何柯昕最近很欠扁的样子？"土木系的一个男生在课间递给曾鸣一罐可乐。

"听说他整容了？"另外一个男生说。

"应该是整了，眼睛鼻子嘴巴都和以前不一样了，不过他什么时候整的？他们寝室的人说他一直没离开过寝室，也没看见过有什么手术的痕迹啊！整容的人不是至少要半个月恢复期吗？他室友说他吃饭睡觉洗脸什么的一点忌讳都没有哎！"

"曾哥，不会是你那一拳产生的效果吧？你学的是'还我漂漂拳'？"

"曾哥，要不你打我一拳试试？"男生跃跃欲试。

"也打我一拳试试？"先前的男生也说。

曾鸣瞪了他们一眼，给他们一人赏了一记勾拳。

教室外跑进来一个男生，和曾鸣报告："曾哥，那个何柯昕又跑去师大找杨荔白了！"

"岂有此理！"曾鸣气急败坏地往外冲，到了校门口的时候，感觉一路女生都有点春心荡漾的样子。

这种女孩子眼里冒红心的感觉他不是没有经历过，入学的时候他打篮球就经历过这样的红心包围，但是现在，很明显，一路上这些女孩子都不是冲着他，她们的眼里已经没有他的存在，她们似乎在回味着什么，显然刚才经历过一波巨大的美色精神攻击。

难不成何柯昕对女生的蛊惑，居然可以到了这个地步？

曾鸣的愤怒，在校门口戛然而止，因为他找到了答案。

不是何柯昕，是一位他从未见过的贵公子——穿一身风衣，半张脸藏于羊绒围巾之下，但依然掩饰不住他如花容颜，以及全身上下那股绝世独立的贵族气质。他拿着个IPAD，不知道在看什么，耳朵上还戴着蓝牙耳机。

拍……拍电影吗？曾鸣顿时觉得自己的系草身份蠢爆了。

一个穿着红色棉服的苹果脸的女孩子跑过来，对那位美少年说："顾总！入学手续办好了，你和我一个班！都是商学院的！"

"哦。"被叫做顾总的美少年点了点头，还在看那个IPAD。

这么说，这不是拍电影？这人还是和他一个学校的？开什么玩笑！

曾鸣站在原处看了一会儿那个美少年，他还是盯着IPAD不动，那个苹果脸的女生也很耐心在旁边等着。这两个人站在门口不断吸睛，制造了不大不小的轰动也不自知。看了一会儿，曾鸣觉得自己有点傻，忽然想起这次跑出来的目的。他对杨荔白的课表了如指掌，现在刚好是她下体育课的时间，他便匆匆穿过马路，直奔师大去了。

那边的美少年也指了指IPAD，说："何柯昕跑师大去了。"

苹果脸女生说："难不成再度表白去了？"

五

师大女生大一的体育课，就是科技大男生的梦中乐园。

在阳光下的草坪，在干净敞亮的体操房，到处都是这些青春活力少女的身影。她们穿着或松或紧的运动服，自由舒展她们优雅的身姿。

可惜这片乐土是男生的禁地，只要一靠近，就会有一个凶神恶煞的男老师冲过来对他们吼："看什么看！再看把你们全扔回科技大去！"其实有时候是师大的男生自己看，科技大还因此背了不少黑锅。

杨荔白今天上的是武术课。作为师大的校花，很多人以为她会选健美操之类的课程，可她觉得太极拳打起来很好看，于是选了武术课。

可惜原来教太极的老师突然去北京进修了，于是太极课全部改成了剑术课。

"剑！也是中国传统武术的一部分！"代课的老师是个研究生刚毕业的女老师，她严厉地看着下面一排年轻貌美的大一女生，她们个个手里都倒提一把剑，在阳光下明晃晃的刺眼，"我告诉你们！上我的课，以后剑全部都要按标准的反手拿剑起势！左手保持剑指！"

杨荔白她们赶紧把剑反手拿着紧靠自己背后，左手伸出两只手指，保持了剑指的样子，放在丹田前。

本来大家这样做都没问题的，但是有女生眼尖，看见草坪边上站了个男生，一直朝这边望，仿佛在寻找什么。

"啊，有小帅哥！"

"他一直看哎！"

"啊不行，我觉得我这个动作好羞耻！"

女老师怒道："不要受外界的干扰！集中意念在你们的丹田！保持你们的剑指！我要你们保持这个姿势十分钟！"

杨荔白她们面带土色，站在阳光下顶着对面小帅哥火热的视线觉得压力很大。那个小帅哥还露出憨厚笑容，对着杨荔白这个方向招了招手。

"他在朝我们这边招手！"

"天啊，能不能装作没看到啊！"

何柯昕在操场旁边找到了杨荔白的班级，他觉得在阳光下手持宝剑的杨荔白是那么

◀ 136 ▶

好看，她那剑指也是那么的标准，她皱眉看过来的眼神也是那么温柔。

突然，一双手臂箍住了他的脖子，把他使劲往后拉。他以为是师大那个彪悍的男体育老师出来清场了，不敢声张，一路求饶着被拉到了体育馆一边。等他被重重扔到墙角的时候，却发现来者是曾鸣。

"竟敢偷看杨荔白！你这个猥琐男！"曾鸣怒气冲冲指着他的鼻子，"不是警告过你，不要再打她的主意了吗？"

"不是你想的那样……"何柯昕艰难地想爬起来，但是又被曾鸣推倒。他咕哝说，"你是一系之草，明明可以靠才华和脸蛋吃饭，为什么要用武力解决问题？"

曾鸣被他气得要死，伸出拳头想揍他，顾蒙亮那边立刻响起了西门豹的警戒声："防御反击准备！防御反击准备！"顾蒙亮头疼地揉起了额头，他不太喜欢这种暴力场面，太不优雅了。

然而并没有。曾鸣看见他深邃的双眼皮和高挺的鼻梁，怕自己一拳打下去对方变得更帅，硬生生收回了手："你最近是有点奇怪，为了追杨荔白，居然把自己整容成这样。你也打算靠脸蛋吃饭了吗？"

何柯昕再次爬起来，拍了拍屁股上的草根，说："我是发现我的脸发生了变化，但我并不愿意这样……"

"不愿意变帅吗？"曾鸣一脸吃了大便一样的表情，看着这个虚伪的男人。

"是啊，可能是和我之前遇见奇怪的事情有关吧，"何柯昕颓唐地揉了揉头发，"我最近遭受一些打击，心情很阴郁，那天直接从壶西桥上跳了下去……"

曾鸣目瞪口呆看着他，心想这小伙子狠啊，表白被拒绝了居然想着去跳江。他被杨荔白拒绝了充其量只是去喝了一晚上的啤酒而已。

"……别担心，我水性其实很好，淹不死，我只是想冷静一下，并不想给社会添麻烦，"何柯昕懊恼地抓了一把头发，"后来我遇见了些奇怪的事情，有个湿淋淋的少年突然从水里冒出来，问我有什么愿望。我就直接晕过去了。"

"晕过去了？"曾鸣说。

"好像我说过我想成为受欢迎的人吧……"他说。

"该不会是什么神灵听到了你的祈祷，就让你变帅了吧！"曾鸣看了看自己的拳头，原来他挥出的不是"还我漂漂拳"。

"原来变得受欢迎的人，就是要变漂亮吗？"何柯昕喃喃地说，"总觉得有些不对。"

"你难道求的不是这个吗？你没觉得最近有些女生看你的眼神都有点不一样了吗？"曾鸣说着，突然觉得脑后一阵阴风，急忙往旁边一躲。回头看见杨荔白手持宝剑，指着他们两个，脸上带着寒霜。

在顾蒙亮那边，西门豹略带着急的声音从耳机里传来："原来当事人并不想变得漂亮！我们误解他的意思了！要把他的脸重新整回去吗？"

顾蒙亮头疼地再次揉了揉自己额头："你先等一下……"

"想变得受欢迎不就是要提高颜值吗？这是个绿茶男。西门豹不要信！"胡依婷低声对着苍蝇机说。

顾蒙亮换了一只手继续揉额头。

"地球人的言语，偏差太大了。"西门豹略带沮丧地说，"我觉得我这次任务又要失败了。"

"你先闭嘴……"顾蒙亮说。

"他这是口是心非，不要信！"胡依婷不爽这个变漂亮了还一脸不乐意的绿茶男。

"你也闭嘴。"顾蒙亮说。

师大体育馆旁边，杨荔白冷冷地看着他们说："你们两个，来这里干什么？"

曾鸣确定杨荔白对自己还有印象，指着自己说："我，科技大土木系的，还记得吗？"

"不记得了。"杨荔白一句话把他打入了地狱，然后她再指着何柯昕说："何柯昕，你来这里干什么？"

曾鸣捂着心口在一边默默泪流，作为土木系系草，同样是表白失败，但人家只记得何柯昕，不记得自己……这个世界他顿时不懂了……

何柯昕结巴着说："你还能认出我？"

杨荔白的剑尖逼近何柯昕的脸颊："虽然五官有了一些改变，但我还是能认出你的。"

"杨荔白我……"

"你的脸变成这样，还真是做作啊！"一向温柔的杨荔白，嘴巴突然刻薄了起来，这一点让曾鸣也大感意外。

"对不起……"

"不用说对不起，再也不用看你顶着原来那张脸在我面前走来走去，我也放心了，"杨荔白收回了剑，吐出了口气，然后冷冷地说，"你顶着何柯彬的脸在我面前出现的时候，我唯一的感觉只有——恶心！"说完扬长而去。

何柯昕感觉自己好像心口被重击了一般，整个人软软地瘫在了地上。

曾鸣看看杨荔白背影，又看看他，试探着说："你没事吧？"

顾蒙亮已经走进科技大商学院里，老爸派来的秘书老王在和老师交接他的入学资料，胡依婷在忙着给他拿上学用的书，他的注意力一直在刚刚杨荔白提到的那个人名上。

"西门豹？"

"查到了，何柯彬是何柯昕的孪生弟弟，以前是师大的学生，一周前因车祸意外去世。"西门豹机械的没有感情的话在耳机里响起。

"他和杨荔白是什么关系？"

"同专业同学的关系，他的班在杨荔白班旁边。"

"没什么感情纠葛吗？"

"感情纠葛我查不出来。"西门豹说。

好吧，知道你是个感情白痴。顾蒙亮眼看着院长出来，他便暂时放下平板电脑去和院长打招呼去了。

"顾蒙亮，我看过你美国读书的成绩，非常好，能进入我们学校就读是我们的荣幸，"院长热情地和他握手，"希望你在我们学校就读的这段时间，能有新的体会。如果能在我们这里读到毕业，拿到我们的学位，我们也会很高兴的。"

顾蒙亮的成绩在美国班上算是中等的，他觉得没有院长说的那么好。院长对他这么好说话，难道也是因为冲着他这张脸吗？

他心情有点异样。

接着院长感谢了顾蒙亮父亲对学校的捐赠，顾蒙亮才知道他爸爸顾一鸣已经打算给商学院专门修一栋楼。院长本来就觉得顾一鸣太客气了，这样的学生其实转学到商学院是完全没有问题的，但顾一鸣说他对龙城有特别的感情，所以捐赠的教学楼名字就叫"桃花楼"……

院长表情略带犹豫："一定要叫这个名字吗？叫恒圆楼或者一鸣楼都可以啊，这个桃花……真让人浮想联翩呢……"

顾蒙亮知道父亲在表达对奶奶的怀念，他淡淡地说："我奶奶叫顾桃花，是龙城本地人。"

院长露出了"原来如此"的表情："要不要到时候把你奶奶的相挂在一楼大厅？"

"可以的，我奶奶很漂亮。"顾蒙亮拿出钱包，里面就有奶奶的照片。

貌美如花的女子。院长原本以为"奶奶"是个慈祥的老太太，挂在"桃花楼"大厅起码可以避免这个名字的槽点，可这么漂亮的女子照片往楼里一挂，感觉更奇怪了……

"没有奶奶年纪比较大的照片吗？"院长问。

"奶奶去世前命令我们烧掉了所有她年纪大的时候的照片，她的葬礼上用的照片都是年轻时候的，怎么，院长您不喜欢漂亮的照片挂在上面吗？"顾蒙亮说。

"漂亮的照片谁都会喜欢的，不过坦白地说，要看场合。如果在我们的院楼里能看见捐赠者是一位慈祥的老太太，感觉会更加庄重一些呢，"院长推了推眼镜，"这样别人一看到她，就会产生崇敬和亲近之意了。"

"如果是年轻漂亮的照片呢？"顾蒙亮很诚恳地问，西门豹也很想听人类对于人类外貌的评价。

"年轻漂亮的嘛……因为漂亮是一种附加值，怎么说呢，也许别人就会想得更多，我们还是觉得院楼庄重一点比较好。"

顾蒙亮正色说："我觉得美貌不应该受到特别的歧视。"

这句话说得院长有点羞惭，他立刻领会了顾蒙亮的意思——他是要尊重自己奶奶爱美的遗志。院长再次表示了感谢，后来想了一下也算想通了，漂亮总是好的，别人怎么想又有什么关系呢！

走出院楼的时候，顾蒙亮叹了口气。看见胡依婷抱着一堆书走过来，出于绅士原则要过去接过她手上的书，却被她极力阻止："不要！顾总！我现在全身上下都是来自外星人的怪力，如果你连力气都不让我出，我真的没有留在你身边当助理的理由了！"

顾蒙亮想到胡依婷已经是怪力少女，就作罢了："那麻烦你了。"

"杨荔白和何柯彬的关系超过普通关系。"西门豹突然发话了，用它所理解的话对人类关系亲密度做表述，"你刚才和院长说话的时候，我已经调出她手机里的通话记录，连她的微信、QQ、电子邮箱的记录全部都查到了。她和何柯彬的联系超过一般人的频率。"西门豹说，"顾蒙亮，资料已经传送到你的平板电脑。"

在学校咖啡厅，顾蒙亮点开IPAD上西门豹传来的资料，杨荔白和何柯彬果然有非常紧密的联系。他一条一条往下翻，发现他们的接触是在入学后不久，何柯彬对杨荔白一路嘘寒问暖，杨荔白刚开始对他并不理睬，但何柯彬的关心非常到位，既不过分骚扰，也不会因为对方的冷淡就退却。渐渐地，杨荔白对他也有了依赖感。

"我的天，这个何柯彬比他哥哥厉害多了，虽然是同一张面孔，但为人处世真的老道圆滑多了！"

胡依婷忍不住点开何柯彬的资料，照片上虽然那张脸和原来何柯昕一模一样，但穿着打扮、气质完全不同。何柯彬的发型、衣着都比何柯昕时髦一些，他平时习惯走暖男路线，穿着浅色的毛衣和卡其色的裤子，照片里一直都是一张微笑的脸。

难怪杨荔白拒绝了曾鸣和何柯昕，她心里已经有人选了啊！胡依婷一拍大腿："师大校花一点都不以貌取人啊！难得难得！"

"何柯彬和何柯昕的父母从小离婚了，哥哥由父亲抚养，弟弟由母亲抚养。母亲后来嫁了个富商，所以经济条件和受教育环境都比哥哥要好些。"顾蒙亮点着上面的资料，若有所思地说。

"看来不光是颜值的问题啊……这件事我们想得太简单了……"胡依婷表示自己错了。

顾蒙亮看了她一眼，心想这次任务说不定要糟。

六

"你说你弟弟以前是杨荔白的心上人？"曾鸣不敢相信这个事实。直到何柯昕拿出了弟弟平时和自己的聊天记录，里面有他和杨荔白的对话截图，还有两个人出去玩的时候的合影，曾鸣差点没一口血喷在屏幕上："凭什么啊？！一模一样的一张脸！"

"我弟弟约好万圣节那天要正式向杨荔白表白，他会准备鲜花和烛光晚餐，把她当作最尊贵的公主，可就是那天出了车祸，他死了。"何柯昕收起手机说。

"于是你要代替你的弟弟去守护她吗？"曾鸣伸手表示要"等等"，"你弟弟这张脸不是和你一模一样的吗？为什么他可以追杨荔白追到手？"

"我弟弟从小就很受欢迎，虽然他有一张和我一模一样的脸。"何柯昕提到弟弟似乎不想再说下去了，落寞地转过身，一步一步朝师大校门口走过去。

曾鸣赶紧追上他，自然而然把手搭在了他的肩膀上："怎么可能，你长得不好看，你弟肯定也长得不好看，他怎么会受欢迎的？我不信！"

"不信你可以去问问师大他们班上的女生，还有他高中时候的同学，他以前是在龙中读的。"何柯昕说，他看起来脸色非常差。

曾鸣知道，弟弟的突然去世肯定对他有很大程度的打击，搭着他肩膀的那只手顺势拍了拍他的肩头。

两个男生走出了师大门口，校门口女生都诧异地看着他们，曾鸣赶紧收回了搭在何柯昕肩膀上的手。

"我其实比我弟弟更早认识她，"何柯昕说，"她还在二中读书的时候，有一次来我们学校考奥数，我就注意到她了。"

"对哦，你们都是本地人。"曾鸣说。

"那时候我捡到了她的准考证，她找不到准考证在教学楼门口一直哭，我还给她的。"

中午下课铃声响了起来，很多同学匆匆忙忙往外赶，急着去食堂吃饭。他们走过科技大门口，感觉到中午居然起风了，天色突然就暗了下来。

这天气，又要下雨了，何柯昕犹豫地站在公告栏前，不知道该去食堂，还是先回寝室。一如一年前的他，看着道谢离开的杨荔白，不知道应该赶上去自我介绍，还是任由她这样离开。

"我一直以为和她是没有交集的，后来弟弟去了师大，回来跟我说他们的校花挺漂亮，我就认出了她。我说，这个妹子以前我高中的时候见过的，我捡到她的准考证，然后还给了她。"

曾鸣站他旁边，似乎不太有耐心听这种青春期暗恋的故事。平凡的男生看上一个校花级的人物又怎么样呢？这种暗恋对于校花来说，一点都不少见，他也是暗恋者之一，也同样调查了杨荔白详尽的资料，也在兄弟们的帮助下制造了多起偶遇，但同样还是被拒绝了。

"我弟弟说，他一定会追到这个女孩子的。"何柯昕非常无奈伤感地说，"然后他就追到手了。"

曾鸣看着何柯昕，冷冷地说："我特别不喜欢你这种要死要活的表情，你知道你为什么输给你弟弟吗？因为你一直很自卑，觉得自己很可怜，实际上是你不如你弟弟有行动力，你弟弟追上了你的女神，你还觉得挺不公平的，你这样的人不受人待见真是太能理解了。"

何柯昕张大了嘴巴，看着曾鸣这样轻蔑地评价自己，一时间说不出话来。

"你是不是觉得对我说出了你心里深藏的秘密特别了不起？这些算什么呢？我也暗恋过杨荔白，我暗恋了大半个学期才去表白，我也不如你弟弟。如果我一开始就去关心她，追求她的话，能有你弟弟什么事呢？"曾鸣自嘲地笑了一下，"说到底，我也是和你一样的低级，活该被拒绝。我现在算是知道了。"

是啊，女孩子不一定要男生有多帅，也不需要那些刻意的安排，只要是恰到好处的关心，也许就能打动她们的心。

"所以你整容了，也不可能和你弟弟一样，成为一个受女神欢迎的人。"曾鸣手指做枪状，打了一下何柯昕的脑门，"少年，你真的不受欢迎。"

曾鸣走了，何柯昕呆呆地站在原地，回想起之前和杨荔白告白的情景："我的弟弟虽然去世了，但是我可以代替他照顾你。"

"你代替不了他，"杨荔白冷冷地看着他，"你太自以为是了，以为和他长得一模一样就能代替他吗？"

"顾蒙亮，何柯昕是不是真的永远都成为不了受欢迎的人了？"西门豹顿时紧张起来，仿佛刚才曾鸣那一下判了他任务的死刑，"我们这次任务要宣告失败吗？"

顾蒙亮觉得头痛欲裂："改变也不是一时半会的事情，何柯昕现在的确比以前受欢迎了，不能说他不被杨荔白接受就是一个不受欢迎的人。"

"可……按我的逻辑判断，我们的任务应该失败了。"西门豹的语气带了点不确定，顾蒙亮发现它现在的语气带有越来越多情感。

"你的逻辑在地球不适用。"顾蒙亮说。

"可是地球的逻辑在我的实验报告里也不适用。"

"你的论文就是学习地球的逻辑。"顾蒙亮说的这句话好有道理，西门豹发现自己无法反驳。

"我觉得何柯昕的弟弟不是什么好人。"胡依婷一直看着何柯彬的照片，突然冒出了这么一句，"顾蒙亮，让西门豹把何柯彬其他的通讯记录也调出来给我看看。"

"给她吧，西门豹。"顾蒙亮说，不过他和西门豹都表示没觉得何柯彬有什么问题。

"明明知道自己哥哥对一个女孩子有意思，为什么还要在他面前说自己一定要追到她，而且不停地给他看自己和女孩的聊天记录截图呢？"胡依婷表示疑问。

顾蒙亮和西门豹双双表示GET不到这个点。

"也许他并不知道哥哥也喜欢她。"顾蒙亮说。

胡依婷伸出手指，在他们面前摆动了一下："不可能，就算没有在一起长大，他们可是孪生兄弟啊。你以为何柯昕那张脸能瞒得住事情吗？你们看看何柯彬和杨荔白最开始的微信短信，里面有一句是她提到的'你还真的是我的幸运星，弄丢东西每次都能被你捡到'。"

顾蒙亮和西门豹再次双双表示GET不到这个点。

"你们真是一对死脑壳的直男！对人性的洞察力太弱了！"胡依婷痛心疾首，"提到捡东西，很可能就是和以前捡到杨荔白准考证有关啊！你们有没有想过何柯彬是拿着哥哥帮助过杨荔白的往事去接近杨荔白的？！"

顾蒙亮看了一眼苍蝇机，也算是和西门豹面面相觑了，说："我还是不明白你的意思。"

哎……一提到男女之情，这两个人简直就是幼儿园级选手啊！没有她这个助理在怎么行！

胡依婷不和他们说了，手指纷飞去查找西门豹刚传过来的关于何柯彬的通讯记录资料。

"哼！我果然猜得没错！"她指着平板大声说，"这个何柯彬，果然不是什么省油的灯！"

顾蒙亮伸头去看，看见上面何柯彬追求杨荔白的同时，还和本校艺术系的一名学姐、自己高中母校一名学妹保持着暧昧关系。而且他在网上认识的女网友，光是微信上就有十几二十个。这些女生年龄不一，但是何柯彬很会说话，把她们哄得非常开心，都把何柯彬看成是知己。

顾蒙亮觉得自己真是开了眼界，一个其貌不扬的男生怎么能做到这些的？自己这样的颜值都从来没想过去做这种事哎！他一条一条看着他们的聊天记录，然后不停咂舌："你说这人勾搭那么多妹子是图什么……"

"收集呗，有些人喜欢收集邮票，有些人喜欢收集古董，这个小孩，哼，喜欢收集女友。"胡依婷不屑地说，"这种其实就是何柯昕这种平凡人的另外一个极端。他们两兄弟啊，一个是平凡到不敢在人群里抬头，一个是为了证明自己不平凡，在女生当中使尽手段，用女友数量证明自己受欢迎！哼，后者才叫人恶心。"

胡依婷身为女性尤其气愤，这种玩弄感情的男人真可恨，最可恨的是他居然长得不帅！

"应该让这些女生知道他的真面目，把这份资料群发邮件给那些女生吧。每个人发一份。"

顾蒙亮觉得这个男生实在太不够有格调了，作为绅士的他都看不下去了。

"我拒绝。"西门豹静静地说。

"为什么？"顾蒙亮和胡依婷双双怒道。

"这个和河神计划没关系。"西门豹理由很充足，"我认为我们应该把注意力放在怎么样让何柯昕更受欢迎上！"

"他已经变得比以前受欢迎了！"胡依婷指着实时监控里、何柯昕去食堂吃饭，同班的赵婷婷还主动帮他占座的画面。

"但是杨荔白没有接受他。"西门豹说。

顾蒙亮直翻白眼："西门豹，这个世界上，不是说一个人受欢迎，所有人就都会接受他的好吗？有些时候，受欢迎的人，还会引来小部分人的讨厌呢。"

"比如你们对他弟弟那样吗？"西门豹问。

顾蒙亮抱住了头，胡依婷为之气结，对着苍蝇机口沫横飞解释了半个小时他们唾弃何柯彬并不是刚才顾蒙亮说的那个原因。他们只是从道德方面谴责何柯彬，而何柯昕这个人之所以不被杨荔白接受，是因为"恋爱"这件事情有一定的特指性，而"受欢迎"这件事是比较泛化的。

胡依婷引经据典，好不容易解释清楚了，西门豹还是不了解："群发这个给那些女生有什么好处？"

"搞臭何柯彬！这样杨荔白就能幡然醒悟了！"

西门豹说："那把决定权交给顾蒙亮吧。"平板电脑上面出现了一个按钮："如果你觉得要给所有女生发揭露何柯彬的邮件，就按下这个按钮吧。"

"我想这样会不会何柯昕一点机会就没有了？"顾蒙亮犹豫着说，"会不会造成某些不可估计的后果？

"……"房间里沉默了。

七

花苑的书房内，顾桃花的画像静静望着她心爱的孙子。顾蒙亮在很多年之后想起，总觉得有些时候奶奶对自己发脾气，也许是因为他长得太像年轻时候的她，而她却容颜不再。"人的这张脸，真的那么重要吗？"他问那张画像。

画像里的奶奶抱着她心爱的小狗，温柔地望着顾蒙亮。

这张画像是根据她的一张照片画的，那时他们刚刚走出岛，来龙城市郊生活。奶奶养了一条狗，那条小狗陪伴着她辛苦的工作，支撑着自己儿子的读书用度。

她那么在意自己的容颜，是怕哪天爷爷回来了看见她会失望吧。

听父亲说，后来小狗离开之后，她就迅速地衰老下去了。父亲对奶奶一直很内疚，觉得亏欠她太多，但是顾蒙亮觉得，真正亏欠她的是那个失踪了的爷爷。

"那时支撑你的，除了你的爱，还有你的美貌，对吗？"顾蒙亮看着奶奶的画像笑了笑，"所以我坚持让你的美丽在未来的桃花楼绽放，也算符合你的心愿吧。"

美丽的容颜啊，就交给本人的意愿来裁决吧。

顾蒙亮想起何柯昕，开始有了主意："奶奶，要不把决定权交给他本人吧？"

三天后，顾蒙亮第一次来科技大的食堂，他被迎面而来的直男气味给惊到了。黑压压一片都是男生，打饭都是四两起步，食堂师傅给的菜量都是加量的。

打饭的时候，旁边的男生都闻见了顾蒙亮身上古龙水的味道，皱着眉头后退了几步，空出了一个小范围的圆。

"他在那边。"顾蒙亮看见了角落里一个人默默吃饭的何柯昕。他看起来情绪很低落，有一下没一下地吃着饭，眼神迷茫忧郁。

因为他说过"我其实不想变得漂亮"，这句话深深打击了西门豹。它坚持认为自己的方案有错误，然后用了三天时间，又让何柯昕莫名其妙痛得死去活来一次，让他恢复到原来平淡无奇的相貌。

这回好了，也没女生帮他占座了，女神杨荔白也明确说不准他再来骚扰她了，连曾鸣看见他都摇头，以自己"居然"把他当对手为耻。

"我上了。"胡依婷壮了壮胆，这几天他们三个人在背后鼓捣了半天，才制定了这个计划。

胡依婷举着餐盘步步向何柯昕逼近，走到他面前用力一摔餐盘，然后怒道："何柯彬！你居然混到科技大来了！难怪老娘找不到你！"

何柯昕如梦初醒，听到有人在叫弟弟的名字，茫然抬起头，看见一个苹果脸的女生正气呼呼地看着他。

"啊？"他梦游似的回应到。

"艺术系的诗语学姐已经告诉我了！你看她给我传的手机截图！你和她的聊天内容我都看到了！"胡依婷拿出早就准备好的截图给他看，上面是何柯彬和别的女孩子聊天的记录，内容相当暧昧。她又翻了一页："你看看这个！一中学妹小婷！你和她的聊天内容也传过来了，你看！"她又翻，"你再看这个！KTV小妹琳琳的！你说你唱个歌也要留人家微信聊，你还真是够可以啊！"

何柯昕目瞪口呆，看着弟弟生前和不同女生的暧昧聊天记录，也觉得被刷新三观了："啊，为什么……"

"最奇葩的还有这个！你连师大校花杨荔白都不放过！你够可以的啊！你忘了当年高考来报到跑到科技大要我当你生命中的天使了吗？"胡依婷忍住想吐的冲动，说着肉麻的台词，最后才提到杨荔白。

提到杨荔白，何柯昕才突然回过神来，大怒一拍桌子："他竟敢这样对她！"把说得口沫横飞的胡依婷都吓了一跳。

"对不起……"何柯昕推了推眼镜，"对不起同学，我有点激动。"

"没……没事……"胡依婷没想到他还有这么一面，赶紧收了口，看他怎么说。

"我不是何柯彬，他意外去世了，我是他双胞胎哥哥何柯昕。"他拿出学生证给胡依婷看，怕她不相信，还拿出了身份证，"我就是科技大的学生，刚才你说的事情，我听了也很生气，所以我……"

"因为里面有你喜欢的女孩子吗？"胡依婷问他。

何柯昕的声音突然有点哽咽，说不出话来。他一直以为杨荔白和自己的弟弟是真爱，但没想到自己的弟弟背后这样欺骗杨荔白。他很伤心，也很气愤。

"你弟弟真是太坏了，要不我把他的事情群发给那些女生，让那个女孩子也知道真相好不好？这个邮件你来发。"胡依婷赶紧把顾蒙亮的IPAD拿出来，这个按钮顾蒙亮和西门豹纠结了很久都不敢按，怕一群发邮件影响他们的任务结果。

但事情总是要解决的，对不对？

于是，他们决定把这个权利丢给当事人。所以胡依婷才演了那么蹩脚的一出戏，简直是强行反转。还好何柯昕老实，没有看出来。

何柯昕看着IPAD上面那个做得很大的按钮图案，一时间说不出话。

这个按钮图案也太浮夸了，胡依婷心里也觉得有点羞耻。

何柯昕深深吸了口气，把整只手放在了IPAD上，示意胡依婷收回去："不用了。"

"为什么？"胡依婷问。

"弟弟已经去世了，虽然欺骗过那些女孩子，但是他在她们心里还是留下了美好的印象不是吗？女孩子因为他去世而伤心，也许能很快走出来，但如果知道他一直都在骗她们，那对她们以后的感情生活会留下不好的印象。"

"然后咧？那你就没机会挽回杨荔白的心了，你知道同一张脸，你这个笨蛋在你弟弟面前一点优势都没有啊！就算你弟弟死了，她也不会选又笨又丑的你啊，她可以选个帅点的啊！"

何柯昕淡淡一笑，摇头说："没事的，我知道我这样的人，是配不上杨荔白的。就算没有我弟弟，她也应该和更好的人在一起。我这样的人要强行追求她，也只能落到我弟弟那样的地步——不择手段。"

胡依婷那一瞬间对何柯昕有了全新的认识。

这个平凡的男孩，其实心里也是有自尊的啊！

"你们不要急着感慨了，他刚才已经按到那个按钮了，死脑筋的西门豹已经把邮件群发了。"顾蒙亮一脸寒霜站在他们的桌子前，说出的话也是冷冰冰的没有温度。

何柯昕赶紧拿起自己的手，发现上面显示"已发送"的字样，忍不住和胡依婷一起"啊啊啊"叫了起来！

没事干吗做那么随便的按钮啊！

没事IPAD干吗是触屏啊！

没事干吗只做一个按钮啊！

没事按钮干吗做那么大啊！

八

那封邮件发出了之后，多多少少有不少女孩子上门闹事的。她们把何柯昕当成了何柯彬出了一顿气，说他们两兄弟长那么丑也敢学人家花花公子。

何柯昕几次声明自己不是花花公子，曾鸣也在旁边说他不是，土木系连扫地大妈都不愿意多看他一眼的，但那些女孩子为了解气还是会劈头盖脸地骂他一顿。

杨荔白没有上门闹事。但初恋被人家这样欺骗，还是被长得那么老实的男生欺骗，她也觉得很可耻，在寝室偷偷哭了几天。

等何柯昕想起要上门去安慰的时候，他发现曾鸣已经天天端着靓汤在人家楼下嘘寒问暖了。

胡依婷说得没错，就算没有他弟弟，杨荔白也能选个帅的，他还是没有优势。

曾鸣是土木系系草，北方男生的性格，有点粗犷，但是成绩好运动出色，而且人缘很好。

——再怎么也比和自己那个弟弟在一起好吧。

何柯昕笑笑，然后离开了。

西门豹和顾蒙亮都很受打击，直接关闭了对何柯昕的监控，他们暂时不想面对任务失败的事实。顾蒙亮躲回花苑，根本不愿意再接近科技大，被老师上课点了几次名。

不过最后他们的任务还是成功了。

因为最后一次上来闹事的KTV小妹，带了几个小姐妹找何柯昕的麻烦。班上的赵婷婷实在看不下去了，带了土木系的几个女生直接把那群上门闹事的妹子骂回去了。之后她觉得何柯昕脾气太好太容易被欺负，叫他以后没事就跟着自己："免得再丢我们土木系的脸。"

然后一周不到，赵婷婷就成了何柯昕的女朋友，跌碎了很多土木系男生的眼镜。

何柯昕天天帮赵婷婷买肉包子买得不亦乐乎，有一次还碰见下课的胡依婷。

"我觉得我变成了一个受欢迎的人。"他笑眯眯地说，看见胡依婷身后同样拿着书走出来的俊美贵公子，不由还是住了口。

顾蒙亮听到这句话之后，突然笑了起来，然后朝头顶不远的苍蝇机眨了眨眼镜。

这一次的河神计划，成功。

第七章
文昌桥·忠犬执念

一

深夜的文昌桥，非常安静，只有陆陆续续几辆车开过去。

桥中央的扶手边，静静站着一个瘦瘦的黑色身影。

挺直的腰杆，优美的肩膀流线，矜持微收的下颔，充满了英伦风格的黑色斗篷，都显示出这位年轻人良好的教养和风度。他头上戴着斗篷的帽子，把脸遮挡住了。

其实帽子的遮挡毫无意义，你把他的帽子拿掉的话，会看见他那张脸上戴着黑色的面罩，和黑色的斗篷浑然一体。

十一月月底的冷风，混杂着细雨纷纷扬扬，年轻人戴着的耳机里播放的是悠扬的小提琴合奏曲。

"顾蒙亮。"小提琴乐曲突然被暂停了，里面传来了令人听了感到不舒服的电脑合成一样的声音。

年轻人忍不住低低叹息一声，感到有点败兴。

远处传来了报时的钟声，一下，两下……凌晨十二点，或者说是零点，开始了。

这个城市的大钟，在很多年前就已经坏掉了，一直只是摆设而已，静静耸立在解放桥头上。但最近不知道为什么，它自己恢复了报时功能，而且只在十二点响，那声音响彻全城，很多市民不堪其扰纷纷去投诉。但奇怪的是，不管钟表公司的人怎么去调试依旧无果。原因只有几个人知道，大钟准点报时只能说明河神在等待着新的计划出现，在这座城市数座桥的某一座上面，默默站着一位黑衣人等待着许愿人的出现。

"顾蒙亮，今天没有许愿的人出现，苍蝇机已经四处观测过了，都没有相关人员走过。"西门豹的声音传来。它的外星人黑科技监控器被顾蒙亮叫做苍蝇机，它已经接受了这种命名，就像它接受了顾蒙亮给它起名叫西门豹一样。

西门豹是来做地球人情感课题研究的外星人，而他的人类搭档顾蒙亮是非自愿领命的河神。他们两搭档的河神组合已经做了好几个任务了，外星人西门豹显然也越来越适应地球人的思维方式。

一辆白色的北京现代小轿车风驰电掣从桥面开了过去，一点停留的意思都没有。

"那收工吧。"顾蒙亮轻微打了个呵欠。

黑色的兰博基尼迅速从南面开了过来，在桥上停在了他前面，门自动打开，他坐了进去。

"汪汪！"远处似乎传来小狗的叫声。

"明天去哪座桥呢？"西门豹问他。

"再说吧，我困死了。"顾蒙亮打着呵欠说。兰博基尼迅速关上车门，朝桥的北面开走了。

"汪汪！"桥上空荡荡的人行道上，从远处跑来一条黑白相间的小花狗，看起来是京巴和蝴蝶犬的串串，跑得很慢，大概是上了年纪的狗狗。

"汪汪！"桥面略有弧度，它死命朝着桥中央跑，但只来得及看到兰博基尼的车尾。

"汪汪！"小狗气喘吁吁地冲过来，兰博基尼已经跑得没影了。

"汪汪！"小狗朝远处大叫。

坐在车上的顾蒙亮回了个头："流浪狗吗？"

没有人回应。车子已经开过桥面，在第一个红绿灯路口右转了。

听错了吧？不过城市里有流浪狗也很正常。

小狗孤零零地站在空荡荡的桥面，凄风冷雨中，它连打了几个喷嚏，"汪呜……"它难过地对着车子离开的方向呜咽了一声。

二

"这是什么？"胡依婷穿着女仆装，指着一个小房间里很多的小衣服和小毯子问。

这个房间是粉红色的田园风，和整个花苑那种富丽堂皇的欧洲宫廷风不太一样。每到周五下午，胡依婷都会来顾蒙亮在郊区的私人别墅——花苑，做义务女仆。虽然顾蒙亮说他可以请家政阿姨，但胡依婷坚持认为这是助理的分内之事，她义正词严地说，这是为了报答顾总对她的救命之恩。之前她被装在冰柜里推下江去，本来是要冤死江底了，但顾蒙亮坚持救了她，而且西门豹也付出了很惨重的代价——被严格限制了能源和技术的使用，她必须要报答他们，做一些力所能及的事情。

"那也不用穿着女仆装吧……"顾蒙亮不解地看着胡依婷身上的LO系女仆装。

"我觉得要在这么高贵的别墅里工作，穿得正规一点才配得上在这里扫地。"胡依婷涨红了脸说。

"……你高兴就好。"顾蒙亮打量了一下她，没有再作评论。

这栋房子已经多年没有人居住了，偶尔会有家政阿姨过来打扫一下，胡依婷经常过来也可以给它带来一些人气。顾蒙亮心里这样想。虽然他不是那种会随意差遣女孩子的人，但对方如果觉得这么做很开心，那么他也不反对。

而转过身的胡依婷立马露出了痴汉的笑容。嘿嘿嘿嘿，又能接近帅哥，又能进豪华大别墅，又能随时参与到河神计划，这梦幻般的日子，上哪儿找去！

顾蒙亮的父亲上次来，她自称是私人助理，他爸爸还问她要了卡号，一下子就往她卡里打了两万块钱，说是承蒙她照顾他儿子，这个是"助理工资"。一想到这点，胡依婷就更加卖力拖地板。这不，她做卫生的时候，在这间充满了童话田园风格的房间里看到了一堆小衣服。

"奇怪……"看起来有点像小孩子的外套，但款式有点怪怪的。她还在房间发现了一张很低矮的小床，还有做得很小的白色衣柜。每一样东西都非常精致，女孩子看了都会很喜欢。

"怎么了？"顾蒙亮在走廊那头听见了胡依婷的提问，就走过来，在门口站了一下，"哦，这是花花的房间。"

"花花？"

"奶奶生前最喜欢的一条小狗。"顾蒙亮说，"奶奶非常疼爱它，专门为它建造了房间，这里的家具都是专门为狗狗特制的。爸爸年轻时在外面打拼，陪奶奶的只有这条狗了。听说那狗年纪比我还大，我出生后被送到花苑来，花花就在旁边守护我。"顾蒙亮边说边往书房走，回来时拿着一个相框，里面的照片是婴儿时候的顾蒙亮，他正躺着晒太阳，靠着一条黑白相间的小狗。

"这就是花花啊！"胡依婷看着，"看起来并不是纯种的狗狗呢，是什么品种混血的？"

"奶奶不计较这个，她说花花是重要的家人，是什么品种并不重要。"

"现在花花应该去世了吧，小狗的寿命就算最长也只有三十多年。"胡依婷眼睛一直盯着的是照片里婴儿时期的顾蒙亮。哇！好精致的婴儿啊！好大的眼睛！好长的眼睫毛！

"是啊，奶奶很伤心，据说有抑郁症的症状，爸爸为了这个还特意给她请了心理医生。"顾蒙亮指了指后花园，"听说是埋在后花园，但是奶奶每次看见就伤心一次。爸爸没有办法，三天后只能给它换了个墓地，葬到比较远的深山里去了，奶奶这才缓过来。"

"人对宠物的喜爱，真的是……"胡依婷还在盯着婴儿时候的顾蒙亮看，实在太可爱了。

顾蒙亮收起照片："花花去世之后，这房间就很少有人进去过了。"

"哦……听说你们最近的河神计划不太顺利啊。"胡依婷转移话题。

"天气太冷了，还下雨，十二点没有人肯出来。"顾蒙亮走出书房，胡依婷在身后跟着。他关门的时候刻意看了一眼墙上的奶奶的画像，她美丽的眼睛温柔地看着他，"奶奶从来没有这么温柔地看过我。我懂事后的记忆里，她都是很严厉孤僻的样子。"

胡依婷赞叹说："可是你奶奶那么美……"

"我出生的时候，她的美丽已经不在了。"顾蒙亮说，"我没办法说'在我眼里老去的奶奶依然美丽'这种话，因为美丽这种东西相当直观，一望即知。"

他沉默了。

他耳边似乎又响起奶奶回荡在走廊里的怒吼："人呢？！这个世界只剩下我了吗？""顾蒙亮，你给我过来！你今天去幼儿园一天了！留奶奶一个人在这里！像话吗？！"

一点都不慈祥，只是个怪老太婆而已。

他几次想回北京和爸妈一起住，但是爸爸说："奶奶只剩下你了，如果你也不陪她，那么她就真的一个人了。爸爸工作忙，你能代替爸爸照看一下奶奶吗？"妈妈委屈地看着爸爸，她心里一百个不愿意，母亲总是希望能多亲近自己的孩子的。但她又不得不陪在丈夫身边，因为丈夫也需要人照顾，孩子和丈夫之间，她只能选择一个。懂事的顾蒙亮没有作声，只是擦干了眼泪，默默回到了花苑。

他至今无法理解娘子岛那些人对奶奶的拥戴，他没法跟人说，奶奶其实在他的记忆里是一个有点病态的人物。她不顾苍老的容颜，穿着华丽的真丝长袍，在这座华丽的别墅里走来走去，似乎无处不在。只要在她身边待着，他就感觉到窒息。

奶奶临死前把顾蒙亮叫过去，顾蒙亮战战兢兢，忍住巨大的恐惧走近临死的那个老人。

"我等不到他了，"奶奶用只有他能听见的声音说，"幸好世界上，还留着你这张脸……"她瞪大眼睛看着他，瞳孔里是顾蒙亮那张漂亮的脸。

"帮我等他。"奶奶低声说，"拜托了，小亮。"

奶奶的遗言，居然是在求他。

不知为何，顾蒙亮的眼泪在那一刻就流了下来，很多人以为是他和奶奶感情深厚的缘故。妈妈一把抱住他，安慰他不要太过于伤心。

不。那不是伤心。那一瞬间，顾蒙亮感受到了奶奶的……悲伤。

一直有点愤世嫉俗的奶奶，最后带着悲伤离开了。

她在等谁呢？

"等你爷爷。"爸爸在葬礼上低声对他说。他们曾以为会发生奇迹，在奶奶的葬礼上会出现一个颤巍巍的老头子，给奶奶的遗体献上一束玫瑰。

奶奶需要玫瑰，奶奶的葬礼都是洁白的玫瑰。那是顾蒙亮的爸爸建议的。他的印象里，自己的母亲是一位温柔、坚强、隐忍的美人。可是到顾蒙亮那里，他对奶奶的印象只有刻薄、愤怒、敏感的老太太。

天差地别，却在同一个人身上。

"我也没见过你爷爷。"顾蒙亮的爸爸顾一鸣说，"我印象里完全没有这个人存在。"

"奶奶要等的人是他吗？"

父亲没有回答他，只是骨灰下葬的时候，他牵着顾蒙亮的手突然抓紧了："我不会原谅这个人。"

"奶奶吗？"顾蒙亮的手被父亲抓疼了。他在奶奶临终前突然就原谅了她，原谅了她对自己的刻薄和凶恶。

"我不原谅她的那个丈夫。"父亲回头冷漠地看了顾蒙亮一眼，"你奶奶在岁月里失去了很多，都是拜那个人所赐。她本来是一位那么好的母亲。"

父亲的印象里，奶奶永远是那位美人，他恨的是从未谋面的爷爷。

说起来，顾蒙亮觉得自家人隔代的感情也很奇妙。

胡依婷开始在后花园清理杂草，对站在落地窗前的顾蒙亮说："想到这里以前是花花的坟墓，我就有点不安呢。"

"它的坟墓已经移到别处了。"顾蒙亮说。

胡依婷闻言笑了笑，转身继续去除草，顾蒙亮刚想阻止她，但是没有来得及，她已经把那株植物连根拔起了。

"那是园丁试种的六角大红……"顾蒙亮有点心痛。

"啊！"胡依婷看看自己手中可怜的植物，惨叫一声。

三

又是凄风冷雨的零点时分，远处的大钟缓慢吃力地报着时。顾蒙亮孤身一人站在文昌桥上，除了疾驰而过的汽车，没有人愿意停下来和河神聊聊天。

这么冷的天，他实在不愿意躲在桥下。即使不躲在桥下，依然没有人来许愿。

"汪呜……"远处不断盘旋的苍蝇机，朝南边的桥底绕过去。

"发现一条小狗，好像生病了。"西门豹说。

"在哪里？"顾蒙亮左右望。

"它的腿瘸了，在努力爬上桥，从南边河堤的楼梯。"

"真可怜，我们过去看看吧。"顾蒙亮说。

"咦……"西门豹迟疑了，"奇怪……"

逻辑精密、反应敏捷的外星人出现了迟疑的口气，这让顾蒙亮有点奇怪。他把头上的面罩摘下，快步朝南边跑过去。

"怎么了？"顾蒙亮边跑边对着耳机发问。

"我觉得这条小狗在向我求救……"西门豹迟疑地说。按道理说这个星球能够用语言交流的生命只有人类，为什么它觉得这条小狗也会说话。

黑白相间的小狗趴在楼梯上，拖着一条伤腿，努力往上爬，嘴里发出呜咽声。

我要见……我要见……我要见……

它好像在发出这样的语调，西门豹能听得懂——这是为什么？

"它在找什么东西，它在重复一句话。"西门豹说。

"你还能读懂动物的语言？"文昌桥很长，顾蒙亮快步跑着过去。

身后有个气急败坏的人跑上桥："许愿……许愿……"顾蒙亮已经跑到桥下了，那个桥上的人才脱下自己的金项链朝河里扔去："河神啊！请帮我满足我的愿望！"

两台苍蝇机，一台跟着顾蒙亮，一台盯着小狗，没人注意到那个人。

"希望我能发大财！发！大！财！"那人双手合十，虔诚地冲着江水叫道。

顾蒙亮蹲下来看着那条黑白相间的小狗。小狗使劲用前脚扒拉着自己脖子上的铃铛，小小的银色铃铛被它弄掉了。

叮铃铃……铃铛从楼梯上滚下去。

小狗不顾自己的前脚受伤，径直朝那个铃铛追过去，整个身体也咕噜噜滚了下去。

顾蒙亮急忙伸出长腿挡住了小狗："西门豹，去把那个铃铛……"

他话还没说完，那枚铃铛就悬浮了起来，停在了顾蒙亮眼前。顾蒙亮先抱起小狗，这才拿过铃铛，放在掌心摊开给小狗嗅嗅："你看，已经找到了。"

小狗用鼻子碰了碰铃铛，似乎安心地长呼一口气，往顾蒙亮怀里缩了缩。

"真可怜啊。"顾蒙亮抱着这条小狗觉得它的体重很轻，看来长期营养不良，"西门豹，把车开过来，我们直接回去吧。"

"它前腿肌肉拉伤，肾功能衰竭，需要医生。"西门豹说。

"你连死人都可以复活，这种病你不是能看吗？"顾蒙亮觉得这点小事对西门豹来说应该不在话下。

"河神计划对我有限制,我不能够在计划之外动用我们外星人的力量。"西门豹说。

兰博基尼已经开过来了,停在了不远处的河堤旁边。顾蒙亮抱着小狗正要往那边走过去的时候,突然一辆吉普开了过来,嚣张地开着远光灯,刺得顾蒙亮睁不开眼睛。

"哈哈,在这!糯糯在这里!"车上跳下两个身材魁梧的男人,冲着顾蒙亮这边嚷嚷。

"汪汪!"顾蒙亮怀里的小狗本来安详地睡着,但是一听到那两个男人的声音,不禁直起脖子发出愤怒的吠声。

"哎呀呀,糯糯看到我们高兴了吧。"为首的那个男人穿着一件紧身黑色T恤,结实的手臂上露着刺青,说话的时候嘴巴里还冒着白气,可见此时天气之冷。

另外一个男人穿着一件皮衣外套,手里拿着个仪器对着顾蒙亮说:"小子,你手里那条狗是我们养的。它身上有我们植入的身份验证芯片,证明就是我们养的狗。"仪器一靠近顾蒙亮,就发出了嘟嘟声。顾蒙亮看见上面的GPS定位显示,看来他们就是靠这个追到狗狗的。

顾蒙亮在迟疑着,本能告诉他这两个人不是善类,但如果这条狗真的是别人的私人财产,他也无权干涉。

"给我们吧。"穿着短袖的男人走过来。他比顾蒙亮足足高了一个头,身材魁梧得吓人。

"汪汪汪!"小狗冲他们大声叫着。

"你看它看见我们多兴奋啊,证明我们是熟人。"

"它生病了。"顾蒙亮说。

"我知道,我们会带它看医生的。"男人伸出了手,示意顾蒙亮把狗狗交给他们。

顾蒙亮非常不情愿,但不得不松开了手。

男人利落地抱起狗,狗狗不情愿地扭动着身子表示反抗,另外一个男人从身后拿出一个犬用的外出携带箱,把狗狗塞了进去。

"你们不会……吃了它吧……"顾蒙亮实在不放心,喃喃说这句话。

短袖男人哈哈大笑:"这种狗的肉不好吃,而且你不是说它病了吗?我们怎么可能吃一条病狗呢?"

他们大踏步走回车里,上车前皮衣男人还拍了拍旁边亮着车灯的兰博基尼:"小子,富二代哎,豪车哎!"

顾蒙亮没有吭声,心里没来由地感到郁闷。

那两个人大摇大摆开车离开之后,他闷声叫了一句西门豹,却没有收到对方的回应。他只得自己坐进车里，发现手上还握着刚才狗狗脖子上掉下的铃铛。

他把铃铛放在车子的抽屉里，脱下了那套令他气闷的河神制服。不知道那条狗狗会有什么遭遇，他坐在位置上发了一会呆。他叫了几声西门豹，对方依然没有反应，他只好自己把车开了回去。

车子已经驶入主干道的时候，西门豹才有了反应。

"很奇怪。"西门豹的声音响了起来，他出现了一个很长时间的沉默，这也是罕见的，"刚才那条狗的话，我一直听得懂。"

"哦，是吗？它说了什么？"

"它刚才叫的是'滚开'！"西门豹回答。

四

第二天雨停了，西门豹特意去了花鸟市场。那里有不少代售的宠物，其中也包括狗狗。它在那边待了一个上午，得出的结果是——并不是每只狗的话它都能听懂。

顾蒙亮刚好上午上了两节金融课，下课的时候抱着课本，耳机里传来西门豹的实时报道："结论是，只有昨天晚上那条狗的话我能听得懂。"

"哦……"

"还有一件事，我今天扫描了你的书房才确定……"西门豹又犹豫了一下，顾蒙亮觉得这位外星人欲言又止的次数有点多，"它长得和你奶奶的那条狗，很像。"

顾蒙亮诧异道："巧合？"

"面部轮廓、背上的花纹，都是一模一样的。"西门豹说。

"会不会是花花的同类？"顾蒙亮问。

"两种不同品种的狗混血到这么恰到好处，概率很小。"西门豹说。

"……那能不能再找到它？"顾蒙亮问。

"那两个人说它身上有芯片……"西门豹停了一下，"但昨天我并没有扫描。"

顾蒙亮气得差点撞到迎面而来的班长身上。他道了个歉，站到教学楼右侧的窗口继续和西门豹说："你这个无孔不入的外星人居然没有立刻扫描芯片？"

"因为我昨天一直处于一个巨大的震惊中，"西门豹说，"一条能说话的狗，而且它身上还隐约带有我们星球的同位素反应。"

"什么？就这样你还没有立刻扫描它？给它存档？"

"我也不知道为什么，那一瞬间我好像……当机了……"西门豹的用词越来越接地气，"那时候我什么都听不见，什么也感受不到。我一直以为是能源供应出了问题，但后来检查并没有。"

"同位素反应是什么意思，你能不能解释得清楚一点？"顾蒙亮说。

胡依婷在隔壁教室刚下了课，正赶着去上体育课。她远远看见顾蒙亮就朝他打了个招呼，他和她摆摆手，表示自己在打电话。她便吐了吐舌头，和自己班上的几个女生笑着离开了。

"比如胡依婷，是用我们星球的技术拯救回来的地球人，她身体的各方面能力发生了很大的改变，就拿体力和速度来说，都大大超过地球人的正常值。你知道吧？"西门豹说。

"怪力少女，我知道。"

"所以她身上有和我们星球上的物质很强烈的同位素反应，也是因为这个我无法掩饰的过失，我们星球的人很容易就知道我在地球上使用了违禁的技术，所以我现在才受到了限制。"

"这个你也说过。"

"那条狗身上，有和胡依婷一样的反应，虽然很微弱，但是存在。我怀疑我能听懂它的声音，也许就是它身上带有我们星球元素的原因！"

"没有道理啊！你来地球接触的人我都知道，我们之前没有接触过这条狗狗啊！"顾蒙亮说。

"是的，这就是疑问所在，要么就是我们的技术不小心泄露了，"西门豹冷静地推理，"要么只有一个可能，除了我之外，还有我们星球的人，在地球上！"

"什么？！"顾蒙亮怪叫，"地球不是你的试验田吗？怎么可能还有别人来过？"

"理论上是没有，我要向我们星球的人报告这个事情。但现在我还不确定，所以要进一步确认了之后，才能发出报告。"西门豹说。

"尽量找到它吧，我觉得很可疑。"顾蒙亮说道。

通话结束之后，他站在教学楼发了一会儿呆，就打算去停车场取车。沿路遇见了同班同学，大家都知道这位新转学进来的高材生，不过与生俱来的距离感让他们不敢轻易上前搭话，只是小声议论着。

"那个转校生到底是何方神圣？"

"听说是富二代。"

"看起来好像不太好接近的样子啊。"

"跩什么跩啊！"

顾蒙亮把围巾围好，不去管那些闲言闲语。他已经习惯了，从小就习惯了。以前在龙城读幼儿园的时候，幼儿园里的同学也是这么对他的——

"听说他爸爸妈妈都不要他了哎。"

"是啊，听说他和一个好奇怪的老太婆一起住哎！"

"每天都有司机来接，不知道老太婆是他什么人……据说老太婆可丑了，和他长得一点都不像！"

"好恶心哦……"

小小的顾蒙亮就是在这样的言语中，木然上了司机的车。无论是在幼儿园里还是回家，对他来说都是煎熬。

回到家，奶奶总是独来独往，到处呼唤着那只叫花花的小狗，从来没有特意迎接过顾蒙亮。倒是花花会来门口嗅嗅他的裤脚，仿佛在说："欢迎回来。"

"奶奶，学校要搞学习小组，我可以让同学来我们家吗？"他试探性地说。

"来什么来！我们家不欢迎来历不明的小孩！"奶奶的声音远远传来。奶奶不允许别人到别墅来。但他到别人家的话，幼儿园的小孩子又会说："顾蒙亮你家那么大，为什么舍不得拿出来给我们当活动场所？"他又会被当做孤立的对象了。

花花在脚下轻轻扯他的裤脚，他蹲下身子看它，发现它眼神里都是一片理解的眼光。

"你知道我的难处对不对？"他轻声对它说。

"花花！"奶奶的叫声又传来。

花花看了他一眼，转身去找奶奶了。它走路有点缓慢，腿有点跛。每次它有这种表现，就好像在说："不要和你奶奶生气。"

不知道为什么，花花总给人一种大家长的感觉。就连奶奶对它，也是亲昵当中混着一些尊敬，这很令人奇怪。

花花去二楼陪了奶奶一会儿，奶奶抱着它下楼，对顾蒙亮没头没脑说了一句："你那个学习小组要真的找不到地方，可以来我们这里，但是只能在一楼客厅玩。"

花花在奶奶怀里朝他直吐舌头。

当然后来大家还是没有来他家，因为就在两天后，花花就去世了。奶奶伤心得住了院，家里一团乱，什么事情都要往后站。

想到这里，顾蒙亮的耳机又传来了西门豹的声音："我找到那条小花狗了。"

"哦？"

"你快点回到车上，我为你连线。"

顾蒙亮才走到楼下，兰博基尼就旋风一般出现在他面前。在这个宁静的校园里出现这样的豪车引起的骚动是可想而知的。顾蒙亮每天坐车来都是特意在校门口转弯处下的车，尽量不要太招摇。可是西门豹这次似乎忍不住了，直接把车子就开了进来，车门对着他打开，示意他快点上车。

他只好在大家斜眼中上了车。车载的显示屏切入了一则新闻"富翁的狗重病，天价聘请宠物医生"。

画面上的狗狗就是那天晚上他们遇见的那条狗。它插着氧气管，身上打着吊针，静静地被绑在宠物用的病床上。

"拥有上亿身家的王姓富翁，身边有一条爱犬，身患重病，跪求宠物医生会诊。"

画面切到一个宠物医生，他推了推眼镜说："这条狗的年纪已经超过了小型犬的极限，所以身上的各种器官都开始衰竭，实在是没有办法。"

刚刚说完，那个白发苍苍的王姓富翁就气哼哼要冲出来打他："我的狗好好的！凭什么说到极限了！你懂什么！"

画面又是一阵震动，大概是市民新闻的缘故，摄影师也不管这些，拍了好些富翁怒骂不同的宠物医生的话。宠物医生们都躲着跑。最后，主持人对着镜头说："希望有能拯救这条狗狗的医生，和王先生联系。"

"王波，隔壁绿城人，今年六十九岁，是夜总会的老板。"西门豹道出了富翁的身份。

"我们去见那条狗吧，"顾蒙亮说，"以医生的身份。"他打开抽屉想拿纸巾，发现里面那枚银色的小铃铛。铃铛上凸起一个小小的字，仔细看才看得出来，那是一个"顾"字。

"顾"？

顾蒙亮内心狂跳起来，有一种奇怪的感觉。

为什么会有一个"顾"字的铃铛？

五

王波是绿城几家夜总会的董事长。他的个人经历堪称传奇，传说他原本只是个普通的护林员，后来只身到城市发展，靠单打独斗混出了今天的身家。

大家都知道王总身边有一条永远不肯离身的小狗，名曰"糯糯"。王总对它的喜爱到什么地步呢，据说有次王总最喜欢的一位美女在王总承包的那套五星级酒店套间里和姐妹打麻将的时候，不小心踩了糯糯一脚，王总回来发现小狗腿伤了，大怒之下把美女连同麻将打包一起叫人扔到了酒店后巷的垃圾桶。

美女当时也算是当地演艺公司的小明星，哪里见过这个阵势，缩在垃圾桶哭了一个晚上，凌晨差点被环卫工人连同垃圾一起打包带走。

坊间曾经传出一个笑话，说王波爱财如命，绑架他的话他宁可被撕票也不会把自己的财产交出来，但如果是绑架他的狗，说不定还能讹个百把万。

"这么喜欢那条狗？"顾蒙亮看着资料沉吟。

下午他直接坐车去了绿城，随行的除了西门豹的苍蝇机，还有怪力少女胡依婷。在车上他们简单交换了意见，由胡依婷联系王波，对方愿意下午安排时间见一面。

"学历证明怎么办？"顾蒙亮问。

"我已经篡改了资料库，你现在是毕业于中国农业大学的动物学硕士，在国外有丰富的治疗动物的经验，证书已经打印出来放在了后车厢。"西门豹说。

"……冒名顶替的感觉怪怪的。"

"没有冒名，你的身份是我生造出来的，叫顾亮。"

"也太明显了，好歹换一个姓。"顾蒙亮说。

王波目前住在绿城的高级住宅区里的一栋小洋楼里。站在门口迎接他们的就是那天晚上见过的那个短袖男和皮衣男。

"他们会认出我的。"顾蒙亮说。

"你接近他们的时候，我会直接刺激他们的视网膜，投影会是完全不同长相的一个人。"西门豹说。

外星人令人战栗的黑科技啊。

顾蒙亮点头。

皮衣男过来打开了车门，顾蒙亮和胡依婷下了车。

"顾医生您好，我是王波的贴身助理，我叫曲常，以前是全国散打的冠军。"曲常带着微妙的表情看着顾蒙亮说，似乎没有认出他。

顾蒙亮不知道此时西门豹投影在他脑子里的人物形象是什么，所以也只能大概做出年轻医生应有的腔调："你好，我相信王总不会用散打技术来解决医患矛盾。"

曲常嘿嘿一笑，凑近他说："还真的打残了两个医生。"

顾蒙亮看了胡依婷一眼，胡依婷装作无辜地眨了眨眼睛。她对有人居然在武力值方面威胁她老板感到有趣，也许这就是她报答顾总的千载难逢的机会！

"不要乱来。"顾蒙亮凑近她说。

"正当防卫也不准？"胡依婷不满地撇了撇嘴。

"上次谋杀你的那个家伙听说现在已经半身不遂了。"顾蒙亮沉痛地说，"他连劳改的苦头都不用吃！"

"知道知道。"胡依婷恭敬地对顾蒙亮说。

王波的别墅修建得富丽堂皇，风格和花苑很接近，都是昂贵的水晶灯，价值百万的羊毛地毯，收藏级的古董茶具……

——这王波到底和你家奶奶是什么关系？

胡依婷看了一眼顾蒙亮，对方神色如常。她把想问的这句话硬生生地压下去了。

王波是个胖老头，个子不高，相貌普通，但是保养得很好。他穿着华丽的睡衣袍子，随随便便朝顾蒙亮挥挥手，示意他们坐下。

"真的是………累死我了……"

"因为狗的事？"顾蒙亮问。

"是的。"王波叹了口气，指了指楼上，"糯糯这几天情况越来越差，我已经不抱希望了。"

"人是无法阻止衰老的进程的。"顾蒙亮说。

"但是可以延缓衰老！我二十多年来一直在寻找延缓糯糯衰老的办法，但现在最好的营养师都表示无力回天了。说实话，我今天答应见你们，也是出于一种看破世事的态度。放心，我不会让我的保镖捏坏你们的下巴。"王波叹了口气，整理了一下衣服。

顾蒙亮和胡依婷对望了一眼，眼神表示：我们这也算是保全了自己的下巴。

"我知道说出来你们不会相信，我有今天的一切，都是因为有了糯糯。"王波伸手展示了一下周围华丽的客厅摆设，"谁能想象十几年前，我只是一个平凡的护林员？"

"因为那条狗吗？"顾蒙亮说。

王波凑近他，神秘兮兮地说："它能通灵！"

顾蒙亮和胡依婷都被吓了一跳："你是认真的？"

王波又坐回自己的沙发："就知道你们不相信，但是这条狗能带领我走向完全不同的人生。"

"我能先看看狗吗？"顾蒙亮转移话题说道。

苍蝇机静静地停在顾蒙亮的肩膀上，像一颗独特的纽扣一般。自从进屋了之后，西门豹便没有任何反应。

"可以，能把你的蓝牙耳机摘下吗？"王波指了指顾蒙亮耳朵上的蓝牙耳机。

那是为了保持和西门豹通话用的设备，但是无孔不入的苍蝇机在身边，怪力少女胡依婷也在身边，顾蒙亮安心地摘下了耳机。

"请交给我。"曲常伸出了手掌。

顾蒙亮看了他一眼，把耳机放在他的手心。

曲常很专业地看了看，然后把耳机放在旁边的盒子里，让人端下去了："照看好顾亮先生的耳机。"

他们跟随着王波上楼，一路看到的屋内装饰都和顾蒙亮奶奶的花苑如出一辙，甚至还要奢华一些。

糯糯躺在房间里，房间是田园风，清新的墙纸，白色的小床，还有特别定制的小衣柜。

胡依婷忍不住发出了讶异的声音，因为这和她在顾蒙亮家的别墅看见的花花的房间一模一样。

曲常警惕地看了她一眼。她摆摆手，打圆场道："太漂亮了，我忍不住感叹。"

黑白相间的糯糯安安静静地躺在白色的小床上，嘴巴上罩着氧气面罩，前脚插着静脉注射，旁边还有特制的心脏脉搏监视器，一切都是动物能得到的最高规格的待遇。

王波沉声说："你看，它的呼吸越来越微弱了，你能有什么办法？"

顾蒙亮靠近糯糯，这是他第一次在充足的光线下看到这条狗。它的眼睛在顾蒙亮靠近的时候微微张开，闪出温柔的光芒。

不知为何，顾蒙亮内心突然有一种老友重逢的冲动。那善良而充满了理解的眼光，就像是他小时候，花花靠近他安慰他的样子。

——不要伤心，亮亮，我和你奶奶好好说说，让她允许小朋友来家里玩。

——不要伤心啊，亮亮。

过去很多模糊的记忆仿佛在一刹那间苏醒了。

顾蒙亮愣愣地站在那里，直到王波疑惑地叫他，他才发现自己的脸上爬满了泪水。

"顾医生？"王波问他，"你怎么了？"

顾蒙亮抹了把眼泪，自己也不知道为什么会发生这样的情况。

他为什么会哭？为什么好多画面一闪而过？很多小时候被忽略的画面就这样浮现在心头——花花陪着自己玩耍，花花照顾蹒跚学步的自己，花花安慰被冷落的自己……

"你怎么了……"胡依婷递上纸巾小声问。他拒绝了，从口袋里掏出了手帕。

这到底是怎么回事？顾蒙亮想呼叫西门豹，但是他的耳机被拿走了，他无法和西门豹实时通话。他注意到苍蝇机已经盘旋在糯糯的上空，开始释放一种不起眼的射线。

糯糯突然动了动，发出了某种呻吟。

王波急忙凑上去看它："糯糯！你怎么了？"

糯糯喉咙发出咕噜噜的声音，王波急忙看着顾蒙亮："医生！你快救救它！"

顾蒙亮提着医生用的箱子，一时间不知道如何是好，他根本不知道怎么去抢救一个濒临死亡的小动物啊！

胡依婷反应很快，直接打开了箱子，从里面掏出了手套和口罩，对王波说："你们出去一下。"

王波犹豫着刚想出去，曲常却纹丝不动："我在这里看着，我不干扰您，医生。"

"可以。"顾蒙亮利落地戴上了口罩和手套。

王波看了一眼他们："一切交给你们了！请务必救回我的糯糯！"他退了出去，曲常冷冷地看着他们："你们开始抢救吧，就当我不存在好了。"

他说完这句话之后，就软软地倒了下去。

苍蝇机发射了细如牛毛的麻醉针。

"这家伙真讨厌。"胡依婷凑近曲常说，确定他已经昏死了过去。

"这条狗的生命值已经到了极限了。"苍蝇机上传来西门豹的声音。

"能救它吗？"顾蒙亮问。

"能，但如果救了它，就违背了地球生命正常的生命周期。我刚才检查了一遍，它这具身体已经到极限了，确切地说，十年前它就应该死了。"

"你不是说它身上有你们星球同类的元素反应吗？"顾蒙亮问。

"因为生命值很低，目前反应为零。"西门豹说。

糯糯在床上奄奄一息，渐渐只有呼出的气了。它全身在抽搐着，仿佛忍受着生命抽离的巨大痛苦。

顾蒙亮的泪水再一次爬满了脸庞，他冲着西门豹怒吼："你就不能救它吗？"

"我有规定，不能在河神计划之外使用我们星球的科技。"西门豹的回答是冷酷而无情的。

——你回来了……

西门豹稍微迟疑了一下，然后说："真奇怪，它在对我说，你回来了……"

"你能听懂它的话！你怎么知道它在对我说？！说不定是对我说呢！"顾蒙亮怒吼，"你快救它啊！"

"它只说了这一句，我确定它是对我说的。"

顾蒙亮气得拉下口罩，伸手进口袋想掏点什么东西拿来扔苍蝇机。他掏出的是一枚银色的小铃铛。他拿着铃铛对准苍蝇机说："你看这是什么？"

"这条狗掉落的铃铛。"西门豹毫无感情地说。

"是的！在零点！文昌桥！狗狗扔下了铃铛！被河神捡到了！它就是河神计划里的许愿者！你能和它交流绝对不是偶然！你快救它！"

"呃……"西门豹突然感到自己的逻辑不够用了，顾蒙亮这么一说真的好有道理。

"呜呜……"糯糯朝苍蝇机伸了伸头，似乎想说点什么。

苍蝇机射出了射线，照在了糯糯的头上。那是一道橘黄色的柔和光线，照在糯糯的头上、心脏，依次到四肢，刺激着它已经衰老枯竭的器官："我可以暂时延缓它的生命，但进一步护理需要更多的器械和装置，在这里不行。"

糯糯的挣扎越来越缓慢，呼吸渐渐趋于平稳。

——谢谢你，见到你真好。

在顾蒙亮耳朵里听起来是呜呜的声音，但是西门豹能听懂它的话。西门豹忍不住诧异了：这条狗怎么知道它是一个"人"呢？在它眼里自己不是一个会飞行的小机器吗？

曲常挣扎着爬起来，转动了一下脖子，指着顾蒙亮说："我就知道你小子来者不善，原来真的是那天在文昌桥下遇见的那个人……"

顾蒙亮回头，心想坏了："西门豹，你没有对他的视网膜进行处理吗？"

"刚才专心在这边治疗，没有留意，抱歉。"西门豹说。

"我看见你那辆兰博基尼就怀疑是你！果然你是乔装混进来的！"曲常指着他怒道。

顾蒙亮抚额："你刚才没有对兰博基尼的外形进行伪装变形吗？"

"没有，忘记了。"西门豹诚实地回答。

曲常大吼一声，同时冲上来制服顾蒙亮，但是胡依婷眼疾手快直接一掌把他推开！然后他整个身体冲破了糯糯房间的门，滚到了走廊上去。

动静太大了，顾蒙亮皱着眉头看了胡依婷一眼。胡依婷看看顾蒙亮，又看看苍蝇机，露出抱歉的表情。

"发生什么事了？"王波的声音从下面传来，"你们上去看看！"几个彪形大汉就冲了进来，看见躺在地上已经昏死过去的曲常，就朝顾蒙亮冲了过去。

顾蒙亮没有来得及出声制止，胡依婷已经朝他们扑过去了。飞腿、手刀、掌击、回肘……动作简洁，没有一个多余的动作。那些人不是被打趴在地上就是被击飞撞到了墙上，撞飞了旁边放置的花瓶，发出了瓷器碎裂的声音。

其实胡依婷并没有专门学过格斗，她就是力气和速度占了绝对优势，以至于看起来招招致命，非常有威慑力。

最后一击，最后跑过来的保镖整个人滚下了楼梯。

顾蒙亮不慌不忙抱着糯糯，跟着胡依婷下了楼。

王波吓得半死，正在打电话报警，但是电话怎么也打不出。苍蝇机在他面前盘旋着，已经切断了外界的通讯信号。

"你们！你们不要带走我的狗！"王波怒吼道。

"在这里无法救治它，我们要带它回去救治，不然它就要死了。"顾蒙亮淡淡地说。

"不要以为我不知道你们在想什么，你们这个是强取豪夺！我外面的摄像头拍下了你的车号，我可以报警！"

"哦。"顾蒙亮应了一声，在玄关处找到了装放蓝牙耳机的盒子，拿出自己的蓝牙耳机戴上。虽然苍蝇机也可以通话，但是在外人面前看起来实在是太奇怪了。

"外面的监控已经被苍蝇机毁掉了。"西门豹说。

"把狗带走。"顾蒙亮说道，本来停在停车场的兰博基尼自行发动，风驰电掣地开出停车场，漂亮的一个急刹车停在了门口。

糯糯软软地躺在顾蒙亮的怀里，从头到尾都没有吭气，要不是还有温暖的体温，顾蒙亮都要怀疑它是不是已经死了。

"求求你们不要带走它！"王波突然跪了下来哭道，"你们带走糯糯，简直是带走我的命啊！"

"它想和我们在一起啊，"顾蒙亮从口袋里拿出银色铃铛，"它的个体意志就要和我们一起走啊。"

王波一看那个银色的铃铛不由叫了起来："是它！果然是你们拿到了它！你们靠这个就能控制糯糯！把它还给我！"说完就朝顾蒙亮扑了过来。顾蒙亮这回反应很快，对着身形微动的胡依婷叫道："不要伤了他！"

话音刚落，王波就被胡依婷一个锁喉固定在距离顾蒙亮一米远的地方。胡依婷站在他身后威胁他说："敢乱动就掐断你脖子！"

王波大急之下，突然老泪纵横，像个孩子一样委屈地哭了起来："你们怎么能带走糯糯？这么些年就它一直陪着我啊！"

"……"顾蒙亮看着哭得像孩子一样的王波，一时间不知道怎么办好，他心软道："我们真的是要带走它进行治疗的，你不放心你可以跟着。"

"喂！"胡依婷着急地叫道。

王波抹了把眼泪，抽噎道："糯糯去哪里，我就去哪里。"

于是，胖胖的王波擦着眼泪跟着顾蒙亮来到车前，看着面前酷炫的兰博基尼的两个座位。胡依婷冷冷地看着他。

"王波，你自己开车来龙城吧，到时候我让我助理在高速路入口接你。"顾蒙亮看着悬浮在王波头顶的那台苍蝇机，"不要尝试报警或者用其他方式找到我，不然你永远见不到糯糯。"

王波又露出泫然欲泣的表情，看着糯糯一脸不舍。

"我们赶着回去制定对它的治疗方案，不要担心，我们是为了救它才这样做的。"顾蒙亮说着，就上了车，胡依婷跳上车关上了车门。王波还来不及多说一句话，那辆车就已经"嗖"地一下消失在眼前了。

速度惊人。

王波回到自己的洋房，看着躺了一地的手下。

真的能相信那个美少年带走糯糯只是为了救治糯糯吗？他有点想哭。

六

顾蒙亮赶回花苑的时候，西门豹已经架好了抢救的设备。各种高效率的微型机器人，从世界各地调配来的药物，还有改装过的手术台，狗狗的房间被改装成了手术室，就等着它进来。

"主要是衰老引起器官的衰竭，我可能要为它更换一部分器官，加入一些活性细胞……"西门豹的语调带着明显的犹豫，"顾蒙亮，它一直在试图和我对话。"

"它说什么？"顾蒙亮上楼，把狗小心放到手术台上并问它。

"它现在已经没有力气说话了。"西门豹说，"我尽力救治它吧。"

手术室的门关上了，西门豹临时组成的小型机器人在里面忙碌了起来。顾蒙亮坐在门外，摸了摸自己的胸口，真奇怪，那里有点疼。

"上次西门豹救助我用了多少时间？"胡依婷也盘腿坐在地上，和顾蒙亮有一搭没一搭的聊天。

"一个通宵吧，也许更长，你的情况应该比它复杂。"

"你悄然无声流了几次眼泪，是因为它像花花吗？"胡依婷问他。

"我对花花的记忆没有那么深刻，为什么会流泪我也不知道。"顾蒙亮说，他下意识抹了一把自己的脸，居然又爬满眼泪。什么时候他的眼泪那么不值钱了？

"你去高速路入口接那个王波，开车去。"顾蒙亮不想让胡依婷看见自己这个样子，特意支开她，"刚才西门豹说公路摄像头网络已经监控到王波过来了，一个人。"

"胆子真肥啊，他真的为了这条狗赌上了自己的身家性命了。"胡依婷右手成拳捶在左手手掌上。

"见我需要赌上身家性命吗？快点去吧，把他接到花苑这边来。"顾蒙亮对她说。

"是，顾总！"虽然不太愿意离开花苑，但是作为助理，胡依婷还是有职业操守的。她拿着兰博基尼的钥匙正准备出去，又被顾蒙亮叫住了："西门豹要救治糯糯，你还是开别的车吧。"

哼！还是怕人家开超跑会出事啰！胡依婷撅着嘴换了车钥匙，一脸不甘心地出门了。

顾蒙亮坐在门外面，里面还在忙碌，不知道糯糯现在怎么样了。他握着手心的那枚铃铛，迷迷糊糊地睡了过去。

睡梦中，似乎有人在温柔地叫他："亮亮，亮亮。"

他醒了过来，看见面前是一位美丽的少妇，穿着真丝长袍，抱着黑白小狗看着他："怎么还睡觉啊，不是要去幼儿园吗？"

"你是谁？"这位美丽的少妇看着好眼熟啊，那双美丽温柔的眼睛似乎在哪里见过。

"我是你奶奶啊，"少妇捂着嘴巴轻轻笑着，"你真是的，奶奶一直陪着你你不知道吗？"

"奶奶？"奶奶不是一个脾气暴躁的丑老太婆吗？

"对不起呀，亮亮，奶奶因为等不到爷爷，所以一直心情很不好。但现在不用担心了，你爷爷回来了。"少妇温柔地笑着，摸了摸怀里的小狗，"花花带着你爷爷回来了。"

"汪！"花花叫了一声，奶奶身后出现了一个高大英挺的背影，怎么看都看不清楚样子，只觉得他在对自己笑。

顾蒙亮想伸手去抓，结果抓了个空，然后发现自己独自坐在别墅二楼的走廊里，苍蝇机近在咫尺。

"你干什么？"顾蒙亮被凝视他的苍蝇机吓了一跳。

"你手里的那个铃铛，我突然觉得很奇怪，能不能给我扫描一下？"西门豹的声音从苍蝇机里传来。

顾蒙亮摊开了手掌，铃铛静静躺在掌心："糯糯怎么样了？"

"暂时脱离生命危险，但我没有能找到延缓它衰老的方法，我不确定它可以活多久。"西门豹说，苍蝇机射出一道细细的射线，射向铃铛。

"我完全无法通过射线扫描获得它的内部结构。"西门豹说，"地球上不应该有这样的物质。"

"看起来像是金属银啊。"顾蒙亮眯起眼看了看铃铛。

"奇怪的不是材质本身，大概是被什么改造过，以至于我无法透析。"铃铛从顾蒙亮手中悬浮而起，西门豹控制着它悬浮在空中，"太奇怪了……一条狗身上怎么会有这种东西？"

"我进去看看糯糯吧。"顾蒙亮打开门进去，里面的机器人已经靠在一边。糯糯安静地躺在病床上，身上没有插满管子，也没有奇怪的器具，大概外星人的医疗方式和西医那套不太一样。

他的手伸过去，轻轻抚摸了一下糯糯的脸，它立刻伸出舌头舔了舔他的手。它看起来精神好了许多，注视着顾蒙亮的眼神非常温柔。

"它就是你家以前的花花。"西门豹说。

"什么？！"顾蒙亮吃惊地说，"可是花花明明已经死了啊！我爸爸亲手埋葬它的。"

"我不知道，但花花之前残留在这个房间的一些毛发，和这条狗身上的是一样的。虽然时代久远，但的确就是同一条狗，"西门豹说着，糯糯，或者说是花花低低呜咽了一声，"它在说，'好久不见'。"

"真的是花花？"顾蒙亮的眼泪又浮现上来，"我看见它就有很强烈的情绪反应是因为这个吗？"

"你对它的那部分记忆应该是被压制的，不是完整的记忆。"西门豹说。

"你能恢复吗？"

"记忆和情绪关联很大，凡是和情绪有关的东西都是我的盲区。"西门豹说。

这时候，门铃响了，胡依婷的声音传来，说王波已经被带过来了。

顾蒙亮抱着花花下楼，看见胡依婷领着王波站在客厅里，王波脸上还夸张地蒙着黑布。

"你干吗搞得跟绑架犯一样啊？"顾蒙亮皱眉说，示意她揭开黑布。

胡依婷神气地说："为了不让他记住我们住在哪里！"

王波睁开眼睛，渐渐适应了光线，看见顾蒙亮怀里的花花忍不住冲过来，含着眼泪说："它没事吧？"

看这个情形应该是真爱。

顾蒙亮示意他先坐下："你能说说你怎么得到这条狗的吗？"

花花亲昵地依偎着顾蒙亮，头轻轻蹭着他的胸膛。

王波吞了口口水说："说出来你们可能不相信。我以前是龙城的护林员，有一天晚上，林子里传来了小狗的叫声，我寻声走去，就发现一个土堆里面有东西在动。我本来是吓坏了，后来就听见一个声音说'救救我，救救我'。我想这不会是鬼吧。那时候想跑，但是鬼使神差的，我跑不动，那土堆不停重复着'让我回去让我回去'。断断续续地，我又寻思着这不会是妖怪吧，当了多年的护林员我也不怕，我无聊地说你给我钱我就让你回去。结果它给了我三个号码，说是彩票的数字，我当时没放在心上，撒开腿就跑了。

"第二天我觉得像做梦一般，去头一天晚上的土堆看，就是一个非常普通的土堆。我下山顺手买了一注彩票，按那个声音说的号码，结果非常神奇的，我中了头彩，得了两百万！两百万啊！我当时要疯了，回来不管不顾就去挖那个土堆，结果发现里面是一只快死了的小狗。

"我看是狗不是人，反而放心了点，就抱回来照顾。那条狗脖子上有一个铃铛，到了晚上，狗就开始说话，不停重复要回去。我问它到底要去哪里啊，它说要去一个漂亮的大房子，主人穿着漂亮的长袍睡衣，它的房间有漂亮的小床。我那时候想这是一条发财的狗啊，不能让它走了。于是我抱着它去了绿城，买了那个洋房，然后想办法天天套它彩票的号码，就把房子装饰得像它说的那样……"

"你这个无耻的老东西。"胡依婷忍不住插嘴道。

顾蒙亮抱住花花的手有点紧了，他没作声，让他继续说下去。

王波抹了一把鼻子说："我本来就指望它发财的，每天晚上问它彩票中奖的号码，它有时候给我，有时候不给。有时候给的是中个几百块的，有些时候给的会中几万块。但是它后来回答我的时间越来越短了，我想可能是它累了，就好好供养着它，自己拿钱去做生意，结果生意就做起来了……但这几年，这条狗再也不显灵了，我晚上给它各种上供都不显灵，我不知道是不是那次那个死丫头跺了它的脚造成的。眼看它慢慢衰老下去，我也有点着急。谁知道它竟然逃跑，我就让人去追，于是才在它身上装了芯片……最近一次居然跑到龙城来了……"

这么大的年纪是怎么来到龙城的，一定吃了很多苦吧。顾蒙亮轻轻抚摸着花花，问苍蝇机："那芯片取出来了吗？"

"已经取出来了。"西门豹回答。

王波被凭空出现的声音吓了一跳："糯糯！糯糯又说话了吗？"

糯糯说话？顾蒙亮皱眉头问他："狗说话也是这种声音？"

"是的，特别奇怪的声音，没有感情的那种声音，和这个一模一样。"王波叫道，"是糯糯的能力恢复了吗？"

"恐怕当时说话的不是这条狗，是它脖子上的这个铃铛。"西门豹把铃铛悬空送过来。王波像见到鬼一样大叫起来："这！这怎么回事？是魔法吗？"

顾蒙亮伸手把悬浮在眼前的铃铛拿住，问王波："这个铃铛，一直都在狗身上吗？"

"是的！糯糯特别钟爱这个铃铛，我本来想拿掉，它就特别气愤。只要有这个铃铛在，它就不会离开我！"王波吓得魂不附体，他觉得这个漂亮的男孩子也许不是凡人，还有这个满身怪力的女孩子也不是什么正常人。天啊！难道他得罪了什么神灵吗？

"这条狗原本是我家的。"顾蒙亮说，花花用一种显而易见的亲昵舔着他的手，"你也看得出来，它非常想回到我的身边，但你却监禁了它那么多年，你知道我奶奶有多伤心吗？"

"非常伤心。"提到顾蒙亮的奶奶，西门豹有一种异乎寻常的肯定。

"你们家的狗？可你们家的狗你为什么要埋起来啊！"王波简直被吓坏了，因为他看见顾蒙亮身后突然悬浮起一个相框，那是西门豹拿着顾蒙亮和花花的合影向王波证明顾蒙亮说的是真话，但这个确确实实吓死了王波，他哆哆嗦嗦地跪了下来。

"好吧……"关于自己家误葬了花花这件事，顾蒙亮也觉得有点难以辩解，他只能强行解说，"铃铛上有个'顾'字，你应该可以看得到吧。"

"看得到看得到！"王波吓死了，因为他看见顾蒙亮身后的墙壁上莫名其妙出现了一个铃铛放大的全息投影，上面的'顾'字和顾蒙亮的脑袋一样大——那是西门豹向他证明顾蒙亮所言非虚，但已经把王波吓得一佛出世二佛升天了。天啊，他只是为了发财圈养了一条狗而已，他不想得罪那么多怪力乱神的人物啊！他的心脏快受不了了。

"所以花花应该回归我们家，你应该放手了。"顾蒙亮说。

"放放放……"王波牙齿打着架。

"胡依婷。"顾蒙亮抱着花花站起来，胡依婷欢快地应了一声"顾总"。他说："送王波回去吧，你从哪里接他来就送回哪里去。"

"是！"胡依婷做了个"请"的手势，王波勉强支撑着站了起来，一步一步跟在胡依婷后面，走向客厅门，手快碰到门把的时候，他突然哭了起来。

"呜呜……"

"不要哭了，现在你其实已经很有钱了。"胡依婷对他的贪心表示不满。

"不……不管你们相不相信，我对糯糯是有真感情的……"王波回头看了一眼顾蒙亮怀里的花花，眼泪鼻涕跟着流了出来，"这么多年，我一直觉得它和我相依为命的，虽然它一直想离开我。"

"汪汪！"花花叫了两声。

西门豹说："它说的是，'不要难过，祝你好'。"

"糯糯！"王波大哭了起来，不顾一直虎视眈眈监视他的胡依婷，张开双手朝顾蒙亮冲过来。

胡依婷想制止他，但是顾蒙亮轻轻朝她摇了摇头。

王波冲到顾蒙亮面前，哭着说："让我再抱它一下。"

顾蒙亮将花花放在了王波怀里，说："其实它的生命已经到达极限了，我也不知道它还能活多久。这里是它曾经生活过的地方，它一直想回到这里，你就满足它的心愿吧。"

王波抱着花花号啕大哭："那以后它要是病危，你一定要及时通知我，我要来看它。"

顾蒙亮看了他一眼，点头说："好的。"

王波哭着把花花交给他："糯糯不能吃鸭肉，你们要好生照顾它。既然这么说了，我反而希望我一直不要见到它了，因为至少那代表它不是'病危'。"

在王波悲伤的哭泣中，胡依婷把他送走了。

顾蒙亮低头看看怀里的花花，感觉这不像真实的。

花花竟然没死？这到底是为什么？

"王波能听见它说话，估计是那个铃铛的作用。铃铛的结构非常复杂，好像是某种通讯设备，要了解的话，必须要拆开来看。这种技术地球是没有的，倒像是我们星球的产物。"西门豹说。

"那拆开来看看吧。"

"花花身上有非常明显的星球同位素反应。我怀疑多年前它死了之后，是它身上的那部分不属于地球人的物质发挥了作用，让它死而复生，维持了它多年的生命。"西门豹让那枚铃铛悬浮起来，花花抬头看着那枚铃铛，眼里闪着光芒，"王波说它对话的能力时有时无，大概就是这个通讯设备的信号越来越弱了。"

"你确定要拆它吗？"

"我怕拆不好，这东西就毁了，那就断了线索。"西门豹说，"我要慢慢研究一下。"

"那花花的愿望算是满足了吗？河神计划还是成功的？"顾蒙亮问它。

西门豹犹豫了一下："不知道，但狗不能当人类用吧……"

花花轻声叫了一声，顾蒙亮问它："它在说什么？"

西门豹沉默了片刻，说："它说，它曾经是一个'人'。"

"太有趣了。"

"这条狗身上应该有很多秘密，我要一一解开。"西门豹说，"这件事情先不往上报告了，我们还是继续寻找下一个河神计划吧。"

"同意！"顾蒙亮回答得非常快。

七

晚上，王波和花花视频。

胡依婷说，他回去实在哭得伤心，又怕人家照顾不好花花，所以就想出了让他和花花视频的方法。

王波在视频的那一头，眉开眼笑地看着花花在客厅里懒洋洋地打盹，懒洋洋地吃东西，懒洋洋地要胡依婷挠痒。

"狗这种东西真是奇怪，"胡依婷轻轻给花花挠痒，"和它们相处的时间长了，你的心很容易被它们俘获。"

"是啊，我相信王波是真的喜欢花花的。"顾蒙亮这样应着，一边看电视一边写学校的作业。

西门豹在利用两台苍蝇机和一台高精细的机器手解析那枚铃铛。

"太神奇了，这是我们星球的技术，确切地说，是我们星球的一种通讯器。它应该是苍蝇机以前的老版本，有定位作用的，我真的肯定以前有我们星球的人来过地球，并且在花花身上装了这样的东西。"

"你说奶奶以前也接触过外星人？"顾蒙亮咕哝道。

"非常有可能。"

"那为什么要用花花作为载体呢？"

"因为我们星球的人维度和地球人不一样，所以无法用地球人的形态和你们见面，我们是比你们更高维度的生物。要和你们见面，可能就要通过某种寄生的方式……"西门豹说到这里，突然停顿了一下，顾蒙亮一拍大腿跳起来："这就是花花身上有你们星球同位素的原因？因为它是你们星球那个人的寄存体？"

"太有可能了！"西门豹罕见地出现了情绪反应，大声叫道。

顾蒙亮放下手中的笔记本，在客厅里走了几圈。花花和胡依婷都非常感兴趣地盯着他，四只眼睛都闪闪发亮，等待他说下去。

"这么说奶奶一直离不开花花，难道也是因为你们外星人迷惑了她？她离不开的，其实是那个寄存在花花体内的外星人？"顾蒙亮挠头想，"不对，她什么都没跟我们说啊！如果家里真的有接触过外星人，为什么不和爸爸说？难道那个外星人也和你一样威胁过她吗？"

"我没有威胁你。"西门豹抗议。

"如果是留下了定位，又留下了花花，那她和外星人的接触不会是一个短时间的接触……可是完全没有任何迹象啊……没听说过她身边来了又走的人啊……"

说到这里，顾蒙亮突然如五雷轰顶，站住了。

来了又走的人……

来了不会再出现的人……

他感觉自己的鸡皮疙瘩都要掉下来了。

爷爷……

奶奶一直在等爷爷……

但是爷爷一直没有再出现……

爷爷难道是外星人？

他轻声说出了自己的想法，胡依婷和西门豹都被震动了。

"你的爷爷是外星人？所以你奶奶等了一辈子都没有等回来？"胡依婷叫道，"天啊！好浪漫！"

"我回去查一下我们星球的失踪人口，来过地球又离开应该是有记录的。但这种记录应该是绝密的，不能让我的导师们知道。"西门豹说。

"外星人……可以和地球人结合吗？我是想知道我爸爸是怎么来的……如果这种推论正确的话……"

"维度不同的人怎么结合呢？而且寄生体是一条狗。"想到这里觉得太污了，胡依婷急忙摇头。

"应该是有别的方法，我有空研究一下。"铃铛在空中虚晃了几下，西门豹制造出一条链子，挂上铃铛，重新挂回了花花的脖子上。

花花呜呜了几声，表示感激，对铃铛回归自己感到高兴。

"它在说，'它喜欢'。"西门豹说，突然醒悟了，"我知道为什么我能听懂它的话了，大概就是因为它曾当过我们星球人的寄生体。"

花花又蹭了蹭顾蒙亮，好像回到了很多年前，一只黑白的小狗，亲昵地蹭着一个婴儿。

远远站着的，是一个已经有着衰老容颜的妇人。

她裹紧了披肩看着他们，然后脸上露出了淡淡的笑容。

第八章

鹧鸪桥·在水一方

"你就在我伸手够不到的……滔滔江水的那一方……"

一

上完国际货币课之后，顾蒙亮觉得有点不对劲。他们班的班长杜阳周围的气场有点奇怪，女生都聚集在他不远的地方指指点点，而他本人却面不改色、气定神闲地坐在那里。

"听说他又拒绝了一个女生的追求，女生们都怀疑他喜欢的是男生。"胡依婷凑近顾蒙亮身边小声说。

"别瞎说，听说也有男生和他表白过，同样也被拒绝了。"身后的另外一个女生吐槽说。

除了顾蒙亮这个中途插班的翩翩公子，引起院里关注度最高的应该就是他们的班长杜阳了。杜阳，学霸级人物，从入学开始就是特等奖学金获得者，本省高考状元，分数可以直接上清华北大，但他就是固执地选了本地的大学，这让科技大的校长受宠若惊。

"听说杜阳的爸爸杜柏也是学霸，也是坚持要来我们学校读书的，只是英年早逝。唉，听说杜阳出生之后不久他爸就去世了。"胡依婷说。

杜阳长得很清秀，冷冷的脸上戴着一副无框眼镜，有一种看透人间世情的冷漠和淡然。他漠然朝这边望过来的时候，看见顾蒙亮的时候眼神一凛，急忙扭过头去。

顾蒙亮神色复杂地看了杜阳一眼："你有没有觉得，我们的这个班长，对我的眼神不太一样。"他插班进来第一天的时候，杜阳就反应很大，曾经把他拦在门口"你你你"半天都说不出话来。后来做学籍登记表的时候，他又特别问了顾蒙亮家里人的名字，连祖辈的名字都问了："你外公外婆，爷爷奶奶叫什么，也要写上去！"

当时顾蒙亮非常尴尬，外公外婆倒也罢了，奶奶去世多年，爷爷的名字他并不知道。后来胡依婷凑过来说哪里有学籍要求写这么清楚的，班长大人在开玩笑吧。算是帮他解了围。

"哎，说实话，我是觉得杜阳对你有点特别。"胡依婷撑着下巴说，"他平时上课总是坐在第一排，可是现在老是想坐在你周围哎。"

可惜顾蒙亮不住校，本人经常神出鬼没，经常上课上到一半才来，来了也是随便找个地方坐下。杜阳也不好意思凑过来。后来他找到了规律，胡依婷坐哪里，顾蒙亮就坐哪里，所以他就尽量往胡依婷那边坐。

今天杜阳没有机会坐到胡依婷旁边，因为今天班上的文艺委员李薇要他坐过去，她要向他告白。

李薇是班上的才女，长得倒是有几分杜阳的那种风格，白白净净，清秀可人，留着"黑长直"，走文艺少女路线。因为学生会的事情她平时和杜阳接触比较多，两个人经常一起吃饭上自习。

前不久李薇生日请大家去KTV，杜阳被大家起哄和她唱情歌，他冷淡地说："我和她又不是情侣。"让周围气氛冷冷了下来。

李薇颇受打击，女生们给她鼓劲，还是找个机会和杜阳说清楚比较好。

"然后她找了个上课的机会和杜阳说清楚吗？"顾蒙亮不太懂得才女的脑回路，难道不是应该找个优雅的咖啡厅聊聊吗？

"杜阳最近总找借口不和她见面，所以上课的时候聊，他就走不掉了。"胡依婷说。

"这样肯定会被拒绝的啊！"顾蒙亮看着杜阳那冷淡的背影咂舌。李薇正捂着脸走了出去，和她要好的女生在身后跟着。

杜阳突然回头，眼光不是看着李薇，而是看着顾蒙亮。

又是那种仿佛要看透他心底的犀利的眼神！

顾蒙亮本能假装用手托腮挡住对方的眼神，胡依婷露出一目了然的表情："他真的对你有别样情怀……""住口！"顾蒙亮站起来收拾书包，胡依婷急忙掏出手机："顾总，下面还有两节课呢！"

"英文课，不上也罢。"顾蒙亮背起书包就要走，眼前一道黑影闪过，挡住了他的去路，一看，是杜阳。

"你又逃课？"杜阳严肃地看着他。

"我不舒服。"顾蒙亮对这种不解风情，根本不体谅别人不上课的班长有点头疼，"不舒服不想上课了。"

"我陪你去看病。"杜阳说。

顾蒙亮心中无数吐槽的弹幕闪过，不得不让杜阳陪着他朝校医院的方向走过去。胡依婷一看顾总被班长监控了，急忙抱着书包也跟了上去。

路上顾蒙亮把耳机拿出来塞到了耳朵里，咳嗽了两声。

"你怎么了？"西门豹的声音传来。

西门豹是外星人，而顾蒙亮作为外星人对地球人情感研究的课题"河神计划"中的执行者，两位经过几轮磨合之后，已习惯了这种相处方式。

"……"顾蒙亮看着旁边走得气定神闲的杜阳，把"快来救我"的话咽了下去。

走到校医院的时候，顾蒙亮用一种"我不过是想逃个课"的表情哀怨地看了杜阳一眼，杜阳面无表情地说："怎么了，不是说不舒服吗？进去吧，看内科还是外科？"

"我想先上个厕所。"顾蒙亮说。

"这么巧，我也想去。"杜阳说。

走进厕所之前，杜阳突然问了一句："你奶奶，是叫顾桃花吗？"

"是啊。"顾蒙亮想是不是上次叫填学籍表的时候，他提到过一次自己过世的奶奶的名字。

"她去世很久了吗？"

"嗯，很久了。"顾蒙亮想了想，"我读幼儿园的时候就去世了。"

"你长得，很像你奶奶。"杜阳站在厕所门口，盯着顾蒙亮的俊颜说。

"啊？"顾蒙亮还没反应过来，杜阳又补充了一句："我觉得有必要对你进行一次家访。"

"谢谢了！我家就我一个人，我爸在北京！"

顾蒙亮对班长跟着自己进厕所感到尴尬。他摆了摆手说："找时间要久一点。"就溜进了厕所隔间。他的蓝牙耳机传来西门豹的声音："你到底要干什么？"

"想办法避开外面这个人的耳目把我弄出医院，现在，立刻，马上！"顾蒙亮心急火燎地对着耳机吼。他透过门缝看见杜阳胜似闲庭信步地背着手站在洗手槽旁边，对着镜子监视身后的隔间门。

"是错觉吗，好像觉得刚才那栋楼轻微摇晃了一下？"那天上午，偷偷跟在顾总后面、躲在医院楼下的胡依婷眼睁睁地见证了顾蒙亮一脸惨绿从门诊楼跑出来的样子。

"西门豹这个蠢货，让他把我弄出来，他直接在我在的隔间地板上凿了个洞，把我直接弄到楼下了！"顾蒙亮至今不想回想自己全身是灰从楼下厕所门口走出来接受路人的注目礼的画面，还携带一股可疑的气味！

"你身上……"

"凿洞的时候，它把马桶的管道也切开了。"顾蒙亮脱下风衣直接塞进旁边的垃圾桶，"庆幸的是情况还不算太糟，但我现在需要换身衣服，你去把我的车开过来。"

"遵命！"胡依婷忍住笑说。

杜阳站在厕所里，一脸蒙圈地看着已经被凿空的厕所隔间地板，然后冲到窗口，正好看见顾蒙亮一脸懊恼把衣服脱下来塞进垃圾桶的样子。他默默地看着顾蒙亮的背影离开，嘴里喃喃念着某个人的名字。

那个在他舌尖千回百绕的名字。

二

晚上，龙城鹧鸪桥。

顾蒙亮穿着河神制服站在桥上，很不高兴。

"已经清理干净了，反复做过杀菌、消毒，你身上不会残余任何一点来自那间厕所的物质，一个小分子都没有。"盘旋在他身边的苍蝇机，反复确认他身上"没有残留任何来自那间厕所的分子"。

"我心里有阴影。"顾蒙亮说，"作为高智慧的外星人，你就不能找一个比较妥当的方法帮助我离开吗？"

"我计算过，在'离开''立刻''马上'这种要求下，直接切开地板是最快、最直接的做法。"西门豹诚实地回答。

"……"顾蒙亮心里想下次一定要加上"干净体面"这种要求。

遥远的地方，传来了大钟十二点报时的声音。那个城市大钟已经被人投诉无数次十二点报时太吵了，但市政人员不管试图调拨多少次，依然改变不了午夜十二点它自动报时的习惯。

"有人来了。"苍蝇机说。

远远有电动摩托车的灯光。鹧鸪桥距离市中心比较远，这个时候还有电动车上桥比较少见。顾蒙亮拉下面罩，整个人被轻飘飘地吊起来。两台苍蝇机伸出细得几乎看不见的丝线，把河神大人拉到了半空中，让他停在吊索上面。

那人骑着电动车走到桥中心，停了下来，对着江面祈祷片刻，然后从车后的保温箱里掏出一样东西扔向江心。

"果然是冲着河神来的么？"顾蒙亮暗想。江面已经卷起了巨大的波涛，将他扔出的物事卷了起来。

"他扔的是冰块！"西门豹本来毫无感情的语调此时似乎带着激赏。每天晚上这个城市里往不同的桥梁下乱扔东西的人越来越多，它每天清理河道，把那些乱七八糟的东西重新从河道里打捞出来——这是他论文设计里的BUG，已经被导师组严重警告过了，并且威胁说如果龙城河道因为河神计划被污染，它就会被扣分。每个人要是都扔冰块这种安全无害的东西那多好啊！西门豹一边欢乐地卷起波涛一边和顾蒙亮商量："要不我们改变河神计划，规定以后只能扔冰块？"

"你先放我下去！"顾蒙亮还挂在吊索上面，看着脚下波涛汹涌，西门豹自顾自地HIGH起来，忍不住没好气地说。

下面的那个男人已经祈祷完毕，怔怔看着原本平静的江面卷起波涛。

"噗！噗！"浪涛卷起三米高然后吐出两块造型规矩的小止方体，吐到了来人的脚下。

"你刚才丢失的到底是这个金方块？还是这个银方块？"徐徐降落的河神在风中张开黑色的斗篷，低沉的声音在威严地问着来者。

"原来传说是真的！"许愿者抬头惊喜地看着河神，把顾蒙亮吓得差点往后一缩——为什么是杜阳？他怎么在这里？！

"这些都不是我刚才掉的东西，我刚才掉的是一块冰块！"准备好的台词一般，优等生流利地回答。

"是……是这个吗？"顾蒙亮有点HOLD不住场面了，他张开手把刚才送到他手里的冰块拿出来，冰块已经开始变形了，还不停往下滴着水。

"这个是你刚才掉落的东西吗？"顾蒙亮问他。

杜阳推了推眼镜，学霸的强迫症开始折磨他："这个……严格来说，其实外形不太像刚才我掉落的那个东西，但应该是，虽然它已经流失了一部分。"

"诚实的少年啊，你到底有什么愿望要实现？"顾蒙亮流水报幕一般地说。眼睛死死盯着杜阳，他要是敢说出和自己有关的话，就抢在他念出他名字之前一脚踢他下桥。

"可以让死去的人复活吗？"他突然这样问。

"这个……"顾蒙亮记得河神规则里有"不允许复活死人"这条，当初就是因为复活了胡依婷，导致西门豹遭到了严厉的惩罚，现在的能源和黑科技使用范围都受到了严厉的限制。

"他要复活的人死了多久了？"西门豹问。

顾蒙亮如此问他，杜阳很快说："十几年了。"

"十几年太久了，复活不了。"西门豹回答也很干脆。

"复活不了，时间太久了。"顾蒙亮对他说。

鹧鸪桥上，冷风夹着细雨，杜阳与一身黑斗篷的河神漠然对立。他缓缓低下了头，嘴角露出某种嘲讽的笑容："还是……不可以吗？"

这种偏激而绝望的气息实在太明显了，一点都不像平时的杜阳。顾蒙亮忍不住后退一步，心里想：你不是要黑化吧？你好歹是优等生啊！作为学霸你不要突然搞这么凄厉的表情我很怕啊！

杜阳突然抬头看着西门豹，很简单地说："那你杀了我吧。"

路灯映照着细如牛毛的雨丝，这是龙城冬天最寒彻入骨的冬雨。杜阳穿着一件暗色的棉服，瘦长的身影被路灯拉得更长。他平静地看着全身笼罩在黑斗篷之下的河神，没有任何开玩笑的意味。

"接受他的委托，苍蝇机准备发射致死射线。"西门豹应声道。

"等……等等！"顾蒙亮一下子凌乱了，他对着苍蝇机方向大叫，"你干什么！住手！这种愿望怎么能当真！"

"他自己已经说得很清楚，要我们'杀死'他。"西门豹说。

"你不能这样理解人类的意思！"顾蒙亮一下子挡在苍蝇机和杜阳之间，大声吼道。

"顾蒙亮，在许愿者面前你注意一下你自己的形象！"西门豹觉得有点不妥，这样警告顾蒙亮。

"总之不可以就这样听他的！"他瞪着依旧一脸漠然的杜阳，忍不住叫道："你是认真的吗？"

通过变声器传出的"河神"的声音苍老而充满威严，这样的声音突然冲着空气大叫，震得人耳膜发疼。杜阳虽然脸上没有什么变化，但内心已经感到奇怪。他沉默了几秒，决定离开这个奇怪的地方。

西门豹指使着苍蝇机向杜阳追去，顾蒙亮急中生智，想起河神规则："你不是说不能直接对地球人使用任何外星的武器吗？"

"是……"西门豹也想起这条了，"那你负责去杀他。"

"要我杀自己的同学？我不要！"

"那我杀了你爸爸。"

"又来？"顾蒙亮生气地脱下斗篷，指着苍蝇机说，"我告诉你！我拒绝！你敢碰我爸爸，我就死给你看！"

"我不能理解你们地球人为什么动不动就要主动寻死。"西门豹说。

"因为'要死'有些时候是一句形容词，你看胡依婷经常说她高兴死了，那她死了没有？"

"死过一次。"

"不是说她！"顾蒙亮气得大喘气，捋了一下前额淋湿的头发，"那你看看……你看看我们家的家政阿姨，每次来都唠叨说家里儿子不听话，不如自己死了算了，她去寻死了没有？"

"没有，我还拍到她偷吃了你冰箱里的水果，为了摄入足够的维生素。"

"所以说有些时候人们说'你杀死我吧'，这只是一句形容词，表达的是内心的苦闷和无能为力感，你不能当成他们的愿望执行。"

"是吗？"西门豹似乎在沉吟，分析了一会儿，说，"生活中的确是有很多这样的例子。"

远处传来了摩托车的声音，一道车灯打了过来，西门豹说："他又回来了。"

"什么！"顾蒙亮吓得急忙把斗篷往自己身上套，一时间情急没套好，杜阳已经回到他身边了，沉默看了一眼他脚上露出的三叶草运动鞋。

"这款鞋子是限量版，我们班上的顾蒙亮同学也有一款，今天我还看见他穿。"杜阳说。

顾蒙亮举着头蓬挡住自己的脸，感到自己急性尴尬症发作了。

"你是顾蒙亮吧？"杜阳说，"富二代假扮超级英雄劫富济贫之类的事情，也不少见。"

这回不是尴尬症，而是尴尬癌了。

"暴露了！河神身份暴露了！怎么办！"西门豹第一次遇见河神身份被当场揭穿的事情，史无前例地惊慌起来，"我该取消顾蒙亮的河神资格吗！请等我联系导师，在取消河神资格和灭口杜阳之间做一个选择！"

"……"顾蒙亮默默摘下了耳机，不想听西门豹的聒噪："你说的没错，是我。"

"果然是你。"杜阳看到顾蒙亮的脸之后，似乎有一丝触动。

"我假冒河神，来这里做点助人为乐的事情，为自己获得一点精神上的慰藉。"

"我记得学雷锋应该是在三月份，你这是提前了啊。"杜阳冷冷地说。

"三月有雷锋，十二月有圣诞老人，心中有爱，四季助人，不可以吗？"顾蒙亮硬撑着回嘴道。

"再见。"杜阳重新骑上电摩托。

"你中途又返回来是想干什么？"顾蒙亮被人家看见这么尴尬的时刻，此时不禁有点生气了。

杜阳临走前说了一句："我回来只是想说一句，要你杀我，我认真的。"

"他说他是认真的！"西门豹忍不住叫起来，可惜顾蒙亮已经把耳机扯了听不见。

在回去的路上，西门豹重复了十遍"他说他是认真的，不是形容词"之后，顾蒙亮虚弱地说："能不能等我睡一觉之后再提这个问题？"

兰博基尼停在了他家花苑的停车场，下车的时候，刚好看见胡依婷给糯糯打着伞，让它在草地里便溺。糯糯看到顾蒙亮回来，顾不上下雨天，朝着他跑了过来，胡依婷赶紧拿伞挡着。

"你怎么来了？"顾蒙亮说。

"西门豹给我发信息'糯糯要便溺！'我赶紧骑着电动车赶过来了。"胡依婷竖起拇指，"我是你爹高薪聘请的助理，应该的！"

顾蒙亮看见她单手打伞，一脸喜滋滋的样子，叹了口气说："天冷又下雨，晚上住客房里吧，反正上次你也是住那。"

"太棒了！"胡依婷朝苍蝇机竖了个"V"手势，把便溺完毕的糯糯抱回屋子里。顾蒙亮疲倦地跟她走了进来，脱下外套挂到一边。

"顾总，今天还是没有人来许愿吗？"

"有，还许了个让人不知道怎么形容的愿望。"顾蒙亮叹气。

"对了，如果杀死杜阳超出你的能力范围，你可以委托胡依婷。"西门豹突然这样建议。

"去你的！"

"杀死杜阳？怎么回事？"胡依婷放下糯糯被吓得一惊。

"唉！"顾蒙亮心酸地往沙发上一躺，"我觉得心好累！"

落地窗外面的细雨打在芭蕉树上，发出悉悉索索的声音。旁边的白纱窗帘被放下一半，水晶灯的灯光从这里透出去，在芭蕉树上染上了一抹昏黄。

糯糯舒舒服服躺在狗窝里，发出了熟睡的鼾声。

三

直到早晨，雨还在下。

下雨天，睡觉天。一个早上没课，顾蒙亮和胡依婷都在各自的房间里舒舒服服地赖着床，所以他们被门铃声吵醒之后，非常不悦。

透过屏幕看清楚门外站的是杜阳的时候，顾蒙亮从不悦直接变成了惊吓。

杜阳举着把黑伞，笔直地站在门外，推了推鼻梁上的眼镜，白皙的脸上还带着些雨水。

"这是送上门找死吗？"胡依婷穿着睡衣，提着西门豹改装过的布伦式轻机枪走了出来，被顾蒙亮气急败坏地用"你不要出来"赶了回去。

"一屋子的神经病，我真的受不了了。"顾蒙亮捂着胸口叹了口气，对着趴在垫子上看着他的糯糯说："还是你比较正常。"

开门，杜阳走进来，气定神闲地换鞋，然后自顾自地在沙发上坐了下来。

"你怎么知道我住这里？"

"学籍表上有。"杜阳说，四处看了看装修风格，不由叹了口气，"是你奶奶的装修品位。"

"你认识我奶奶？"顾蒙亮给他上了茶，好奇地问。

"你爷爷……一直没有出现吧？"杜阳问。

"你怎么知道？"

"有你奶奶的照片吗？我想看看。"杜阳说。

"书房有一张。"顾蒙亮带他去了书房。杜阳看见墙上那张顾桃花的画像，突然情绪有点激动，然后眼圈红了。

"你认识我奶奶？"顾蒙亮问。

"你奶奶，死的时候，依旧这么美丽。"杜阳吸了口气。

"不，满脸褶子和老年斑，这是她年轻时候的照片。"

这下杜阳彻底不淡定了，他双肩稍微抖动了一会，然后捂着脸说："不好意思，我不太舒服，我还是回去吧。"

"喂……"顾蒙亮还来不及说，杜阳就快步往前走，顾蒙亮喊他停下，他就跑了起来："再见！"

"嘭！"一声巨响，胡依婷忍不住从房间里跳出来看，看见杜阳脑门上带着包，仰面躺在走廊上。

"我想告诉他那里有一扇玻璃门没关好……"顾蒙亮蹲下来推了推杜阳，"真的撞晕过去了。"

可他的眼角还带着……泪水？

十几分钟过去了，胡依婷去厨房准备早餐了，奶香一阵阵从厨房飘过来。杜阳躺在沙发上睁开了眼睛，看见对面跷腿坐着、抱着一条狗的顾蒙亮。

"呵呵。"他摸了摸自己脑门，轻声嘲讽地笑了。

"班长，你耍了那么久的酷，又是要寻死又是找上我家来的，能不能痛快点把话说清楚？"顾蒙亮摸着糯糯的头说。

胡依婷从厨房里端出两份早餐，放在茶几上，杜阳顺口说了声"谢谢"。

看见我出现在顾蒙亮家一点都不奇怪的哦！这个人心够大的！胡依婷一脸黑线地抱着托盘回厨房蹲地上画圈圈。

"我爸爸叫杜柏，我爷爷叫杜昊。"杜阳躺在沙发没有动，盯着天花板喃喃地说。

"你告诉我你爸爸和爷爷的事情干什么？"顾蒙亮不知道。

杜阳从怀里掏出钱包，从里面抽出一张照片给顾蒙亮："这个就是我的爷爷杜昊。"

顾蒙亮接过照片一看，是一张黑白照片，上面的年轻人发型和衣服都是老式的，轮廓和杜阳几乎一模一样。旁边站着一个抱着书笑的长发少女，这……这是奶奶？

"你爷爷认识我奶奶？"

"从小就认识，青梅竹马，在岛上的原住民。"杜阳斜眼看顾蒙亮，"所以一看到你，我就知道你是顾桃花的孙子。你和她长得也是一模一样。"

"难怪你一直在追问我家的事情，平时也老盯着我看！"顾蒙亮这下释然，忍不住在心里呼了口气。对方既然是奶奶的故人之子，那应该关系也亲近几分，他忍不住问："那你干吗想不开要寻死呢？"

"因为我觉得活着没意思啊。"

"别逗了，你虽然没有顾蒙亮帅也没有顾蒙亮有钱，可是你学习好，又有很多女孩子喜欢，你有什么觉得没意思的。"胡依婷从厨房里伸出个头插嘴。

杜阳坐直了身子，脸上恢复了冷漠："算了，跟你们说也没用。反正你奶奶已经去世了，一切都没有了意义。"

"说说也无妨嘛，我奶奶是个凶巴巴、脾气怪异的老太婆，我也想知道她过去……"

"你奶奶才不凶！"杜阳气愤地打断他的话，"她是一个非常美丽！非常温柔的女孩子！"

"哎？"顾蒙亮和胡依婷被杜阳的气势吓到了。

四

好几十年前，娘子岛还叫做桃花岛的时候，岛主家的千金顾桃花就因为美貌名扬岛外了。顾桃花正是如花似玉的年纪，却总是和岛上渔民的孩子们疯玩，爬树捉鸟，下水摸鱼，让岛主顾明很头疼。所以顾桃花八岁时顾明索性给她请了个家庭教师。

家庭教师是一个咬文嚼字，迷恋中国传统文学的老先生，姓杜名理，家里有个儿子和顾桃花一般大，叫做杜昊。杜先生的妻子因为嫌弃他穷酸书生挣不了钱，在杜昊七岁的时候，丢下儿子和别的男人跑了。杜理本来清高得很，发誓要穷极一生在家里编写出一部可以媲美《红楼梦》的中国名著，但旁边突然多了个小孩子嗷嗷待哺，也是心累。所幸桃花岛那边有土豪请他过去教书，以解决燃眉之急，所以他也不计较过去的清高架势，上门做起教书先生来。

顾明是个很开明的乡绅，对杜理非常周到有礼，说从岛上到城里交通不便，让他在家里负责顾桃花小学教育。杜理教一个也是教，教两个也是教，就把自己的儿子杜昊和顾桃花放一块儿教。岛上那些皮孩子觉得好奇，时不时也趴在窗台上偷看他们上课，杜理也不计较，让那些孩子一起进来听课，于是桃花岛上顿时有了一股诗书礼教之风。顾明也睁一只眼闭一只眼，任凭他教去。

杜昊和顾桃花同年出生，从小就看着如花似玉的小小姐，自然心生爱慕。课余时间他忍不住拿从父亲那里听到的民间故事来试探桃花："桃花，桃花，我给你讲一个牛郎织女的故事吧。"

听完牛郎织女的故事，桃花大骂："牛郎臭流氓！偷看人家仙女洗澡还偷偷藏起人家衣服！逼迫人家嫁给他！不要脸！"

杜昊慌了神，试图把她注意力转过来："可是织女最后爱上了牛郎啊！你不知道这是伟大的爱情吗？"

"不当仙女嫁给农民过苦日子，如果这是伟大的爱情，我才不要呢嘤嘤嘤！"桃花辫子一甩，去找杜理老师反映情况。杜理老师本来就是坚定的王母娘娘黑，但一听桃花的观点又觉得好有道理。

到了下次，杜昊拿七仙女和董永的故事去感化桃花，桃花听了又破口大骂："凡人都是臭流氓！仙女跟着凡人就被坑！"

两个小孩吵吵闹闹又吵到杜理那里，杜理一听桃花的观点又觉得挺有道理的，于是这茬儿又按下不表。

再过了几年，杜昊拿着田螺姑娘的故事去感化桃花，桃花又讥讽道："这人好逸恶劳，希望天上掉下个田螺精养着他。可白拿人家东西都要付出代价的，好饭好菜伺候着，会不会会最后被田螺姑娘吃了啊？"

杜昊受不了了："你为什么总是不相信爱情呢！"

"因为你说的爱情全部都是一些穷小子遇见瞎眼仙女的故事啊！为什么他们总是不去偷村姑的衣服，不去招惹丫头呢！总是招惹仙女，要不就是富家小姐！这些家伙自己嫌贫爱富，还敢说自己爱情多么伟大！"桃花直翻白眼。

不知道为什么，杜昊被气哭了，跑去父亲那边哇哇大哭，说东家小姐欺负他。

杜理抚摸着杜昊的肩膀，沉吟了片刻，突然叹气："你娘丢下我们走的时候，我也是怨过她，恨她嫌贫爱富，没有坚守爱情。但现在想想，她挺漂亮的，又生性活泼，凭什么和我一起吃苦受累呢？不是姑娘们不讲爱情，是穷小子们太穷了啊！"

杜昊绝望地抬起头："您也这么说！"

杜理笑了笑："你老是和小小姐说这种故事，是不是长大想娶小小姐啊？"

杜昊满脸通红，急忙否认。

杜理说："你想娶小小姐，又怕她家嫌弃我们家穷，所以老是想编这些故事给她洗脑，希望长大之后她带着家里的财产和你私奔是不是？你呀，从小听我说《西厢记》听多了啊，现实生活不是这样的啊！"

杜昊忍住泪水："难道现实生活中就没有属于我们的爱情了吗？"

"小小姐说得不错啊，穷书生为什么要招惹仙女和富家小姐呢，穷书生真正的爱情应该是和村姑还有丫头们的爱情。你如果喜欢的是这岛上渔民的女儿，你就不会有这么大压力了。"杜理喝了口茶，试图打消儿子的妄念。

杜昊眼泪一直扑簌簌滚下来，看得杜理于心不忍，他又叹了口气，对儿子说："如果你真的想追求小小姐，那就用你的才华感动她吧！努力读书，我们家的人，只有读书这条路可以走了。你以后考上好的学校，有了大出息，再回来和顾家提亲。顾明先生通情达理，也是个看重知识的人，说不定会答应你的。"

小小的杜昊听到了这一线希望，擦干了眼泪，眼睛里闪过坚毅的光芒。

是啊，读书就是杜家人唯一的希望了，他要好好抓紧这样武器啊。

从此之后，他不再和岛上那些野孩子一起疯玩。那些孩子来学堂三天打鱼两天晒网，但是他天天都规规矩矩坐在学堂里看书练字。桃花有时候来逗他，他也不理会。

"杜昊你真是读书读疯了，连我都不理了。"桃花纳罕地在他身边坐下，粉嫩嫩的脸蛋看得让人想咬一口，但杜昊强令自己目不斜视。桃花伸出小手在他面前晃，被他一把抓住："别闹，看书吧。"

"哦……"桃花觉得这位大自己几个月的小哥哥突然有了威严，只得撅着嘴在他旁边坐下。

两个孩子相互作伴，度过了暑夏寒冬，杜昊俨然已经成为桃花的半个哥哥，举手投足比她沉稳许多，顾明看他们在一起玩也放心。除了父亲，没有人知道小小的杜昊努力的方向——就是那个一直在水边玩耍的女娃娃将来的芳心。

直到十四岁，杜理建议送这两个孩子到城里读中学。他家本来就在城里，中午可以照顾这两个孩子的膳食，晚上再把这两个孩子送回来。顾明想想不错，就让人帮杜理把他的老房子翻修了一番，然后又派了个保姆带着桃花和杜昊一起到城里读书。

城里的一切都让桃花感到非常新鲜，接触了城里很多同龄的女学生，她也开始有了少女怀春的心思。

周末和杜昊坐船回家的路上，她小声对杜昊说："今天午休我们都偷偷讨论喜欢什么样的男生呢。"

杜昊内心狂跳不已，脸上却镇静自若："哦？"

"曹美娟喜欢高大威猛的，廖媛琳喜欢斯斯文文的白净书生，我们都笑着说就是杜哥哥你这样的呢！"

杜昊没心思听她扯这些，他关心的是："那你呢？"

"我呀——"桃花的双颊飞红，想了一下说，"我呀，我不知道，我不知道我喜欢什么类型的男孩子，也许遇见他就知道了。"

"哦？"杜昊有点失望地低下头，如果桃花能说出来她喜欢什么样的，也许他还有努力的方向。

"我也不知道我喜欢什么样的。也许就是现在，我很想吃鸡翅膀，突然有人给我送过来了，我也许就会喜欢她吧。"顾桃花没心没肺地说了一句，然后突然从手边摸出了鸡翅膀："啊呀！真的有！你要不要呀杜哥哥？"

热气腾腾的鸡翅膀，被她变戏法一样变出来。他接过来吃了一口，果然香脆可口。

"真是的，你又玩这套呀。"桃花对着船头毫无目标地说了一句，然后就吃了一口鸡翅膀。

也许是桃花天生就喜欢恶作剧，先买了翅膀藏起来？杜昊没有在意，似乎从什么时候开始，桃花就习惯对着水的那一边说话。

她坐在船上，对着湖水说话，坐在岸边，也对着湖水说话，而且说话的样子越来越温柔，脸上的红晕也越来越明显。所谓伊人，在水一方，看得杜昊都呆住了。

桃花终于在他毫无知觉的时候，长大了。

"我都说了，我说我烦得想死的意思，不是真的想死啊！"周一去上课的时候，桃花又坐在船头娇嗔地说话。那个时候，她已经高中了。凉风习习，吹得她的刘海在前额上下起伏。

"你又自言自语了？"杜昊已经习惯了她的自言自语，有点好笑。

"不是啊，哎，"桃花神秘兮兮地爬过来，坐在他身边，"我告诉你，你不要告诉别人哦。"

"什么呀？"

"我有男朋友了。"

"啊！"杜昊吓了一跳，肚子里一股酸味，"中学生不可以早恋！"

"哼！"她不满地皱皱鼻子，"那我不告诉你了！"

杜昊忍住心里的酸水，强颜欢笑："你告诉我吧。"

"那我告诉你，你不要告别人哦！"桃花又压低了声音。

到底是谁？是一班的那个富家少爷，还是二班的那个运动健将？杜昊觉得世界都快颠覆了，天旋地转，他下意识扶住了船沿。

"他是个外星人。"桃花一字一句地说。

天旋地转的世界瞬间平静下来，杜昊吐了口气，看着桃花说："外星人？"

"是啊，它可以单独和我沟通，我每天吃的好吃的鸡腿都是它送的。还有哦，我考试的时候，它还偷偷给我送答案呢！"

"你直接说抄的后面黄晓华的不就好了？早就有老师说你们两个英语卷子一模一样了！"

"哼，你不信的话，下次物理考试，我让它去抄你的卷子！"桃花气哼哼地说。

"哈哈，我信我信！"杜昊瞬间满血复活，心里打算回去告诉顾明联系医生给桃花看病。

周六桃花被顾明强制送去看心理医生的时候，杜昊跟着一起去。她恨恨地瞪了杜昊一眼，说："你滚出去！我不要和你坐一条船！"

杜昊还来不及申辩，就被一股奇怪的力量推了一把，咕噜噜滚下了船。幸好他从小在湖边长大，水性不错，呛了几口水，被船工们七手八脚捞起来了。

桃花根本看都不看他一眼，别过脸去。杜昊此时心里凉了半截：桃花真的讨厌他了，以前他生个小病她都会过来嘘寒问暖一番的。

桃花这次被送去做检查，心理医生说她没有特别明显的精神分裂症的症状。医生说少女怀春，有一个想象中的恋人是正常的，然后意味深长看了旁边裹着毛巾打喷嚏的杜昊一眼："男孩子太过于敏感，听风就是雨，这种情况也是有的。"

顾明似乎有些领悟，也看了杜昊一眼。

那个下午，杜昊非常难堪，回家还被父亲杜理骂了一顿："我让你努力学习，成为桃花心目中值得尊敬的人。这下倒好，你自己败坏得一点都不剩！"

杜昊从家里跑出来，红着眼眶往湖边走。他家在城里有老房子，在岛上有顾家给的宿舍，平时他还是习惯住宿舍，距离桃花近一点。

那个时候是傍晚，湖边没什么人，桃花穿着一身白裙坐在石凳上，对着湖水笑得欢乐。

他以为桃花已经消气了，刚想去安慰她两句，却看见桃花面前的湖水冉冉升起，变成一个少年人身躯的模样，朝桃花缓缓伸出手。桃花伸出手指和"水人"相碰，水一下就化开了。

"你都看见了吧，"桃花没有回头，却早就知道他来了，"这就是我男朋友，你这回看到了吧。"

"这……"杜昊慢慢走近，那个水化成的少年也缓缓扭头朝他看来。虽然它那张脸看不出眼睛和表情，但是从身躯还有五官的轮廓来看，确实是一个美少年。

水少年"站"在桃花身后，湖面的微风吹来，它的身体不是很稳定，但是看起来居然和桃花像是一对璧人，因为桃花的美丽此时看起来也不太真实。

"它叫作'河神'，我给它起的地球的名字，"桃花笑道，"我在河边遇见他的，不是这个湖哦，是龙城的龙江。"

"河神"微微一摆头，似乎在和他打招呼。

"今天把你推下船的也是它，我们扯平了。"桃花叉腰说，"谁叫你和我爸爸告密，让他送我去看心理医生的！"

河神也叉起腰，被桃花制止了："你是男孩子，不要这样叉腰！"它便挠了挠头，把手放下来了。杜昊依然处在巨大的震惊之中，他不相信他看到的一切。

"你要是不相信，周一物理测验出来，你看看我的卷子分数是不是和你一样，"桃花皱皱鼻子，"我这次恐怕要和你一样考满分咯！教务主任会叫我去谈话的！"

河神拉长了水的形态，快速绕了她一圈，那些水汽全部都溅到了她脸上和身上，逗得她咯咯笑："讨厌啦！"

"这个是你说的外星人吗？"杜昊说。

"是啊，不过它可能要离开一阵子，"桃花说，"因为它的星球规定，不能对地球人直接动用他们外星科技，也不可以被我们觉察。但是它和我谈恋爱的事情好像被觉察了，它打算回去好好和那边的人谈一谈。我怕我的记忆会被洗掉，所以叫你过来，让你帮我当个见证人。"

河神低头亲吻桃花的脸颊，桃花闭上眼睛，河神碰触到她皮肤的地方立刻化为一片水汽。"我爱他。"桃花闭上眼睛，水汽再次凝结成河神的样子，"我要你帮我记住，我爱他。"

水化成的少年悬浮在空中，渐渐和湖水融合为一体，散开的水珠在空气中化为水汽，在少女的周围形成一片雾气。这一片氤氲中，杜昊几乎都不太认识这个桃花了。

桃花盈盈双目中带着些许悲伤，她真的陷入了爱河，真真切切爱上了一个人，然而那个人不是他。

那么多年的努力，结果还是白费功夫。

杜昊都不记得那天是如何强忍自己的绝望陪着桃花的，也许桃花的悲伤转移了他的情绪，他不得不分裂出另外一个强大的杜昊来支撑桃花。

确信河神走了之后，桃花哭得很伤心。

"它说它会回来的。"她哭着说，刚才的笑只是为了在它面前假装坚强。

后来他才知道，顾桃花和这个外星人已经好了大半年了。这大半年来她一直沉浸在幸福之中。外星人回去了之后，杜昊查阅了一些相关的科普读物，认为这个外星人的生命形态不在地球人的认知范围之内。它说要回去，估计要穿越虫洞，去到一个维度和地球完全不一样的世界。

"它的时间也许和我们的根本不一样。也许要一辈子。"他对桃花这样说。

桃花撇了撇嘴，感到很难过，随即又充满信心地说："它说它一定会回来的，就一定会回来！"

"那万一过了几十年它才回来呢？"杜昊说。

桃花忍不住又有点难过，随即又盲目自信起来："不会的！它答应我等我成年就回来和我结婚的！"

"你和它怎么结婚？"杜昊疑惑。

"呃……它总有办法的对吧？它几乎是万能的。"桃花说。

这份信赖，让杜昊好生妒忌。

但是两年过去了，快要考大学了，河神还是没有回来。桃花的父亲却突然被诊断出得了绝症，在临考之前去世了。桃花悲痛欲绝，完全没有心情去考试，杜昊握着她的手说："不要担心，我会照顾你，我一定会照顾你！"

桃花哭了起来："如果它在，它一定会救活爸爸的！它无所不能啊！"

杜昊抓紧了拳头。

桃花还是没有能参加考试，父亲的葬礼、家产的继承都让她没有精力去参加大学入学考试。但是杜昊去了。杜昊一直记得父亲的话："想要变强，杜家只有努力学习这条路。"他不负众望拿到了全省状元，然后毫不犹豫选择在本地读大学，放弃了去京城读书的机会。他要照顾桃花，履行他的约定。

那个河神还是一直没有回来，岛上那两年的收成也不是很好。渔民们体恤桃花的辛苦，但是抵不住外来的一些压力，不停有人上门来打探岛屿的价格，希望桃花将岛屿转手。

桃花似乎一夜之间长大了，从一个无忧无虑的少女变成了一个隐忍的小妇人，静默地站在湖边，明亮的眼睛看着远处，一站就是一整天。

"我不能卖，我怕它回来找不到我。"桃花说。

杜昊只是把奖学金塞到她手里，被她推开。

"我只是想保护你。"杜昊诚恳地说，"它不回来，还有我。"

"正因为这样，我不能收，"桃花亮晶晶的眼睛勇敢地看着他，"我有我自己的坚持，但是不代表可以消耗你的感情。"

杜昊哑然，原来桃花什么都知道。他知道了桃花爱上河神之后还有个愿望，希望桃花能自私一点，接受他的馈赠，这样欠他的越多，他待在她身边便更心安理得一点。可是桃花居然连欠都不愿意欠他的，他才发现自己的可笑。

恼羞成怒的杜昊，离开了桃花岛，到城里读书，一年多未回。再回来的时候，却发现桃花已经怀孕了。

岛上的原住民都神情各异。女岛主养在深闺，未婚先孕，桃花越美，对她名声的损害就越大。

杜昊听闻了这个流言，急忙冲到顾家。发现原来不是流言，而是真的。

"他回来了，"桃花淡然说，"他受到了他们星球的制裁，但是还是拼命回来了。我说我想怀一个他的孩子，他说他们星球禁止在地球使用外星的物质，他就利用太阳系现有的物质，让我怀上了他的孩子。"

杜昊顿时凌乱："外星生物怎么和地球女孩结合？不要拿自己的身体开玩笑！"

后来才知道，河神生生造出了自己在"地球"上的基因。由于外星禁令，他适用的全部都是太阳系内的材料，包括给孩子的基因设定都是参考他认为的地球上出色的人物而设定的。

这样的行为不是胡闹吗？不是给桃花生活带来颠覆吗？她以后怎么在众人的眼光中生活？

"他要过来娶我，和我举办婚礼。"桃花说。

河神大人不但造出了自己的人造"基因"，还生生造出了一个在地球上临时的肉身，要来桃花岛正大光明地"娶"岛主。

杜昊连毕业论文都没心情做了，就眼睁睁看着一天天过去。桃花等着中秋节那天河神来娶她过门，甚至还发了请帖，请岛内的人参加婚礼。

听闻岛主小姐要嫁人，新郎从未见过，大家也起了好奇心，纷纷等着看是怎样的一个姑爷。只有杜昊内心煎熬，他害怕河神那天来不了，又希望他来不了。他甚至打算好河神那天来不了的话，他就直接娶了桃花，宣布那个孩子就是自己的。

八月十五，大家从早上一直等到了傍晚，流水宴已经吃过两轮了，身着红衣的新娘子还没有等来新郎。杜昊一直坐在她身边，几次想发声顶包，但是都被桃花拉住了。

没关系，今晚过了，就说新郎就是他，因为他一直坐在桃花身边，只是不好意思说出来而已。

巨大的月亮从湖面升起，远远响起了箫声。一艘小船踏浪而来，月光下身着红衣的男子俊朗夺目，俊美得不像凡人。

桃花含着眼泪站起来了，提着裙子看着前方。

那一瞬间，杜昊坚信那就是河神，因为他造出的男人的模样，实在是太过于标致，完全是遵循地球人审美的黄金分割定律，是一种精确的美。这个外星人顶着人类的外形，模仿着人类的微笑，从船上下来的时候，身后的鱼群四下散去。人们才惊喜地注意到小船身边粼粼的银色波光不仅仅是月亮的反光，还有成千上万的鱼群。

河神没有带来任何聘礼，可是他的绝代风华让岛上的人觉得他本身就是一份大礼。

桃花也是第一次看到人形化的河神，一切和她想象得一模一样。英俊温柔的河神牵起了她的手，喝过了交杯酒，和众人微微一笑，拉着新娘入了洞房。

所有人都激动得难以言喻，交口称赞这个姑爷配得上小姐，这个姑爷太棒了。

只有杜昊一个人坐在角落，一杯一杯喝着岛上自酿的桂花酒，然后醉过去了。

河神的肉身不能在地球停留太久，他马上要回星球接受制裁。他在岛上待了七天，天天拉着桃花的手，扶着她看着波光粼粼的湖面。从背影看，这是地久天长无比和谐的一对，可是杜昊听桃花说，他马上要离开的。

"他怎么能丢下你不管！"杜昊顾不上心碎，怒骂道。

"我和他的时间不多，我没时间和你争辩，等他走了之后我再和你争。"桃花温柔地笑着，拍拍杜昊的肩膀，然后朝河神跑去。

她已经迷失了心智，外星人一定是用某种魔力控制了她。杜昊狠狠地摔着酒瓶，几欲乘船离去，但是又怕河神走了之后，桃花伤心过度撑不住身子。

河神待了七天，最后终于走了。

他临走之前和杜昊私下说了一番话。

他从未和岛上的人交谈过，一开口，杜昊才发现那是机器模拟出来的声音，嘶哑而且毫无感情。河神能模拟出人类的外形，却还没办法模拟出人类的声音。

"声音，我没有时间做得太好，因为我时间不多了，"河神看着湖面，"我会争取服刑结束之后就赶回来，她会等我。"

"你听说过渔夫和魔鬼的故事吗？等待会让一个人变成魔鬼。"杜昊冷冷地说。

"为什么？"河神美丽的眼睛看着他。

"因为我已经尝够了等待的滋味，我将要成为魔鬼。"杜昊狠狠地说。

"你不会的，"河神笑着说，"你很爱她，你希望她好。"他突然欣喜地笑了，"你看，我能读出除了她之外，地球人的感情了。"

你懂什么！杜昊咬着牙，没有作声。

河神拍了拍他的肩膀，然后和桃花分别，乘船而去。

——已经到了离开的时间，他乘船只为了给世人一个假象，他是主动离开寻求功名，不是失踪。在湖的那一边等待他的不是陆地，而是一个虫洞。

服刑的时间有多久呢？他们星球对于时间的概念和地球是不一样的，也许是一年，也许是一辈子。

桃花说，她不害怕，因为河神为了让她能等下去，给她留下自己研制的秘药，可以等上几个世纪都没有问题。

桃花拿出那个盒子，看着里面那颗外表寻常的药丸，偷偷对杜昊说："想到一辈子都不会老，之后也不会死，你们都会离开我，我真的有点紧张和害怕呢。"

"那你想清楚再吃，"杜昊对她说，"如果你不想吃，想和正常人一样老去，那就嫁给我。"

"杜哥哥……"桃花摸着自己圆滚滚的小腹，含泪说，"你不要这样对我。"

"这个孩子我也会当自己的孩子，这个孩子聚集了他认为的优秀的基因，我想我来做他后天的启蒙老师，也是很合适的。"杜昊说。

几个月之后，桃花临盆，生下一个男婴。

男婴五官看起来倒是平淡无奇，没有继承河神的美貌，依稀有点点桃花的影子。本来就是外星人人造出来的胚胎，没有继承对方真正的基因也是正常的。

不知为何，杜昊反而呼了口气，内心的妒忌消散了许多。

岛上的人都私下交谈，说姑爷怎么一去不回来了，最近岛上生计又差了，小姐一个人怎么抚养孩子呢。国外有研究所发通知函请杜昊过去，他问桃花要不要和他一去出国。桃花不愿意，他苦口婆心地劝，说河神离开已经快一年，她自然知道其中等待的滋味难熬，与其被人前人后指指点点，不如跟了自己离开这个岛重新生活。

桃花瞪着杜昊，嘴角带着冷笑。她从未这样对杜昊冷笑过，这冷笑含着不被理解的愤怒和被落井下石的悲伤。她放下刚睡着了的小娃娃，便去柜子里拿出了那颗药丸，当着杜昊的面吃了下去。

杜昊脸上勃然变色："你真相信他能给你什么长生不老的药？"

"我信他！"桃花说，"我愿意为他等上几个世纪！"

杜昊第一次对桃花动怒，他所有的希望就在那一瞬间破碎了，他所有的包容就这样被桃花踩在脚下："你会后悔的！等你长出了第一道皱纹，你就知道那个外星人就是骗你的！你从头到尾就是被他迷了心窍！"

从小到大，这是他们之间争吵最激烈的一次，杜昊被她的执迷不悟气坏了，直接应了研究所的邀请去了国外。过了一年再回来，听说桃花已经把岛卖了，带着孩子离开了。

"哎呀，小姐就是觉得人言可畏嘛，把岛都卖了！"淳朴的岛民这样说。

"都怪我们老是议论姑爷骗了她这件事，在岛上都是乡里乡亲的，出了外面才容易被人指指戳戳呢！"

"闭嘴啦阿婆，都怪你说姑爷骗财骗色啊！姑爷其实没有拿小姐一分钱啦！姑爷本身色相就很够给力啦！人家真心相爱明媒正娶的你们乱说什么哟！"

"真心相爱怎么一去不复返啊!"

"会不会出什么事啊……"

"会不会那姑爷是已婚的……"

"闭嘴啦!"

这样的猜测让杜昊不忍耳闻,可以想象桃花平时过的都是什么生活。

他转身就要去找她,岛上的住民不好意思地说:"岛是小姐的,她低价卖给我们,我们就当给了租金啦,我们都写过字据,不管她什么时候回来,我们都把岛还给她。告诉她,这里才是她永远的家,不要离开这里了……"

杜昊去了城里,到处找了很久,都没有找到桃花……桃花母子就像一滴水融入了大海一般,彻底失去了踪迹……

五

不知什么时候,外面的雨停了。

顾蒙亮和胡依婷听得下巴都掉下来了。半天顾蒙亮才彻底消化了这个故事,看着默默喝茶的杜阳说:"你是说,你爷爷杜昊……你爷爷杜昊他当年是见过我爷爷的?"

"见过。"

"是不是很帅?"胡依婷惊喜地问,"真的是外星人爷爷哎!"

"不记得了。"杜阳似乎不愿意多说。

顾蒙亮站了起来,转身进了书房,苍蝇机一直跟着他。胡依婷也跟着走过来,把杜阳一个人留在书房里。她随手关上了门:"他似乎不知道西门豹的存在,以为你是靠钱生造一个河神神话呢。"

"西门豹的事情不要让他知道,对于他说的话,我还需要消化。"顾蒙亮坐在椅子上沉吟,"虽然已经怀疑爷爷就是西门豹星球的人,可是从第三人嘴里说出来还是很震惊啊……"

"所以你说你奶奶对自己变老很介意,可能就是恨爷爷给的是假药吧……"胡依婷说。

"那个药是临时用太阳系的材料造出来的,虽然加了外星人的技术,但是又禁止使用外星人的材料,所以没有预期效果也是可以理解的。可是奶奶可能就不这么想了吧……"顾蒙亮皱着眉,体会奶奶当时失望而痛苦的心情,自己一点一点老下去,约定的那个人一直都没有出现。

"我回去想办法查一查当年来地球的人。但是服刑人员的档案不是我这种权限能查到的，我旁敲侧击问一下我导师试试看。"西门豹说。

"爷爷还是回来过的，不是送了通信器回来了吗？糯糯就是，他情急之下送回的是自己星球材料做的通信仪，所以西门豹才有同位素反应……那时候的情况一定很紧急吧，他没有时间用本地的材料做……"

"杜阳已经走了。"西门豹监测到客厅的画面，"他去外面发动自己的电摩托走了，要跟踪他吗？"

"我还有好多细节想问他，我去叫他回来。"

"我回去偷偷查一下资料，这段时间河神计划暂停吧。"西门豹对胡依婷说，"我穿越虫洞需要时间，这段时间你来照顾顾蒙亮吧。"说完都没有等他们反应，苍蝇机立刻就失去了能源一般缓缓降落在地板上，西门豹就这样闪退了。

"照顾顾总是我的责任！"胡依婷拍拍自己胸膛，"我去追杜阳回来吧！"

"还是我亲自去吧。"顾蒙亮去拿车钥匙，胡依婷紧紧跟着他。他忍不住说，"虽然西门豹暂时不在，但是手动驾驶我还是可以的。"

"顾总你长得就一副水晶样子，我看了就怕别人碰着你，"胡依婷抹了一把脸，"加上听了桃花姐姐的故事，我更觉得她留下的基因何等珍贵，这张脸还要等着河神大人回来呢。"

顾蒙亮大踏步走到车库发动了车子，懒得和她耍嘴皮。胡依婷狗腿似地跟着，她驾车技术没有顾蒙亮好，去了也是让顾总当司机。

至少有什么突发事件我可以应对。她心虚地小声对自己说。

顾蒙亮快速发动了车子，朝杜阳走的方向追去。

"对了，他为什么要你杀了他，最后还是没有提。"胡依婷说，"我总觉得这个人内心阴郁得很，估计和他爷爷一样。"

顾蒙亮没有说话，把车直接开上了外面的公路。杜阳虽然走得早几分钟，但是那辆电摩托在超跑的对比下简直就是小绵羊。顾蒙亮很快在不远处看到了杜阳骑着电摩托的背影。

"他疯了，电动车开那么快！超速了！"胡依婷忍不住喊。

"我有不妙的感觉，这速度不太对劲。"顾蒙亮说。

"前面是个转弯，就是个山崖！"顾蒙亮家的别墅在临江的半山腰，有一段山路。胡依婷看着杜阳没命地加速，似乎要摆脱他们，"他发现我们追他了吗……啊！"

她还来不及呼喊，那辆电摩托已经撞飞了公路的栏杆，直直朝山下滚去。

顾蒙亮内心暗骂了一句糟糕，急忙停车。他和胡依婷冲到栏杆边，看着那辆电摩托连人带车滚了下去。

你一定要杀了我。

杜阳的愿望在他耳边响起，像诅咒一般。

"白痴！你跑什么！"顾蒙亮怒道，掏出了手机打电话给120。胡依婷已经一个纵身朝山下跳下去："我下去找找看！"

超越常人的弹跳力，怪力少女直接跳下数十米的山崖，身影隐没在绿色植物中。下面有树木，有岩石，这么快的速度摔下去……他毕竟不是胡依婷……顾蒙亮双拳抓紧，对着那边刚接通的120骂了一句："白痴！"

"啊？"那边的接线员惊讶地哼了一声。

一直到下午三点，搜救队才算完全结束了工作。

掉下去的电摩托四分五裂，但是人没有找到。天又开始下雨，又湿又冷，顾蒙亮站在路边看着这一切，胡依婷给他打着伞，旁边停着他的兰博基尼。

警察严肃地和他录口供："你们当时是在飙车吗？"

"没有！"他懊恼地应着，"他突然加速就飞了出去，可能当时都没看到我在后面。"

顾蒙亮地别墅小区的摄像头能看到他们先后离开的录像，证明他说得没错。

"人怎么不见了？"

"可能滚到江里面被冲到下游了，"搜救队员说，"我们可能要去下游看看。"

胡依婷看了一眼脸色铁青的顾蒙亮："我及时跟着跳下去都没有找到他，可能真的滚到江里去了。我当时没反应过来，对不起……"

"不怪你。"顾蒙亮叹了口气，已经没有心情再留在现场，"你开车送我回去吧。"

胡依婷依言开车，路上想起了什么，说："听说杜家有个诅咒，男子都不太长寿。"

"什么？"

"就是杜昊、杜柏和杜阳都是学霸，但是他们都是没到三十岁就意外去世了。这件事以前在班上就有传闻。只是你是中途插班进来的，不知道而已。"

"杜昊也是……"顾蒙亮看着窗外的风景，突然反应过来。

"是啊，听说杜昊当年出国没两年就死了，杜柏是长大之后继承了他的遗产从国外回来的，直接考入我们本地的大学。后来考入国外研究所之后，就直接出国，后来又突然去世了。杜阳也是在国外完成的基础教育回国的，有人说他家就不适合回到龙城生活，不然就会死于非命，可是他不听，有什么办法？"

"诅……咒吗？"顾蒙亮沉吟，没有继续追问下去。

　　为什么杜阳要他杀了自己？为什么杜阳有这种神情？这些都是百思不得其解的问题。他大清早上门来说了自己爷爷当年的故事之后就匆忙离开了，是为了逃避什么吗？

　　"要是西门豹在就好了，苍蝇机要找到杜阳应该也不是难事吧。"胡依婷叹了口气。

　　是啊，西门豹总是关键时候离开啊……顾蒙亮说。

　　那天他和胡依婷都没有去学校，在家等着搜救队的消息。杜阳在龙城没有亲人，好像父亲死了之后，和母亲那边也没什么联系。这点让他感到很感慨，总是想着那个年少开始就暗恋自己奶奶的杜昊，也许一开始就注定了孤独的宿命。

　　"明天是周六，也不用上课啊……"胡依婷看着窗外雨打芭蕉的样子，忍不住这样叹息。

　　"陪我再回一次娘子岛吧。"顾蒙亮突然这么说。

　　第二天他们又去了娘子岛，或者说是桃花岛。冬天的桃花岛，那么宁静，那么安逸。

　　顾蒙亮站在江边，想着自己奶奶当年就这样站着，看着远方的水面。爷爷当初就是这样消失在水的那一边。

　　"我当年是参加过那次喜宴的，我记得姑爷的样子。"老奶奶颤巍巍地走过来，"可俊俏呢，一直对我们微笑，只是不说话，看起来就是个善良的孩子，可是怎么就是不回来呢……"

　　"桃花小姐的姑爷是岛上的禁语，我们说好不再提起他，所以没有人再提起过他。当年就是因为总是提他，才逼走了小姐。"老奶奶打着伞，颤巍巍地被滕飞扶走了，滕飞走之前不忘跟一直在湖边发呆的顾蒙亮说："晚上记得过来吃饭啊！"

　　"说起来，你爸爸白手起家，现在成了数一数二的富豪，也是你爷爷当初'造出来'的基因好吧。"胡依婷还是不忘在旁边帮她的顾总打伞。

　　顾蒙亮突然把头靠在了她的肩膀上，让她受宠若惊地差点叫出了声。

　　"让我靠一会儿，我突然觉得好累。"顾蒙亮小声说。

　　"不怕，让助理给你依靠！"胡依婷拍拍胸口说。

　　"奶奶她经历了好多事，我光是听就觉得好累，"顾蒙亮叹了口气，"爸爸也一定经历了很多吧……当年爷爷选的'基因'肯定是看中了'财富'这条。仔细想想，他没有带来一分钱彩礼，却送给我奶奶一个赚钱机器，也算是照顾她后半辈子了……"

　　"可我觉得真正继承你奶奶基因的是你，你爸爸长得不太像你奶奶，也不像他们口里说的那个俊美的河神大人啊。"胡依婷打着伞坐在湖边，让顾总靠着她的肩膀，有一搭没一搭扯着顾总家的八卦。

　　"也是，毕竟外星人也许也不知道遗传的意义，他的肉身都是生生造出来的，自然不能放到基因里。"顾蒙亮说。

"也有可能他觉得'能赚钱'比'长得帅'对你奶奶来说更重要。"

"可惜就是给了我奶奶一颗假药,太坑奶奶了。"

"人总是会老的嘛,你看你不是隔代遗传你奶奶的所有基因吗?说不定外星人做了手脚,你就是你奶奶的衍生物……"

"听起来……有点吓人,我是我奶奶的有丝分裂吗?"

"就差你不是女孩子了……"

"呵呵……你这么一说,我倒是有点轻松了……"

"别想那么多啦顾总。你奶奶和爸爸经历的事情,就是为了让你舒舒服服过日子,所以你就好好享受现在的少爷生活吧。"

"结果还是遇见个死外星人,被扯进他的河神计划……话说我爷爷才是最早的河神是不是……"

"嘻嘻,下次再有人叫你填写爷爷的资料,你就写'河神',名正言顺了吧……"

"哎,胡依婷啊,你真是……什么事情到你这里都不算事儿了呢……"

"那当然,我可是死过一次的人啊……"

雨丝越来越稠密了,越来越冷了,天色也渐渐暗下去了。

"我们去滕飞家吃点什么吧……顾总……这里真的有点冷,别着凉了……"

"啊,我真的好像有点着凉了……"

"不是吧顾总!你还好吧顾总!别晕过去啊顾总!"胡依婷挽住顾蒙亮,忍不住朝上来叫他们吃饭的滕飞大叫,"顾总被冻晕过去啦!"

"不要担心!"滕飞远远喊道,"我家今天吃火锅!"

六

吃了火锅驱寒,然后在花苑休息了一天的顾蒙亮,周一去了学校。

他和胡依婷走进教室的时候,看见衣冠整齐的杜阳坐在座位上,严肃地对他们说:"你们又迟到了。"

"啊!"他们两个吓得差点丢了魂,"杜阳!"

杜阳冷漠地推了推眼镜:"快坐好,老师要来了。"

他们两个魂不守舍地在杜阳身后坐下。苍蝇机不在,西门豹不在,顾蒙亮就不说了,力大无穷的胡依婷都吓得要报警。

"你你你,你不是掉下山崖了吗?"胡依婷揉着眼睛,又壮胆戳了一把杜阳。

　　"我那天心情不好，直接把车开下去了。"杜阳轻描淡写，"又顺着江游到了下游冷静了一下。"

　　"你开什么玩笑，那么高的地方！"顾蒙亮也忍不住要发作了，就算是讲台上老师严厉的目光也不能制止他随时要站起来的冲动。

　　"嗯……"杜阳回头看了他们一眼，"河神当年给桃花的，其实不是假药哦。"

　　顾蒙亮和胡依婷呆住。永葆青春的药不是假的。

　　可是为什么奶奶会老去？会死？

　　杜阳露出悲伤的笑容，说："你也可以随时杀了我。"

　　——请你杀了我。

　　不死的杜阳。

　　杜阳，杜柏，杜昊。

　　杜家男人英年早逝。总是在国外长大，总是学霸，但总是要回到龙城读大学。

　　是了，顾蒙亮完全呆住了。

　　杜昊换了药，是杜昊吃了河神当年给桃花的药。

　　也许是嫉妒，也许是觉得她永远等不来河神，不想看她痛苦下去。

　　所以他吃了药，有了不死的身体。

　　杜阳、杜柏、杜昊，其实就是一个人，不然怎么会长得一模一样。

　　所以他才会看到顾蒙亮就神色大变，所以才会追问他奶奶的下落，所以才会悲伤绝望地求河神杀了自己。

　　都是愧疚，他当年插手了桃花和河神的爱情，断送了桃花等待河神回来的梦想。

　　今天上的是商务英语课，外面一直在下雨，老师发现教室里也在下雨——

　　那个脸色一直很漠然的优等生杜阳，坐在自己位置上，脱下了眼镜，一直在流泪。

　　他一直在流泪，停不下来。

第九章

阳和桥·时光谎言

一

今天的夜晚，有看起来距离地球很远的一轮新月。

顾蒙亮坐在杨和桥栏杆上，抬头看着远处的江景，对着耳机说："阳和桥距离市中心比较远，那边的钟声我们大概听不到吧。"

西门豹在耳机里长久地沉默着，没有作声。

"你这段时间特别沉默。"顾蒙亮拉下头蓬，立刻感受到了今天晚上寒冷而干燥的空气。

"我在分析你的事情。你应该算是'我们星球的孩子'，"西门豹毫无感情的声音响起，"如果杜阳说得没错，你奶奶和你爷爷生下的那个孩子，是用我们星球的技术和地球人的基因人工合成的。那你才是真正意义上的'外星人和地球人'结合生下的孩子。"两台苍蝇机飞了过来，在顾蒙亮面前投下全息投影，复杂的基因链和重组公式在他面前闪烁不已。

"我看不懂。"学经济的顾蒙亮表示无力。

那些全息投影消失了，取而代之的是婴儿胚胎的模型。西门豹说："我只是试图用地球人的知识体系向你演示整个过程。事实上你们地球人的那一套知识体系是对自然界的一种人为的演绎，真理一直在那里，你们只是用自己能理解的方式诠释了出来而已。"

微风轻轻地吹来，江水荡漾起涟漪，对岸江景的灯饰渐渐熄灭了，本来璀璨的人造江景变成了寂寥萧瑟的自然江景。对面漆黑一片，只有江面倒影的城市夜色，偏偏生出一种肃穆的庄严感。

"你的父亲的基因是你爷爷集合了地球男性优秀基因而来，你父亲从某种意义上是一个'人造人'。而你奶奶和你爷爷的基因潜藏在你父亲身上，通过你父母的繁衍生殖，才完美结合到你身上。"全息投影上展示的是一个亚热带的森林，一根寄生藤在巨大的古树上蜿蜒生长，之后又变成一只鸟把蛋产在别的鸟类的巢内，然后飞走了，让别的鸟为自己孵育后代……

"这只是类似的例子，简单地说，你是你爷爷和奶奶的孩子，可是你父亲却是个人造的孩子，他像一个容器一般承载了你奶奶和你爷爷的基因，借助你母亲的子宫生了你。"西门豹结束了全息投影的演示，"因为我们的生命形态维度和地球人不一样，所以你爷爷和奶奶当年是不能直接结合繁衍后代的。"

顾蒙亮嘴巴张得很大："你的意思是……我其实不算是我爸亲生的？"

"你的基因完全来自你奶奶和你爷爷，和你爸爸没多大关系。你爸爸是个人造人。"西门豹说，"所以你外貌完全承自你奶奶，你爸爸却长得一点都不像你们。"

"我和你还算有点同族的关系？"顾蒙亮对着苍蝇机戏谑。

"按地球人的说法，你身上有部分我们星球的血统，"西门豹毫无感情地说，"虽然这种说法其实也不太准确，但是你可以算是和我们星球关系最为接近的地球人。"

顾蒙亮一拍大腿："所以你当初河神计划找上我，对不对！"

西门豹沉默了片刻，说："当初真的是随机选的。"

"我不信！"顾蒙亮反驳，苍蝇机上却传来了钟声——十二点整点报时，苍蝇机实时转播——这里距离市中心的确是太远了。

顾蒙亮整个身体腾空而起。斗篷完全张开，把他整个人轻轻巧巧地拉到了桥的拉索顶端。

一个年轻人气喘吁吁地踩着报时的声音冲了过来，一边冲一边摘下自己手上的手表，还没走到江心，钟声就结束了，他顺势把手表扔了出去。

"河神！快出现吧！"他大声叫着。

顾蒙亮和西门豹都看着那手表晃悠悠地被抛了出去，撞在了桥梁上，又在桥墩上撞了好几下，卡在桥墩下方没有掉入水里。

"……"

"……"

年轻人喘着气盯着江面，等待奇迹的发生。

"没掉进江里算不算？"顾蒙亮蹲在桥索上看着江面。他的面罩上有显示屏，把那枚被撞坏的手表看得一清二楚："是老款的上海梅花表，上世纪的产品，可以列入收藏级别了。"

"没掉入江心算不算？"西门豹毫无感情地问顾蒙亮，"你是河神，你说了算。"

"那还是不算了，我不想太辛苦。"顾蒙亮说。

"河神计划还剩下两次任务就完成了，你要是不去，下周还得来。"西门豹说。

"过两天就是圣诞节了，我过完圣诞节再去。"顾蒙亮找理由推脱。

"圣诞节不是中国人的节日，春节才是。"西门豹补充说，"圣诞节后还有元旦，你不能因为这个理由一拖再拖。"

顾蒙亮手心朝下，那块梅花表便从桥墩飞升而起，直直贴在顾蒙亮的手心。

年轻人趴在栏杆上，已经心灰意冷地看着静悄悄的江面，长叹一口气，沮丧地扭过头，打算接受自己许愿失败的事实。

"嗨！"头顶上突然传来一个声音，穿着黑色斗篷的男人宛如一只黑鸟一般，自头顶盘旋而下。他张开左右手心，手心里各有一枚闪闪发光的手表，庄严的声音轰鸣激荡："年轻人啊！你掉下的到底是这块金表？还是这块银表啊？"

年轻人感激涕零地跪下，双手捂着心口说："不不，都不是我掉下的手表，我掉下的是一款老式的梅花表。"

顾蒙亮收起双手，微微点头："真是个诚实的孩子哟，你有什么愿望尽管说出来吧！"

"我求求您能找回我的爷爷！"年轻人大声说，"十五年前，我失踪的爷爷！"

西门豹已经确认了年轻人的身份："周柳青，十九岁，奶茶店小老板，家住八一路139号，身高174厘米，体重69公斤，家里父母健在……"

"年轻人，你的梅花表先留在我这里了，"河神悬浮在年轻人面前。他微微一笑，突然斗篷张开，整个人像喷气式飞机一般飞离了桥面，贴着江心拉出一条直线水浪飞走了，"我找到你爷爷会还给你的！"

"干吗不还给他？"西门豹不懂顾蒙亮为什么突然要拗造型。

"因为你刚才忘记把表修好了。"顾蒙亮伸手握住那块手表，"河神不能还给别人一个摔破表盖的手表啊！"

二

"周柳青的爷爷在十五年前就失踪了，当时周家人去警察局报了案的。"胡依婷抱着花花浏览着面前的全息投影，"他爷爷周大新，一直都是失踪人口，十五年了都没露过脸。"

第二天是周六，学校不上课，胡依婷专程从学校跑到花苑来履行"贴身秘书"的职责。她把周柳青从小到大的资料看了一遍，就觉得是一个非常普通人家的普通孩子的履历，只是在他五岁的时候，爷爷突然失踪了。

"西门豹要在地球找一个失踪了的人应该是很容易的吧。"顾蒙亮玩弄着手上那块已经修好的梅花表，对着苍蝇机说。

顾蒙亮面前的水杯突然开始抖动，里面的液体以一种违反重力的姿态脱离杯子，在空中形成一个约十厘米高的成年男子的半身头像。男子嘴巴微微开合，发出声音："我正在筛选在DNA上和周柳青有血缘关系的男子，地球上但凡能搜集到的痕迹，全部列入我的筛选范围。"

"西门豹！"顾蒙亮忍不住站起来，连胡依婷都吓得搂紧了花花，"这是什么新技术？"

透明的"水男"微微扭头，面朝西门豹说："我听了杜阳的故事之后，试着模拟你爷爷当年在你奶奶面前呈现的技术。"

刚刚说完，"水像"立刻碎裂开来，液体重新回归重力，"啪"一下砸在地板上，留下一片水渍。

"你控制水的能力不如我爷爷啊。据杜阳说当年我爷爷是用水生生造了一个'人'的形体出来呀。"顾蒙亮表示嘲讽。

西门豹倒是不生气："我们星球的人的能力也是分阶层的，我只是个没毕业的低阶导师，你爷爷估计是属于高阶的。"

"导师是什么？"胡依婷忍不住插嘴。

"涉及到我们星球的秘密，不能回答。"西门豹冷冰冰表示拒绝。

"如果遇见顾蒙亮的爷爷，我们直接问他爷爷好啦！"胡依婷自从知道顾蒙亮的爷爷是比西门豹还厉害的外星人之后，那种鸡犬升天的心情一直就没平复过。

西门豹不置可否，它没有和人争意气的情绪，它没有人类那种多余的嫉妒心和好胜心，凡事都按目标策略进行。

"和周柳青基因匹配的男子，没有符合他爷爷年纪的。"西门豹说，"户口登记本上写他爷爷今年至少八十岁了，但是地球上这个年纪的男子没有找到基因能和他相配、证明有血缘关系的男性。"

西门豹皱着眉头说："他爷爷失踪了？是怎么失踪的？"

"十五年前在河边散步，一去就没有回来。报警处理了，警察也没有找到相关线索。"西门豹展现了十五年前的资料，投影在顾蒙亮面前，数据飞快地掠过，"没有任何线索，从十五年前到现在，都没有这个人的线索。"

"地球上不存在这个人吗？"胡依婷问。

"不存在。"西门豹说。

"啊……"顾蒙亮皱眉坐下，"很可能这个人多年前已经死了。"

"就算是死了，也没有留下任何可以查找的痕迹，"西门豹补充，"如果有尸体我也能检测到这个人的存在。"

胡依婷吸了口气："别说了，听起来有点可怕，他要找的是一个不存在的人吗？"

"如果是已故的人，被火化了之后，西门豹是很有可能检测不到的。周大新也许已经死去多年了。"顾蒙亮摊手，花花懒洋洋地从胡依婷的怀里抬头看他，打了个呵欠，表示对他们的谈话毫无兴趣。

"他要找的人如果已经不在人世，那么这次任务算是失败吧？"胡依婷问西门豹。

西门豹对"失败"两个字非常敏感，苍蝇机一下就飞出了窗外。"河神计划"只剩下最后两个案例了，眼看着今年就要结束，倒数第二个计划还没开始执行就宣告失败，对它来说是不小的打击。

"它大概去监控周柳青他们家了吧。"顾蒙亮看着窗外喃喃地说。今天还真的有点冷，窗户不关有冷风吹进来。他走过去关上窗户，顺带打了个喷嚏。

胡依婷突然想起什么似地说："顾总，如果西门豹查找你的基因，估计地球上也找不到吧。"

"我和我爸都没有基因关系，是和爷爷奶奶有基因上的关系，想想也是奇妙。"顾蒙亮耸耸肩。客厅已经打开全息投影，他能看见周柳青家里的情形。

周柳青的家住在老城区的一栋老房子里，他父母都在家里，家里的家具很旧了，他父亲周集寅在看着电视机里的黄梅戏选段，母亲在厨房里洗碗。周柳青刚刚从自己的小门面里回来，擦了把汗。

"肚子饿了吗？"母亲伸了个头问周柳青。

周柳青看起来有点疲倦："不饿。"

他回到自己狭小的房间，打开自己的相册，看着爷爷的照片沉默不语。他看见桌上那块梅花表，那是爷爷留下来的最值钱的东西。听说20世纪70年代的时候，一块梅花表就如同今天手上最新款的苹果手机，是非常牛气的东西。

"表盘帮你换了新的。"空气中突然响起一个陌生的声音，把他吓了半死，惊恐地看看前后左右。

"别慌，我就是昨天晚上你许愿的河神。"声音淡淡地说，"你的表昨天在桥墩上砸坏了，给你换新表盘需要一些时间，毕竟老厂配件不太好找。"

周柳青这才想起爷爷的梅花表已经被他扔下桥，现在却悄无声息地出现在自己房间的桌上，这不是河神的神力还会是什么呢？

"你说过找到我爷爷就还给我，是不是已经找到我爷爷了？"周柳青惊喜地问。

"……"顾蒙亮有点尴尬，沉默了片刻后说，"对不起，我们找不到你爷爷，他很可能已经不在这个世界上了。"

"什么？怎么可能？"周柳青不相信，"我的爷爷已经死了吗？"

"我连他尸体都找不到。"顾蒙亮表示遗憾。

周柳青对着天花板说："我不相信爷爷已经死了。如果已经死了，你应该能找到他的尸体，你作为河神应该有这个能力！"

"火化了就找不到了嘛。"顾蒙亮一边回答他，一边在笔记本上打字，问西门豹，能找到骨灰么？换来西门豹长久的沉默。

胡依婷在旁边轻轻摇了摇头："河神大人可以让死去不久的人复活，但是却找不到一把没有DNA数据的骨灰呀。"

周柳青失望地站了起来，看着手上那块完好无损的梅花表，长长地叹了口气。他打开抽屉，拿出一个盒子，小心地打开盒子，里面都是小学生手册之类的过期证件。最底下放着一张黑白照片，就是一个小孩子和一个老爷爷的合影。小孩子眉间依稀可以看出有周柳青的影子，旁边那个老人体型高大，对着镜头爽朗地笑着，露出缺了一颗门牙的嘴。

"这个是你爷爷？"顾蒙亮问。

周柳青抚摸着相片，叹了口气："是呀，这是爷爷失踪之前和我拍的最后的一张照片了。我年纪小，但是记得爷爷是最疼我的人。他小时候总是叮嘱我好好读书，结果我也读不下书，初中毕业就出来打工了，真是对不起他。"

"你爸爸妈妈没有去找过爷爷吗？"顾蒙亮问他。

周柳青有点难过地说："没有，因为家里不准提爷爷，每次提起爷爷都不高兴。大概是爷爷失踪后，爸爸妈妈也很伤心吧。我奶奶去世得早，小时候是爷爷把我带大的。"

"我记得最后一次看见爷爷是一个早上，爷爷给我换上了新衣服，没有带我出门，让我乖乖在家，说他要去一个很远的地方，然后就再也没有回来了。我想爷爷那时已经决定要离开了吧。"

刚说到这里，周柳青的父亲突然就推门进来扔过来一台手机："你还记得李大叔吗？就是我的工友，他儿子刚买了台苹果手机，结果坏掉了，想拿到你这里修。"

"为什么不去专营店修？过了保修期了吗？"周柳青问。

父亲皱起眉头不耐烦地说："肯定是买了水货专卖店不保修呗！你就帮他随便弄弄，让他能打电话就行了！费用就别和他算了，我和他爸经常去钓鱼的。"

他斜眼看见周柳青手边那张照片，瞬间变了脸色："你怎么还有这张照片？"

周柳青急忙收起来，但是被父亲眼疾手快拿到了。

父亲举起照片在灯光下眯起眼，突然就把照片撕成两半，怒道："不是告诉你不要在家里提这个人了吗？"

周柳青想去抢那被撕碎的照片，却不敢忤逆父亲。父亲怒气冲冲把照片的碎片捏在手里，然后甩门走了出去，顺手把碎片扔进了厕所马桶里。听着马桶冲水的声音，周柳青的眼泪忍不住涌了出来。

"对不起呀，见笑了。"他赶紧用手背擦眼泪。

顾蒙亮默默看着这一切，没有作声。

"河神，你还在吗？"周柳青试探性地问了两声，没有回应，他喃喃地说，"已经走了吗？"

顾蒙亮没有回答他，因为他不知道该说什么。

胡依婷扫描了他家的全部细节，报告说："他家没有任何关于他爷爷的东西，除了那张刚被冲进下水道的照片。"

"还有那块表。"顾蒙亮看着周柳青偷偷把表塞进了自己的裤袋里。

"周大新，户口本里的确是有这么一个人。十五年前失踪，当时已经退休了，是钟表厂的一名普通员工。"胡依婷调出周大新的资料，"啧啧，这位老爷爷之前的资料真的是很丰富呀。"

"怎么了？"顾蒙亮看着房间里默然不语的周柳青问。

"旷工，打架，喝酒……周大新年轻的时候在钟表厂被处分过，也被扣过工资，是一位劣迹斑斑的员工。"胡依婷看着资料说，"他是一名质检员，专门负责校准钟表精确度的技术工人。"

"明天去他的老工友那边问问他的情况吧。"顾蒙亮想起了什么，对另外一台苍蝇机说："西门豹，被撕的照片能恢复吗？"

"已经从马桶提取出来了，正在恢复。"西门豹说。

"打印一份送我这里来，恢复的那份就送回他的抽屉吧。"顾蒙亮说。

"能洗干净之后再送吗？"胡依婷想起那张惨遭马桶洗礼的照片，忍不住捂着鼻子说。

西门豹毫无感情地回答："和被撕碎之前一模一样。"

是嘛，外星人总是能做到一些地球人做不到的事情，就算是被撕得粉碎又被冲进马桶里的照片也能恢复如初。

周柳青当然不知道这一切，他只想着爷爷唯一的照片也被撕掉了，忍不住蜷缩在床上哭了起来。

父亲突然打开门，严厉地对他说："叫你修好那部手机！没听见吗！"

周柳青赶紧一个鲤鱼打挺从床上跳起来，拿起那部苹果手机去自己的小工作台开盖检查。他的桌子就是一个小工作台，上面有各式各样的配件。他换上厚厚的眼镜，打开台灯，想起被撕碎的爷爷的照片，忍不住又难过起来。

父亲狠狠关上了门，嘴里还咕哝着："居然还惦记着那个老混蛋！"

母亲捧着一碗面条在外面等着，正犹豫着要不要端进来，就被父亲阻止了："修不好手机不能吃！"

母亲似乎有点于心不忍："他从店铺回来还没吃东西……"

"饿不死他！"父亲恶狠狠地说。

周柳青忍着眼泪，顾不上伤心就开始拆开手机盖看，才发现这是一台非常粗劣的组装机，里面的零件基本都是老旧款式，只不过披了个崭新的外壳而已。

一个女声在空气中响了起来："你什么时候学会修手机的呀？"

周柳青吓了一跳，左右看看，什么人都没有。

"我是河神的侍女哦，嘻嘻。"女声听起来像个天真的小姑娘，言语里充满了温柔和善意，让他忍不住放松下来。

"修手机啊……"他想了想，"初中毕业之后，我爸爸不让我读书，叫我出去挣钱，我就借钱去学修手机了。"

"真了不起呀……你爸爸好像很讨厌你爷爷哦。"胡依婷代替了顾蒙亮的位置，后者和西门豹筛选关于周大新的资料去了。顾蒙亮本来不爱和人过多交流，尤其是周柳青家里那种压抑的气氛让他看了很不舒服，他把周柳青的父亲资料也调出来看了。

周柳青想了想说："是的，我爸爸就是不喜欢爷爷。我小时候记得他老是和爷爷吵架，而且爷爷退休之后，他们经常不在一张桌子上吃饭，爷爷经常偷偷带我出去吃小吃。爷爷失踪之后，他们报了警之后也没有试着找过爷爷。"

"你爸爸听起来很不孝哦。"小女生半开玩笑半当真地说。

周柳青没有作声，手上的焊笔把那台山寨机彻底搞报废了。他闻到了一股子焦味，丧气地把电焊笔扔一边，回到床上躺下："爷爷可能真的是死了。"他眼角浮起一层泪花，小声说，"不然不会来看我。"

胡依婷看着他仰面躺在床上的样子，觉得自己也问不下去了，就关了话筒。

周柳青握着爷爷的梅花表，顾不上咕咕叫的肚子，迷迷糊糊就睡过去了。顾蒙亮抱胸靠在沙发边看了好一会，胡依婷委屈地扭头对他说："顾总，怎么办？找不到他爷爷，他爸爸妈妈好像也不喜欢他。真是一个问题家庭的悲剧。"

顾蒙亮示意苍蝇机关了全息投影，丢下一句话："至少把他手边那个山寨手机修好吧。"他大概觉得有点疲倦，打着呵欠回房间了。

三

周柳青在阳和桥许愿后的第三天。

胡依婷建议去周柳青爷爷，也就是周大新生前的同事那边调查一下有关他的事情。

"即使是西门豹的外星技术，也无法触及人类的内心想法呀。"胡依婷背着双肩包从顾蒙亮的车上跳下来，溜进老式的职工小区里。院子里的榕树在冬天依然绿意盎然，树下有三三两两的老头在下棋聊天。顾蒙亮看着胡依婷走了进去，便靠在车边拿了瓶矿泉水喝。

冬日阳光下，靠着兰博基尼喝矿泉水的俊美少年，背后是老旧的职工宿舍，进进出出都是买菜回来和送孙子去补习班的老头老太太。大家都神色安详，没人会多看谁一眼。

"地球上除了人类的内心，没有我们窥探不了的事物。"西门豹说，"找不到他爷爷，这个任务已经算是失败。我们应该寻找下一个目标。"

"我也觉得。"顾蒙亮说。

西门豹对顾蒙亮这次没有反对自己感到意外："为什么你还让胡依婷进去调查？"

"因为周柳青的样子，我看了很不舒服。所以我不想这么快放弃这次任务，我也不想亲自去打听，总觉得是一个让人不太愉快的故事。"顾蒙亮又喝了一口水，听见旁边有人对他吹口哨，回头看见一个坐在电车上面，打扮得非常时髦、画着烟熏妆的年轻女孩对他眨眼，嘴里还嚼着口香糖。

"帅哥，你和这里的环境很不协调呀。"女孩子轻佻地对他说。

顾蒙亮没有作声，把眼光投向别处。女孩子骑着摩托车进了小区，里面立刻传来了一个女人的怒骂："葛菲！又翘班了！"

胡依婷气喘吁吁走出来，向顾蒙亮报告："和我们之前掌握的情况一样，周大新虽然业务能力很强，但是有赌钱和酗酒的坏毛病，和儿子关系很紧张。其中有一点值得注意，他和儿子的关系在十八年前恶化，曾经有传言说他儿子冲到单位大吵大闹，害得他差点被开除。"

"为什么事情大吵大闹？"顾蒙亮问。

"不清楚，但是他儿子没有正式的工作，都是在打零工，一家人还要住着周大新的房子，靠他的工资生活，所以后来也没闹下去。"胡依婷说，"后来他儿子就再也没有给他好脸色看，如果不是看在他还有退休金，估计早就赶出去了吧。"她又补充了一句，"不过周大新对周柳青还真的不错，只要下了班，去哪里都带着他。"

"听起来父子两代人都有点问题，"顾蒙亮对这家人实在没有什么好感，"西门豹，你这几天一直很沉默，你怎么看？"

"我们可以找到他爷爷，"西门豹说，"有一个方法……就是回到过去。"

"时光穿梭？听起来好酷！科幻电影里不是都有这样的事情吗！太好了！我们要回到过去了吗？"胡依婷兴奋地问。

西门豹对这次任务如此执着，顾蒙亮忍不住揉了揉自己的额头。

回到过去没有那么容易，西门豹说按照他们星球人的维度，在地球上是可以轻易回到过去的。但是他只是一个低阶的导师，所以禁止在地球上穿越时光。

所幸，顾蒙亮身上有外星人的血统，他可以在一定技术的帮助下回到过去。

"我们需要一个媒介，"西门豹说，"回到过去的动力和能源，都必须靠这个媒介进行——我只是一个比喻，不是你们地球人理解的动力和能源，你们的知识体系框架太片面，我没法和你们解释得太清楚。"

"坦白地说就是你不能动用你们星球的力量把顾蒙亮送回去，所以只能私下用现有的材料吗？"胡依婷问。

"是的，这个材料刚好我们有。"西门豹很有把握地说。

顾蒙亮和胡依婷面面相觑，不知道它指的是什么。

"所以你们需要我？"杜阳抱着书站在图书馆门口，被突如其来的问话吓住了。站在他面前的是永远都一身高端定制的优雅贵公子顾蒙亮，还有背着双肩包永远活力十足的怪力少女胡依婷。

"就算你们有外星人的力量，也不要突然出现在图书馆吓人。"杜阳高冷地推推眼镜，指了指图书馆墙上"安静"的字样。

"给我一分钟的时间，跟你讲一下这次的河神计划。"胡依婷伸出一个手指，开始连珠带炮解释起来。

"所以你们需要我的能力来帮助你们穿越时光？"杜阳开始在脑子里用人类世界的物理学知识试图解释外星人这次计划的合理性。

"是的，你以前偷偷吞下去的那颗丸子，是顾蒙亮爷爷留给他奶奶的。那颗丸子把你的时间永远凝固在了少年时期，现在你应该还给他了。"苍蝇机上传来冷冰冰的电脑合成的声音。

顾蒙亮补充道："西门豹不会影响你的身体，但是你会像正常人一样老去——从现在开始，按照正常人的衰老速度。"

杜阳愣了一下，随即淡淡一笑："啊，是啊，我一直渴望和桃花一样老去。这个丸子对我来说没有什么用，我已经拥有几十年的青春，太久了，你们取走它吧。"

穿越时光定在了晚上，之前西门豹要做一系列的操作计划。

到了晚上，他们来到了花苑的喷水池旁边，顾蒙亮、杜阳、胡依婷都默然站立。

"等等，我怎么觉得有点紧张，顾总的小身板可以忍受得住时光穿梭吗？要不要换我去？我的身体被改造过，也许更加能忍受一些突发情况。"胡依婷想了想还是不放心。

天边一团黑云，远处还有闪电，看起来快下雷雨了。

"不，这件事必须是顾蒙亮亲自来做，"西门豹说，"因为他才是'河神'。"

"这个时候了还想着你的计划！你能不能通融一点！"胡依婷虽然一直很尊敬西门豹，这时候也忍不住急了。

两台苍蝇机发出球形闪电一样的东西，包裹住杜阳的身体。杜阳皱着眉头似乎有一瞬间的震颤，然后渐渐平静下来。他胸口渐渐凸起，一个闪着刺眼光芒的小小的球体从他身体里被剥离出来。他似乎如释重负一般安然昏睡过去，悬空的两脚着地之后，身体就软软地倒在了柔软的草地上。

苍蝇机的光芒依旧托举着这个圆形的球体，西门豹忍不住评论说："这是个好东西，做出来不容易，你爷爷对你奶奶是真爱。"

"你现在知道'真爱'是怎么回事了？"胡依婷忍不住好奇地问，圆形球体有一种逼人的能量辐射，让她忍不住用手挡住它的光芒。

"'真爱'大概就是愿意花费很多时间很多精力去为对方做一件事情吧。"西门豹说。

顾蒙亮突然觉得今天的西门豹语调有点不同寻常，好像在冰冷的声音后多了一丝惆怅和温情，这一点对于外星人来说太稀奇了。他刚想问什么的时候，西门豹就说道："你的身体来接纳这个永生丸吧。"

没有一点防备的，苍蝇机的光芒触手就朝顾蒙亮这边抓过来，把他身体固定住，那颗光芒四射的球体直接就压入了他的胸口。他感觉自己被巨大的能量贯穿全身，连哼都来不及哼一句，就昏了过去。

昏过去之前，依稀听见胡依婷向他扑了过来，嘴巴里喊着："顾总！"

之后就什么都不知道了。

"顾总！"胡依婷看着顾蒙亮的身体被强烈的光芒包裹着，冲上去要保护他，却在冲进光芒之后抓了一团空。

顾蒙亮消失了。光芒过后的草地，除了昏睡的杜阳，什么都没有。

"他真的回到过去了？"胡依婷问苍蝇机。

苍蝇机软软地落到了地上。

"能源用尽，我需要穿越虫洞去补充能量。"一句极其缓慢无力的电脑音传来，表示西门豹的力量用尽。

"你让顾总一个人穿越回十五年前啊！你是不是疯啦！他一个人啊！"胡依婷气急败坏地抬起了脚。

"不要踩碎……哦……不然联系不上了……"苍蝇机传出这样细微的声音之后，彻底没声了。

胡依婷抬的脚在距离那两个小东西十厘米的地方停下了。她还真不能泄愤踩碎它们，因为她不知道西门豹什么时候回来，更不知道顾蒙亮在过去会发生什么。

杜阳眼皮动了动，微微张开了眼睛，看见了蹲在一边闷闷拔草的胡依婷。他艰难地开口问："顾蒙亮呢？"

胡依婷扭过头，泫然欲泣地说："他被一个人丢回过去了，西门豹能源用尽也回去了。"

"啊？"

四

有点冷……顾蒙亮眼睫毛微微一动，睁眼看见了满眼的星空。

真干净的星空啊，他忍不住伸出手，想触摸那一片星光。草尖扫过他的脸颊，他才惊觉自己躺着的地方有点陌生。

他急忙坐起来，环顾身边都是一片荒芜的草丛，不是他家修剪整齐的花园。旁边是潺潺的流水声，江还是熟悉的龙江，但是江对面灯火稀疏，完全不是那个灯火璀璨的龙城夜景。

他坐了起来，揉揉自己的脑袋：这是在郊区？但是看看江对面的岩石的形状，的确是龙城市区。

忽然想起来，他这是时光穿梭来到过去了。

十五年前？十五年前的龙城是这个样子吗？

他坐了起来，想起自己十五年前也是在龙城生活，这里的景色倒是有一点点印象。

对了，他来这里是为了周柳青，现在要先找到周大新。

他整理整理风衣，想起周家的小区在附近，就打算上阳和桥，却发现江面空荡荡的，不由苦笑一下。

阳和桥是五年前新修的大桥。十五年前，龙城没有那么多桥，能走的只有解放桥、文慧桥和铁路桥。

从这里去解放桥最近，但是也要走好久啊！现在到底几点啊……他掏出手机看看，手机时间是晚上八点，但是看起来绝对不像。手机信号没有，西门豹也没有任何信息传过来，好像是断了联系了。

不过这种情况不是第一次了，顾蒙亮认为它又回去补充能量了，毕竟穿梭时光用的是高级导师的力量，它算是有点违规操作。这个人为了毕业论文还真的是拼了啊……还是赶紧帮他完成十个任务，让它快点回到自己星球吧。

顾蒙亮振作精神，朝解放桥跑去。

跑过解放桥的时候，天空出现了一丝鱼肚白，看来天快要亮了。日出之前的这段时间气温很低，解放桥没有翻新过，路灯稀稀拉拉的，比将来的要黯淡很多。顾蒙亮跑过桥的时候没有遇见一个人，正想把手收进口袋里暖个手的时候，不留神踢到了桥头躺着的一个流浪汉。

"对不起！"有绝佳教养的顾蒙亮礼貌道歉，打算继续往前走，却被流浪汉拉住了脚："别走……"

他闻到了一股浓浓的酒气，看看流浪汉身上穿戴整齐，才发觉这不是流浪汉，是一个酒鬼！

"别走啊！再喝啊……"酒鬼大约六十多了，支支吾吾地说着。

"您先放开我。"顾蒙亮好言相劝，努力想让他松开自己的脚踝。

"我周大新是那种中途退场的人吗？你说我是吗？"酒鬼大声说着，然后慢慢坐了起来，努力揉了揉自己的脑袋，仿佛刚刚睡醒，"咦，这是哪里？"

周大新？周柳青的爷爷？真是巧啊！是磁场的作用吗？一穿越回来就遇到了他。

顾蒙亮有点惊喜，蹲下来对他说："您是周大新？您是不是有个孙子叫周柳青？"

"是啊，你怎么知道……"他咕哝着摸了摸自己的口袋，突然惊觉："完了，昨天刚发的退休金，怎么不见了？"

"啊？"顾蒙亮不明所以，周大新指着他说："是不是你拿了？有五百块！是不是你拿了？"

"听着，我没有拿您的退休金，"顾蒙亮用着欧化的语言在解释整个过程，"不过我对您有点兴趣，我可以把我的钱给您，您就当作这一切没有发生。"他从钱包里拿出五张一百递给了周大新，周大新接过钱一看，不由哈哈大笑。

"小伙子，你拿这种钱来糊弄我？你告诉我，上面印的领袖头像是在开玩笑吗？你去哪里印的这些一百块？"他把钱直接扔在地上，风一吹就吹散了，顾蒙亮心想着流落过去，信用卡又不能刷，现金还是很重要的，便急忙弯腰去捡。

这下周大新笑得更离谱了："我看你是没有拿我的钱，你娃子看起来脑子有点问题，哈哈哈！"

顾蒙亮拿好钱才想起自己拿的是新版一百块，十五年前的确是没有这种版本的纸币。这下好了，他穿越回来身无分文。

"你这娃娃有点意思，走吧，送我回家，我给你十块钱做答谢！"周大新豪气地伸伸手，表示要顾蒙亮扶他起来。顾蒙亮一向尊敬老人，习惯性伸手去扶他起来——所幸这个年代老人碰瓷的事情不多，不然真不知道这位周大新会不会讹上他。

十五年前的龙城渐渐迎来了早晨，清洁工人开始扫地，洒水车也缓缓在路面驶过。周大新顶着宿醉的头晕，由顾蒙亮扶着朝自己的职工小区走去。

路上他告诉顾蒙亮，昨天刚刚补发了四个月的退休金，心里一高兴就和老工友喝酒，结果走错了方向，在桥边躺了一夜。醒来之后，发现自己的工资不见了，不知道是被哪个人摸走了。这样的事情看起来不止一次了，周大新说起来满不在乎，顾蒙亮听了也是暗暗称奇。

走了大概半个小时，到了小区门口，周大新的酒醒了差不多了，遇见了骑着三轮车要出去送货的儿子。儿子一看见他就说："爸！你回来啦！家里的煤气费催着要交了，你有空去交一下。"

周大新露出了为难的神色："啊，工资啊……没有发……"

"你不会又拿去赌钱了吧？"周集寅怀疑地看着他。

"没有……"

"一身酒气，你又去喝酒了？钱又给小偷偷走了？"周集寅闻到了周大新的酒味儿，怀疑地看着他。

"来，小伙子，扶我回去……"

"爸！"周集寅忍不住大骂起来，"你又这样！"

周大新哼哼唧唧要回去，结果儿媳妇带着孙子过来了，远远就奶声奶气喊着："爷爷！"

"哎哟！我的乖孙！"周大新金蝉脱壳，急忙把注意力转移到梳洗干净要上幼儿园的孙子身上。他回头对顾蒙亮骄傲地说："怎么样，我们家青儿很可爱吧！"

"是很可爱……"顾蒙亮没想到周柳青小时候这么粉嫩。结果看见他穿着一个小裙子，差点一口老血没喷出来：这年代就有伪娘这么时尚的丝带儿？

"来，这是我的孙女周柳青，来见过这个大哥哥！"周大新抱起周柳青，给顾蒙亮作介绍。

小女娃一看见俊美的哥哥就兴奋，高兴地晃着手说："大哥哥！"

顾蒙亮有点挂不住脸了，一脸惊讶看着周大新说："您说这是您孙女？"

"是啊，之前一直在乡下和她外公外婆生活在一起，上周才跟着她妈妈来的，特别亲我，哈哈！"周大新特别得意地让孙女骑在自己的脖子上，"来！骑马得儿得儿架！爷爷送你去幼儿园！"

周家媳妇是个很本分的农村妇女，有点不好意思对顾蒙亮说："她爷爷特别宠她，老是要带……"

"哼！宠有什么用，钱都丢了！"周集寅很不高兴地咕哝了一句，但是也不想在自己女儿面前发脾气，推着三轮车就走了。

顾蒙亮还在原处震惊：为什么是女的为什么是女的为什么是女的……

之前可半点没瞧出来周柳青是个女的啊！那种傻乎乎的样子，粗糙的皮肤，怎么可能是女的啊！

"小伙子，十块钱给你。"周大新说话算话，问儿媳妇要了十块钱就给了顾蒙亮，抱着自己孙女就要走，"我送孙女去幼儿园啦！"

"您之前不是连站都站不住吗？"他忍不住问。

"啊，看见我孙女我心情就变得很好啊！"周大新元气十足地喊着，背着孙女去幼儿园了。儿媳赶不上他的脚步，只好放弃追上去了。

"我这个公公，这么爱娃儿，真的是没想到，"她有点不好意思地对顾蒙亮说，"之前还担心我生的是女儿他不高兴。"

"你确定……是女儿？"顾蒙亮还是处于震惊的状态。

"公公他是有点粗线条，其实人还是不错的。"周家媳妇完全不能理解顾蒙亮的震惊，自顾自说道，然后回家去忙自己的家务去了。

顾蒙亮捏着一张老版十元钱，站在原地不知道干什么好，于是决定去吃个早餐让自己清醒一下。

所幸是十年前的物价，一碗米粉才两块钱。他去了附近一家老牌的米粉店，喝完了汤之后有点感慨：果然是十几年如一的味道，老板真的是良心品质。

"来一碗米粉！不要辣椒！"一个奶声奶气的声音传来。

这熟悉的声音……不会吧？

顾蒙亮回头，看见了一个穿着整齐制服，非常漂亮的小男孩站在门口，粉嫩漂亮得让这个狭小的米粉店顿时蓬荜生辉起来。米粉店老板认得他，脸上顿时显现出喜爱的表情，对着顾蒙亮苦笑："这富家公子，天天闹着要来我这里吃米粉，他家保姆怕他乱吃东西不健康，就是不给他吃，天天都来我这里闹呢。"

"我知道，顾家少爷嘛！他爸爸在北京那边做生意，可有钱了，修了一栋特别漂亮的别墅给他的妈妈。"旁边吃着米粉的客人接话说。

"是啊，他爸爸年少有为，年纪轻轻就掘得第一桶金，对自己母亲特别孝顺呢！"

"听说他母亲是单身妈妈，以前养大他也不容易啊！"

顾蒙亮听得心里怦怦乱跳，那小男孩就是年少时候的自己。

小顾蒙亮走进来，踮起脚去摸柜台："米粉！米粉一两！"

"小娃娃，你家奶奶不让你乱吃东西。上次我就给你拿了个豆腐包，你奶奶都把我骂了一顿，不要闹了！"老板怕他奶奶，不敢给他乱吃东西，探出个头问他，"你家保姆呢？"

小顾蒙亮有点不高兴，奶声奶气说："给我吃。"

顾蒙亮站起来掏出两块钱："给他来一碗吧，他以后出国就吃不到了。"

店老板看了一眼顾蒙亮，没有收他的钱，打了一小碗米粉放在柜台上："被他奶奶骂可不关我的事。"

顾蒙亮为小顾蒙亮小心翼翼地端了米粉，又抱着他让他坐好。小顾蒙亮看了他一眼，稍微鞠了个躬表示感谢："谢谢大哥哥。"

"……不客气。"

一大一小的人儿默默坐在桌子前，两个粉雕玉琢人儿都穿着精致的衣服，举止优雅，神情矜持。小顾蒙亮虽然拿不稳筷子，但是依然坐得笔直，握住筷子试图将米粉一根一根送进自己的嘴里。

果然从小就爱吃这家的米粉……就算到了他这么大，有些时候也会让胡依婷顺路给他带一碗去学校当早餐。

"你的保姆呢？"他温和地问十五年前的自己。

"不知道，她今天把我送到幼儿园门口叫我自己进去，然后和司机大叔很快地走了。"小顾蒙亮回答。

顾蒙亮想起小时候好像是有过家里的司机和保姆私奔的事情，难不成就是在今天？呃……

"你怎么不回幼儿园？"他问小顾蒙亮。

"我不喜欢幼儿园，今天要交家长的手工。"小顾蒙亮说。

哦，是的，奶奶不可能有心情做什么手工。顾蒙亮叹了口气，拿过旁边一张广告纸，折了只小船递给小顾蒙亮："拿去吧，就算是你家家长给你做的。"

"做得真难看，还不如我自己在课堂上做的呢。"小顾蒙亮看了一眼小船，诚实地说。

顾蒙亮站起来弯腰对他说："听着小朋友，这纸船就是我在幼儿园学的唯一的手工，再多也就没有了。你要么就拿着它去上课，要么我就把你送回家。"

小顾蒙亮接过纸船，看了半天，说："还是送我回家吧，它实在太丑了。"

顾蒙亮的头耷拉下来：自己的手工果然没有长进。这孩子说得也没错，如果就这样去幼儿园，这个上午他肯定就被同学和老师笑了。

他站在十五年前的街道旁边，好奇看着数量众多的摩托车和自行车。那时候龙城私家车还是很有限，大家踩着自行车都是很认真的样子。他从解放桥头一路走下来。当时还没有步行街，都是车来车往，唯一的百货大楼傲然矗立。

"原来这栋楼崭新的时候那么神气啊……"他想起十五年后的百货大楼陈旧的样子，只有中年大妈才去那里面买东西，心里不禁有点感慨。

"我不想那么快回家，我想到处逛逛，到点了我自己打车回家。"小顾蒙亮突然开口。

顾蒙亮问他："你有钱吗？"

"有的。"小顾蒙亮从身后的书包里拿出了一沓钱，有三四张十块。顾蒙亮忍住想把钱拿过来的冲动："你随便在陌生人面前展示自己身上的巨资，不怕有危险吗？"

"大哥哥你身上那件衣服的牌子和上次爸爸从国外给我带回来的那件外套牌子一样的，连布料都很相似，你也很有钱。我为什么要害怕在你面前展示我身上有几十块呢？"小顾蒙亮把钱收回去。

"好吧……"小时候养出来的鉴赏品位真的是不容小觑。

顾蒙亮看了他一眼，又看看周围的人们。路上的小孩子穿的还是运动服式样的校服，布料闷不透气，但是小学生的脸红扑扑的，在冬天的阳光里绽放着笑脸，让人看了莫名的心情好。

不过话说回来，周柳青怎么会是一个女孩子呢……不可能啊……顾蒙亮想着，还是去幼儿园调查一下事情真相比较好。

没有苍蝇机，没有兰博基尼，没有怪力女秘书，甚至连钱都没有，一切只能靠自己。

"着火啦！""快看啊！"

身边响起喧闹声，小顾蒙亮猛地抓住顾蒙亮的风衣："大哥哥！快看！"

就在刚才顾蒙亮来的那个方向，一股浓烟冒了出来，好像是某处居民楼着火了。

顾蒙亮拉住小顾蒙亮跑到巷口。巷子里涌出很多逃命的人们，也有看热闹的堵在巷子口不肯离开。中间夹杂着人们的高声呼喊，还有小孩子的哭声。小顾蒙亮紧紧抓住顾蒙亮的衣服，顾蒙亮怕他走散，特意把他背了起来。

消防车开了过来，但是巷口有各种随意摆放的小商贩，还有看热闹的人群，一时半会根本进不去。顾蒙亮走近之后才看见起火的是一栋老式的居民楼，浓烟滚滚之下，窗口还有女人伸头出来呼救。火把整栋楼都吞噬了，还有不断向旁边楼房蔓延的趋势。

"爷爷啊！爷爷！"小女孩的哭喊从顾蒙亮的右方传来。他背着小顾蒙亮，依稀看见人潮中有一个熟悉的身影：那不是早上见过的小周柳青吗？

"你抓牢我，我过去看看那个小姑娘。"顾蒙亮对身后的小顾蒙亮说，后者也听话地搂住了他的脖子。顾蒙亮背着小顾蒙亮逆人流而上，努力想在人流中找到那个一直哭泣的小姑娘，但是现场实在太混乱了。不断有人从里面跑出来，身上还背着大棉袄，哭喊着要往外面跑。他刚瞥见周柳青被挤在人群里，仿佛触手可及的时候，消防车已经清理了路障，消防人员开始强制驱散人群："都让让！都让让！到黄线后面去！不要拥堵在这里！救人要紧！"

他伸出的手被挤开了，整个人被人群一拥而上，挤到了巷子口外面。

"小顾蒙亮！"他想起身后的人，觉得空荡荡的，回头看见小顾蒙亮正挂在他腰间，大概当时是被挤得太厉害，滑到腰下还紧紧抱着他。

看着小顾蒙亮小脸煞白的样子，他忍不住回头把他抱了起来，再看看前面，已经看不到周柳青了。

那小姑娘不知道跑哪里去了……她爷爷呢？

消防人员开始疏散人群，用高压水枪灭火，有营救人员冲进现场，将那些依然被困在现场的人们一个一个救出来。

远远看着那栋大楼似乎摇摇欲坠，指挥人员大声说："尽快离开现场！楼要塌了！"

顾蒙亮抬头看见那栋居民楼真的是摇摇欲坠的样子，不禁咬牙想：要是西门豹这个时候在……

西门豹呢……

"楼塌啦——"有人大喊了起来，话音未落，那老旧的居民楼就真的塌掉了一大半。整个建筑朝下面陷落了下去，滚滚的烟尘吞没了半径一百多米的地方。

小顾蒙亮搂住顾蒙亮的脖子，鼻子埋在了他的风衣领子里。顾蒙亮抱着小顾蒙亮正要远离的时候，听到烟尘里传出带着咳嗽的声音："救救这个孩子！救救这个孩子！"

他回头看见烟尘里冲出一个高大又有些苍老的影子，是周大新！他抱着一个小孩子从烟尘里跌跌撞撞跑出来，似乎惊魂未定，四处寻找消防人员："小孩子的爹妈被压在里面了！大概救不回来了！我就来得及救出一个小孩子！"

"快疏散人群！防止二次坍塌！"消防人员大声叫喊着，声音此起彼伏，忙着把人群疏散到更远的地方，忙着联系自己失联的队友，人们也惊慌失措地叫喊着，没人注意到周大新。

"周大新！"顾蒙亮喊着，"这边！"

周大新抱着孩子跌跌撞撞跑过来："看见你太好了，小伙子。"他的脸颊上还带着血，头好像受伤了，肩膀也擦破了，全身都是灰。他突然想起了什么，着急地四处张望："你有没有看见我的孙女？"

"刚刚还在那边，可是被冲散了。"顾蒙亮指着那个方向说。

那方向现在已经是一片碎石废砖。

"坏了！"周大新把手上的男孩塞到顾蒙亮身边，"你帮我看着他，我去找我孙女！"

说完不顾消防人员的劝阻，整个人又扑向烟尘滚滚的现场。

被救出来的小男孩和周柳青、小顾蒙亮差不多大，都是四五岁的样子，整个人似乎被吓傻了，紧紧抱住顾蒙亮的大腿不敢动。

"你叫什么？"顾蒙亮问他。

小男孩一脸呆滞，就是说不出话来，手上力道加紧了。

"好吧……"顾蒙亮放弃了，一边抱着小顾蒙亮，一边拉着那个小男孩到更远的安全一点的地方，就等着周大新出来。

消防队花了一个多小时才把火势控制，然后开始在废墟里找人。遗留在大楼里没有逃出来的人几乎都被压死了，每一具尸体被抬出来的时候，在场的亲属们都发出撕心裂肺的声音。

周大新身上披着一条不知道从哪里找来的毛毯，晃晃悠悠地从废墟里走出来，走到顾蒙亮面前，失神地说："找不到，青青丢了。"

顾蒙亮深受震动地看着他。周大新脸上带着伤，头上缠着绷带，全身都是沙石尘土，衣服破破烂烂的，鞋子也丢了一只。他再也不是那个喝了酒随意躺下就能睡，看见陌生人豪爽地要交朋友的周大新了。

"找不到了？"顾蒙亮问他。

"找了半天，都说没看见……"周大新突然坐在一边，捂着脸哭了起来，"距离楼坍塌的地方近，也不知道出了意外没有。"

他越哭越大声，顾蒙亮一时间不知道怎么办。倒是之前那个被救出来的男孩子伸手去拍周大新不断抽搐的肩膀："爷爷，爷爷不要哭……"

周大新伸手抱住那个小男孩，带着哽咽说："娃儿啊，你也够可怜的，今天真的是太惨了啊……"

小顾蒙亮一直默默地站在顾蒙亮身边，这时候有点试探性地拉了拉他的风衣："我想回家了。"

顾蒙亮看到今天这些不幸的事情，也觉得有点心累，于是说："好吧，我们回家吧。"

他和周大新告别，带着小顾蒙亮，用小顾蒙亮的钱打了车，送他回花苑。花苑在新开发的别墅区，距离市区有一段距离。一路上顾蒙亮都非常沉默，他想着等下要看到奶奶，心情就很复杂。

奶奶，我知道过去您受过的苦了，也知道您内心深处的秘密了，可是为什么我对您的感情还是那么复杂，还是不想面对您呢……

出租车到了花苑门口，远远就听见花花的叫声，让顾蒙亮感觉很温暖：啊，这时候的花花真的很年轻呢。

"那是我家的狗！奶奶很喜欢的！"小顾蒙亮指着在门后大叫的花花说。

"我知道，它叫花花对吧？"顾蒙亮说。

"咦？"小顾蒙亮好奇地回头看他，"你怎么知道？"

"我猜的。"

顾蒙亮的奶奶顾桃花披着披肩出来了，脸上都是惊慌，看见小顾蒙亮忍不住大叫起来："天啊！幼儿园说你没去上学！然后附近又发生了火灾！保姆和司机都联系不上！我以为你发生什么事了！"

"我遇见了火灾！这位大哥哥一直带着我……"小顾蒙亮回头看的时候，发现那个大哥哥已经不见了，"咦，刚才还在的。"

奶奶冲出来，伸手搂住他："什么大哥哥，叫什么？"

"没问名字呢……"小顾蒙亮有点意外，"奶奶，你的手在发抖。"

"因为外面太冷了。"奶奶抱着小顾蒙亮好一会儿，掩饰自己眼角的泪水和惊慌，声音慢慢恢复平静，"你没事就好。"

顾蒙亮坐在出租车里，出租车慢慢离开的时候，他看到了奶奶眼角的泪光。

哦，奶奶……她也曾经是一个为爱痴狂和付出的女孩子，岁月是如何把您打磨出这样坚硬又固执的外表？

他捂住了眼睛，车子开出了别墅区，他对司机说："好，在这里停下。"

"怎么？你不回城了？"司机怀疑地问。

"回，可是我身上只有八块钱，不够付车费。"他说。

司机从反光镜看了他好一会儿："你手上那块手表看起来是真货，不至于那么穷吧？"

"……我没带钱包出门。"顾蒙亮说。

"你可以打车回家，然后让你家人付钱。"司机说。

"我在这里没有家人。"顾蒙亮回头看了一眼渐行渐远的花苑。

"你一个人来这里，身上只有八块钱，谁信哦！"司机打了个呵欠，"哎呀，受不了你了，反正开回去也是空车，你跟着找的车走吧。如果半路有乘客，我就要接客你不能说我。"

"好，谢谢。"顾蒙亮表示感谢。

"啧。"司机看这位美少年的确出身不凡，宠辱不惊的样子不是靠绷着脸就可以练就的。他发动了车子，一路朝市区开去："你希望我在哪里把你放下来。"

"方便的话就在八一路南吧。"顾蒙亮说，"如果不方便，哪儿都行。"

周大新和周柳青不知道怎么样了……他感到很难过。周大新粗犷、热心和放荡不羁的样子和后来在火场他沮丧绝望的样子形成鲜明对比。周柳青希望找到他的爷爷，肯定是那个开朗的老人，不是那个悲痛欲绝的周大新。

司机时不时看一眼后视镜，顾蒙亮脸上表情阴晴不定，而且时不时喃喃自语，他觉得这个少年简直是个怪人，长得这么帅真是可惜了。

少年看了一眼车窗，车窗上突然出现了三条平行的波浪形状的水印。司机听见少年开口说："你来了？"

"怎么这个时候才来？"

"现在怎么办？"

……

司机忍不住摇头：真的是可惜了……

车子到了龙城路，少年从钱包里掏出一百块递到他面前："谢谢。"

"你不是说你没钱吗？"他接过钱对着阳光看了看，是真币。

"我突然想起来我带了钱包，谢谢。"顾蒙亮笑笑，打开车门下了车。

他下了车之后看了一眼自己手上的钱包：里面的纸币全部变成了十五年前的旧版人民币。本来没有信号的手机突然响了起来。

"西门豹，你怎么这个时候才来？"他接通电话说。

"穿越时光需要能源，我回去补充能量了，"西门豹毫无感情的声音一如既往，"现在情况怎么样了？"

"我要去周大新家里看看，他家可能要翻天了。苍蝇机可以传送过来吗？"

"苍蝇机是根据你们地球的技术组装的，无法穿越时光，你还是需要亲自上门一趟。"西门豹说。

顾蒙亮料得没错，周大新家里已经翻天了。

周集寅已经把家里大部分能砸的东西都砸了，他的媳妇躲在房间里哭，周大新脸上多了拳击的痕迹，看来是被儿子发怒打过。

"你把我女儿丢了！然后还要收养一个孤儿？你是不是人？"周集寅愤怒地指着自己的父亲说，"你从我小时候就赌钱喝酒气跑了我妈，老了还这么不正经，带个孩子上学都会弄丢了，现在倒是想着帮别人家养孩子，你是不是人？"

"青儿我会去找，这孩子我也要养着。"他看了一眼另外一间紧闭的房间，那个被救出来的小男孩在里面熟睡，"如果找不回青儿，那他就是青儿了。"

"凭什么说我女儿找不回来！"周集寅愤怒地又踢坏了一把椅子。

站在大门外的顾蒙亮突然如梦初醒，对着手机说："我现在大概知道为什么按照周柳青的基因在全国找不到和他匹配的爷爷年纪的男人了。"

——因为十五年后的那个周柳青，不是那个女孩子，而是被周大新救出来的那个小男孩。

真正的周柳青，已经失踪了。

"现在怎么办？"西门豹问他。

大门突然被拉开，一脸疲惫和悲伤的周大新提着自己的行囊匆匆走了出去，看见顾蒙亮站在门外，他也顾不上打招呼，只是丢下一句："我去找我孙女了。"

然后匆匆下楼了。

"西门豹，按照周大新和周集寅的基因找一个四五岁的小女孩，你可以办到吗？"

"可以。"西门豹说，"在这个时代做数据分析需要时间，给我一分钟。"

"就算官方没有记录也可以吗？"顾蒙亮说。

"可以，我要找的是'现实存在'的东西，只要'存在'，就可以找到。"西门豹说，"这个女孩子好像已经不在这个城市了，但是还活着。"

"在哪里？"顾蒙亮问。

"在隔壁的绿城。"他说，"生命指数很稳定，没有危险。"

房间里的小男孩哭了起来，因为醒过来的时候看不到周大新，哭着说："爷爷！爷爷！"

"叫那个小子别哭了！"周集寅不耐烦地说。

青儿的妈妈，周家的儿媳妇抹着眼泪说："不要吓到他，听说这孩子父母双亡，都死在火灾中了。万一我们的青儿还活着，我也希望捡到她的人对她好一点。"

周寅成听她这么一说，不由平复了一点怒气，回头看了一眼房间，降低了声音对她说："那你进去哄哄他，我实在没有那个心情，简直气死了。"

青儿的妈妈进了房间哄着那个小男孩。

周大新去警局报失踪人口，因为消防队清理现场一直没有发现和周柳青符合的尸体。

周柳青就这样消失了。

然而对于河神和外星人来说，她的信息清晰地显示在隔壁的绿城。

顾蒙亮上了巴士，朝着西门豹指定的地点飞快驶去。

夜色降临，他的心情和周大新一家一样急迫。

五

在车上，顾蒙亮和西门豹通着电话："找到周柳青能送回周家吗？"

"不可以，我们不能改变过去，不然十五年后很多人的命运都会改变。"西门豹说。

"谁带走了周柳青？"

"好像是个人贩子，把她卖给了一家不能生育的夫妇，三千块成交。"西门豹说，"那家人的男主人有隐疾，估计活不过三年。这个小女孩会变成单亲家庭的孩子。"

"真是……"顾蒙亮懊恼地说，"那眼睁睁看着他们骨肉分离吗？"

"我们可以十五年后告诉他们真相，只要那个女孩子能活到十五年后。"西门豹说。

"你真……冷血！"顾蒙亮说，声音大了点，让周围的人都忍不住侧目。

有人低声对旁边人说："他手上拿的那个无线电话好特别哦……"

"你的手机电量已经快用完了。"西门豹提醒他。

"怎么办？"

"没关系，这个时代IC电话亭很多。"西门豹说，"我可以进入任何一台电话的线路。"

绿城的某户普通人家，刚刚非法从人贩子手上买到孩子的夫妇还不能平复内心的激动和惶恐，好不容易把哭哭啼啼的女孩子哄睡了，开始商量给女孩子起名字。

"叫啥好呢？"

"怎么给她上户口呢？"

"就说是你姐姐在农村的孩子过户过来的？"

"那敢情好……"

门突然被人敲个不停，他们两个吓了一跳，急忙躲在门口看半天，看清楚门外站的是一个美少年，这才鼓起勇气问："有什么事吗？"

"开门，我过来看看小孩。"顾蒙亮刚刚在车上和西门豹吵了两句，心情很恶劣，面对这种购买人口的夫妇也没好气。

那对夫妇吓了个半死，战战兢兢打开门。顾蒙亮走进来，径直走到房间门口，那个妇人便挡在他面前："你不要进去！"

"让开！"顾蒙亮指着她怒道，旁边的电话突然响了起来。男主人看了看他，扑上去接电话，听了两句就满腹狐疑地说："有个奇怪的声音说要找顾蒙亮。"

"我的。"顾蒙亮过去接过电话，果然听见西门豹冷冰冰地说："不准改变过去，不然直接把你强行送回未来。"

"哼！"他狠狠挂了电话。

然后本来在播报晚间新闻的电视机突然出现雪花，雪花慢慢凝结成一个人形，一个机械的声音从里面传出来："河神不准改变未来！"

"我的妈呀！"女主人仿佛见了鬼一般脚一软坐了下去。

顾蒙亮赶紧打开门走进去，看见小女孩一直坐在床上哭，看见顾蒙亮哭声才停止了。

"你叫什么名字？"顾蒙亮柔声问她。

"我叫周柳青。"小女孩吸着鼻子说，指着顾蒙亮，"今早见过的漂亮大哥哥。"

"求求你不要带走她！我们家里的积蓄都付出去了！就剩这个孩子了！求求你不要带走她！我们会把她当作自己的孩子养大的……"

电视机的声音突然变大了："三十秒之后你就要回去了！"

"你们打算给她起什么名字？"顾蒙亮知道时间不多了，吸了口气问她。

"叫……叫葛菲……"女主人结结巴巴地说。

顾蒙亮的身体里突然迸发出耀眼的光芒，这股光芒把他完全包裹起来了，让旁边的人都忍不住捂住了眼睛。

"要对她好哦。"他消失之前，留下了这一句话。

夫妇俩放下捂住眼睛的手，左右看看，发现房间里一切如常，刚才闯进来的那个美少年不见了，电视机依然在播报新闻，小女孩好奇地看着他们。

顾蒙亮对被这样强行召回是不满的。他在文慧桥头醒过来之后，内心依然感到非常难过。

"我刚才查了一下十五年后的数据，那个女孩子后来搬到周大新他们的小区去了。"西门豹说。

"哦？"

"你昨天还见过她。"

"哦？"

"就是门口对着你吹口哨的那个女孩。"

"什么！"顾蒙亮实在不能把那个可爱的女孩子和那个烟熏妆十三点联系起来。

"她养父去世后，母亲带着她来龙城工作，然后就住在了周大新的小区。"

"真是……一直就住在一个小区……自己心心念念的亲女儿都不能相认啊……真是虐……"顾蒙亮捂着脸忍不住苦笑了一下，"那周大新呢？"

"之后的历史数据显示，他一直在流浪，找他的亲孙女。"

"大概他儿子每次看见他都想起自己的女儿被弄丢的事情，所以怒不可遏吧。他把那个收养的小孩留在儿子身边，自己去找孙女了。可是孙女一直在身边，他去外面怎么找得到呢……"

"十五年后他还活着，回去的话可以和周柳青交代任务了。"西门豹透露着一种完成任务的满足。

"好漫长的任务啊……居然要跨越时间来找……"顾蒙亮苦笑着，爬起来看着熟悉的文慧桥，又看看远处的江景，"现在已经很晚了吗？怎么对面江景的灯都灭了。"

西门豹沉默不语。

"咦，怎么对面的红光桥没有了？文慧桥不是应该可以看见红光桥的吗？"

西门豹还是沉默不语。

"西门豹……这……这是十五年后吗？"顾蒙亮怀疑地问。

"因为情况紧急，我只把你送到了一年之后。我的能量不够，我要回去再充充能量才能把你送回十五年后，不，十四年后。"西门豹说，"等我啊，我马上回来。"

它的声音又消失了。手机也适当地关机了——因为没电了。

剩下顾蒙亮站在桥头跳脚："喂！别把我丢在这里啊！"

"你是充电的吗？电池那么快就用完还要回去再充？"

"你就不能随身带个能量块相当于充电宝之类的吗？"

"喂！西门豹！西门豹！"

遥远的夜空传来顾蒙亮愤怒的声音，回应他的只有零零星星的火花。

哦，这稀疏的烟火是新年的前奏，看样子快过年了呢。

新年快乐顾蒙亮，恭喜你在十四年前跨年哦。

第十章

解放桥·只为遇到你

一

"当当当——"对岸的钟楼传来了零点报时声。

漫天的烟花开始绽放，还有随之而起的爆竹声。

"十四年前，钟楼的大钟的声音原来是这样啊。"顾蒙亮站在解放桥桥头，裹紧了风衣。虽然十四年后西门豹重新修好了大钟，但是声音还是有细微的区别。大钟原来的声音更加单调质朴，有一种老式卡带的不完美感。

今天是新年，河神计划的执行者顾蒙亮被遗忘在了十四年前。虽然完成了周柳青的嘱托，找到了他的爷爷，但是因为西门豹能源不够，他还暂时不能回去。

"当——"最后一声悠长的钟声响毕，城市已经被爆竹声淹没了。

十四年前没有市中心烟花爆竹管制，所以响起来格外惊天动地。

一辆黑色的大众车在桥头停下，熟悉的车牌让顾蒙亮愣了一下：这是他平时座驾的车牌，也是顾家很早以前一直保留的那个车牌。

他的心开始怦怦跳，好像想到来者是谁。

是父亲，他从后座拿出了轮椅，然后扶着颤巍巍的奶奶下了车，安置到轮椅上。奶奶比之前他在"十五年前"看见的时候更加瘦弱了，短短一年她居然发生了这么大的变化，让顾蒙亮感到很难过。

算算日子，奶奶即将去世……

"妈，我推您上去？"父亲顾一鸣试探问。

"不用了，我想自己上去静一静，你在桥下等我就好了。"奶奶嘶哑着声音说。

"可是妈……"顾一鸣还是不放心。

"就当我生前最后一个要求不可以吗？"奶奶苦笑着说。

顾一鸣脸上掠过一阵悲恸。他把母亲送到了桥头，然后钻回了车里："我在桥下等您，十分钟之后上来看看您好吗？"

"我只有十分钟的独处时间了啊……"奶奶叹息道。

"您想待多久都可以。"顾一鸣急忙说，然后默默把车倒了回去。

奶奶慢慢地开着她的电动轮椅上了桥面，贴着护栏望着远处的滔滔江水。

她苍老的脸庞爬满了皱纹，眼窝深陷，嘴角耷拉，已经没有任何过去的痕迹了。

顾蒙亮一想到她年轻时候照片上美丽的样子，还有杜阳口里说的她的坚持和痴情，那份难过的感觉加重了。

"河神啊！"奶奶突然开口对着江面用嘶哑的声音轻喊，"你不是说会回来接我吗？为什么我的愿望还是不能实现呢？"

她捂着脸忍不住哭了起来。"为什么……你答应过我的事情，没有做到呢？因为我没有吃下丸子变成这副模样，你就嫌弃我了吗？"

哭着哭着，她从指缝里看到面前出现了一双穿着皮鞋的脚。

是谁？是谁悄无声息地出现在她面前？

她慢慢拿开手，看见一个俊美的少年穿着风衣站在她的面前，目光里充满了怜悯和悲伤。

"你……你是河神吗？"她喃喃地说，朝他伸出手，"为什么你和我年轻的时候长得一模一样……"

顾蒙亮蹲了下来，让奶奶的手能触摸到他的脸。干枯的手，似乎还有点冷。顾蒙亮脱下风衣，披在了奶奶身上："江风大，您小心着凉。"

奶奶突然抓住了他的手，疑惑地说："你是河神吗？为什么你和我的丈夫长得不一样，却和年轻时候的我长得这么相似？你是不是和我丈夫有什么关系？他为什么不回来找我？"

顾蒙亮不知道该说什么好，只好任由奶奶抓住他的手。他犹豫了片刻，说："您的丈夫，也就是上一任河神，他一直想回来找您。因为他触犯了一些戒律，所以一直没有能回来……"

"果然……"奶奶眼泪流下来了，"他不是嫌弃我变老了才不回来的吗？"

"外星人眼里的地球人不管是老是少，本质都是不会变的，"顾蒙亮和西门豹接触久了，大概能理解它们那一套思考模式。他努力挤出笑容试图安慰这个悲伤的老人，"您为一个毫无感情的外星人内心里注入了爱的情感，他的内心世界里也只有您一个人，他没有忘记您……"

奶奶捂着脸哽咽着说："可是我活不长了，我患上了病，我等不到他回来的那一天了……"

顾蒙亮不知道该怎么安慰她，他第一次看见如此脆弱的奶奶，这个样子和平时严厉的奶奶完全不一样的。听过了她的往事之后，他又觉得这才是她真实的一面。

于是他只能无限同情地看着奶奶的眼泪缓缓流下来。

"我就要走了，我回桃花岛去等他。如果他能来，就请来见我一面，如果他不能来，那……那也麻烦转告他……"奶奶突然抬起脸，布满皱纹的脸上绽放出一个笑容，"我知道他一直没忘记我，我很开心。我不怪他。"

听到这句话，顾蒙亮顿时心如刀割。新年的深夜，江风是如此寒冷，年迈而病重的奶奶，还有她这辈子没有能完成的心愿。

一瞬间不需要经过大脑思考，他跪在奶奶面前说："我一定会帮您实现愿望。"

"是谁在那边？"顾一鸣远远看见一个陌生人接近自己的母亲，忍不住大叫起来，并且往这边跑来。

顾蒙亮看见了自己的父亲朝自己跑过来，他傻站在那里不知道该怎么办，然后感觉自己眼前白光一闪，所有的景物都消失了。

顾一鸣跑近的时候就看见母亲呆呆坐在轮椅上，身边空无一人。刚才那个耀眼的光芒到底是怎么回事？他疑惑地看着母亲。

一直坚强的母亲老泪纵横，嘴里喃喃地说："是河神……他真的是河神……"

二

顾蒙亮在一片光亮中醒过来，看见周围一片白茫茫。

白茫茫，什么都没有，连自己的影子都没有。他站起来往前走了两步，前方也没有任何距离感，走和没走一样。

没有重力感，他的身体轻飘飘的，他想试着跳一跳，被一个声音阻止了——

"不要跳，不然飘浮起来你更难受。这个地方没有重力，没有光影，没有距离和时间，这里是虫洞的交界处。"

"西门豹？"这个声线，顾蒙亮本能判断是西门豹。

"我不是他。"这次换了一个声音，苍老的男声，"我是他的论文导师，也是我们星球的高阶导师，你可以按你的喜好称呼我。"

"我知道了，你们都没有名字。你是管河神的，我叫你龙王就可以了。"顾蒙亮拱拱手。

声音沉默了很久，然后说："随你喜欢吧。我们星球不需要用言语交流，所以名字对我们来说是毫无意义的。"

"你把我圈在这里面干什么？怕我爸和我打照面？"顾蒙亮想了想，"想起来也是有点恐怖，他多年后看见自己的儿子长成十多年前见过的那张脸……"

"根据你们地球人的习惯，你妈妈可能因此会被怀疑不忠。"

"可是我长得和奶奶一模一样。"

"所以这种怀疑最后还是会打消。"龙王说，"这是人类确定后代和自己是不是有血缘关系的重要依据。"

"你也是研究过地球人的嘛。"顾蒙亮不知道为什么对这个龙王内心总是有一种排斥感，觉得对方在刻意做出一种了解地球人的样子，和懵懂无知的西门豹不一样。

"好了，我送你回你的时代。"龙王说，"但是你身上的东西要交给我。"

"什么东西？"

"我的学生，也就是你叫作西门豹的那位在你体内装了一个丸子，"白色的空间突然起了些许变化，"那是属于我们星球的东西，你要还给我们。"

"那是属于我奶奶的东西。"顾蒙亮捂着自己的心口，心里确定了这个人不是自己的朋友，就往前面跑去，但是无论他怎么跑，好像都是在原地运动。

"不要挣扎，还给我吧，那不是地球人应该有的东西。"顾蒙亮突然感觉到有什么力量贯穿了自己身体，然后就失去了知觉。

不知道过了多久，他耳边传来巨大的轰鸣声，身体好像被撕裂一样，变成四下飞散的星尘。

哦，龙王不如西门豹，至少在礼貌上远远不及。

顾蒙亮那一瞬间是这么想的。这一觉睡得极其不舒服，梦里有无数的光芒掠过自己的身体，又好像看见了无数人的过往，最后定格在奶奶那里。她躲在桃花岛上的祖宅里，和外面的联系只有顾一鸣雇佣的家庭保姆和医生。大家都以为是外来的一个老太太租借了这里的院子，却不知道是大家牵挂多年的顾桃花回来了。

大家都一直在想那个美丽的岛主什么时候回来，大家都那么感激她。

其实她已经回来了。她在等她的外星人丈夫回来。

用生命的最后的时间在等，等了一天又一天，等到生命最后的一刻。

她大半辈子就是在等待中度过的，虽然少女时代享受过无上的甜蜜，但是之后的日子，她是不是都在懊恼和苦闷中度过？她真的觉得值吗？

奶奶的诸多往事也掠过他的眼前，一滴眼泪滴了下来。

"无法剥离？"耳边响起了龙王的声音。

他睁开了眼睛，发现自己正处在无边无际的宇宙中，无数星系从自己身体中穿过。

各种恒星、行星，一闪而过的彗星，还有时不时爆发光芒的超新星，距离自己又远又近。仿佛整个宇宙被压缩了一般全部变得很小。

"我很意外，我在剥离你体内那颗丸子的时候，不但没有剥离成功，还把你带到了这里。"龙王说。

"这里是哪里？"

"这里是我们的星球。"龙王说。

"你们的……星球？是这个样子的？明明是宇宙嘛！"顾蒙亮看着自己的身体，好像肚子里孕育了两个星系。

"这就是我们星球的形态，我们的星球在很久很久以前也和你们地球一样，但是大爆发之后就变成了这个样子。我们都是五维以上的生物，所以以另外一种完全不同的形态生存。"

"你们星球到底叫什么名字？"顾蒙亮问他。

龙王沉默了片刻："我们没有'名字'的概念。我们不需要言语或者外观的形态就能分辨每一个人。"

"哦，知道了，无论是人还是星球，都是没有名字的。好吧，又到了我的起名时间了，我就把你们星球叫'天庭'吧。"顾蒙亮吸了吸鼻子，并未感觉到空气的存在，但是也没觉得呼吸不畅。

"顾蒙亮，因为一些特殊的关系，你整个形态变得和地球人都不太一样了，你能来到我们的星球，也就是你说的天庭星，那是因为你是我们星球人的后代。我对此也表示很疑惑，我本来以为你应该一直都是地球人的形态，也许是因为那颗丸子的原因……"

"叫永生丸。"顾蒙亮又顺便起了个名字。

"好吧，永生丸。"龙王说，"我们星球自大幻灭之后，'名称'已经变得毫无意义，因为我们不用言语沟通，指代就变成了多余。而你，虽然有我们星球的血统，但是也是一个低阶形态，所以只能靠原始的言语沟通交换信息。"

"说我是个低阶形态，意思就是我和西门豹一样咯？"

"从某些意义上来说，你比他更低阶。地球人在我们眼里都是低阶的生物，你是地球人和我们……天庭星人的混血儿，所以你的血统成分比较低级——姑且用血统来指代吧，虽然实际和你们地球的血统说法有点区别。"

"西门豹呢？"顾蒙亮问。

"他在那边。"龙王指了指远处的一个星系，外面包裹着一层淡淡的像星云一样的东西，像一个子宫中沉睡的细胞核，运动比周围的星系都要缓慢和安稳。

"他怎么了？"

"违规把地球人送进时光穿越的隧道，受到惩戒，正在接受封禁。"龙王说，"他的论文由此一笔勾销，他必须从头开始学习。"

从头开始？一笔勾销？

"河神计划因此结束了，你就当作一切都没发生过吧。"龙王说，"西门豹也不会再出现在地球了。"

顾蒙亮注视着那一团缓慢移动的星系，突然想到了什么："我并不是作为地球人穿越时光的，我是作为'天庭星人'的后代穿越时光的，你对他下的判决是有误差的。"

他缓慢移动、"游弋"着，朝那团缓慢移动的星系移动过去："所以西门豹不算违规，你解除他的封禁吧，我们河神计划还差最后一个就完成了。"

"河神计划有漏洞，对我们星球来说是相当危险的。"龙王说。

"别开玩笑了！你们星球就是一团不明物体，爆都爆了，还有更大的危险吗？"顾蒙亮忍不住吐槽。

"有的。"龙王这样回答，然后陷入了长久的沉默。

顾蒙亮伸手想触摸那团星系，却发现又变得无比遥远。

"不要浪费力气了，这里的维度和地球不一样，距离和时间的概念也和地球不一样。"龙王说，"你交出永生丸快点回去吧。"

"又不是我特意要求来你们星球的！你有本事把我送回去啊！"他怒道，"有本事拉我过来，却没本事送我回去！"

龙王又陷入了沉默。

"西门豹送我来的！让它醒过来送我回去！"顾蒙亮叫道。

"可是西门豹醒过来，他就会坚持启动河神计划，对我们来说有危险。"

"你不让他醒过来，你们非法在时光运送人口，也同样是违背了什么……什么全宇宙法则，也会有BUG！"顾蒙亮说。

龙王陷入了一个逻辑上的矛盾，他和西门豹一样，不太能解决这种前后矛盾的逻辑问题，然后又开始沉默。

顾蒙亮在这片宇宙中奋力用划水的姿势试图往前突击，突然像想起了什么似的问："就你一个人吗？你们星球有没有其他的人。"

"不能说。"龙王回答。

虽然声音很苍老，可是为人处世上却和西门豹一样，像个孩子，这有点反差萌怎么办……顾蒙亮用力挠了挠头，发现自己变得和胡依婷一样有点二二的。

他就这样悬浮在无数星系中间，突然想起什么："对了，听说我爷爷也是天庭星人，他上哪儿去了？"

"你自己不是说了吗，他触犯了戒律，然后被封印起来了。"龙王严肃地说。

"那是我猜的。"顾蒙亮说，"神话故事里不都是这么写的吗？"

"……"龙王沉默，他有点后悔把这个地球人捡回来了，对方明明是比自己要低级的生命形态，为什么总是能说出一些他接不上来的话。

啊，对了，"言语"本来就是地球人特有的技能，他作为外星人在这方面是赢不了他们的。

"我爷爷是因为和我奶奶相恋才被封印的吧，"顾蒙亮摸着下巴说，"那多年之后突然又让西门豹启动'河神计划'，因为你们对人类情感的研究又开始了吗？这种你们看作很犯规的东西，为什么又开始研究了呢？难不成发现了什么对你们有利或者不利的证据？"

龙王打断了他的话："是西门豹做的设置，也许只有他才可以把你送回去，那我暂时解除他的封禁，让他送你回到属于你的时代吧。"

那团缓慢移动的星系开始加速移动起来，龙王沉声念道："你快苏醒吧，片刻的苏醒，送顾蒙亮回去。"

那团星系快速移动，然后包裹住了顾蒙亮。顾蒙亮觉得意识渐渐模糊，耳边似乎响起了西门豹的声音："别作声，带我一起回去。"

带你一起回去？怎么回？我没那个能力啊！顾蒙亮心里咆哮着，内心无数条弹幕飞过，同时无数星辰也飞速穿过他的身体，浩瀚的宇宙瞬间被压缩。然后突然一道光急速扩张，顾蒙亮再次失去了知觉。

又来一次，好烦啊。

失去知觉之前他这么想。

三

顾蒙亮这次感觉是被水冲上岸的。

湿淋淋的他，趴在岸边，一只大螃蟹爬过他的手指，然后对着他的中指狠狠地钳了下去。

"哎呀！"他突然惊醒了，睁开眼睛第一个反应就是甩掉手边的大螃蟹。看看周围的建筑，都是熟悉的平顶房，老旧的样式，但是不知道是不是最近粉刷过，看起来有点新。

他坐了起来，伸手摸到了另外一个人的手，不由吓了一跳。

一个男子在他身边躺着，身上穿着灰白色的袍子，头朝下趴在岸边，裸露在外面的手指白得几乎半透明。

……呃，不是，是本来就是半透明的。

顾蒙亮以为自己花了眼，揉了揉眼睛，确定那只从水里伸出来的手是半透明的。他颤巍巍戳了戳那个男人的后背，发现很冰凉，但是有弹性。

左看右看没有人，天边出现鱼肚白，桃花岛的人估计都没有醒过来。要不要叫滕飞过来看看？

不过这个人大半个身子泡在水里，看起来可能会有生命危险啊……人体在水里泡久了会变成半透明的？

顾蒙亮看看自己的手指，确定自己的视力没有因为去了一趟外星就发生变化。他壮着胆子把那个男人拉上岸，然后推着他的身子，让他翻过来。

这是一个有着淡色长发的俊美男子。

顾蒙亮自己都算是美少年一枚，但是比起这位俊美男子还是差了那么一点，因为这个人五官精致得就像电脑3D做出来的模型一般，比例太完美了。

他眉头紧锁，长长的睫毛垂下来，脸上的皮肤白得近似透明，一碰就会碎的样子。顾蒙亮伸手放到他鼻子下，发现有微弱的呼吸，把手放在他胸口，还有细微的心跳。

确定这个人是活的之后，顾蒙亮咬牙把他整个人往岸上拖了一把，放在了小码头上。令人意外的是，这个男子身形看起来很标准，但是体重却意外得轻，顾蒙亮拉他上来几乎不费吹灰之力。

冬天的清晨气温很低，他全身都湿透了，被风一吹更是冻得牙齿上下打架。

真冷啊。他看了一眼这个半透明的男子身上单薄的长袍，再看看自己身上也只剩下一件衬衣，才想起自己的风衣在"过去"披给奶奶了。

太阳露出了个头，远远有岛上的居民起床干活了，有个年轻人背着渔网迎面走了过来，紧跟着他的还有一个年纪相仿的伙伴。他们看见顾蒙亮和躺在地上的男子，不由露出了奇怪的神色。

"你们是干什么的？"那个背着渔网的年轻人轮廓有几分像滕飞，但是看起来又有点不一样。

对，是不一样，他少了滕飞那种二二的感觉。

"我们不小心掉下水了，我找一下滕飞。"顾蒙亮站起来，礼貌地说。

"滕飞？不认识。"年轻人说。他看看身边的伙伴，伙伴也摇头。

滕飞在岛上这么出名他居然不认识？

"岛上滕家就他一家，但是没有叫滕飞的。"另外一个男孩子憨厚地说。

"你姓滕？"顾蒙亮怀疑地看着他，他去过滕飞家两次，不记得他家有这么一个年轻人。

那个背着渔网的年轻人豪爽地点头。

"你是滕……"

"我叫滕西峰。"年轻人大声说。

顾蒙亮呆滞三秒，然后反应过来了：滕西峰！滕飞的爸爸！敢情这不是回到现代啊！这到底是哪一年！他又串台了？

"你朋友是不是生病了？"滕西峰指着地上昏迷不醒的男子问。

"哦不，他……"顾蒙亮怕对方看见这个男子半透明的样子被吓到，但是回头看的时候，发现那个男子的皮肤已经变得正常了。

是的，虽然还是有点苍白，但是是正常的皮肤了，而不是那种半透明的、透过手就能看见砂石的通透感了。

"扶他去我家休息？"滕西峰这样建议。这个人和十几年后一样，依旧是那么仗义热情。

男子微微张开了眼睛，仿佛从未见过光一般，好奇地看着天空，自己的手指，还有旁边站着的人。他好奇地站了起来，试着笨拙地走了两步路，然后表示惊叹："实体形态是这种感觉吗？"

"老实说，你到底是不是西门豹？"顾蒙亮有一种极其熟悉的感觉。

"西门豹是谁？"男子认真地抬头看他。

"你到底是谁？"顾蒙亮忍不住要晕厥过去了：这家伙凭空出现，帅得这么不正常，一看就不是地球人好吗！

"是啊，我到底是谁？我要想想。"男子呆呆地看着他，看样子不是装出来的。

四

滕家就在顾家老宅的旁边，是一个带着小院子的平房。顾家气派的老宅现在被当作村委会用，但是还是有点大，多余的地方被改装成招待所，招待下乡领导、采风文青还有来谈生意的商人。

"现在被一个老太太一家包下来啦。"滕西峰神秘地说。

"她什么时候来的？"顾蒙亮换上了滕西峰的干衣服，走出门帘后问他。知道奶奶什么时候来，就大概知道这里距离他之前穿越的时间有多远了。

"来了一个礼拜了吧？"滕西峰说。

顾蒙亮看了一眼墙上的日历，算了算日子，距离奶奶去世还有三天的时间。

是的，三天后，奶奶就去世了。他家每年都过奶奶的忌日，对这个日子记得太清楚了。那个龙王并没有把他送回到现代，西门豹也没有把他送回现代，他只是在原来的时间点，往前"跳"了几天而已。

房间里暖烘烘的，滕家的客厅用老式的火盆取暖，里面埋了橘子皮，旁边还用小易拉罐放了水在烘烤着。客厅有一张旧床，上面摆满了小人书和一些等待烘干的衣服。这张床滕家暂时不知道怎么处理，然后就拿来放东西。

看起来要下雨了，他们百无聊赖地在小院子里踱步。男子对走路似乎非常感兴趣，他走两步，又试着跳了一下，对地面坚实的触感表示惊奇。

"我见过他。"滕西峰的母亲在厨房那边探出头，对站在外面帮忙抱着柴火过来的儿子说，"我总觉得见过他，但是不记得在哪里见过了。"

"不记得还说见过？"滕西峰嘲笑母亲。

"见他的时候肯定没看清楚，但是就是见过。"滕西峰的母亲受到奚落有点不高兴，气哼哼走进厨房去了。

滕西峰的妻子带着两岁大的儿子走进院子，这孩子看见有生人不但不躲开，反而激动地拍手大声叫了起来。

"我儿子，我老婆。"滕西峰简单介绍。

这货是滕飞？顾蒙亮狐疑地想，忍不住问："这孩子没有名字吗？"

"没上学没有起名字，我们都叫他蛋蛋。"滕西峰抱着儿子走近那个不明身份的男子。

"叔叔。"蛋蛋伸手想去摸那个男子。

男子开口，轻轻指着孩子说："我见过你。"

"叔叔！"蛋蛋高兴地说。

"你唱歌很特别。"男子慢慢地说，朝蛋蛋伸出了一个手指，蛋蛋伸手抓住了他的手指。

电光石火之间，顾蒙亮好像看见抓住那个男子的手的是滕飞，而不是这个两岁大的小孩。

"你为螃蟹许愿。"男子突然微笑了。

顾蒙亮呼吸有点急促，他更加肯定地问了："你是西门豹吧？"

"西门豹？是谁……"男子眼中闪过一阵迷茫。

顾蒙亮注意到他身上的衣服不知道什么时候全部都干了，一点污渍也无，全身洁白干净，带着一股仙气。他心里知道一切不对劲。

天空乌云密布，马上要下雨的样子。

男子抬头看看天空，又看看顾蒙亮："我有点想不起来事情……需要慢慢回想。我见过你的。"

"你真的想不起来你是谁了吗？"顾蒙亮问。

男子缓缓低头，开口说："我在的地方……没有这种物质的触感……"天空中落下黄豆大小的雨滴，他伸手接住，突然发现接住雨滴的那片皮肤变得透明了。

天空的雨点急速落下，打在了他的身上，他那张俊美的脸被雨滴沾上之后的部分立刻变成透明。他急忙用手挡住了脸，快步钻进旁边的厨房里。

"你不能沾水？"顾蒙亮疑惑地问。

天边闪过一道闪电，雷声轰鸣，这冬天的雷雨太少见了。

男子抬头看天边的闪电，喃喃地说："他在叫我回去。"

"谁？"

"导师。"他说，"我们星球的导师。"

天空的雨点越来越密集，滕西峰的母亲在烧柴，烟熏得让人睁不开眼，滕西峰两口子跑去院子里收衣服去了。

"我想起来了，"男子抹了一把脸，脸上的水珠抹干后，透明的部分又恢复成了略显苍白的皮肤样子，"我们星球，很多年前就已经毁灭了……物质遇见了反物质，所有一切，都不存在了……"

"是天庭星吗？"顾蒙亮插嘴问。

"如果你对我们星球的代号是天庭星，那就是天庭星，"男子淡淡一笑，"物质毁灭了，我们大家都毁灭了，但是有很少的人活了下来，没有了实体，只有思维存在下来，构成了一个完全主观的世界。"

他看了一眼顾蒙亮："我用地球人能理解的方式说，你能理解吗？"

"主观世界？"

"我们的世界不需要言语交流，也没有稳定的形态，每个人的意识都是可以相通的，超越了时间和空间的存在。其实这种形态超出了你们的知识架构，你不能理解是正常的。"男子指着四下弥漫的烟说，"比如你们就像这些烟雾，是存在的，然后也会消失的。而我们就是烟雾存在过的存在，和烟雾消失的'未来'。"

"我不太能理解，大概就是维度比我们更高级的生物吧。"顾蒙亮喃喃地说，"你难道不是西门豹吗？不是你说'带我走'的吗？"

男子看着他，微微皱着眉头，然后摇摇头："记不太清楚了。"

在一边专注生火的大娘踢了踢旁边的小木凳，两个人各自找了小木凳坐下。

"好好的客厅不待着，喜欢来厨房被烟熏……"大娘撇撇嘴，没有作声，继续弄她的土灶。一把干枯的刨木花扔进去，加上点干草，开始新一轮的引火。厨房比较低矮，没有开灯，只有灶台里的火星映得人脸一亮一亮的。大娘看了一眼他们两个，说："你们不会是我们桃花的后代吧？"

"什么？"

"你长得和桃花姑娘当年一模一样，"大娘指了指顾蒙亮，又指了指那个男子，"你长得像她那个失踪的姑爷。"

"咦？"顾蒙亮注意到了句尾的信息量，对大娘说："你见过桃花的丈夫吗？"

"见过啊，那晚喝喜酒的时候我也在呢，虽然是远远看到的，但是实在是太帅了……"大娘回头揉着被烟火熏红的眼睛说，"长得和这位小伙子一模一样呢。"

"我这副身体是我自己做出来的。"男子礼貌地回答。

说到这里，突然一个闪电打下来，厨房的屋顶露出了一个大窟窿，雨点和着狂风骤雨钻了进来，直直朝男子飞去。他赶紧捂住了脸："冲着我来的！"

"屋顶塌啦！"大娘冲到外面对着儿子滕西峰大喊。

"妈，快过来！"滕西峰把儿子放到妻子怀里，过来要拉他妈妈，大娘已经一个健步冲了出去，大雨倾注而下。

雨真是大，风横着吹，冬天有这样的暴雨天气真是少见。她听见身后一阵声响，厨房的半个屋顶就这样塌陷了下去。两个年轻人暴露在这疯狂的暴雨中。

"完了！"男子的手开始迅速变得透明，脸、脚……连同衣服都是。大概衣服也是他自己"造"出来的物质形态吧，被雨水一淋根本就受不了。顾蒙亮拉着他往滕西峰家的客厅跑，感觉手里的那个手腕越来越小。

也许雨势太大看不清对面，跑到滕西峰那边的时候，他没有注意到顾蒙亮拉着的是个半透明的人，自个慌忙地去房间拿干毛巾。男子顾不上掩饰直接逃进了客厅里，顾蒙亮伸手拿起旁边晾晒的干衣服盖住了他的头。

男子湿淋淋的手，滴着水伸到了顾蒙亮面前，他呻吟着说："看，我的手正在消失。"

他的手现在看起来像是透明液体组成的，滴下来的水不单单是刚才被雨水打湿的部分，还有好像整只手都在融化。

"帮我挡住那些人。"他低声对顾蒙亮说，那张脸已经有点残缺了。

顾蒙亮赶紧对着冲进来的滕西峰他们说："等一下，他要换衣服。"

滕西峰一家人很知趣地被挡在了客厅，他们两个人躲进了旁边的房间里。

男子从门缝内看见了客厅中央的火盆，伸手一指，火盆的火苗便轻盈升起，在空中盘旋片刻，落到了他的指尖上。火苗仿佛着了汽油一般迅速从他的指尖向上手臂，然后蔓延到他的脸上。蓝色的火苗发出细微的声音，空气中有好闻的太阳晒过的味道。

片刻之内，他已经恢复正常了。

"恒星太阳提供的能量。"他笑笑。

屋顶的天花板突然裂开一条大缝，并且裂缝在不断扩大，粉尘不断掉落下来，蛋蛋突然哭了起来。

滕西峰在屋外叫："客厅屋顶也要塌啦！你们快出来！"

"你们先离开这里！"顾蒙亮冲着外面那一家子人大叫，"这里危险！"

滕西峰顾念孩子和母亲，便和妻子护送着家人迅速离开了房子，冲到雨里去找更安全的庇护所了："你们两个也快跟上来！"

客厅的屋顶就在这时候突然塌陷，巨大的水流从外面席卷而来，像一只大手一般朝男子抓去。

"你必须……回来！"震耳欲聋的声音响起，顾蒙亮这才醒悟，是龙王！

男子倒是镇定，他在屋顶塌陷之前卷起了那个火盆，稳稳托在手心中间，所有燃烧的木炭被他一把抓起来，让顾蒙亮看了感觉好痛。

然而男子仿佛毫无知觉，抓取那些木炭朝那铺面而来的巨手洒去，零星的火苗在空气中组成薄如蝉翼的火苗屏障，勉强挡住了那一波水的撞击。

"火是挡不住水的，你对物质的理解不够。"龙王威严地宣告着，那水柱眼看要突破那薄薄的火苗屏障朝他们扑来，"让你把顾蒙亮送回去，你重新洗脑改造，重新做一份计划，你怎么就这么固执？"

男子认真地说："不，克制水的不是火，是其他的东西！"

正说着，残余的屋顶开始无限拉伸，艰难地自我缝合着，把水柱抵抗在了外面。

碎石在升起，所有的尘埃在升起，都朝着那个裂缝填补而去。

顾蒙亮在旁边看着西门豹现场演示天庭星人的超人之力，和那个更大来头的龙王互相对抗，感到非常激动。

"你以前好像叫我西门豹？"男子突然回头看了一眼顾蒙亮，"我有印象了。"

"什么以前！就几天前啊！你被洗脑洗得忘记时间的概念了吗？"顾蒙亮气愤地纠正，"我是被你选中代替你执行河神计划的世界最倒霉的地球人顾蒙亮啊！"

"嗯，我们帮助过这家孩子。"西门豹认真恢复记忆中，神情依旧冷淡。不过顾蒙亮印象中西门豹就从来没有过情绪波动的时候，他们天庭星人一向都是这样没有感情只有理智的吗？

"可是你没告诉我你变成实体是这种样子的啊……"顾蒙亮拍了拍身上的尘土，问出了自己内心的疑问，"这样的脸是天庭星人来地球的通行标配吗？"

"……除了我，天庭人还有人实体化吗？"西门豹皱眉在搜索，"没有这方面记录。"

龙王暂时停止了对这间屋子的进攻，这间屋子经过西门豹改造之后，变得非常奇怪而且扭曲，就像本来一间四四方方的屋子被人像拉橡皮泥一样随意拉扯，就为了堵住那个屋顶的窟窿，现在变成了个扭曲的多边形。

"我们只能用地球人的物质法则来争斗，如果按照我们星球的战斗法则，地球刚才就不存在了。"西门豹顺便又捞起一块木炭烤了烤手。

"那我们还得说声谢谢对吧？"这熟悉的互相吐槽的气氛一回来，顾蒙亮算是稍微心定了一点，"话说你那个河神计划导师都叫停了，你还执意要完成，还有什么意义？"

"因为我发现了河神计划里的秘密。"西门豹走到扭曲的窗外看了一眼外面已经看不到五米之外光景的暴雨，"一旦参透，那导师也许就不能束缚我了。"

"你要背叛师门啊，那他扣除你毕业证怎么办？"顾蒙亮问。

"一开始我也是这么认为的。"西门豹说，"但是后来发现不是这么一回事。我没有进修之前的记忆，也没有见过导师之外的人。我一直以为是因为我修行不够的缘故，但是现在想想，也许我们星球就只剩下我们两个人了。"西门豹说。

"那你导师神叨叨要控制你干什么？"

"原因就出在河神计划里'情感'的问题上。"西门豹经历了一番战斗，似乎恢复了一点精神。他不再是之前虚弱的样子，重新换了一套更加考究的袍子，他搓着手里那块燃烧的木炭说，"我们星球是靠'残余的意识'在维持的，但是这种'残余的意识'会渐渐消失。也许之前还有很多失去形体但是依旧幸存的族人，但是随着能量的匮乏，'残余的意识'就慢慢消失了。'情感'也许是我们能够维持存在的能源，这种在地球人看起来随处可见的东西，就是我们星球匮乏的。有了'情感'的意识，就不再是渐渐会消亡的生命体了……"

"你不要对地球人吐露这些秘密！"窗户的玻璃突然爆裂开，巨大的水柱再次席卷进来。顾蒙亮这次挡在了西门豹前面，顺手拿了个小孩子洗澡用的铁盆挡住那水流。

他当然挡不住，巨大的冲击把他连同铁盆一起冲到了对面墙上。他怒道："死龙王！你要在这里闹水灾吗？"

外面响起了紧急的铃声，村委会的喇叭响了起来，在雨声中显得那么微弱，但是又非常坚决："各位岛上的村民请注意！突然连降暴雨！请大家注意防洪减灾！我们正试图和外界联系！大家不要随意出门！"

话筒立刻被滕西峰抢了过去，他惶急的声音代替了之前村支书的声音："刚才在我们家的那两位小哥逃出来了没有！来村委会这边！就是旁边那个院子！快过来吧！"

"要逃走的话你要帮个忙。"西门豹把剩下的碎炭捏碎扔向窗户，火星四射，形成一道薄薄的屏障暂时封锁住了窗户。

"你不会是又要我……"顾蒙亮露出了恶心的表情。

"对。"西门豹很快地说，然后伸手抓住了顾蒙亮的手腕，"带我走。"

"我受不了了！"顾蒙亮大叫。

五

外面突然下起了暴雨。除了暴雨，还有闪电。

顾桃花躺在床上，脸上带着氧气面罩，最近几天清醒的时间越来越少。

顾一鸣包下了整个招待所，还带上了医生和护士。他母亲既然想悄无声息地回到岛上，他就带着母亲回到岛上。但是母亲不想面对过去的人，他就伪装成一个毫无关系的人物回到这里。

招待所的人看着有护士医生进进出出，也不免有点想法：带一个弥留之际的老人来这里度假，说来说去对招待所都是不太好的事情。

不过……顾一鸣已经把招待所买下来了。

村委会毫无意见，老一辈村民要是知道有人把岛主以前的老宅卖给了富商，肯定会闹起来。但是顾一鸣表示他三十年之内不会动这里的建筑，也不会来这里长住，一切照旧。

价格太可人了，村委会商量了一下，就签订了一个模糊的"委托管理权转让"的协议。招待所的人不知道，只觉得那些进进出出的医生和护士搞得气氛有点晦气，难免露出不满。

这时候外面狂风大作，招待所的服务员赶紧去关门关窗收衣服，完全都没有注意到有一道亮光从天而降，落在了那位神秘老人所住的屋顶。

"要下雨了，需要我在这里陪您吗？"顾一鸣坐在病床前问自己的母亲。

母亲顾桃花说不出话，只是微微眨了眨眼睛。

他叹了口气："您说过不要让顾蒙亮过来陪您，说是不忍心让他看见离别，所以我已经把他送出国了。"

顾桃花眼里露出欣慰的表情。

"国外条件不错，而且他妈妈的亲戚也在那一边，所以会照顾好他的，您不要担心。我也会经常去看他。"

电话响了，秘书进来说是英国那边打来的电话，顾一鸣想是顾蒙亮的事情，就和母亲说是医生，出去接电话了。

大风吹得外面的世界一片混乱，虽然紧闭窗户，但是窗框有点老旧了，发出咯吱咯吱的声音。外间的窗户突然被人打开了，风卷着窗帘到处乱飞，连同茶几上的处方和文件都飞洒起来。顾桃花隔着房间门看见外间的动静，眼中神色不由一动。

她听见有年轻人的交谈声。

顾蒙亮和西门豹从窗户滚了进来。顾蒙亮反手赶紧关上窗户："又穿越旅行啦？这回穿到什么时候了？"

外面突然下起了暴雨，雨点打在了窗户上。

"大概穿到三天后，我的导师，也就是你说的龙王很快会定位到我们的。"西门豹快步朝里间走去，"找个办法离开这里，但是不能被雨淋湿了，不然我就要消失了。"

"所谓的神形俱灭吗？"顾蒙亮说。

"对。"西门豹探头看见里面居然躺了人，还带着大大小小的器材——这是一个即将消失、无法挽回的生命。

"不好意思打扰了。"顾蒙亮一边道歉一边也伸出一个头。

他呆住了，里面躺着的是奶奶。

奶奶脸上戴着氧气罩，身上插着营养液，已经说不出话来，但是死死盯着门这边，旁边的心电图显示她的心跳在急剧加快。

"奶奶！"顾蒙亮脱口而出，跑了过去。他想起今天是奶奶的忌日，这么说奶奶已经到了弥留之际了？

奶奶颤巍巍伸出手，他急忙伸手握住，急切地说："奶奶，我是你的孙子顾蒙亮，我来自未来，本来按照规定我是不能说的，但是今天您已经到了弥留之际了，我告诉您也没关系……我知道爷爷是外星人了……"

奶奶把手抽了回来，努力拉着脸上的氧气罩。

"她想说话！她想对我说话！给她点力量啊西门豹！"顾蒙亮着急地对西门豹说。

西门豹点点头："只能暂时让她恢复一下。"

他把手放在了奶奶的额头，奶奶的手指突然有了力量，一把拉开了氧气罩……这个时候，房间外面的门被打开了，是顾一鸣的声音："妈，慧慧一起过来看您了。"

慧慧是顾蒙亮妈妈欧阳慧的小名。顾一鸣看见地上散乱的文件还有乱七八糟的窗帘，不由心里一惊，丢下身边那个优雅的少妇冲进里屋："妈！您怎么了！"

只见顾桃花精神矍铄地坐在床头，氧气罩也被拉下来，脸上还有一股急切的表情。

"妈！您精神恢复了吗？我去叫医生！"顾一鸣这段时间从未见过如此气色红润的母亲，惊喜之下不由大声说，"您别乱动！"

"你给我出去！"顾桃花眼里闪烁着某种不耐烦，"给我一点时间自己待着。"

"妈……"欧阳慧踟蹰地站在门外。

顾桃花的声音缓和下来："你好，慧慧。"

"妈妈您好，您看起来精神不错，我很高兴……"欧阳慧已经感觉到了这间屋子里似乎有什么事情要发生，她和丈夫建议："要不还是听妈妈的话，过一会儿再过来？"

"妈，身边的紧急按钮，有事您叫我们啊……"顾一鸣是个大孝子，不敢违背母亲的意思，带着欧阳慧出去了。

顾桃花坐在床上，看着儿子出去了反而说不出话来。

顾蒙亮和西门豹从床底爬了出来。

"我的儿子，长得不像我也不像他爸爸……"顾桃花声音缓和下来，带着无限遗憾地说。

"奶奶，爸爸是个人造的胎儿。外星人形态和我们不一样，无法直接结合，所以做了个人造人来作为容器，承载奶奶和爷爷的基因，从某种意义上来说，我才是奶奶和爷爷的儿子。"顾蒙亮拍了拍身上的灰尘，在奶奶面前坐下。

"你长得和我一模一样，和你爷爷一点都不像，算什么承载了奶奶和爷爷的基因？"顾桃花愣愣地看着他，眼睛穿过他的身体，似乎望着更远处。

"至少我能穿越时间，这不是爷爷那种外星人才有的能力吗？"顾蒙亮有点觉得没面子，强行挽尊。

"你走开一下，不要挡着我。"顾桃花晃晃手，示意顾蒙亮快点让开。他才发现奶奶一直盯着的不是他，而是他身后的西门豹。

西门豹站在床前平静地看着奶奶，精致的外形美得不真实。

"你还是一点都没变，我却是老了……"奶奶终于笑了笑，"我多少次想着我苍老之后，你看见我是多么嫌弃我啊……可是真要见了你，我心里却只有欢喜……"

西门豹还是没有作声，顾蒙亮却有点慌了。

"有时候我想着，是不是我太贪心了。享受了和完美恋人相爱的过程，所以要承受一生一世的分离和孤独……"她轻轻说着。

西门豹说："她的情绪反应很复杂，我暂时分析不出来，程度很强烈。"

"别忙着分析了啊！"顾蒙亮只差没跳起来打他的头了。

顾桃花伸手拉过顾蒙亮："孩子，谢谢你把爷爷找回来了……"

"你说他是我爷爷？"顾蒙亮跳起来，指着西门豹说，"他不可能是我爷爷！我跟你说，虽然他们都是天庭星人，但是他们没有实体的，他们就是一团思维……他们自己给自己做的身体只有一个模板……奶奶你千万不要被他骗了，这个人特别二，是我合作对象，他叫西门豹……他是和我合作河神计划的……"

"河神！"顾桃花笑了，朝西门豹伸出了手，西门豹相应也伸出了手，和那只干瘪的手握在了一起，"河神就是我给他起的名字啊。"

西门豹一直没有表情的脸上眉头微微一挑，各种信息量纷至沓来。

他与顾桃花双手交握的时候，顾桃花手上的皱纹迅速退却，脸上的纹路也在消失，皮肤变得光滑，眼睛变得更明亮，头发变成漆黑浓密的黑色长发，飘扬在半空中，身体也似乎变得更轻盈……

"桃……花……"西门豹喃喃说出这句话之后，突然被什么击中了心脏一般，软软地倒了下去。

顾桃花恢复了年老时候的样子，抱住西门豹大叫："河神！你怎么了？"

"他已经违规使用了天庭星人的能量，我必须要销毁他的意识，而这个他自己做出来的形体，也维持不了多长时间了，你要是留恋，这个身体就给你吧，"空气中响起龙王威严的声音，"反正你也活不了多久了。"

西门豹软软地倒了下去，整个身体变得轻飘飘的，开始透明化。

奶奶失去了西门豹力量的支撑，立刻开始呼吸困难，顾蒙亮想去叫医生，却被奶奶一把抓住手，艰难地对他说："去把你爷爷找回来！这次不要再让他……被抓回去……"

她的呼吸越来越急促，顾蒙亮把她扶上了床，然后帮她按了紧急呼叫按钮。医生和顾一鸣冲进来的时候，就看见顾桃花躺在床上脸色非常苍白，呼吸困难，心跳加快。医生急忙叫来护士施加急救措施。

顾桃花被戴上氧气面罩的那瞬间，看见地板上躺着的西门豹的身体完全透明了，只剩下一摊水。

她的眼角流下了一滴泪水。

"要不要送她回医院？"

"这种情况搬动也比较危险，准备好船了吗？"

终于又见到你了。她欣慰地想。

"顾一鸣先生，你母亲这个状况也许要回医院会更好一些！"

"明白了，听医生的安排吧！"

河神没有骗我。她缓缓闭上了眼睛。

顾蒙亮站在窗外，紧紧搂住水管的时候，整个人都是懵圈的。

奶奶要死了！西门豹真是我爷爷？她的愿望还是没有实现！西门豹现在怎么办？我怎么回去？我能做什么？

他内心痛苦迷茫，第一次感到如此无助。这个时候手没有抓牢，他整个人向后倒了下去。电影里都是可以顺着水管爬上爬下的，但是顾大少爷没有学过特技。

这里是三楼。所以他只能脑袋朝后整个人仰面掉了下去。

没有西门豹，没有苍蝇机，没有胡依婷，没有人来救他。就这样，脑袋撞到地面的时候，事情会变得更加糟糕吧。

想到这一点，他超级生气。

六

"哇……"凭空出现的顾蒙亮让坐在沙堆旁边玩耍的蛋蛋大哭了起来。

顾蒙亮从沙堆里站起来，拍了拍身上的沙子，看了一眼小时候的滕飞，把手放在嘴唇边做了个嘘声的动作。但是没有什么用，蛋蛋哭得更加伤心了。

"喂！是你！"滕西峰扛着水泥袋走过来，"我们都以为你和那位小哥被压死了呢！一直找不到你们的踪迹！"

这又是穿到什么时候了……顾蒙亮看看他家正在修补的屋顶，又看看晴朗如明镜的天空："暴风雨过去多少天了？"

"一个星期了吧，怎么你被暴雨淋得脑子都坏了吗？"滕西峰好奇地问，放下水泥袋过来摸他的头，被他躲开了。

他丢下滕西峰拔腿就跑：已经过去三天了！穿到了三天之后，那奶奶已经去世了吧？西门豹是不是已经被抓走了？

他跑到招待所，发现那里已经人去楼空。他急忙跑到码头坐了船回城，靠岸打车直接朝花苑冲去。

本来明媚的欧式别墅现在一片素白，门口摆放了白玫瑰，还缠着黑纱。

他趴在门口喘着气看着花苑里进进出出都是吊唁的人，但是小顾蒙亮没有到场——按照奶奶的遗愿，没有告别就永远不算离开。

可是奶奶还是去了。

这次是他亲眼看见奶奶走了。

一切都真相大白。西门豹为什么会选择做河神计划，为什么会选中他，他们之间为什么会有那么深刻的羁绊，全部都因为西门豹就是爷爷，就是当年的河神，就是和奶奶相爱的那个人。

就算他的记忆被消除，他依然还是选择回到地球做情感方面的研究，还是选中了顾蒙亮，还是时刻会保护他。

但是奶奶呢？奶奶临终前，西门豹还是没有完全恢复记忆就被龙王带走了。

河神，谢谢你帮我完成愿望。

回头看见一个美丽的少女对他笑，那是年少时候的奶奶。他以为是幻觉，却发现并不是，那女孩一直盯着他微笑，然后轻轻巧巧在阳光下虚化消失了。

是奶奶留下来的意念。

天庭星人毁灭之后，是以区别于实体的方式存在的，作为天庭星人的后人，能看见死去的人遗留的念头，也不是什么奇怪的事情吧？

可是地球人的思维却会随着形体逝去，他试图伸手拉住那个少女，让她走得更慢一点，却无济于事。

拉不住的是逝去的一切时光。

他们终究未能完全相认。

想到这里，顾蒙亮捂着心口跪在地上呻吟了起来。

心口很痛，体内的永生丸在发出悲鸣，它在应和顾蒙亮内心的悲伤。

顾蒙亮的心，也和着奶奶的悲伤、西门豹的悲伤，还有一切不能挽救的错过和残缺，发出了巨大的共情。

即便——不是你们，我依然能感受到你们的悲伤。

正在室内接受吊唁的顾一鸣，突然觉得窗外有刺眼的光芒，刺激得外面一片白茫茫，什么都看不见了。

他想站起来的时候，突然觉得耳边一片空白，思维也一片空白，周围的人也停顿了。

他自己也停顿了。

这个空间的时间，停止了，一切凝固了。只有顾蒙亮蜷缩在花园外面的栅栏呜咽着，因为他第一次体会到了世事无可奈何的凄凉。

即便是他开着兰博基尼，爸爸给他几个亿的基金，爷爷动用超文明的外星科技让他几乎无所不能，他此时此刻也不能承受这样的悲伤。

命运就是，即使你手上的牌那么多，但是你需要的那一张就是不在。

他守护不住奶奶。他和爷爷完成了九次河神计划，完成了几乎不可能的许愿，但是自己奶奶的愿望，他们却无法完成。

因为奶奶临终前看见的是"西门豹"，没有恢复记忆的西门豹只能是西门豹，而不是他爷爷。

而且就像过去一样，他再次被抓回去，记忆抹除之后，只有奶奶单方面会记得。在超越了三维的时空里，奶奶在时间的长河只能独自怀念，默默孤独下去。

这样的事情，世界上应该每天都在发生吧。这是生而为人的悲哀。为什么要有爱，为什么要有恨？如果一切都没有任何情感，那么烦恼也将不会存在了吧。

顾蒙亮的泪珠滑落，然后凝固在了空气中。

"你居然把时间都停止了。"苍老的声音响起。在静止不动的人群中，有白色的光芒闪现，慢慢成为一团移动的光晕，穿过那些吊唁的人群，走出客厅大门，穿过草坪，来到了顾蒙亮的眼前。

是龙王。

这是他第一次实体化，他有白色的头发，白色的胡子，还有长长的白色长袍，手心里还托着一个缓慢移动的光圈。

"永生丸在你那里，实在是太危险了，居然有那么大的力量。"他伸出手，慢慢靠近顾蒙亮的胸口，"你还是还给我们吧。"

他的手腕被顾蒙亮握住，不禁大吃一惊，这是他第一次感觉到物体施加的握力，那只手相当有力，他第一次感觉到了痛感。

"都说过多少次了，永生丸是我爷爷的东西，不是你的。"顾蒙亮怒道，手稍微一用力，就把龙王的手掰断了。他把断手扔到一边，断手在空气中化为星尘。

龙王后退一步，断掉的手又开始聚集星尘，形成了新手的雏形。

"怎么样，实体化的感觉是不是很爽？"顾蒙亮眼睛里第一次闪现了仇恨和怨愤。

"你的情绪波动太大，已经影响到我们天庭星的安全了……"

"我想得没错，"顾蒙亮冷笑，"你们天庭星人的思维，是连在一起的对吧？所以你们很害怕情绪。因为地球人的思维是属于个体的，自己的情绪对他人影响力没有这么大。而你们的思维是连成一体的，如果有了'情感'，你们的世界将很不稳定，而且随时都会坍塌。"

龙王微微一惊，看着顾蒙亮，感觉这个地球人理解能力超出他预料。

"我不算是地球人，"顾蒙亮慢慢站起来，落叶凝固在他脸颊旁边，被他轻轻一弹，弹到一边，"我算是天庭星和地球人的混血，所以我的思维要连上你们天庭星人的世界，那是很简单的事情。你们要感受一下我的愤怒吗？"

"不……不要冲动……"龙王有点惊惶，"对于情绪的机制我们研究不够，所以才会让西门豹来地球……但是他过多沉浸在爱情中要脱离我们的世界，这是规矩上不允许的……"

顾蒙亮闭上了眼睛，周围立刻变成了浩瀚的宇宙，他连上了天庭星人的思维，也是天庭星人的"星球"。

"这是被迫和亲人分离的'悲伤'。"他说。他身上立刻迸发出巨大的能量，周围星系立刻受到了巨大的波动。所有幸存的天庭星人，包括龙王在内，都立刻感受到了他的悲伤，龙王捂着胸口跪了下来："停下！你会毁了我们星球！"

"放了我的爷爷。"顾蒙亮冷冷地说。

"不……他必须接受洗脑，不然他的那些复苏的情感会危及我们星球的安危……"

"这是等待而得不到回应的'怨愤'！"顾蒙亮把手放在胸口上，让自己和奶奶的感情肆意溢出。

这股力量就像星系爆炸一样，以顾蒙亮为中心，迅速向周围波及。

星辰运转速度加剧，整个星空的平衡失去，龙王大惊之下叫道："不要毁了我们剩下的文明！请住手！"

"把西门豹还给我。"顾蒙亮冷冷伸出手，"不然最后就是爱而不得的'愤怒'。"

龙王缓缓把手上那团不断运作的星系交到了顾蒙亮手上。他的脸是苍老而悲伤的："我不该让他继续这个研究……是我的错，我忘记了地球人是如此自私狭隘的人……"

"不要随便用自私狭隘这种说法。"顾蒙亮捧着西门豹的'思维体'，"会爱，会占有，会失去，会悲伤……这些不是自私，是我们接触这个世界，和这个世界发生关系的方式。你们没有这些，所以你们的星球在走向死亡。如果你们星球要毁灭，那也不是我毁灭的。"

他一字一句地说："是它本来早就应该毁灭了。"

"西门豹的思维要是切断了和我们的联系，他是无法生存太久的。"龙王说，"但是他的意思也是想和你奶奶见一面，所以对自己生命的长短并不在意。"

"我会想办法让他活下去的。"顾蒙亮说。

"可是我们的星球，终究还是会毁灭……"龙王不无失落。

"西门豹可以制造出新的形体，你们应该也可以。你现在已经开始有情绪了，剩下的人应该也会有，"顾蒙亮说，"等到你们各自都有形体，有了情感之后……也许会有一种新的动力让你们活下去。"

龙王眼睛一亮，似乎看到某种希望："这也是我一直在研究的，但是我始终参不透地球人情感的秘密。"

"你迟早会知道的，"顾蒙亮说，"说不定你们的思维到时候会再次进行分离，各自独立，然后重新开始构造一个切实存在的星球，你们就会获得重生了。"

"借你吉言，请你断开和我们的联系吧，你的情感过于强烈，我们已经无法维持原先的平衡了。"龙王说。

"好的，那西门豹我带走了。"顾蒙亮说。

龙王突然想起什么又补充："如果他无法完成实体化，你可以把他再送回来，我们

可以通过封禁的方式让他活下去。但是他之前的记忆就真的完全无法恢复了。"

"再见。"顾蒙亮抱着那团不断移动的星系，缓缓睁开了眼睛。

依旧是花苑外面，风开始吹了，落叶开始飘落了，里面吊唁的人又开始慢慢走动了。龙王已经不见了，一切像是没有发生。

顾蒙亮捧着手中的那团物体，有点为难："在这个空间他真的会活不下的。"

能让西门豹思维体存在下去的方法，也许是不断运动的时空中。他必须回到时间隧道，然后把这个独立了的思维体送回那个渐渐消失的形体中。

他一个人能准确"着陆"在那个时间点吗？

他怀中的星系在忽明忽暗，他抱着它快步冲了过去。

越快越好，他心想，这样才能赶得上时间的脚步。

公路上一辆开过来的公交车上，司机看见有个少年朝他狂奔而来，吓得立刻踩了刹车。

公交车的刹车声中，少年的身体不见了。

七

在时光隧道里不断奔跑，想插入时间的缝隙中，找到西门豹被带走之前那具渐渐消失的身体。

顾蒙亮在巨大的信息量中，终于看见了自己奶奶含笑昏迷过去的场景，还有地上渐渐消失的西门豹的身体。

"真不敢相信！"他叫道，"居然没人注意到你！"

"把我扔出去就好啦！你快点回去吧！永生丸的能量不足以支撑你反复的时间穿梭，快回去！"西门豹说。

"那我扔啦！"信息量巨大的五维空间，不断压缩拉伸的场景，顾蒙亮捧着西门豹的思维体，用力朝那一刻的时空扔了过去。

如果放错了地方西门豹会不会灰飞烟灭？他不敢多想，就这样放手了，然后整个人感觉自己四处颠倒，然后卷入了时间的漩涡里。

当他醒过来的时候，发现已经是第二天中午了。

依旧还是花苑，远处有割草机的声音。这里是哪里？他回到哪里了？

胡依婷垂头丧气地推着割草机走过来，看见躺在地上虚弱的顾蒙亮不禁惊喜地叫了出来："顾总回来啦！"

她扔掉了割草机，非常夸张地扑上来拥抱顾蒙亮。顾蒙亮被她压住，感觉到她少女的清香，还有发育良好的身材的柔软。

他突然都觉得有点不好意思了。

胡依婷一把扛起他往客厅里跑："我要去告诉杜阳！"

她忙着打电话给杜阳，突然想起了什么："西门豹呢？"

顾蒙亮笑容凝固了：是啊，西门豹呢？

八

按照这边的时间，顾蒙亮离开了一周，苍蝇机也没有任何信息，胡依婷几乎以为他回不来了，又想着万一顾一鸣问起来她怎么解释顾蒙亮的失踪呢，于是愁白了几根头发。

杜阳悠闲地喝着茶："这么说，西门豹其实就是你爷爷？你奶奶临终前还是见了他一面了？"

"是啊，我送西门豹回去，他们两个相见之后，不知道会不会改变什么历史。"

"没觉得有什么改变。"胡依婷表示一切如常。

"是不是宇宙平行空间？在另外一个时空，他们两个人已经幸福生活在一起了？"杜阳问。

"不知道啊，我都不知道到底把爷爷送到哪里了。如果他找不到他的形体，他可是会消失的。哎，当时要是听龙王的让他留在天庭星，也许还好一些。"顾蒙亮怅然若失。

"我们这个世界并无改变，我依旧存在着，证明后来发生的那些事情还是发生了。我还是被杀了，然后被顾总和西门豹爷爷救起来，然后变成了怪力少女。杜阳还是一直长生不老，直到遇见了顾总……"胡依婷摊手，但是被杜阳打断了。

"我可不会长生不老了，你看，我最近长皱纹了。"杜阳骄傲地给她看了看眼角的第一道皱纹，"我已经是会生老病死的体质了，这回我可轻松了。"

"这种骄傲真是微妙呢！"胡依婷讥讽道，完全不顾及对方是可以做她爷爷的年纪。

杜阳不理她，依旧悠闲自得地喝着茶，似乎卸下了某种重负。

顾蒙亮看着窗外，又看看自己的双手，身上永生丸的力量消失了。也许能量用完了吧。

花花从窝里跳出来要他抱，他就抱了起来，抱着它去奶奶书房。一个人坐在奶奶书房的椅子上，看着墙上那张美丽的油画。

奶奶真的很漂亮，脸上的笑容是发自内心的。

那他应该是把西门豹送了回去吧？

即使没有，他如果和奶奶一起消亡，也许也是他自己的愿望吧？

不然怎么会再一次回到地球，再一次要解开情感的秘密呢？

即便记忆消失了，胸口情感的温度依旧还在的吧。

顾蒙亮看着书房外摇曳的树影，树枝上似乎有新绿。

即便……

他眯着眼，抱着花花，露出了微笑。

即便如此，生命依旧还是有限的，爱不会因为生命的消亡就不在了吧。

花花靠着他的手，发出了呜呜的声音，似乎在赞同他。

今天是一个风和日丽的冬日。

尾声

顾蒙亮把他爷爷扔出去的时空，并不如他计划得那么精准。

那个时间甚至不是在西门豹形体消失前后的问题，而是扔到了之前更远的时间。

是什么时间呢……大概是顾蒙亮还没有出生的时候吧。

西门豹意识恢复的时候，发现周围的景物有点不对劲。天在下雨，而且周围有巨大的垃圾桶，还有巨大的鞋子走来走去。

他想站起来，发现是四只脚着地。

"汪呜……"他只能发出这种声音。

周围有来来往往的人路过，没人停下脚步。

"谁把死狗扔到这里啦，真缺德！"有人说。

谴责归谴责，也没有因此过来处理。

喂喂，我没死啊！西门豹看着自己身上，有黑白的毛皮，还有胖乎乎的小爪子。

这……这到底是怎么回事！他那个乖孙子把他扔到了什么地方？

一个打着伞的女人路过，然后停了下来："这只狗好可怜啊。"

她走近了。

其实已经不年轻了，但是眼睛还是这么温柔，似曾相识。

"我一个人住也挺孤独的，带你回去吧，我家房子好大呢！"女人抱起了它，然后上了旁边的出租车。

西门豹感觉到那个女人熟悉的体温，还有温柔的触摸，它的心开始怦怦跳。

汪呜？小狗奇怪地审视着自己内心突然住进来的那个灵魂。

不好意思啦，我暂时住一下。

汪汪汪！小狗表示惊慌，女人以为它不习惯坐车，就抚摸了一下它的头："别怕！"

以后要一人一狗共用一个身体了？西门豹悲哀地想。

咦，它什么时候有悲哀这种感觉的？

车子停在一栋别墅前，下了车之后，这熟悉的建筑让西门豹立刻想起了一切。

"这里是我儿子给我新建的别墅，我起名叫花苑，我叫顾桃花，"顾桃花举起了小狗，"你呀，就叫花花好啦！"

天！

原来这就是花花的来历啊！

西门豹在心中无限呐喊着：顾蒙亮，你小子真是坑爹，不，坑爷啊……

河神计划

作者
由·得林洛斯

选题策划
知音动漫图书·新阅坊

封面绘图
徐 菲

插图绘图
徐菲、七空、辰露

封面设计
余璐杉

内文版式
余璐杉

图片总监
杨小娟

特约编辑
万旭进

流程编辑
丁琪德

责任发行
周冬梅

出版社
长江出版社

总出品
湖北知音动漫有限公司

制作出品
知音动漫图书·新阅坊

官方论坛
http://xsbbs.zymk.cn

平台支持

图书在版编目（CIP）数据

河神计划 / 由·得林洛斯 著．

—武汉：长江出版社，2016.10

ISBN 978-7-5492-4649-6

Ⅰ．①河… Ⅱ．①由… Ⅲ．①长篇小说 – 中国 – 当代　Ⅳ．① I247.5

中国版本图书馆 CIP 数据核字（2016）第 255720 号

河神计划　由·得林洛斯 著

出　　版	长江出版社	
	（武汉市解放大道 1863 号）	
出　　品	湖北知音传媒股份有限公司知音动漫有限公司	
	（武汉市东湖路 169 号）	
出 版 人	赵冕	
发　　行	湖北知音动漫有限公司	
作品企划	知音动漫图书·新阅坊	
责任编辑	钟一丹　　张艳艳	
特约编辑	万旭进　　丁琪德	
装帧设计	余璐杉	
印　　刷	浙江新华数码印务有限公司	
版　　次	2016 年 10 月第 1 版	
印　　次	2016 年 12 月第 1 次印刷	
开　　本	16 开	
印　　张	16	
字　　数	265 千字	
书　　号	ISBN 978-7-5492-4649-6	
定　　价	28.00 元	